HEYNE ‹

AF197211

JAYNE COWIE

AFTER DARK

Roman

Aus dem Englischen von Anke Kreutzer

WILHELM HEYNE VERLAG
MÜNCHEN

Die Originalausgabe *Curfew* erschien erstmals 2022 bei
Berkley, New York.

Penguin Random House Verlagsgruppe FSC® N001967

Deutsche Erstausgabe 02/2025
Copyright © 2022 by Jayne Cowie
Copyright © 2025 der deutschsprachigen Ausgabe
by Wilhelm Heyne Verlag, München,
in der Penguin Random House Verlagsgruppe GmbH,
Neumarkter Straße 28, 81673 München
produktsicherheit@penguinrandomhouse.de
(Vorstehende Angaben sind zugleich
Pflichtinformationen nach GPSR)

Redaktion: Susann Rehlein
Umschlaggestaltung: zero.media.net, München,
unter Verwendung von © Arcangel (Mohamad Itani),
Shutterstock (Anatoliy Man, Poznukhov Yuriy, Virrage Images),
Coverdesign Tom Sanderson/the-parish.com
Satz: Satzwerk Huber, Germering
Druck und Bindung: GGP Media GmbH, Pößneck
Printed in Germany
ISBN: 978-3-453-42728-0

www.heyne.de

Für meine Familie

Prolog

Pamela

Gegenwart

6:20 Uhr

Zwei wichtige Lektionen habe ich als junge Frau an der Polizeiakademie gelernt. Erstens: Deine erste Leiche vergisst du dein Leben lang nicht. Zweitens: Hinter jeder toten Frau steht ein Mann, der beteuert, sie sei seine große Liebe, selbst dann, wenn er ein Messer in der Hand hat und ein blutgetränktes T-Shirt am Leib.

Aber in den letzten dreißig Jahren hat sich einiges geändert. Inzwischen können wir uns nicht nur zu Hause sicher fühlen, sondern auch leicht aus einer toxischen Beziehung entkommen. Sogar im öffentlichen Raum sind wir geschützt.

Deshalb fällt dieser Mord heute aus dem Rahmen.

Sie wurde an einem gewöhnlichen Oktobertag im trockenen Herbstlaub aufgefunden – im ersten Morgengrauen, noch während der Ausgangssperre für Männer. Die Meldung kam kurz nach sechs herein. Sie war knapp und sachlich. Ich war die älteste diensthabende Beamtin und daher als Erste am Fundort. Der Täter hatte die Leiche unter dem glänzenden, grünen Laub eines Lorbeergebüschs abgelegt, ziemlich stümperhaft, sonst hätte man sie vielleicht erst nach Tagen anstatt nach wenigen Stunden entdeckt.

Ich bin ungern hier. Bis zu meiner Pensionierung sind es nur noch wenige Wochen. Ich hatte gehofft, mich mit ein paar Ladendiebstählen und vielleicht dem ein oder anderen Fall von Vandalismus, einem ausgesetzten Welpen oder häuslichen Streitigkeiten aus dem Dienst zu verabschieden. Stattdessen nun dieser Fall.

Mit zwei Kolleginnen durchquere ich den Park. Unsere dunklen Uniformen und schweren Stiefel stehen in starkem Kontrast zu der saftigen Rasenfläche sowie den Stiefmütterchen und Veilchen, die in den Blumenbeeten sprießen. Es ist schön hier draußen, besonders in der Morgendämmerung. Es ist ruhig. Friedlich. Sauber.

Als wir am See auf einer Bank zwei Gestalten kauern sehen, beschleunigen wir unsere Schritte. Der einen, einer Frau im mittleren Alter, spannt die weiße Jacke um den fülligen Leib. Die andere ist viel jünger, sie trägt Leggings und leuchtend pinke Joggingschuhe, das Haar hat sie zu einem lockeren Dutt gebunden. Frühaufsteherinnen, die sich ihre tägliche Sporteinheit holen, bevor Männer um sieben Uhr aus dem Haus dürfen.

»Schätze, die beiden haben sie gefunden«, sagt Rachel.

Sie arbeitet erst seit ein paar Jahren bei der Polizei. Sie zeigt Engagement, doch jung, wie sie ist, kennt sie nichts anderes als die Ausgangssperre. Sie weiß nicht, wie es vorher war. So sehr sie sich um unaufgeregte Professionalität bemüht, sehe ich ihr an, wie aufgeregt sie ist. Das bereitet mir Sorgen. Für Rachel ist das hier neu, eine große Sache, die sie in einen Adrenalinrausch versetzt. Auch ich nehme es als Ausnahmesituation wahr, nur dass es mir keinen Kick gibt, sondern Angst macht.

»Lasst erst mal mich mit ihnen reden«, sage ich. »Die stehen zweifellos noch unter Schock.«

»Die müssen sich schrecklich fühlen«, sagt Rachel. »Aber … wie konnte so was passieren?«

»Keine Ahnung«, erwidere ich. »Ziehen wir also keine voreiligen Schlüsse. Vorerst müssen wir von einem Unfall ausgehen. Vielleicht ist es nicht weiter kompliziert.«

Meine Beschwichtigung klingt mir selbst hohl in den Ohren. Bei einem Unfall landen Frauen nicht im Park, halb unter Gebüsch verborgen.

Die jüngere Frau hat der älteren den Arm um die Schulter gelegt. Als die beiden uns kommen sehen, blicken sie hoch. Die jüngere richtet sich auf.

»Sie ist da drüben«, sagt sie und deutet zitternd zu einer Buschgruppe. »Ich … habe sie mit meiner Jacke zugedeckt. Ich wusste nicht, was ich sonst tun sollte.«

»Sie haben das Richtige getan«, lüge ich und bitte Alison, die andere Beamtin, die Personalien aufzunehmen und Trost zu spenden.

Ich hole mein Slate heraus und fange mit der Aufnahme an. Slates haben vor ein paar Jahren das Smartphone ersetzt. Heutzutage hat jeder eins. Sie erfüllen alle erdenklichen Funktionen – sind zugleich Segen und Fluch, weil man alles auf einem einzigen Gerät hat und aufgeschmissen ist, wenn man das verdammte Ding verliert oder sich keins leisten kann.

Ich wappne mich innerlich und gehe zu dem dichten Buschwerk hinüber. Das Erste, was ich von der Leiche zu sehen bekomme, sind die nackten Füße. Die Zehennägel sind pfirsichfarben lackiert. Eine hübsche Farbe, die mich an Blumen und Lippenstift erinnert und an die Sommerkleider kleiner Mädchen – die Farbe vermittelt eine unbeschwerte Schönheit, die hier nichts zu suchen hat. Die Leiche ist teilweise in ein weißes Laken gewickelt. Schultern und Gesicht sind von einer blauen Sportjacke bedeckt.

Als ich mich neben sie hocke, weiß ich, dass dieses Ereignis, genauso wie vor sechzehn Jahren die Morde an der Abgeordneten Susan Lang und vier weiteren Frauen – in einem Zeitraum von fünf Monaten in aller Öffentlichkeit verübt –, einen Wendepunkt markiert.

Damals wurden alle Frauen angehalten, das Haus nicht zu verlassen, bis der Mörder gefasst sei, als wären wir selbst schuld, wenn uns etwas zustößt. Aber wir waren es leid, unsererseits Vorsorge gegen die Gewalttaten von Männern treffen zu müssen. Wir weigerten uns. Wir fingen an, übers Internet Widerstand zu organisieren, gingen auf die Straße. Als das nichts brachte, streikten wir und hörten auf, all die unbezahlte Hausarbeit zu leisten, mit der wir die Gesellschaft am Laufen hielten. Wir verlangten Veränderung und bekamen sie. Ohne Übertreibung kann man sagen, dass uns jene Morde die Ausgangssperre bescherten, und jetzt stellt sich mir die bange Frage, was uns das hier bescheren wird. Ich schiebe den Gedanken ganz schnell beiseite. Wir haben jetzt eine völlig andere Situation. Die Männer müssen heutzutage über Nacht zu Hause bleiben; ihr Bewegungsprofil wird von sieben Uhr abends bis sieben Uhr morgens mithilfe einer Art elektronischer Fußfessel überwacht, die uns sofort meldet, wenn sie die Ausgangssperre brechen. Hätte ein Mann etwas mit der Toten hier zu tun, wüsste ich das.

Auch wenn mein letzter derartiger Fall lange her ist, bin ich dafür ausgebildet worden und habe noch alles präsent. Ich richte mein Slate so aus, dass ich alles, was ich sehe, aufnehmen kann. Ich ziehe ein paar Latexhandschuhe hervor, streife sie über und hebe vorsichtig an einer Kante die Jacke an, die Gesicht und Schultern bedeckt.

Mir kommt die Galle hoch. Ich schlucke sie hinunter und habe sofort einen beißenden, sauren Geschmack im Mund. Ich richte mich auf, lege den Kopf in den Nacken und atme ein paarmal durch, während ich in den aufklarenden Himmel blicke. Dann rücke ich etwas zur Seite, damit auch Rachel einen Blick auf sie werfen kann.

»Das war jedenfalls kein Unfall«, stellt sie fest. Sie klingt wütend.

Ich habe keine Zeit, sie zu beruhigen. »Wir müssen den Park absperren«, sage ich zu ihr. »Stell Beamte an jedem Ausgang ab. Lass niemanden rein.«

Wir werden nicht lange Ruhe haben, jede Minute ist kostbar. Wir müssen die Leiche wegschaffen und im Park jeden Winkel durchforsten. Vor allem müssen wir herausfinden, wer die Frau ist, und ihren Angehörigen Bescheid geben. O Gott, ihre Angehörigen.

»Schon dabei«, sagt Rachel. Sie holt ihr Slate heraus und tippt mit zittrigen Fingern eine Nachricht ein. Zur Wache sind es nur wenige Minuten, es wird also nicht lange dauern, bis wir Verstärkung bekommen. »Wer übernimmt die Identifizierung?«

»Die Gerichtsmedizin.«

Ich kann leider nicht ihr Gesicht mit meinem Slate scannen, um an ihren Namen zu kommen. Wer auch immer das hier gewesen ist, hat sie unkenntlich gemacht. Aber wir werden sie identifizieren. Und dann ihn.

Kapitel 1

Sarah

Vier Wochen vorher

Zum Gefängnis war es eine lange Fahrt. Sarah hatte die Musik voll aufgedreht. Sie tippte mit dem Daumen den Takt gegen das Lenkrad und wippte mit den Schultern. Sie wollte an nichts anderes denken als ans Fahren, an ihre Hand am Steuer, die Anspannung der Oberschenkel bei jedem Fahrbahn- und Tempowechsel. Jedenfalls wollte sie nicht an ihn denken.

Tat sie aber doch.

Seit sie ihren Ex das letzte Mal gesehen hatte, waren fast drei Monate vergangen. Sie fragte sich, ob er sich verändert hatte. Von sich konnte sie das immerhin behaupten. Für einen kurzen Moment sah sie in den Rückspiegel und strich sich mit einer Hand durchs dunkle Haar. Den neuen Schnitt bereute sie schon. Den anstehenden

Besuch hatte sie seit Wochen geplant. Sie wollte ihm zeigen, dass sie bestens ohne ihn zurechtkam. Dass er keine Macht mehr über sie hatte. Dafür standen die neue Frisur und das neue Outfit.

In diesem Moment wurde ihr bewusst, dass sie doch lieber umdrehen und wieder nach Hause fahren wollte. Was hinderte sie daran? Sie musste nicht da hin und ihn besuchen.

Aber sie fuhr weiter.

Sie musste ihm ein einziges letztes Mal in die Augen sehen. Sie brauchte die Bestätigung dafür, das Richtige getan zu haben, um die Zweifel in Schach zu halten, die sie ab und zu überfielen, wenn sie wieder einmal mit ihrer Tochter Cass in Streit geriet oder wenn sie in den frühen Morgenstunden wach lag und sich in ihrem Kopf Erinnerungen abspulten, die sie liebend gern vergessen wollte.

Sie betätigte den Blinker, nahm die nächste Ausfahrt, ging vom Gas und fuhr langsam bis zur Ampel vor. Während sie auf Grün wartete und dann langsam wieder anfuhr, sah sie aus den Augenwinkeln, dass ihr vier weitere Fahrzeuge folgten, ein trauriger Tross Frauen, die ihren Mann besuchten.

Sie folgte den weißen Markierungen bis zur Haftanstalt. Die dichte Reihe hoher Nadelbäume am Straßenrand verstellte den Blick auf das Gebäude. Sie war dankbar für die riesigen orangefarbenen Schilder, die ihr sagten, wo es langging. Sie stellte den Wagen in der ersten freien Parklücke ab. Es kostete sie einige Mühe, sich abzuschnallen und die Wagentür zu öffnen, nur um dann festzustellen, dass sie viel zu eng eingeparkt hatte und sich kaum aus dem Wagen winden konnte. Sie wollte schon zurücksetzen und einen zweiten Anlauf nehmen, begriff aber, dass sie die Dinge damit nur künstlich verzögert und vielleicht doch noch im letzten Moment gekniffen hätte.

Sie hängte sich die Tasche über die Schulter und lief zum Eingang. Absperrungen sorgten dafür, dass die Besucher nur einer nach dem anderen durch die Automatiktür kamen. Sarah konnte hinter dem Milchglas nichts erkennen. Sie vermied den direkten Augenkontakt mit den anderen Frauen. Gesehen zu werden wäre das Eingeständnis, aus triftigem Grund hier zu sein.

Vor ihr wurde eine Frau in grüner Bluse durchgewinkt, und Sarah rückte vor. Ein Wachmann etwa in ihrem Alter, in marineblauer Uniform, mit einem Funkgerät an der Schulter, hielt sie zurück, bis die Tür wieder aufging. Drinnen wurde schnell klar, was man zu tun hatte. Trotzdem brachte sie es fertig, auf dem Weg zum Empfangstresen, hinter dem eine Frau mit gelangweilter Miene und einem großen Slate in der Hand auf sie wartete, zu stolpern.

»Wen wollen Sie besuchen?«

»Greg Johnson.«

Die Frau überprüfte den Namen auf dem Slate. »Und Sie heißen?«

»Sarah Wallace.«

»Ihre Beziehung zu Greg Johnson?«

»Geschiedene Ehefrau.«

Die Scheidung war schnell, schmerzlos und billig gewesen: vier Wochen, nachdem Greg die Ausgangssperre übertreten hatte, online eingereicht und binnen vierundzwanzig Stunden rechtskräftig vollzogen. Ein guter Tag in ihrem Leben.

Die Frau zeigte auf das Förderband zum Scanner. »Bitte die Tasche da drauf.«

Sarah gehorchte. Anschließend wurde sie durch einen Metalldetektor geleitet. Im Durchgang fühlte es sich so an, als ob sie eine Schwelle überträte, von draußen nach drinnen, von unschuldig zu schuldig. Sie wartete, bis der Gepäckscanner ihre Tasche ausspuckte. Als sie zum Vorschein kam, hielt ihr eine weitere Wärterin einen ausgebeulten gelben Ablagekasten hin.

»Da rein«, sagte sie und deutete auf die Tasche.

»Soll ich sie ausleeren?«

»Wenn ich bitten darf.«

Sie öffnete hastig die Tasche und stülpte sie über dem Kasten um, eifrig bemüht zu zeigen, dass sie nichts zu verbergen habe. Bei dem lauten Klirren von Kugelschreibern, Schlüsseln und Lippenstiften zuckte sie zusammen. Die Wärterin stocherte ein bisschen darin herum und leuchtete zuletzt die leere Tasche mit einer Stiftlampe aus. Ein kurzes Wedeln mit der Hand signalisierte Sarah schließlich, dass dieser Teil erledigt war. Sie sammelte ihre Sachen wieder ein und wurde in einen Korridor weitergeschickt – lang, blaugrau und fensterlos, mit einem quietschenden Bodenbelag. Sie folgte den abblätternden schwarzen Pfeilen, bis sie sich in einem stickigen Raum mit kleinen, quadratischen Tischen und Plastikstühlen wiederfand.

Sollte sie sich einen Tisch aussuchen oder warten, bis ihr einer zugewiesen wurde? Sie machte ein paar Schritte und hörte auf einmal ihr Herz in den Ohren hämmern. Sie hatte das Gefühl, dass sich die Luft verdichtete und die Wände enger um sie schlossen. Er war da.

Greg setzte sich an einen der leeren Tische, legte die Hände auf die Platte und sah sie an.

Sie öffnete die Lippen, und mit einem Mal fühlte sich ihre Zunge, eben noch ganz normal, zu groß für ihren Mund an. Sie bekam den Speichel, der sich sammelte, nicht hinuntergeschluckt. Sie wusste einfach nicht mehr, wie das ging.

Das da war der Mann, mit dem sie ihr Zuhause, ihr Bett, ihr Leben geteilt hatte. Der Mann, der, schwer und schwitzend, auf ihr gelegen hatte und in ihr gewesen war, als ihre Tochter Cass gezeugt wurde. Blitzartig zog ihr gemeinsames Leben an ihr vorbei, von ihrer ersten Begegnung bis zu dem Moment, wo er auf dem Rücksitz eines Streifenwagens weggefahren wurde. Der ganze Raum drehte sich um sie.

Jemand tippte ihr auf die Schulter. Sarah blinzelte und fand in die Gegenwart zurück. Es war die Frau in der grünen Bluse.

»Alles in Ordnung?«

»Ich …« Sie schluckte mühsam. »Ich weiß nicht.«

»Ihr erster Besuch?«

Sarah nickte.

»Scheiße, oder?« Die Frau hatte eine scharf geschnittene Nase und trug Seestern-Ohrringe. »Sagen Sie sich einfach, es sind nur zehn Minuten. Sagen Sie in diesen zehn Minuten, was Sie loswerden wollen, und gehen Sie dann. Zehn Minuten überleben Sie, egal was kommt.«

Sie hatte Greg achtzehn Jahre lang überlebt. »Mach ich«, sagte sie. »Danke.«

Die Frau klopfte ihr noch einmal auf die Schulter und ging dann zu einem Tisch hinüber, an dem ein junger Mann mit der gleichen scharf geschnittenen Nase saß und ins Leere starrte.

Zehn Minuten nur. Sarah wandte den Kopf und zwang sich, Greg anzuschauen. Er war ihr vertraut, und doch erkannte sie ihn kaum wieder. Er war abgemagert. Das Haar war vollständig ergraut und viel schütterer, als Sarah es in Erinnerung hatte. Die Kopfhaut schimmerte durch. Sein Sweatshirt war von der gleichen schmutzig gelben Farbe wie die Wände. Sie musste sich dazu zwingen hinüberzugehen.

»Sarah«, sagte er.

Sie hatte vergessen, wie er ihren Namen aussprach, so als hinterließe er einen sauren Geschmack auf seiner Zunge. Mit einem Schlag verflüchtigten sich all die Dinge, die sie ihm hatte sagen wollen. Sie suchte danach, griff jedoch ins Leere. Die Monologe unter der Dusche oder hinterm Lenkrad waren vergessen. Mehrere endlose Sekunden lang sahen sie einander einfach nur an. Als Erstes registrierte sie die in seinem stämmigen Körper aufgestaute Wut. Was sie nicht überraschte. Immerhin hatte er seinen Aufenthalt hier drinnen ihr zu verdanken.

Sie nahm Platz, wünschte sich aber sofort, sie wäre stehen geblieben.

»Ich habe beantragt, dass du nach deiner Entlassung einen Ortswechsel vornehmen musst«, erklärte sie. Eine Begrüßung schenkte sie sich. Oder auch die Frage, wie es ihm gehe. Sie wollte es gar nicht wissen.

Er ließ ihr das jedoch nicht durchgehen. »Hallo, Sarah«, sagte er. »Wie geht's dir? Was macht meine Tochter?«

»Der geht's gut. Hast du gehört, was ich gesagt habe?«

»Ich hab's gehört.«

»Und du hast nichts dazu zu sagen?«

Mit einem Seufzer lehnte er sich zurück. »Was soll ich da groß sagen? Danke, dass du es mich wissen lässt?«

»Ich wollte nur …«

Er fiel ihr ins Wort. »Wohin schicken die mich?«

»Keine Ahnung. Wo sie eine Wohnung für dich finden, vermute ich mal.« Jedenfalls nicht in Riverside, in dem Wohnblock, wo sie die Männer sonst nach ihrer Entlassung unterbrachten. Nur das zählte.

»Also von Cassie weg.«

Sie biss die Zähne zusammen. Sein Besitzanspruch gegenüber ihrer Tochter machte sie immer noch so wütend, dass sie ihm am liebsten eine reingehauen hätte. Erst zu lügen und zu betrügen und dann den liebevollen Vater zu spielen, das zog bei ihr nicht.

»Sie wird achtzehn.«

»Ich weiß, wie alt meine Tochter ist.«

»Das elterliche Sorgerecht endet mit achtzehn. Es ist also nicht nötig, dass du in unserer Nähe wohnst.«

»Demnach bist du den weiten Weg hergekommen, nur um mir zu sagen, dass du mich von meiner Tochter trennen willst?«, fragte er.

Sarah schluckte den Köder nicht. »Ja.«

»Wieso?«

»Man sollte meinen, du wüsstest das.«

Greg nahm eine Hand vom Tisch und inspizierte seine Fingernägel. Sie waren kurz und sauber.

»Das hätte mir bestimmt auch jemand hier ausrichten können.« Der bittere Unterton war nicht zu überhören.

»Ich wollte, dass du es von mir hörst«, sagte Sarah.

»So wie es immer nur darum ging, was du willst, ja?«

Achtung, Sarah, verkneif dir das besser. »Was soll das heißen?«

Er verschränkte die Arme. »Cass und ich haben dich gebraucht, aber das hat dich nicht interessiert. Du warst nie da. Du warst immer viel zu beschäftigt.«

»Das ist nicht wahr!«

»Ach ja?«

»Ich musste arbeiten«, entgegnete sie. Sie spürte, wie ihr Gesicht heiß anlief, und die Worte sprudelten ihr über die Lippen. »Wir mussten Rechnungen bezahlen. Die Hypothek. Die Ausgangssperre …«

»Nur zu, schieb's auf die Ausgangssperre. Ist auch viel bequemer, als der Wahrheit ins Auge zu sehen. Du taugst einfach nicht zur Ehefrau und schon gar nicht zur Mutter. Was glaubst du denn, warum ich das getan habe? Es wäre nie passiert, wenn du da gewesen wärst, wenn wir auch nur eine halbwegs gute Ehe geführt hätten.«

Sie atmete tief ein und aus. Sie zwang sich, ihn ein letztes Mal anzusehen, die Fältchen an seinen Augenwinkeln und die Haare an seinem Hals, da, wo er beim Rasieren eine Stelle ausgelassen hatte. Sie erinnerte sich daran, wie ihr Leben ausgesehen hatte. Sie dachte an die heimlichen Tränen, die chronische Erschöpfung von den vielen Überstunden, dem ständigen Druck beim Gedanken an die Hypothekenzinsen und die nicht endenden Kreditkartenabrechnungen. Gegenüber Greg hatte sie sich davon nie etwas anmerken lassen, weil er wegen der Ausgangssperre so viel aufgegeben hatte. Wie hatte sie nur so blind sein können! Sie erinnerte sich allzu gut daran, was an jenem letzten Tag geschehen war, und fragte sich, woher er die Selbstgerechtigkeit nahm, es ihr in die Schuhe zu schieben.

Sie beugte sich zu ihm vor. »Um eins klarzustellen«, sagte sie im Flüsterton. »Ich gebe nicht der Ausgangssperre die Schuld. Ich gebe dir die Schuld, und ich bedaure einzig und allein, dass ich dich nicht früher vor die Tür gesetzt habe.«

Sie stand auf. Ihr Herz raste. Die Frau in der grünen Bluse warf ihr ein verhaltenes Lächeln zu. Die Wärterin am anderen Ende des Raums trat unruhig von einem Bein aufs andere, aber niemand sonst nahm Notiz.

»Leb wohl, Greg«, sagte sie und ging hinaus – froh, ihn nie wiedersehen zu müssen.

Kapitel 2

Cass

Dreißig Meilen entfernt, kämpfte Cass Johnson in der Schule mit der Frage, ob sie genug Geld auf ihrem Konto hatte, dass sie sich auf dem Heimweg im Antiquariat eine Zeitschrift kaufen konnte. Alte Ausgaben der *Cosmopolitan* waren ihre Leidenschaft, doch falls sie nichts anderes dahatten, würde sie sich auch mit einer *Grazia* aus der Zeit vor den Ausgangssperren zufriedengeben.

Noch zwanzig Minuten Unterricht waren durchzustehen. Offiziell hieß das Fach Frauengeschichte, auch wenn alle es Sperrstunde nannten. Außer Amy Hill, die mit ihrem teuren Slate und perfekten Haar ziemlich weit vorn saß und ihr auf die Nerven ging, nahm niemand das Fach so richtig ernst.

Ihre Lehrerin Miss Taylor ratterte zu einem Foto auf dem Bildschirm etwas über das Femizid-Präventionsgesetz von 2023 herunter, auch als Ausgangssperrengesetz bekannt.

Sechs Monate nachdem die Abgeordnete Susan Lang auf offener Straße von einem Ex-Freund ermordet worden war, hatten sie das Gesetz eingebracht. Nach Auffassung der damaligen Regierung gab es nur die eine angemessene Konsequenz: die Männer über Nacht zu Hause einzusperren.

Schon seltsam, wie langweilig sich ein so wichtiges Thema anhören konnte. Sie öffnete auf ihrem Slate ein Katzenvideo und stieß ihren besten Freund Billy an. Er blickte herüber, aber nur für eine Sekunde. Sie knuffte ihn noch einmal und drehte das Slate zu ihm hin. Diesmal sah er sich das Video genauer an. Sie hielt das Slate ruhig, während sie die Aufmerksamkeit halb bei Billy und, um nicht erwischt zu werden, halb bei Miss Taylor hatte.

»Haha«, murmelte er, griff zu seinem Stift und schrieb etwas auf sein Slate.

Eine Botschaft für sie, vermutete sie. Falsch. Er machte sich einfach nur Notizen. Sie verdrehte die Augen und wollte ihn mit ihrem Stift piken, aber er wich im letzten Moment aus, sodass sie nur die Tischkante traf. Das Geräusch zog Miss Taylors Aufmerksamkeit auf sich. Sie setzte in ihrem Vortrag aus und starrte sie beide an.

»Gibt es ein Problem?«, fragte sie.

»Nein«, murmelte Billy und wurde rot.

Weil es nur noch zehn Minuten bis Unterrichtsende waren, beschloss sie, sich einen kleinen Spaß zu erlauben. »Doch, eigentlich schon«, sagte sie.

»Als da wäre?«, sagte Miss Taylor und runzelte die Stirn.

Cass lehnte sich zurück und verschränkte die Arme vor der Brust. »Ausgangssperre. Ich verstehe nur nicht so ganz, was die Gesellschaft eigentlich davon hat, Männern eine Fußfessel anzulegen und sie die ganze Nacht im Haus einzusperren.«

Quer durch die Klasse erhob sich Geraune. Miss Taylor brachte es mit einem strengen Blick zum Verstummen.

»Du bist nicht die Erste, die das hinterfragt, Cass. Viele, Männer wie Frauen, haben bei Einführung der Ausgangssperre ähnlich gedacht. Aber es ist nicht zu leugnen, dass die Zahl der Gewaltverbrechen danach dramatisch zurückgegangen ist.«

»Das muss aber nicht zwingend an der Sperre liegen.«

»Selbstverständlich ist die Sperre der Grund.«

Die Antwort kam in so festem Ton und mit solch inbrünstiger Überzeugung, dass Cass laut lachen musste.

»Das können Sie nicht beweisen.«

»Für Gewaltverbrechen sind nachweislich überwiegend Männer verantwortlich«, fuhr Miss Taylor unbeeindruckt fort. »Vor der Sperre waren sie für fast achtzig Prozent aller Morddelikte verantwortlich. Für fünfundsiebzig sämtlicher anderen Gewaltverbrechen. Selbst bei Kindern ist statistisch belegt, dass Jungen mehr tätliche Angriffe begangen haben als Mädchen.«

»Aber Statistiken können gefakt werden. Das weiß doch jeder.«

»Im Durchschnitt wurden damals jede Woche drei Frauen von Männern umgebracht.«

»Aber Frauen haben auch Männer ermordet!«

»Stimmt, ungefähr einen im Monat, aber aus anderen Motiven. Frauen töten aus Notwehr oder weil sie psychiatrische Probleme haben. Männer dagegen töten, weil sie es können.«

»Deswegen ist die Sperrstunde noch lange keine gute Lösung. Was soll das bringen, Männer in den eigenen vier Wänden einzusperren? Die meisten Frauen wurden von wem umgebracht, den sie kannten, und nicht von irgendwelchen Fremden, die abends nach sieben auf der Straße rumlungern.«

»Susan Lang wurde auf der Straße von einem Mann getötet, den sie kannte.«

Cass seufzte. Unweigerlich endete es jedes Mal bei der heiligen Susan und ihrem durchgeknallten Freund, der sich eingebildet hatte, er käme mit ihrer Ermordung davon, wenn er noch vier weitere Frauen umbrachte und die Polizei annehmen musste, es handle sich um Zufallsopfer.

»Was natürlich schrecklich war«, sagte sie. »Was niemand leugnet. Ich glaube nur nicht, dass die Gesetzgebung zur Ausgangssperre die richtige Antwort ist. Wegen einem einzigen Irren haben wir alle Männer eingesperrt.«

Ihren Vater inbegriffen, der im Gefängnis nichts zu suchen hatte und der nie hinter Gitter gekommen wäre, hätte er keine elektronische Fessel am Bein gehabt.

»Wie sehen das die anderen?«, fragte Miss Taylor die Klasse. »War die Ausgangssperre die richtige Antwort auf männliche Gewalt?«

»Ja«, antwortete Amy Hill und fügte mit erhobenem Kinn hinzu: »Funktioniert doch, oder?«

Einige Mädchen traten geradezu fanatisch für die Sperre ein. Miss Taylor bändigte ihren heiligen Zorn etwas. Einige Jungen sagten, im Prinzip seien sie für das Gesetz, aber dass die Frauen, wie von Miss Taylor behauptet, unbezahlt die größere Last der Gesellschaft getragen hätten, klinge reichlich übertrieben. Jeder wisse doch, dass viele Frauen nur behauptet hätten, vergewaltigt worden zu sein; und den geschlechterspezifischen Lohnunterschied hätte es in Wahrheit nie gegeben. Frauen hätten, besonders wenn sie Kinder hatten, einfach nicht so hart gearbeitet wie die Männer. Einen ursächlichen Zusammenhang sähen sie jedenfalls nicht. Und überhaupt. Schließlich seien nicht alle Männer wie Susan Langs Freund, männliche Gewalt sei eher selten. Sie konnten eben nicht verstehen, was sie noch nie gesehen hatten.

»Fest steht, dass das Femizid-Präventionsgesetz das Leben von Frauen revolutioniert hat«, fuhr Miss Taylor ungerührt fort. »Wie vielen von euch wurde schon mal von Männern auf der Straße hinterhergepfiffen? Wie viele haben schon mal einen Umweg gemacht, weil es die sicherere Route war, oder aus Vorsicht ein Taxi genommen, das sie sich eigentlich nicht leisten konnten, noch dazu in dem Wissen, dass auch die Taxifahrt nicht ungefährlich war?«

Die Mädchen wechselten vielsagende Blicke, aber niemand meldete sich.

»Außerdem war das Gesetz die Initialzündung für eine ganze Reihe weiterer Neuerungen«, fuhr Miss Taylor fort. »Zum Beispiel die Partnerberatung, die dabei hilft, das Zusammenleben vorausschauend zu beenden. Oder die finanzielle Unterstützung zum Fluchtfonds, damit eine

Frau, die aus einer missbräuchlichen Beziehung entrinnen will, nicht aus Geldmangel in der Falle sitzt.«

»Eine Lebensgemeinschaftsbewilligung lässt die Frauen doch nur schwach aussehen«, hielt Cass dagegen. »Als wären wir zu blöd, die anständigen von den miesen Männern zu unterscheiden.«

Miss Taylor legte die Fernbedienung für den Projektor ab und kam zu Cass' und Billys Tisch. Sie trug rote Samtschuhe mit aufgesticktem Tigergesicht, deren Anblick Cass mit einer Mischung aus Neid und Verachtung erfüllten.

»Wie ich sehe, hast du eine dezidierte Meinung zu dem Thema. Das ist gut. Es ist wichtig, sich klar zu positionieren. Aber genauso wichtig ist es, die Gründe für diese Entscheidungen zu begreifen.«

»Die sind uns bestens bekannt«, sagte Cass.

»Nein«, entgegnete Miss Taylor. »Ich glaube nicht. Wie wär's mit einer praktischen Demonstration. Billy, ich möchte dich zum Armdrücken mit Cass einladen.«

»Was?« Billy wand sich auf seinem Platz.

»Na los«, ermunterte ihn Miss Taylor und ignorierte geflissentlich sein Unbehagen. »Eine Runde Armdrücken mit Cass.«

»Wozu das denn?«, sagte Cass. »Das beweist doch nichts.«

»Dann spricht aber auch nichts dagegen, oder?«

Es sprach alles Mögliche dagegen, nur dass ihr auf die Schnelle nichts einfiel. Und dass Billy wie ein Vollidiot stumm dasaß, machte die Sache nicht besser.

»Auf geht's«, rief Amy Hill in die Klasse. »Lasst sehen!«

»Na schön.« Sie setzte den Ellbogen auf die Tischplatte. Sie trug eine hellblaue Bluse, die zu Hause im Spiegel noch hübsch ausgesehen hatte. Jetzt war ihr peinlich bewusst, dass alle den Schweißfleck unter ihrer Achsel sehen konnten, was sie nur noch wütender machte.

Auch Billy ging bedächtig in Position. Dann spreizte er mit abgewandter Handfläche die Finger. Er zuckte ein wenig, als sich ihre Handflächen berührten und sie die Finger verschränkten. Sie hatte einen Plan. Ganz langsam anfangen und ihm dann in einem Überraschungsangriff mit einem Ruck den Arm auf die Tischplatte knallen. Beweis erbracht, bitte schön, gern geschehen.

Seine Hand bewegte sich kaum einen Zentimeter, bevor er binnen Sekunden und scheinbar mühelos ihren Arm auf die Tischplatte bog. Alle Gegenwehr war für die Katz. Es fühlte sich an, als wollte sie mit bloßer Muskelkraft eine Ziegelwand zum Einsturz bringen.

Kaum hatte ihr Handrücken den Tisch berührt, ließ Billy los.

»Er hat gemogelt«, regte sie sich auf und sah sich nach den anderen Mädchen um. »Ihr habt's alle gesehen.«

»Nein, das stimmt nicht«, rief er empört. Niemand protestierte.

»Ich denke, ihr habt verstanden, was ich euch zeigen wollte«, erklärte Miss Taylor, während sie wieder nach vorn ging. »Männer sind physisch stärker als Frauen, der entscheidende Faktor, der sie zu einer Bedrohung macht. Sie können nichts dafür, aber das ändert nichts an den Tatsachen.«

In diesem Moment läutete es, und Cass hatte keine Gelegenheit mehr zu protestieren.

Umgekehrt wollte ihr Miss Taylor jedoch noch etwas sagen. »Cass«, rief sie ihr leise hinterher, bevor sie zur Tür hinaus verschwinden konnte.

Sie rang mit sich, ob sie so tun sollte, als hätte sie nichts gehört, aber dann drehte sie sich doch um. Mit Höflichkeiten hielt sie sich allerdings nicht auf.

»Was ist?«

Miss Taylor saß auf der Ecke ihres Pults.

»Das war eine schwierige Stunde für dich.«

»Was mehr über Ihren Unterricht sagt als über mich, Miss.«

Sie hielt die Luft an und wartete gespannt auf Miss Taylors Reaktion. Wenn sie darauf gehofft hatte, dass sie die Stimme erhob oder rot anlief, wurde sie enttäuscht.

»Schade, dass du das so siehst«, sagte Miss Taylor ruhig.

Sie trug eine dunkelblaue Chino, die verflucht gut zu den Schuhen passte, und unter den Armen waren nicht die kleinsten Schweißflecken zu erkennen.

»Die Ausgangssperre ist idiotisch«, erklärte Cass. »Sie ist unfair, und wir sollten alles dransetzen, sie wieder loszuwerden.«

»Ich verstehe, weshalb du das so siehst.«

»Ach ja?«, sagte sie.

»Selbstverständlich. Aber ich hoffe, die kleine Demonstration mit Billy hilft dir dabei zu erkennen, wieso das Gesetz so wichtig ist. Wie gesagt, ist es nicht fair, dass Männer physisch stärker sind als wir, aber so ist es nun mal, und die Ausgangssperre dient dazu, die Waage einigermaßen auszugleichen.«

Ich hasse dieses Fach, dachte sie im Stillen, während sie ohne eine Antwort ging.

Die Flure hatten sich schon geleert, doch draußen, wo Eltern die jüngeren Grundschüler einsammelten, herrschte reger Betrieb. Sie wartete und ließ einen Mann in einem roten Ford Focus vorbei, der mit dem Fuß auf dem Gas das Tempolimit ausreizte. Spinnerstunde, nannte ihre Mum diese Tageszeit, wo die Männer auf die Tube drückten, um rechtzeitig nach Hause zu kommen. Am schlimmsten wurde es zwischen sechs und sieben Uhr abends, doch schon jetzt, gegen fünf, ging es allmählich los.

Wer hier spinnt, ist das ganze Land, dachte sie. Nirgendwo sonst legte man der halben Bevölkerung elektronische Fußfesseln an, nur weil sie das Pech hatte, mit einem Y-Chromosom auf die Welt gekommen zu sein. Als das Gesetz in Kraft trat, waren nicht wenige in Länder ausgewandert, wo Männer keinen Restriktionen unterworfen waren. Einmal hatte Cass ihren Dad gefragt, wieso nicht auch sie auswanderten. Er hatte geantwortet, ihre Mutter sei dagegen.

Billy wartete an der Bushaltestelle auf sie. »Wieso machst du das eigentlich?«, fragte er. »Wieso legst du dich ständig mit Miss Taylor an? Was versprichst du dir davon?«

»Einer muss es ja tun«, antwortete sie. »Oder willst du dein ganzes restliches Leben abends zu Hause eingesperrt sein, Billy?«

Er antwortete nichts darauf.

Kapitel 3

Sarah

Sarah liebte die Ausgangssperre. Sie hoffte, dass sie für immer in Kraft blieb. Sicher, anfangs hatte sie gewisse Schwierigkeiten damit gehabt, doch seit Greg aus ihrem Leben verschwunden war, fand sie es nur noch fantastisch. Sie war frei. Lange Zeit hatte sie nicht einmal begriffen, dass sie in der Falle saß. Sie war verliebt gewesen, dann hatten sie Hochzeit gefeiert, sie im weißen Kleid, wie es sich gehörte, und achtzehn Monate später, mit dem perfekten Timing, hatte sich ein winziges, rosafarbenes Baby eingestellt. Alles nach Plan, so wie es sich Sarah nicht besser hätte wünschen können.

Und dann war die Ausgangssperre gekommen. Greg hatte seinen Job aufgegeben, um zu Hause zu bleiben und sich ganztags um das Kind zu kümmern, während sie in Vollzeit ging und mehr Stunden als je im Leben arbeitete. Das Arrangement war ihnen logisch erschienen; er konnte keine Überstunden machen, Sarah schon, und auf diese Weise wäre immer jemand zu Hause, der sich um Cass kümmern konnte, was ihnen beiden wichtig war. Nur dass Sarah, obwohl sie wusste, wie patriarchalisch und antiquiert das war, diese Rolle gern selbst übernommen hätte. Sie konnte nicht mehr sagen, wann sie angefangen hatte, ihn dafür zu hassen.

Aus Scham hatte sie diese Gefühle verdrängt und Greg vieles nachgesehen, was sie lieber zur Sprache gebracht hätte. Greg hatte seinen Teil zu den Schwierigkeiten beigetragen, indem er sie bei jeder Gelegenheit belog, doch wenn sie ehrlich war, hatte sie ihm nur allzu willig geglaubt. Sie hatte vor dem, was da lief, die Augen verschlossen.

Dabei gab es auch positive Entwicklungen. Nachdem Greg ins Gefängnis gekommen war, hatte sie ihren Job gekündigt und sich für den elektronischen Überwachungsservice beim Frauenschutzamt umschulen lassen. Ihre Aufgabe war es, Männern ihre elektronischen Fußfesseln anzulegen, sie zu überprüfen, zu warten und zu wechseln. Es lief wirklich gut. Die einmonatige Probezeit hatte sie mit Bravour bestanden. Sie arbeitete jetzt nicht mehr so lange, wurde gut bezahlt und kam bestens mit ihren Kolleginnen zurecht. Darüber hinaus war es eine sinnvolle Tätigkeit, die etwas bewirkte.

Cass war da völlig anderer Meinung. Aber Cass war bei allem, was Sarah sagte oder tat, anderer Meinung.

Am Tag nach dem Besuch bei Greg hatte Sarah Frühschicht. Hadiya, die Leiterin des Überwachungsservicecenters, war schon vor ihr da. Sarah fragte sie nach ihrem neuen Wagen, und Hadiya erkundigte sich nach Cass. Sie wisse ja, wie Teenager seien, antwortete sie nur und verdrehte die Augen. Hadiya grinste und meinte, sie sei heilfroh, dass die eigenen Töchter aus dem Alter heraus seien. Sarah fragte sich kurz, wie Hadiya wohl reagieren würde, wenn sie ihr die Wahrheit sagte: dass sich ihr süßes, kleines rosafarbenes Baby in einen Feuer speienden Drachen verwandelt hatte.

Anschließend ging sie in ihr Dienstzimmer und öffnete das Fenster, um das Gezwitscher der Amseln hereinzulassen, bevor sie sich ihrem Slate zuwandte und sich in den Terminkalender des Servicecenters einloggte. Sie ging die Namen, Adressen und Geburtsdaten durch und stellte sich die passenden Männer dazu vor.

Jemand klopfte an die offene Tür, und Hadiya kam mit Mabel herein, der anderen neuen Controllerin, die ein paar Wochen nach ihr angefangen hatte. Sie beide hatten sich über ihre gemeinsamen Erfahrungen angefreundet.

»Ich muss deine Fesseln und Sticks überprüfen«, sagte Hadiya.

Sie deutete auf die oberste Schublade in ihrem Schreibtisch. Hadiya ging davor in die Hocke und machte sich daran, die unbenutzten Fußfesseln abzuzählen und die Sticks auszuprobieren. Es dauerte nicht lange.

»Passt«, sagte sie und tippte etwas in ihr Slate, bevor sie mit schwungvollen Schritten den Raum verließ.

Mabel setzte sich auf den großen, gepolsterten Stuhl in der Mitte des Raums, legte ein Bein auf die dafür vorgesehene Stütze und lehnte sich zurück. Sie trug goldene Kreolen und ein schwarzes Oversize-Sweatshirt.

»Wie läuft's mit Cass?«

»Schwierig«, sagte sie mit einem Seufzen. »Sie löchert mich ständig, wann Greg endlich entlassen wird.«

»Weiß sie schon, dass er wegziehen muss?«

»Noch nicht. Und ich bin nicht scharf drauf, dass sie es rausbekommt. Sie ist Daddys Mädchen. War sie schon immer.«

»Selbst jetzt noch? Nachdem er die Ausgangssperre gebrochen hat?«

»Jetzt erst recht«, sagte sie. »In Cass' Augen ist die Ausgangssperre die Wurzel allen Übels und einzig und allein daran schuld, dass man ihr den Vater weggenommen hat und sie jetzt bei ihrer Rabenmutter festhängt.«

Mabel lachte. »Vielleicht solltest du Hadiya fragen, ob du Cass mal für einen Tag mitbringen kannst, damit sie sieht, worum es überhaupt geht. Vielleicht ändert sie dann ihre Meinung.«

Sie nahm ihr Bein herunter, setzte sich gerade hin und blickte zur Wanduhr auf.

»An die Arbeit«, sagte sie.

Ihr Büro war nebenan, und nachdem sie gegangen war, hörte Sarah durch die Wand, wie sie vor sich hin sang. So wie Mabel war auch sie schlicht gekleidet. Waren sie alle. Sie legten Wert darauf, den Männern, die zu ihnen kamen, die Erfahrung so wenig einprägsam wie möglich zu machen. Ihre Uniform, wie Sarah die Kleidung im Stillen nannte, bestand aus einer dunklen Hose und einem lose fallenden Shirt. Sie sprach dabei nie mehr als nötig, selbst mit den einsamen Seelen, die gern ein bisschen geplaudert hätten. Ihr waren die Wütenden lieber, die ihren siedenden Groll nur mühsam verbergen konnten, sich aber durch zusammengebissene Zähne und ein rotes Gesicht verrieten. Denen die Fußfessel anzulegen war ein Kinderspiel. Sie bestätigten ihr jedes Mal, dass sie das Richtige tat.

Deutlich schwerer fiel ihr der Job bei denen, die ihren Nachwuchs im Schlepptau hatten. Oft erklärten sie ihr, die Sperre habe ihr Gutes, weil sie dadurch mehr Zeit mit den Kindern verbringen könnten, wohingegen ihr Sprössling danebensaß und sich mit finsterer Miene auf sein Slate konzentrierte. Während Sarah die Fußfesseln der Väter überprüfte, lächelte sie den Kindern jedes Mal zu. Wenn an ihrem zehnten Geburtstag die Jungen zu ihrer ersten Fußfessel hereinkamen, schenkte sie ihnen große Lollis in buntem Papier. Sie waren ja noch Kinder, zu jung, als dass sie begriffen, was die Fußfesseln mit sich brachten, und sie taten ihr jedes Mal ein bisschen leid. Für diese Jungs würde es keinen Schwimmunterricht nach sieben Uhr abends geben und keine Pfadfinderlager. Sie würden sich an ein Leben mit Beschränkungen gewöhnen müssen.

Aber die Sache war es wert. Aus netten, gutherzigen zehnjährigen Jungen wurden Männer, und Männern war nicht zu trauen.

Als wäre es erst gestern gewesen, erinnerte sie sich daran, wie sie in ihrem winzigen Wohnzimmer auf dem braunen Cordsofa auf der Kante gekauert und, das Gesicht in die Hände gestützt, im Fernsehen die denkwürdige Parlamentssitzung verfolgt hatte, bei der die Abgeordneten in Westminster das Ausgangssperrengesetz verabschiedeten. Schon seit Monaten hatte es Gerüchte gegeben, doch dass es wirklich dazu käme, hatte sie kaum zu hoffen gewagt. Ein Land, das schon eine halbe Ewigkeit über männliche Gewalt diskutierte, ohne etwas dagegen zu unternehmen, wäre zu einem solch drastischen Schritt sicher nicht bereit. Sie hatte sich geirrt.

Sie sah auf die Uhr und bestellte per Knopfdruck den ersten Mann auf ihrer Liste herein. Er war Ende zwanzig und hatte seine dichte, dunkle Mähne, passend zum Zweitagebart, so frisiert, dass sie ihm in die Stirn fiel. Sie kannte diesen Typ und verdrehte innerlich die Augen.

»Hi«, sagte er mit einem Lächeln.

»Setzen Sie sich.« Sarah sah auf ihr Display. »Können Sie bitte Ihren Namen bestätigen?«

»Tom Roberts«, sagte er.

Er ließ sich auf den Stuhl nieder, krempelte die Jeans auf und entblößte weiße Sportsocken unter einer gebräunten, behaarten Wade. Die Fußfessel saß direkt über dem Sockenbündchen. Sie inspizierte sie, inklusive Riemen und Schloss.

»Alles in Ordnung?«, fragte er.

Seinem Ton war zu entnehmen, dass er die Antwort für selbstverständlich hielt und nur höflichkeitshalber fragte.

»Alles bestens.«

»Gut«, erwiderte er.

Er beugte sich so weit vor, dass ihr ein Hauch von seinem nicht unangenehmen Aftershave in die Nase stieg, und überprüfte die Fußfessel mit eigener Hand, bevor er das Hosenbein wieder hinunterließ.

»Wann brauche ich eine neue?«

»Warten Sie, ich sehe mal nach.« Sarah rollte mit ihrem Schreibtischsessel zur Seite und befragte ihr Slate. »Erst nächstes Jahr.«

»Dann sehen wir uns wohl in drei Monaten wieder.«

»Sieht so aus.«

Sie entließ ihn, aktualisierte sein Profil, wischte über den Sitz, griff zu ihrer Wasserflasche und stellte fest, dass sie leer war. Der Spender befand sich im Flur, nicht weit von ihrem Büro. Sie würde zum Nachfüllen nur eine Minute brauchen. Im Korridor stieß sie auf Mabel, die sich mit Tom Roberts unterhielt. Über seine Schulter hinweg fing Sarah Mabels Blick auf. Sie sah nicht glücklich aus. Er schlenderte zum Ausgang. Neugierig geworden, folgte Sarah Mabel in ihr Zimmer.

»Gott, so ein Arschloch«, sagte Mabel, bevor Sarah auch nur fragen konnte.

»Woher kennst du ihn?«

»Er ist der Freund von meiner besten Freundin.« Mabel plumpste in ihren Schreibtischsessel, nahm die Füße hoch und drehte sich ein paarmal um die eigene Achse. »Sie vergöttert ihn. Das Problem dabei: Blöderweise hat sich bei ihr der Kinderwunsch geregt, und sie sieht nur sein verführerisches Gesicht.«

»Hast du mal versucht, mit ihr zu reden?«

»Nein«, sagte Mabel achselzuckend. »Was sollte ich ihr auch groß sagen? Dass ihr die Hormone einen Streich spielen und sie nicht klar bei Verstand ist? Da würde sie nur einschnappen. Er ist eben der Mann ihrer Wahl, das muss ich wohl respektieren. Nur dass …«

»… er ein Arsch ist?«, half sie ihr auf die Sprünge.

»Genau. Witzigerweise könnte ich nicht mal sagen, wieso ich ihn nicht ausstehen kann. Helen betet ihn an, irgendwas muss er ja haben.« Mabel seufzte. »Liegt wahrscheinlich an mir.«

»Ach was«, sagte sie. »Ich hab gerade seine Fußfessel überprüft. Mir ist er auch nicht sympathisch.«

»Dir ist doch keiner von denen sympathisch.«

Sarah lachte. Sie kehrte in ihr Büro zurück und trank einen Schluck Wasser. So verging der Tag. Ein paar Männer hatten sich verspätet, aber sie schob sie dazwischen. Bis sie ihre Sticks aufgeladen, ihre Schublade mit neuen Fußfesseln gefüllt und einen letzten Blick auf ihren Terminkalender für den nächsten Tag geworfen hatte, war es zehn vor sieben.

Auf dem Heimweg ging sie in den Supermarkt und blieb dort ein bisschen länger, als für den Einkauf einer Tüte Salat und eines Hähnchens nötig gewesen wäre. Sie genoss die kurze Phase zwischen Arbeit und ihrem Zuhause. Die Gewohnheit stammte noch aus einer Zeit lange vor Gregs Verhaftung, und nur aus einem einzigen Grund hielt sie daran fest.

Cass.

Sie bezahlte, ohne auf den Preis zu achten. Sie warf den Einkaufsbeutel auf den Beifahrersitz und überlegte, ob sie noch einmal zurückkehren und eine Flasche Wein besorgen sollte, ließ es aber bleiben. Sie sollte jetzt lieber sofort zu ihrer Tochter zurück, auch wenn die Aussicht nicht gerade berückend war.

Als sie das Frauenhaus von Weitem sah, hellte sich ihre Stimmung auf. Sie und Cass waren zwei Monate zuvor in das Gebäude eingezogen. Die ehemalige Grundschule stammte aus viktorianischer Zeit und war zu Wohnungen umgebaut worden, nebst Gemeinschaftsküche, Speisesaal und Wäscherei.

Männern war der Zutritt streng verboten; es war ein Ort, wo Frauen unter sich sein wollten.

»Und was ist mit Dad?«, hatte Cass gefragt, als Sarah sie durch die ruhige Zweizimmerwohnung führte, die ihr angeboten worden war. »Wo soll er wohnen, wenn er entlassen wird?«

Die Wände waren weiß, die Teppiche in einem gedämpften Rosa gehalten. Die Badewanne war neu. Bei der ersten Besichtigung wäre Sarah am liebsten auf der Stelle eingezogen. Das Tüpfelchen auf dem i waren die Gemeinschaftsräume, wo die Frauen zusammen kochten und aßen. In dem Moment hatte sie entschieden, dass es ihr gleichgültig war, wo Greg unterkommen würde.

»Du kriegst deine eigene Dusche«, hatte sie zur Antwort gesagt und Cass das zweite Zimmer gezeigt, das mit dem eigenen kleinen Bad. »Sieh dir das an!«

Sie hatte die Kaution hinterlegt, und drei Tage später waren sie eingezogen. Das Frauenhaus bot alles, was sie sich nur wünschen konnte. Was dagegen Cass betraf, lag noch jede Menge Arbeit vor ihr.

Als sie nun die Wohnungstür öffnete, standen Cass' Schuhe mitten im Flur. Sie schob sie beiseite und ging in die Küche, wo sie ein Laib Brot neben einem offenen Päckchen weicher Butter mit einer tiefen Messerkerbe darin auf der Arbeitsplatte vorfand und nicht weit davon einen dicken Marmeladenklecks. Cass saß in ihrem Zimmer mit dem Slate auf dem Bett und mampfte ihr Marmeladenbrot.

»Hühnchen und Salat zum Abendessen!«, rief sie ihr vom Flur aus zu. Cass stand auf und kam zur Zimmertür.

»Ich dachte, es gibt Chinesisch«, sagte sie.

Cass trug hautenge Jeans mit einem Riss im Knie zu Sarahs neuem roten Pullover. Sie zupfte am Saum, damit es ihrer Mutter ja nicht entging.

Sie hatte nichts dagegen, dass Cass sich den Pulli borgte. Er stand ihr gut. Aber sie hätte wenigstens um Erlaubnis fragen können.

»Mir war nicht danach.«

»Und worauf ich Appetit hab, ist egal?«

Sarah schlüpfte aus ihren Schuhen und spreizte kurz die Zehen.

»Du kannst dir gerne was anderes kochen«, sagte sie und bereute ihre Worte augenblicklich.

Sie wartete auf den Wutausbruch. Sie spürte, wie der Spannungspegel stieg. Cass schnappte hörbar nach Luft. Das wäre die Gelegenheit, zurückzurudern und ihnen beiden die Sache leichter zu machen. Sie entschied sich dagegen. Sie hatte Cass schon die Schweinerei in der Küche und den geliehenen Pullover durchgehen lassen.

»Ich muss Hausaufgaben machen«, antwortete Cass durch zusammengebissene Zähne. »Ich hab keine Zeit, mir auch noch was zu kochen.«

»Und ich habe einen Vollzeitjob«, sagte sie. »Trotzdem erwartest du von mir, dass ich mich ums Essen kümmere.«

»Dad hat immer gekocht.«

»Dad ist nun mal nicht da.«

»Dafür hast du ja gesorgt.«

Sie konnte förmlich zusehen, wie sich Cass in ihre Rage hineinsteigerte, und seufzte: »Muss das wirklich schon wieder sein, Cass?«

Cass machte den Mund auf, verkniff sich dann aber sichtlich, was ihr auf der Zunge lag, ging wortlos in ihr Zimmer und knallte die Tür hinter sich zu. Wahrscheinlich schrieb sie Billy Nachrichten auf ihrem Slate und ließ sich darüber aus, wie schrecklich ihre Mutter mal wieder sei.

Es tat ihr weh, dass Cass schlecht von ihr dachte, aber sie kam nun mal ganz nach ihrem Dad. Sie hatte seine Augen, den spitzen Haaransatz und war ihm, wenn sie grollte, was der Normalzustand war, wie aus dem Gesicht geschnitten.

Sie ging in die Küche zurück, sah sich noch einmal die Schweinerei auf der Arbeitsplatte an, schnappte sich ihre Schlüssel und ging in den gemeinsamen Speisesaal hinunter. Eigentlich war sie an diesem Abend nicht an der Reihe, aber die anderen Frauen hätten sicher nichts dagegen. Sie brauchte ein paar freundliche Gesichter und eine nette Unterhaltung, was in den eigenen vier Wänden offenbar nicht zu haben war. Vielleicht fiel den anderen etwas ein, was bei Cass fruchten könnte. Sarah gingen langsam die Ideen aus. Sie würde ihrer Tochter gern nahestehen, und es wäre zu schön, wenn sie sich ihr anvertraute, wenn sie miteinander lachen könnten. Der Umzug an den sicheren Zufluchtsort für Frauen hier, so hatte sie gehofft, würde sie diesem Traum ein wenig näher bringen. Doch bisher hatte er sich nicht erfüllt.

Eher war seitdem alles nur noch schlimmer geworden.

Kapitel 4

Helen

Am anderen Ende der Stadt öffnete Helen Taylor in ihrem Klassenzimmer ihre Tasche, steckte ihr Slate weg und sah sich dann noch einmal um. Sie fand einen zerbrochenen Eingabestift auf dem Boden sowie ein Buch, das jemand falsch herum ins Regal zurückgestellt hatte. Sie warf den Stift weg und drehte das Buch um. Alles musste seine Ordnung haben.

Als sie sich die Jacke überzog, klingelte ihr Slate. Es war Mabel.

Schon seit Jahren trafen sie sich jeden Mittwoch zum Abendessen. Manchmal gingen sie hinterher noch in eine Bar oder einen Club und tanzten sich in einer Menge anderer Frauen die Füße wund, auch wenn diese Gelegenheiten in letzter Zeit immer seltener wurden.

Es bleibt bei heute Abend?

Na klar, antwortete sie.

Das Stadtzentrum lag nur einen Steinwurf von der Schule entfernt. Sie nahm die Abkürzung durch den Park und genoss die frühherbstliche Sonne, die alles in warmes Licht tauchte. In den Beeten verwelkten schon die ersten Blumen, von manchen Bäumen fielen die Blätter ab, doch noch überwog saftiges Grün. Eine Frau um die vierzig rannte in einem signalpinkfarbenen, hautengen Jogging-anzug mit Kopfhörern in den Ohren an ihr vorbei und lä-chelte ihr zu. Helen erwiderte den stummen Gruß.

Eine Gruppe Frauen hatte sich zum Yoga versammelt, und nicht weit davon breitete eine Handvoll Teenager eine Picknickdecke aus. Nach der Sperrstunde erwachte die Welt zum Leben. Der öffentliche Raum gehörte den Frauen. Sie konnten tun und lassen, was sie wollten, in der Kleidung ihrer freien Wahl. Sie konnten auch um Mitternacht be-schwipst nach Hause gehen, ohne angepöbelt zu werden.

Als sie durch das Tor am anderen Ende des Parks trat, klingelte ihr Slate wieder. Es war Tom.

Wo bist du gerade?

Zum Essen mit Mabel, antwortete sie.

Kann kaum erwarten, dich am Wochenende zu sehen. Nicht mehr lange bis zum Lebensgemeinschaftsschein! Viel Spaß mit M. Rufst du später zurück???

Sie hatte das Slate noch in der Hand, als auf dem gegen-überliegenden Bürgersteig jemand auf sich aufmerksam machte. Es war Mabel, die den Arm hochreckte und wie wild winkte. Als ob Helen sie übersehen könnte, als ob ir-gendjemand sie überhaupt übersehen könnte mit ihren knapp eins achtzig plus Frisur.

Sie überquerte die Straße im Laufschritt und fiel Mabel in die Arme. Sie hakten sich unter, und Helen leistete keinen Widerstand, als ihre Freundin zielstrebig die Geschäfte ansteuerte. Sie sahen sich die Schaufenster des Schuhgeschäfts an, wo Helen ein paar blaue Wildlederstiefel bewunderte, die Auslagen des Juweliers, die der Buchhandlung. Sie fanden einen Tisch vor Puccino's, ihrem Lieblingsrestaurant, wo ihnen die Kellnerin erst einmal einen Krug Wasser mit Zitronenscheiben und einen Korb mit Grissini brachte. Helen nahm sich eine Stange und zerbrach sie. Von den riesigen Heizpilzen strömte ihnen wohlige Wärme in den Rücken.

»Gott, wie ich die Sperrstunde liebe«, seufzte Mabel zufrieden und sah sich um. »Hast du dir damals träumen lassen, dass es uns mal so gut gehen würde?«

»Ich war da fünfzehn«, antwortete sie. »Ich wollte einfach nur vom Schwimmclub nach Hause laufen können, ohne mir jedes Mal die blöden Sprüche von den Jungs anhören zu müssen.«

»Apropos Jungs, ich hab heute Tom gesehen«, sagte Mabel. »War im Center, um die Fußfessel überprüfen zu lassen.«

»Ach ja, er hat erwähnt, dass das fällig ist«, sagte sie.

Als die Kellnerin wiederkam, bestellten sie einen einfachen Rotwein und eine Salamipizza mit extra viel Käse.

»War er bei dir?«

»Nein, bei einer Kollegin. Wieso?«

»Ach, nichts«, wich sie aus.

Sie wusste, dass Mabel Tom nicht mochte. Wenn sie sich sahen, war sie nett zu ihm, aber Tom ließ sich nichts weismachen und hatte Helen darauf hingewiesen. Es war letztlich so offensichtlich, dass sie sich fragte, wieso sie nicht selbst darauf gekommen war. Sie hatte beschlossen, es zu ignorieren. Eine andere Lösung fiel ihr nicht ein. Manche Leute kamen einfach nicht miteinander klar.

»Läuft wohl gut bei dir mit der Arbeit«, sagte sie. »Ist offenbar richtig dein Ding.«

Wieder meldete sich ihr Slate, und sie sah kurz nach. Tom. *Du fehlst mir.*

»Ja, schon«, sagte Mabel. »Allmählich hab ich den Bogen mit den Fußfesseln raus, und sie ist gut bezahlt. Außerdem gibt sie mir ein gutes Gefühl, etwas dazu beizutragen, dass – wie du sagst – die Mädchen heute nach dem Schwimmen heimgehen können, ohne dass ihnen irgendwelche verrückten Kerle nachsteigen.«

»Siehst du wohl«, sagte sie und tippte lächelnd eine kurze Nachricht für Tom ein. *Du mir auch.*

Sie aßen die Pizza, leerten den Wein und dann noch eine zweite Flasche – mehr, als sich Helen normalerweise genehmigte, wenn sie am nächsten Morgen Unterricht hatte, aber es war so ein herrlicher Abend nach einem anstrengenden Tag. Cass Johnson schien es sich in den Kopf gesetzt zu haben, ihr das Leben schwer zu machen. Klar, dass sein Vater seit Monaten im Gefängnis saß, war für das Mädchen nicht einfach, aber Helen hatte weiß Gott genug Nachsicht mit ihm gehabt. Es wurde langsam Zeit, dass Cass sich zusammenriss und erwachsen wurde.

Mabel hielt die leere Flasche über ihr Glas und sah zu, wie die letzten Tropfen herausrannen. Vom Alkohol waren ihre Wangen gerötet, und wenn sie Helen angrinste, zeigten ihre Zähne einen blauen Schimmer.

»Freut mich, dass es gut läuft«, sagte Helen. »Apropos, ich wollte was mit dir besprechen.«

»Was denn?«

Der Wein gab ihr ein wohlig warmes Gefühl im Bauch, und sie wagte es einfach. »Es geht um mich und Tom.«

»Worum genau?«

»Wir ... wir tragen uns mit dem Gedanken zusammenzuziehen.«

Mabel drückte den Rücken durch. »So früh schon?«

»Du sagst das, als wären wir erst sechs Wochen und nicht seit sechs Monaten zusammen«, erwiderte sie. Sie fühlte sich etwas benommen. Vielleicht doch zu viel Wein. »Wir haben schon mit der Paarberatung angefangen. Wir sind bei Dr. Fearne. Die ist echt gut.«

»Das ist ja ein Ding, Helen. Und du hast mir nichts davon erzählt!«

»Ich wollte erst mal sehen, wie's so läuft«, sagte sie leicht gereizt. Tom wurde nicht müde, ihr ins Gedächtnis zu rufen, dass sie ein Recht auf Privatsphäre hatte. Mabel musste durchaus nicht alles wissen. »Wieso hätte ich dir davon erzählen sollen, solange ich mir nicht sicher bin, ob wir die Bescheinigung bekommen.«

»Aber natürlich hättest du es mir sagen sollen.«

»Tut mir leid.« Es war eine reflexartige Antwort, die beschwichtigen und Spannung abbauen sollte. Wenn man den anderen gnädig stimmen wollte, bekannte man sich schuldig. »Du hast recht. Ich hätte was sagen sollen.«

»Das alles kommt halt ziemlich plötzlich«, sagte Mabel. »Ich wundere mich nur ein bisschen, das ist alles.«

»Schon klar«, antwortete sie. »Und es ging ja auch wirklich alles ziemlich schnell.« Sie atmete auf. Wieder meldete sich ihr Slate. Diesmal ignorierte sie es. »Aber wir sind uns beide sicher, dass es das Richtige ist. Wir haben lange darüber geredet, und ich weiß, dass wir dasselbe empfinden.«

»Woher willst du das wissen?«

Da, die nächste spitze Stichelei.

»Weil ich ihn genau kenne«, antwortete sie.

»Nach gerade mal sechs Monaten?«

Bei ihr kündigten sich die ersten Kopfschmerzen an. »Bitte, Mabel. Ich weiß, dass du ihn nicht magst, aber er ist unheimlich nett. Keine Ahnung, wieso du das nicht siehst.«

»Ich hab nie gesagt, dass ich ihn nicht mag«, entgegnete Mabel.

Die Kellnerin kam mit der Rechnung. Helen bezahlte. Sie hängten beide ihre Tasche um und gingen anschließend wie gewohnt durch den Park. Sie kamen am See vorbei. Der Springbrunnen war noch in Betrieb.

»Aber stimmt doch, dass du ihn nicht magst, oder?«, hakte sie nach. Sie wusste selbst nicht, was sie ritt und welche Antwort sie erwartete.

»Lass es mit ihm bleiben«, sagte Mabel.

»Meinst du das jetzt ernst?«

»Lass es, mehr kann ich dazu nicht sagen, tut mir leid.«
Sie zog ihren Arm weg, den sie bei Helen eingehakt hatte,
und trat einen kleinen Schritt zurück. »Ich melde mich,
okay?«

Verletzt und traurig, ging Helen nach Hause in ihre
leere Wohnung. Sie machte Licht, setzte Wasser auf und
ließ eine Tasse Tee ziehen, während sie ihr Slate überprüfte
und feststellte, dass von Tom noch einige weitere Nachrichten eingegangen waren. Sie sank auf die Couch und
schrieb ihm zurück. Zwischen den Nachrichten schaute
sie im Schwangerschaftsforum vorbei, das sie in letzter
Zeit immer häufiger besuchte. Schon wieder hatten weitere drei Frauen gepostet, dass sie ein Baby bekämen. Alle
erwarteten ein Mädchen. Es gab ihr einen Stich, eine Mischung aus Wehmut und Neid. Sie stellte sich vor, wie eines
hoffentlich nicht allzu fernen Tages sie eine entsprechende
Nachricht hochlud. Bald, redete sie sich gut zu, schon bald.
Sie hatte bereits die Pille abgesetzt und nahm Folsäure zu
sich. Um Tom nicht unter Druck zu setzen, hatte sie ihm
noch nichts gesagt, dabei hegte sie nicht den geringsten
Zweifel, dass er aus dem Häuschen wäre, wenn sie ihm die
frohe Botschaft eröffnete.

Kapitel 5

Cass

Cass saß auf dem Beifahrersitz und lehnte die Schläfe ans Seitenfenster. Draußen war es noch dunkel. Sie gähnte. Sonst war sie nie so früh auf, und sie hatte nicht einmal Zeit für einen Kaffee gehabt. Sarah nahm sie für einen Tag zum Betriebspraktikum ins Frauenschutzamt mit. Sie hatte sich auf den schulfreien Tag gefreut, bis sie sich mit Sarah über ihre Kleiderwahl in die Haare geraten war. Sie hatte am Ende gewonnen und trug nun den Rock, den sie ausgesucht hatte, anstatt die schlabberige Hose, die ihr Sarah hatte aufschwatzen wollen.

Sie kamen an einer Gruppe Joggerinnen vorbei, die im Einheitslook dunkelrote T-Shirts trugen, und an ein paar Frauen mit Buggys oder mit Kleinkindern an der Hand. Ein kleiner Junge in dunkelblauer Jacke stapfte mit seinen gelben Gummistiefeln durch einen Laubhaufen. *Hab deinen Spaß, Kleiner, solange du noch kannst,* dachte sie. Ältere

Jungs oder erwachsene Männer waren aus dem Straßenbild verbannt und harrten um diese Uhrzeit noch zu Hause aus.

Sarah redete wie ein Wasserfall – für Cass nicht mehr als ein Hintergrundrauschen.

»… es ist also wirklich wichtig, dass du dich ganz genau an meine Anweisungen hältst. Der Frauenschutzservice ist eine ernste Angelegenheit, Cass. Es sind jede Menge Vorschriften zu beachten. Wir wurden darin geschult. Wir wollen schließlich nicht das Risiko eingehen, dass ein Mann das Center mit einer elektronischen Fessel verlässt, die nicht richtig funktioniert. Verstanden?«

»Ich bin ja nicht blöd.«

»Sagt ja auch keiner.«

Sie bogen auf den Parkplatz für die Dienstfahrzeuge ab. Bevor sie hineingingen, inspizierte Sarah ihre Tochter mit einem kritischen Blick.

»Mach den Lippenstift weg«, sagte sie.

Cass verzog das Gesicht. »Der gehört zu einer angemessenen Arbeitskleidung«, sagte sie.

»Vielleicht in all den Schickimickiheften, auf die du so versessen bist, aber nicht in der realen Welt.«

Sarah zog ein paar Papiertaschentücher heraus und hielt sie ihr hin.

»Wenn du dich dann besser fühlst«, sagte Cass.

Sie grapschte nach den Tüchern und tupfte sich den Lippenstift ab, wenn auch nicht ganz.

Es war nicht ihr erster Besuch in einem Frauenschutzamt. Als sie klein war, hatte Greg sie zu seinen Terminen mitgenommen. Als sie nun Sarah ins Gebäude folgte, erinnerte sie sich wieder an das Wartezimmer mit den blitzblanken Plastikstühlen und dem Fernseher, in dem Kindersendungen liefen. Nie etwas anderes. Dann war da noch hinter einer Plexiglasscheibe ein Empfangstisch und zudem dieser Verkaufsautomat. Auch das war ihr haften geblieben. Bei Greg durfte sie sich immer etwas ziehen, meistens eine Tüte Chips mit Meersalz und Essig, und sie hatte es geliebt, den Automaten selbst zu bedienen.

Auf der einen Seite des Wartezimmers gab es eine Reihe geschlossener Türen, jede mit einem Buchstaben versehen. Eine dunkelhäutige Frau mit lockigem Haar erschien mit einem Lächeln in Tür H.

»Morgen!«, sagte sie beschwingt.

»Hi, Mabel«, antwortete Sarah. »Das ist meine Tochter Cass.«

»Hallo, Cass.« Mabel eilte mit ausgestreckter Hand auf sie zu. Cass schüttelte sie. »Wie schön, dich kennenzulernen.«

Sie straffte die Schultern und schenkte Mabel ein strahlendes Lächeln.

»Freut mich auch«, sagte sie. »Ihre Ohrringe gefallen mir.« *Die Schlabberhose,* fügte sie im Stillen hinzu, *und das Sweatshirt eher nicht.*

»Danke«, sagte Mabel.

Das Kompliment wurde nicht erwidert, weder zu ihrem Rock noch der sorgsam ausgesuchten Halskette, aber Cass blieb keine Zeit, sich deswegen zu ärgern, weil Sarah eben die Tür zu einem Büro öffnete.

Es war ein kleiner Raum mit einem großen Fenster, das halb hinter einer Jalousie verschwand, die schief heruntergelassen war. Der verbliebene Bereich zeigte einen halb toten Baum und den Park. In der Zimmermitte stand ein Stuhl, der an eine Zahnarztpraxis erinnerte, mit dicker Polsterung, einer Kopfstütze und schrecklichen LED-Lichtleisten.

An den Wänden hingen Plakate – ein paar davon mit Informationen über das obligatorische Tragen von Fußfesseln von Jungen ab dem zehnten Lebensjahr und der Aufforderung an Eltern, die amtlichen Schreiben zu beachten. *Vermeiden Sie ein Bußgeld!* Auf einem anderen ging es um die Überprüfungstermine. Dem Haarschnitt des abgebildeten Mannes nach hing das Poster schon seit Jahren dort. Sämtliche Männer auf den Plakaten strahlten übers ganze Gesicht, als wäre ihre Fußfessel das beste Gadget, das man sich erträumen konnte. Was für eine Verarsche!

Sarahs Schreibtisch war so öde wie das restliche Büro. Kein einziger dekorativer Gegenstand. Keine Grünlilie, kein Becher mit bunten Stiften, keine Fotos oder anderweitiger Zimmerschmuck. Beim Anblick ihrer Mutter in ihren beigefarbenen Klamotten in ihrem beigefarbenen Zimmer bei ihrem beigefarbenen Job überkam sie eine Woge des Abscheus. Das hier war kein erstrebenswerter Beruf. Es war der reinste Horror. In dieser Sekunde schwor sie sich, niemals wie ihre Mutter Controllerin zu werden. Nur über ihre Leiche. Sie würde etwas machen, was Menschen half.

»Um acht geht's los«, sagte Sarah. »Die meisten Männer kommen zur Routineüberprüfung, bei der wir uns vergewissern, dass die Fußfessel unbeschädigt ist und einwandfrei funktioniert. Wir bemühen uns, sie so zügig wie möglich abzufertigen. Wir verstehen uns nicht als ihre Sozialarbeiter oder Freunde, auch wenn das einige gern anders hätten.«

Sie öffnete die schwarze Schachtel, die auf ihrem Schreibtisch stand, und nahm etwas heraus.

»Das ist ein Fußfesselstick«, erklärte sie und hielt ihn hoch. Er ähnelte einem USB-Stick, nur dass er in einem Metallhaken endete. »Damit öffnet und schließt man die Fesseln. Wenn ich eine ersetzen muss, liegen die neuen hier bereit.« Sie beugte sich vor und öffnete eine Schublade, die mit Boxen bestückt war, jede mit einem dieser allgegenwärtigen schwarzen Reife darin. »Es gibt sie in unterschiedlichen Größen, weil es wichtig ist, dass sie perfekt passen und nicht reiben. Bis hierher irgendwelche Fragen?«

Ja, dachte Cass. *Wie kannst du dich für so was hergeben? Fragst du dich nie, ob es ein Unrecht ist, Männern Fußfesseln anzulegen? Und wieso dürfen die nicht mit dir reden, wenn ihnen danach ist? Warum hasst du Männer so?*

»Nein«, antwortete sie.

»Okay«, sagte Sarah. Sie deutete auf den Stuhl in der Ecke. »Du sitzt dort. Du siehst einfach nur zu. Ich werde ihnen erklären, weshalb du da bist. Wenn deine Anwesenheit jemanden stört, musst du so lange draußen warten, aber damit ist kaum zu rechnen.«

Cass starrte erst zu Boden, dann an die Wand. Alles, damit sie ihrer Mutter nicht in die Augen sehen musste. Schließlich blieb ihr Blick an dem einzigen Farbtupfer im Zimmer hängen, einem roten Knopf an der Wand, direkt über dem Schreibtisch.

»Wozu ist der da?«

Sarah blickte auf, um festzustellen, was Cass meinte. »Das ist ein Alarmknopf.«

»Ein Alarmknopf?«

»Ja. Für den Fall, dass ich Hilfe brauche.«

»Ach so.«

Ihr blieb keine Zeit, noch irgendetwas anderes zu fragen. Sarah hatte den ersten Namen auf einer Tabelle angetippt. Wenig später trat ein Mann ein. Er bestätigte seinen Namen, nahm auf dem großen Stuhl in der Mitte Platz und zog ein Hosenbein seines Anzugs hoch, unter dem eine gestreifte Socke und seine elektronische Fußfessel zum Vorschein kamen. Sarah fummelte an dem Reif herum und tippte auf ihr Display, bevor sie dem Mann erlaubte zu gehen, was er sich nicht zweimal sagen ließ. Anschließend sprühte sie den Sitz mit einer unangenehm riechenden blauen Flüssigkeit ein, wischte ihn ab und wählte den Nächsten auf der Liste. Im Lauf der kommenden zwei Stunden sah Cass eine Parade Männer herein- und wieder hinausmarschieren. Keiner beklagte sich über ihre Anwesenheit. Die meisten blickten nicht einmal in ihre Richtung.

Sie war zunehmend gelangweilt.

Nach einer kurzen Mittagspause ging es im selben Trott weiter, und sie fühlte sich, in Rock und Stiefeln an den Stuhl festgenagelt, immer unbehaglicher. Sie sehnte sich nach einer Hose, in der sie etwas lässiger und breitbeiniger hätte sitzen können.

Eine weitere Stunde verging. Nur ein einziges Mal, als ein zehnjähriger Junge hereinkam und Sarah ihm seine erste Fußfessel anlegte, ertappte sie ihre Mutter bei einer Anwandlung von Gefühlen. Der Junge weinte. Sarah gab ihm einen Lolli, während sich sein Vater für die Tränen seines Sohnes überschwänglich entschuldigte.

Als die beiden wieder draußen waren, sagte Sarah: »Gott, ich hasse es, Kinder abzufertigen.«

»Dann lass es doch«, erwiderte sie.

Sarahs Reaktion auf den kleinen Jungen war für sie überraschend gekommen. In ihren Augen war ihre Mutter ein Mensch, der mit Kindern nicht viel anfangen konnte. Jedenfalls hatte sie für Cass, als sie klein war, nicht viel Zeit gehabt. Sie war immer in der Arbeit gewesen.

»Das ist aber nun mal mein Job«, sagte Sarah. »Und bedauerlicherweise kann ich mir nicht aussuchen, was mir davon gefällt und was nicht. Wie im Leben halt auch.«

Bevor sie etwas entgegnen konnte, waren durch die Wand laute Stimmen zu hören.

»Was geht da vor?«, murmelte Sarah und war schon halb an der Tür.

Nachdem sie in den Flur gehastet war, blieb Cass noch fünf Sekunden sitzen, bevor sie nicht länger an sich halten konnte und ihr hinterherlief.

Aus Mabels Büro kam Geschrei, sodass auch die Männer im Wartebereich den Hals reckten und, mit dem Hintern halb in der Luft, einen Blick durch die offene Tür zu erhaschen versuchten. Cass stürmte in das Büro. Auf dem Stuhl saß ein schwerer, korpulenter Mann mit hochrotem Kopf.

»Das ist zu eng!«, brüllte er und zeigte auf die Stelle über seinem Fußgelenk. »Es ist doch wohl nicht zu viel

verlangt, dass Sie das verfluchte Ding ein bisschen lockerer machen.«

Mabel hatte sich neben dem Stuhl aufgebaut und
stemmte die Hände in die Seiten. »Das passt perfekt!«,
schrie sie zurück.

Und dann war da Sarah. Sie stand links neben der Tür
und hatte plötzlich etwas in der Hand.

»Das ist Ihre letzte Verwarnung«, sagte sie zu dem
Mann.

Ihr Ton war kalt und schneidend, viel furchteinflößen-
der als Gebrüll. Der Mann beachtete sie nicht. Er packte
seine Fußfessel und machte Anstalten, sie sich herunter-
zureißen.

»Lassen Sie das«, sagte Sarah leise und ging einen
Schritt auf ihn zu.

Gleichzeitig löste sich etwas aus dem Gegenstand in
ihrer Hand und traf den Mann mitten in die Brust. Sein
Gesicht verzog sich zu einem Ausdruck ungläubigen Stau-
nens, und seine Lippen formten einen Kraftausdruck, bevor er auf dem Stuhl zusammensackte. Heftig zuckend,
hing er da und stieß seltsame animalische Laute aus, wie sie
Cass noch nie aus dem Mund eines Menschen gehört hatte.
Sie starrte ihn an und begriff, dass er völlig hilflos war.

Sie sah ihre Mutter an und erblickte ein Monster.

Kapitel 6

Pamela

Gegenwart

8:30 Uhr

Der Abtransport der Toten aus dem Park ins Leichen-schauhaus nimmt zwei Stunden in Anspruch. Dabei arbei-ten wir, so schnell wir können.

Die Parkschließung hat schon für jede Menge Spekula-tionen im Internet gesorgt. Sobald die Leute spitzkriegen, dass es eine Leiche gibt, ist mit heiklen Fragen zu rechnen, auf die ich im gegenwärtigen Moment keine Antwort weiß. Nach wie vor weiß ich nicht einmal, um wen es sich han-delt. Ich weiß nur, dass es irgendwo da draußen eine Fa-milie gibt, die bald eine entsetzliche Mitteilung über eine Tochter, Schwester oder Ehefrau empfängt, und die Leute tun mir jetzt schon furchtbar leid. Im Moment kenne ich sie zwar noch nicht, aber bis zum Abend wird sich das ändern.

Auf der Wache ist die Hölle los. Obwohl längst auch die Frühschicht eingetroffen ist, sind die Kolleginnen von der Nachtschicht immer noch da. Ich habe bereits jemanden zu den beiden Frauen geschickt, die den Fund gemeldet haben, damit sie nicht nur ihre Aussagen aufnehmen, sondern auch sicherstellen, dass sie mit niemandem sonst über das Ereignis reden und schon gar nicht etwas im Internet posten. Bis jetzt liegt noch keine Vermisstenanzeige vor, und solange ich nicht weiß, wer die Tote ist, stochere ich in Bezug auf den Täter im Nebel.

Dabei lasse ich natürlich nichts unversucht. Nur sind die Anhaltspunkte mehr als dürftig. Ich warte auf eine Meldung von der Gerichtsmedizinerin mit der Erlaubnis, mir die Leiche selbst anzusehen und ihre Kleidung zu untersuchen. Im Park sind Polizistinnen abgestellt, die jeden Zentimeter nach Indizien abgrasen. Rachel und ich sitzen zusammen in einem der Besprechungsräume auf der Wache und sehen uns auf dem großen Bildschirm das Material der Überwachungskameras im Park an. Bis jetzt haben wir im Schnelldurchlauf sieben Stunden von rein gar nichts gesichtet. Die Bildqualität lässt zu wünschen übrig. Das Interessanteste, was wir bis jetzt erspäht haben, ist ein Fuchs, der mit gesenktem Kopf einen Pfad entlangläuft.

Das Fußfesselprogramm verschlingt so viel Geld, dass die Kommunalverwaltung nicht mehr genug für die Wartung der Kameraüberwachung hat, und seit Männer nachts zu Hause bleiben, anstatt aus Pubs und Clubs zu torkeln, erübrigt sich die Überwachung ja auch mehr oder weniger.

Die Uhr in der Bildecke zeigt 02:48 an, als wir endlich etwas sehen, bei dem ich mich aufrichte und hellwach bin. Der Park liegt jetzt verwaist da, auch wenn die Wege immer noch erleuchtet sind, ein grauweißes Einerlei, in dem jede Bewegung umso interessanter erscheint. Aber das hier ist nicht nur ein nachtaktives Tier auf der Suche nach Futter.

Das hier ist höchst bemerkenswert. Ein Schock. Ich bekomme einen trockenen Mund.

»O mein Gott«, flüstert Rachel.

Eine Gestalt in dunkler, lose fallender Kleidung läuft mit zügigen Schritten den Pfad entlang. Sie trägt etwas auf den Armen. Obwohl es eingewickelt ist, weiß ich sofort, dass es sich dabei um unser Opfer handelt. Die Gestalt taucht nur für wenige kurze Sekunden auf und verschwindet dann wieder aus dem Blickfeld. Sie erscheint kein zweites Mal. Ich spule die Sequenz zurück, spiele sie in Zeitlupe ab, und wir sehen sie uns noch x-mal an. Die Gestalt hat eine Kapuze auf, sodass wir das Gesicht kaum sehen können.

»Die ist ganz schön stark«, sagt Rachel.

»Die?« Das einzige weibliche Wesen, das ich auf dem Bildschirm erkennen kann, ist in ein Tuch gewickelt. »Das da ist ein Mann.«

»Nein, ganz bestimmt nicht. Das ist eine Frau.«

Ich frage mich, ob wir dasselbe Video vor uns haben. Für mich sieht alles an diesem Unbekannten nach einem

Mann aus. »Guck doch mal, wie groß der ist. Sieh dir die Körperproportionen an und den Gang.«

Aber Rachel ist blind dafür. »Es kann kein Mann sein«, sagt sie nur. »Seine Fessel hätte längst Alarm ausgelöst. Er hätte es nie im Leben in den Park geschafft.«

Sie ist sich ihrer Sache absolut sicher, und ich weiß, dass ich von jeder anderen jungen Beamtin eine ähnliche Antwort bekäme. Sie können nichts dafür. Von klein auf ist ihnen eingetrichtert worden, die Überwachung des Hausarrests sei unfehlbar. In ihrer Wahrnehmung ist das einfach so. Basta.

Nicht für mich. Jedes System hat seine Schwachstellen. Die Wirksamkeit der Regel erweist sich an den Ausnahmen. Klar, die Sperre sorgt dafür, dass Männer nachts drinnen bleiben. Aber blindlings jedwede Störanfälligkeit des Systems leugnen? Das wäre ziemlich naiv.

Natürlich kann ich nicht beschwören, dass es keine Frau ist. Sie könnte überdurchschnittlich groß sein. Die Kleidung fällt locker genug, dass sie Brüste und Hüften überspielen könnte. Der Gang könnte mit dem Gewicht zu tun haben, das sie trägt.

»Wahrscheinlich hast du recht«, sage ich und denke an die Leiche, die in der Gerichtsmedizin auf dem Obduktionstisch liegt, und an den langen Tag, der mich erwartet, gute Gründe, meine Energie nicht an eine Auseinandersetzung mit einer Untergebenen zu verschwenden.

»Wahrscheinlich?«, sagt Rachel und schüttelt den Kopf. »Also wirklich, Pamela!«

»Wir sollten jedenfalls keine Möglichkeit ausschließen.«

»Die Möglichkeit, dass es ein Mann ist, können wir aber ausschließen!«

Mir liegt der Hinweis auf der Zunge, dass kein System unfehlbar sei und wir in diesem Stadium für alles offen sein sollten, aber ich schlucke ihn hinunter. Ich weiß, wie die anderen Frauen über mich denken. Ich bin hier die Älteste, nur noch wenige Wochen vom Ruhestand entfernt. Ich gelte als altmodisch, nicht mehr ganz auf der Höhe der Zeit, ein Dinosaurier, der alte Ängste noch nicht überwunden hat. Die Jüngeren glauben an Technik, an elektronische Fußfesseln, an ihre Slates. Dabei habe ich gegen Technik nicht das Geringste einzuwenden, sie erleichtert uns das Leben, aber man sollte darüber nur nicht vergessen, auch auf sein Bauchgefühl zu hören.

Das Video mit der Gestalt ist immer noch auf dem XXL-Bildschirm eingefroren, und ich starre wie gebannt darauf. Rachels Slate klingelt, kurz darauf meines. Ich habe zwei Nachrichten. Eine von der Gerichtsmedizin mit dem Bescheid, dass ich unser Opfer sehen kann, sobald es meine Zeit erlaube. Die andere kommt von der Bezirkspolizeichefin.

»Die schicken ein Spezialteam«, sagt Rachel. »Heißt das etwa, die nehmen uns die Ermittlung weg?«

»Wahrscheinlich«, antworte ich.

Bis zu einer anderslautenden Dienstanweisung gedenke ich allerdings, meinen Job zu machen.

Kapitel 7

Sarah

Sarah griff nicht leichtfertig zum Taser. Das erste Mal war ihr in schrecklicher Erinnerung geblieben. Die Nacht danach hatte sie kaum geschlafen und war, von lebhaften Erinnerungsblitzen gequält, immer wieder zitternd und schweißgebadet aufgewacht. Das Sirren des Geräts, der kehlige Laut, den der Mann beim Zusammenbrechen von sich gegeben hatte, die gelbe Lache, die sich auf dem Boden unter ihm ausgebreitet hatte. Bis zu jenem ersten Mal war es Theorie gewesen, die Praxis hatte ihr einen Schock versetzt. Beim zweiten Mal war sie es schon gefasster angegangen. Dieses dritte Mal hatte es sie kaum noch berührt.

Eines allerdings hatte sie dabei vergessen.

Cass.

Mabel musste sie erst darauf aufmerksam machen, dass Cass in der Tür stand.

»Oje«, stieß sie erschrocken aus und drehte sich zu ihrer Tochter um.

Cass war so blass, dass Sarah befürchtete, sie könnte jeden Moment in Ohnmacht fallen. Cass blickte zwischen Sarah und dem Mann hin und her. Ihre Unterlippe bebte.

»Bring du sie bitte in den Pausenraum, ja?«, sagte sie zu Mabel. »Ich kümmere mich so lange um den hier.«

Während Cass hastig hinauskomplimentiert wurde, kam Hadiya herein, nahm den Mann in Augenschein und seufzte. Dann rief sie die Polizei an. Jetzt mussten sie erst einmal alle Ruhe bewahren. Die Männer im Wartebereich waren außer sich. Der ein oder andere ging wahrscheinlich weg und musste umgebucht werden.

Mein Gott, Männer nerven wirklich nur, dachte sie beim Anblick des Exemplars, das immer noch reglos auf dem Stuhl hing. Als diejenige, die ihn getasert hatte, war es ihre Pflicht, bei ihm sitzen zu bleiben, bis die Polizei eintraf, und sicherzustellen, dass er atmete und wieder zu Bewusstsein kam, auch wenn es ihm nicht besonders gut ging.

Außerdem zog der Einsatz einen erheblichen Papierkram nach sich, weshalb sie an Mabels Schreibtisch Platz nahm und schon einmal die entsprechenden Formulare ausfüllte. Der Datei nach hieß der Mann Paul Townsend. Er war dreiundsechzig Jahre alt, geschieden, Vater von zwei erwachsenen Kindern, teilzeitbeschäftigt bei einem Logistikzentrum an der London Road. Von der letzten Controllerin, die ihn abgefertigt hatte, gab es einen Vermerk über feindseliges Verhalten. Falls der Mann ihr später

Ärger machte, sicherte dieser Hinweis sie ab. Sarah hatte gerade angefangen, den Vorfall in gebotener Kürze zu schildern, als die Tür aufging. Es war Hadiya.

»Die Polizei ist da«, sagte sie.

Die erste Beamtin kam auf knarrenden Sohlen herein. Beim Anblick ihrer dunklen Uniform entspannte sich Sarah. Die Polizistin nickte ihr zur Begrüßung zu und drehte sich zu dem Mann auf dem Stuhl um.

»Also, Sir«, sagte sie. »Dann schaffen wir Sie mal hier raus, ja?«

Im selben Moment kam Verstärkung von einem jüngeren Mann. Mit vereinten Kräften packten sie Townsend unter den Achseln und versuchten, ihn aufzurichten. Er wehrte sich.

»Geben Sie sich ein bisschen Mühe«, sagte der Polizist zu ihm. »Machen Sie es uns allen nicht unnötig schwer. Reißen Sie sich zusammen, wir gehen gemeinsam hier raus und verfrachten Sie ohne viel Tamtam in den Polizeitransporter. Am Anfang ist das vielleicht ein bisschen peinlich für Sie, im Wartebereich an den anderen vorbei, aber Sie sind ein tapferer Junge, Sie machen das schon. Oder müssen wir Ihnen Handschellen anlegen? Ich kann auch Verstärkung holen, und wir tragen Sie weg.«

Der Mann würgte einen Laut heraus. Vor Anstrengung traten ihm die Venen am Hals hervor. Er holte mühsam Luft und versuchte es noch einmal. »Laufen«, keuchte er.

»Gute Wahl«, sagte die Polizistin. Sie verlor keine Zeit, und schon war der Mann zur Tür hinaus. Sarah spürte, wie im Wartebereich alle die Luft anhielten. Der Erste, der wieder etwas sagte, war ein kleiner Junge. Sie hörte seine hohe Kinderstimme, in der Angst und Verwirrung mitschwangen, und dann die leise Antwort seines Vaters.

Sarah schrieb ihren Bericht zu Ende, verließ dann Mabels Büro und ging an den wartenden Männern vorüber, die alle gesehen hatten, wie sie herbeigeeilt war, und die jetzt alle wussten, wer den Mann getasert hatte. Sollten sie es ruhig wissen. Sollte sie der Vorfall ruhig zum Nachdenken über ihr eigenes Verhalten bringen. Sie hoffte, dass er ihnen ein bisschen Angst eingejagt hatte.

Als sie in den Pausenraum kam, saß Cass dort am Ecktisch und spielte mit einer Coladose. Mabel stand vor einem der Automaten. Sie drückte ein paar Knöpfe. Etwas ratterte ins Auffangfach. Sie bückte sich danach. Sarah ging zu ihr und tätschelte sie kollegial am Arm.

»Die Fußfessel war in Ordnung«, sagte Mabel.

»Natürlich war sie das«, sagte Sarah. »Manche Männer sind einfach nur auf Ärger aus.« Sie drehte sich zu ihrer Tochter um. »Ich glaube, du gehst am besten nach Hause, Cass.«

Cass setzte sich kerzengerade auf. »Was? Wieso das denn?«

»Bitte jetzt keinen Streit«, sagte Sarah.

Weder erklärte sie ihr den Vorfall, noch versuchte sie, ihn zu rechtfertigen – es kam ihr nicht einmal in den Sinn. Cass wäre hier nur im Weg. Die Controllerinnen waren durch den Vorfall alle mit ihren Terminen in Verzug geraten, ihnen stand noch einiger bürokratischer Aufwand bevor, und sie hatten mit Sicherheit alle das Bedürfnis, hinterher darüber zu reden, um Druck abzulassen. Das ging wohl schlecht in Gegenwart einer Jugendlichen, noch dazu einer im Minirock.

»Ich muss aber ein ganztägiges Praktikum nachweisen, sonst zählt es nicht«, protestierte Cass.

»Du liebe Zeit, geh einfach, geh!«

Es war erst halb zwölf, und sie hatte schon genug Stress für einen ganzen Tag gehabt. Der Anblick ihrer Tochter mit Lippenstift und aufreizender Kleidung machte sie nur noch wütender. Wieso sah Cass nicht ein, dass es Sarah manchmal besser wusste als sie?

»Wie du willst!« Cass stieß den Stuhl so energisch zurück, dass er auf dem Boden quietschte. »Aber ich muss erst noch meine Tasche aus deinem Büro holen«, sagte sie und rauschte ab.

»Ist ein bisschen viel für sie gewesen«, sagte Mabel.

»Ist für uns alle ein bisschen viel gewesen«, erwiderte Sarah und strich sich mit der Hand übers Gesicht. »Bin ich froh, dass es Freitag ist.«

»Kein schöner Auftakt zum Wochenende«.

Sie lachte. »Ich glaube, ich gönne mir heute Abend ein extra großes Glas Wein.«

Sie kehrte in ihr Büro zurück und erinnerte sich an ihre erste Konfrontation mit der Wut eines Mannes, nicht hier im Frauenschutzamt, sondern zu Hause, und nicht mit einem Fremden, sondern ihrem Ehemann. So deutlich, als wäre es erst gestern gewesen, sah sie ihn draußen vor der Tür stehen und hörte ihn brüllen, sie solle ihn sofort wieder reinlassen. Sie erinnerte sich, wie sie im Hausflur stand, wie ihr unter dem Schock das Herz im Halse schlug und sie kaum Luft bekam.

Als sie durch den Empfangsbereich zurückkehrte, holte Hadiya sie ein und fragte sie mitfühlend, ob sie lieber heimgehen wolle. Sie verneinte. Sie wollte einfach nur weiterarbeiten. Sie hatte nicht die geringste Lust, den restlichen Tag in ihrer Wohnung im Frauenhaus zuzubringen, weil auch Cass dort wäre und sie nicht das Bedürfnis hatte, mit ihrer Tochter zu reden. Sie hatte diesen Blick bei Cass gesehen. Sie war es einfach leid, dass alle Versuche, sie einander näherzubringen, danebengingen.

Wenigstens mussten die Männer hier im Servicecenter auf sie hören.

Kapitel 8

Cass

Mit rasendem Herzen verließ Cass das Gebäude. Es hämmerte ihr so laut in den Ohren, dass sie sich einbildete, jeder müsse es hören. Als sie ins Freie trat, schien alles lebendiger und unmittelbarer zu sein; das abgefallene Laub hatte ein kräftigeres Orange und der Himmel ein dunkleres Grau als noch am Morgen. Es lag ein würziger Geruch in der Luft, und sie schnappte gierig danach.

Tief in ihrer Jackentasche vergraben, hielt sie einen Fußfesselstick in der Faust.

Das scharfkantige Metallende drückte sich ihr in die klammen Finger. Als sie ins Büro ihrer Mutter zurückgekehrt war, um ihre Sachen zu holen, hatte er dort auf dem Boden gelegen. Schon von der Tür aus war er ihr sofort ins Auge gesprungen. Sie hatte ihre Tasche aus Sarahs Schublade geholt, nach ihrem Portemonnaie und ihrem Slate geschaut und dabei mit aller Macht den Stick zu ignorieren versucht. Sie hatte ihn nicht stehlen wollen. Bis zu dem Moment, wo sie danach griff.

Blitzschnell hatte sie ihn in die Jackentasche gesteckt und war hinausmarschiert. Niemand hatte versucht, sie aufzuhalten. Ihre Schuldgefühle hielten sich in Grenzen. Geschah ihnen nur recht, wenn sie nicht besser aufpassten.

Sie hätte gern gewusst, ob der Stick funktionstüchtig war.

Sie fragte sich, wie viele Männer wohl dafür bezahlen würden, sich ihre Fußfesseln entfernen lassen zu können. Sie malte sich aus, einen entsprechenden Service einzurichten. Sie würde sich ihre Klientel sorgfältig aussuchen und äußerst respektvoll behandeln. Im Gegensatz zum Frauenschutzamt. In ihrem tiefsten Innern wusste sie natürlich, dass das alles nicht möglich war. Trotzdem ließ sie ihrer Fantasie freien Lauf und stellte sich ein Szenario vor, plante, was sie anziehen, was sie sagen würde, wie die Männer dabei wären, und schon bald hatte sie die schrecklichen, hässlichen Eindrücke des Morgens halbwegs verdrängt.

Ein Gedanke hielt sich allerdings hartnäckig: wie Sarah diesen Mann getasert hatte. Es passte in das nicht besonders schmeichelhafte Bild, das sie ohnehin von ihrer Mutter hatte. Sie ging über Leichen. Was sie mit ihrem Dad gemacht hatte, sprach ja wohl Bände. Aber jetzt … Sie schämte sich dafür, die Tochter dieser Frau zu sein. Wenigstens war es bis zu Gregs Entlassung nicht mehr lange hin. Sie hatte den Tag in ihrem Kalender auf dem Slate markiert. Weil sie unter achtzehn war und nur in Begleitung ihrer Mutter hindurfte, hatte sie ihn nie im Gefängnis besucht. Sarah hatte sich geweigert, sie mitzunehmen. Wenn er erst einmal draußen war, würde er sich natürlich bei ihr melden, dann sähen die Dinge anders aus. Sie würde nicht länger bei Sarah in diesem dämlichen Frauenhaus wohnen und sich an deren idiotische Regeln halten müssen. Weil ihm der Zutritt verboten war, konnte sie nicht einmal Billy zu sich einladen, um mit ihm Hausaufgaben zu machen oder einen Film anzusehen. Sie malte sich aus, was für ein Gesicht Sarah machen würde, wenn sie ihr eröffnete, dass sie ausziehen werde, um bei ihrem Dad zu leben. Bei dem Gedanken hellte sich ihre Stimmung auf.

Mit jedem Schritt auf dem Weg in die Innenstadt ging es ihr ein bisschen besser. Sie liebte Stadtbummel. Sie konnte sich stundenlang die Schaufenster der Boutiquen ansehen und davon träumen, sich kaufen zu können, was sie wollte. Diesmal holte sie nach nur anderthalb Stunden allerdings die Erschöpfung von den schrecklichen Eindrücken ein. Sie brauchte Nervennahrung und steuerte entschlossen den Coffeeshop am Marktplatz an, wo es frische Croissants und heiße Schokolade mit Haselnusssirup gab.

Zu ihrer Überraschung war er nur spärlich besucht – viel angenehmer als an einem Samstagvormittag, wo man froh sein konnte, einen vollgekrümelten Tisch mit Kaffeegeschirr zu bekommen, an dem noch der Lippenstift der letzten Gäste klebte.

»Setz dich schon mal«, rief ihr der Mann hinter der Theke zu. »Ich komme gleich rüber.«

Sogar mit Bedienung? Sie nahm an der Rückseite Platz mit freier Sicht auf die Vitrine, in der Zimtschnecken mit Zuckerguss und Schokoladenmakronen und Obstkuchen lockten. An der Rückseite standen weiße Henkelbecher ordentlich in Reih und Glied. Die Theke war blank poliert, aus dem Minibackofen waberte ihr der Duft nach Butter und Vanille entgegen.

Die Qual der Wahl.

Vielleicht eine heiße Schokolade. Oder einen Mokka mit Schlagsahne.

Doch als der Mann hinter der Theke hervorkam, waren die süßen Verführungen plötzlich vergessen. Sie sah ihn nicht zum ersten Mal. Er war auch samstagvormittags da, nicht immer, aber recht oft. Bis jetzt hatte sie nur ab und zu einen Blick auf ihn erhascht, da er immer hinter der hohen Theke mit der riesigen silbernen Kaffeemaschine steckte, die zischend Milchschaum spuckte. Die dunkle Mähne, die ihm in die Stirn fiel, und die braunen Augen waren ihr vertraut, ebenso seine Schultern, die das kurzärmelige Polohemd mit dem grünen Logo des Ladens, der Coffee Stop hieß, dehnten. So wie sein Körper das Shirt modellierte, regte sich etwas in ihr, was sie nicht so ganz verstand.

Kaum war sie auf ihn aufmerksam geworden, verfolgte sie gebannt, wie er neben den vorhandenen Tassen eine neue Reihe aufstellte. Beim Anblick der Form und Größe seiner Hände rieselte ihr ein wohliger Schauder über den Rücken, aufregend und beängstigend zugleich. In diesem Moment war sie froh, den kurzen Rock anzuhaben und Lippenstift zu tragen.

Nachdem die letzte Tasse an Ort und Stelle war, wandte er sich in ihre Richtung und schenkte ihr ein freundliches Lächeln. Sie lächelte zurück. Ob er sie wiedererkannte? Ob er sie an einem der vielen Samstage, an denen sie da gewesen war, zur Kenntnis genommen hatte? Sie wusste, wie er hieß. Bertie. Vor Wochen hatte sie heimlich ein Foto von ihm gemacht und dann recherchiert.

»Hi«, sagte er. »Was darf ich dir bringen?«

»Hi«, sagte sie und bemühte sich um einen beiläufigen Ton. »Einen Chai bitte.«

Sie traute sich plötzlich nicht mehr, die extragroße heiße Schokolade mit Karamellsirup zu bestellen, nach der ihr eigentlich war. Sie richtete sich kerzengerade auf, um ein wenig größer und älter zu wirken.

»Und was zu essen? Die Donuts sind noch warm.«

Sie wollte nicht gierig erscheinen, aber auch nicht ablehnen, sodass er sie vielleicht für hochnäsig hielt.

»Dann nehm ich einen.«

»Gern«, sagte er. Die ausgewaschenen Partien um die Taschen seiner Jeans und der breite, rote Gürtel sprangen ihr wie in Hochauflösung ins Auge.

Sie zog ihr Slate heraus und tat so, als würde sie ihre Nachrichten überprüfen. Nur weil sie allein da war, sollte er sie noch lange nicht für eine Einzelgängerin halten. Er kehrte hinter die Theke zurück und machte sich an die Arbeit. Den Tee brachte er ihr auf einem Tablett mit einer akkurat gefalteten Serviette und einem blitzblanken Messer zusammen mit dem Donut, wie versprochen noch warm. Sie bezahlte mit dem Slate, und er wartete am Tisch, bis sein eigenes Slate klingelte und den Eingang bestätigte. Zurück hinter der Theke, machte er sich daran, Gläser zu polieren. Cass aß ihren Donut in damenhaften kleinen Happen, anstatt ihn wie sonst hinunterzuschlingen. Mit einem Mal hatte sie das Gefühl, schwer Luft zu bekommen und zu schnaufen.

Sie spielte unentwegt mit ihrem Slate. Immer wieder sah sie nach ihren Mitteilungen, und da sie keine neuen hatte, schickte sie sich selbst ein paar, nur um zu signalisieren, dass sie beschäftigt war. Den Chai trank sie in kleinen Schlucken, weil er furchtbar war, aber da sie ihn nun einmal bestellt hatte, musste sie so tun, als ob er ihr schmeckte.

Ein paar Männer in Hemd und Krawatte kamen herein. Sie warteten an der Theke und gingen dann mit ihrem Kaffee wieder hinaus. Auf dem Weg nach draußen sah sich einer von ihnen verstohlen nach ihr um. Wie sie es ein paarmal vor dem Spiegel geübt hatte, runzelte sie die Stirn, und prompt wandte er den Blick ab. Ging doch. Männer brauchten nicht mit einer Fußfessel gezähmt zu werden. Man musste nur begreifen, wie sie tickten. Hätte ihre Mutter auch nur die leiseste Ahnung davon, hätte sie den Mann heute Morgen nicht zu tasern brauchen. Im Hochgefühl ihres kleinen Triumphs vergaß sie, wie schrecklich der Tee schmeckte, und nahm einen viel zu großen Schluck. Dabei hatte sie wohl unwillkürlich ein Geräusch gemacht, jedenfalls blickte Bertie von der Theke aus zu ihr her und grinste. Etwas in seinem Lächeln gab ihr ein seltsames Gefühl im Bauch.

»Mit dem Tee alles in Ordnung?«

»Alles bestens.«

»Okay. Du kommst mir nur nicht wie der Chai-Typ vor.«

»Tatsächlich?«

»Nein«, sagte er. »Chai-Trinker sind immer ein bisschen … wie soll ich sagen …«

»Ein bisschen was?«

Er zuckte die Achseln. »Nicht so wie du.«

Das sonderbare Gefühl im Bauch verstärkte sich.

»Klar doch«, erwiderte sie, weil ihr nichts Besseres einfiel. Sie wünschte sich inständig, dass er sie nicht für eine Vollidiotin hielt.

»Was dagegen, dass ich dir was anderes aussuche?«, fragte er.

»Also, ich …«

»Aufs Haus«, sagte er. »Unsere Geschäftsphilosophie. Was nicht schmeckt, wird kostenlos ersetzt.«

»Dann spricht wohl nichts dagegen«, lenkte sie ein. »Wenn es der Geschäftsphilosophie entspricht.«

Er stützte die Ellbogen auf die Theke, schmiegte das Kinn in die Hände und sah sie an. »Ich weiß auch schon, was.«

Damit drehte er sich um und machte sich mit mehreren Sorten Sirup und Milchschaum zu schaffen. Cass saß da und sah ihm zu. Sie zermarterte sich den Kopf nach einer witzigen Bemerkung, doch als ihr nichts einfiel, wechselte sie die Stellung und setzte sich so hin, dass sie möglichst sexy und selbstbewusst wirkte, zugleich aber schwer zu kriegen. In einer ihrer kostbaren *Cosmopolitan* stand, das sei wichtig.

Als er ihr das Getränk brachte, strömte ihr von dem sahnegekrönten Kunstwerk in dem hohen Glas ein Duft nach Karamell und noch etwas anderem entgegen. Er stellte es auf den Tisch und reichte ihr einen langstieligen Löffel.

»Lass es dir schmecken.«

Sie nahm den Löffel. »Danke. Mach ich.«

Er kehrte zur Theke zurück, um Kundschaft zu bedienen, und sie hatte Zeit, jeden Schluck zu genießen und die letzten Minuten hingebungsvoll zu analysieren. War das Einbildung, oder hatte er den Löffel tatsächlich eine Sekunde länger festgehalten, bevor er ihn losließ?

Ein Blick auf ihr Slate sagte ihr, dass sie schon seit fast einer Stunde hier war. Es kam ihr noch gar nicht so lange vor, aber weil es allmählich auf die Mittagszeit zuging, füllte sich der Coffeeshop, und sie wurde nervös. Was, wenn jemand sie hier sah und es der Schule meldete? Oder, schlimmer noch, ihrer Mutter?

Sie warf einen letzten heimlichen Blick auf den Mann hinter der Theke. Sie hätte schwören können, dass da mehr zwischen ihnen gewesen war als der übliche Austausch zwischen Bedienung und Gast in einem Café. Doch wenn sie ihn jetzt so betrachtete, kamen ihr Zweifel. Als er kurz in ihre Richtung blickte, senkte sie das Kinn und machte einen Schmollmund, aber danach sah er nicht wieder zu ihr her. Dafür hatte sie die Aufmerksamkeit einer Frau in der Schlange erregt, und sie hätte schwören können, dass sie lachte. Aus dem Hochgefühl wurde von einer Sekunde zur anderen Verlegenheit, so schlimm, dass sie nicht einmal ihr Glas austrinken wollte.

Sie steckte ihr Slate ein und hängte sich die Tasche über die Schulter. Er konnte sie mal. Die alle konnten sie mal. Sie war es leid, von allen wie Luft behandelt zu werden. Wie zum Beispiel von ihrer Mutter, die darauf bestand, sie ins Frauenschutzamt mitzunehmen, nur um sie praktisch gleich wieder rauszuschmeißen. Sie kochte vor Wut.

Sie trat hinaus. Im Zentrum herrschte reges Treiben. Anders als auf ihrer Fahrt am frühen Morgen waren um diese Zeit Passanten beiderlei Geschlechts unterwegs. Eigentlich hätte sie ihren Ausflug genießen sollen, tat es aber nicht, und die Ereignisse vom Morgen brachen umso heftiger über sie herein.

Sie hatte einen Fußfesselstick aus dem Servicecenter mitgenommen. Nein, nicht einfach mitgenommen: geklaut.

Sie griff in die Jackentasche, und als sie ihn zwischen den Fingern spürte, fühlte sie sich zugleich erleichtert und beklommen. Sie hatte keine Ahnung, was sie damit anfangen sollte. Einerseits konnte sie ihn nicht behalten, andererseits brachte sie es aus Sorge, dabei von jemandem beobachtet zu werden, nicht über sich, ihn einfach in die nächstbeste Mülltonne zu werfen.

Sie nahm den Bus nach Hause, setzte sich auf die hinterste Bank und behielt die anderen Fahrgäste im Blick. Niemand nahm Notiz von ihr, sodass sie sich nach einer Weile entspannte und wieder klar denken konnte. Sie hatte den Stick gar nicht gestohlen, sondern nur vom Boden aufgehoben – besser sie als einer der Männer.

Die Tür zum Frauenhaus ging auf, bevor sie auch nur den Schlüssel ins Schloss stecken konnte. Mrs O'Brien stand vor ihr und sah sie streng an.

»Schon zurück?«, fragte sie.

Von allen Frauen im Haus konnte sie Mrs O'Brien am wenigsten ausstehen. Sie leitete das Bewohnerinnenkomitee und hatte die Entscheidungsvollmacht darüber, wer im Frauenhaus wohnen durfte. Cass glaubte, dass ihr die Macht zu Kopf gestiegen war. Außerdem hasste sie es, wie Mrs O'Brien offenbar mit ihrem Gymnastikoutfit verwachsen war. Das Fleeceoberteil mit einer Perlenkette zu schmücken machte es nicht besser.

»Sieht so aus«, sagte sie und manövrierte sich an dem alten Drachen vorbei in den Flur.

»Solltest du nicht in der Schule sein?«

»Nein«, sagte sie ohne eine weitere Erklärung.

Es ging die Frau nichts an. Und was ihr wirklich auf der Zunge lag, wollte sie nicht sagen, weil jeder Versuch, Mrs O'Brien zu stecken *du kannst mich mal,* sofort ihrer Mutter gemeldet und in einer stundenlangen Predigt enden würde. Wie wichtig es sei, zu anderen Frauen nett zu sein, besonders zu denen im Frauenhaus. Dabei verachtete sie die Frauen hier dafür, Männern aus dem Weg zu gehen. Wenn sie ihre ehrliche Meinung hören wollten: Sie sollten mal versuchen, sich zu überwinden. Nicht alle Männer waren schlecht.

Sie stapfte durch den Flur, wo ihre Stiefel auf dem rosafarbenen Teppich Abdrücke hinterließen, und weiter die Treppe zu ihrer Wohnung hinauf. Bevor die selbst ernannte Sittenpolizei im Gebäude den Kopf aus irgendeiner Tür herausstrecken und etwas zu beanstanden finden konnte, huschte sie hinein. Sie hasste es, hier zu wohnen. Sie sehnte sich nach ihrem alten Haus und zu ihrem Dad zurück. Der nahm alles locker. Es war ihm egal, was sie machte oder wie sie sich anzog. Er behandelte sie nicht wie ein Kind. Hier drin stand sie ständig unter Beobachtung und konnte rein gar nichts machen.

In ihrem Zimmer trat sie die Tür hinter sich zu und ließ sich dann aufs Bett plumpsen. Sie holte den Fußfesselstick heraus und sah ihn sich genauer an, bevor sie ihn ganz hinten in ihrer Wäschekommode versteckte. Anschließend nahm sie ein ausgiebiges Bad. Sie war immer noch darüber schockiert, dass Sarah den Mann getasert hatte. Dabei hätte sie eigentlich auf so etwas gefasst sein müssen, schließlich hatte sie mit eigenen Augen gesehen, wie sie ihren Dad vor die Tür gesetzt hatte. Der Fußfesselstick war ein Problem, allerdings nur, wenn sie sich damit erwischen ließe. Dann würde sie sich eben nicht damit erwischen lassen. Sie brachte eine Stunde damit zu, verschiedene Makeups auszuprobieren und den Eyeliner richtig hinzubekommen. Es war Freitag; ihre Mutter würde darauf bestehen, dass sie mit ihr und den anderen unten im Speiseraum zu Abend aß, also wischte sie sich am Ende alles wieder aus dem Gesicht. Es war den Ärger nicht wert. Könnte sie nur irgendwo anders wohnen, ohne all die Regeln. Wenigstens kam ihr Dad bald frei.

Als Sarah von der Arbeit heimkam, hatte sich Cass mit einer Zeitschrift auf dem Sofa ausgestreckt. In der bangen

Erwartung, Sarah könnte sie nach dem Fußfesselstick fragen, hielt sie die Luft an, aber ihre Mutter ging sofort auf ihr Zimmer. Auch als sie in Strickjacke und Jeans wieder herauskam, sagte sie nichts dazu.

»Komm«, befahl sie. »Wir müssen runter und in der Küche helfen.«

In der ehemaligen Schulküche stellten sie Cass eine große Schüssel Kartoffeln zum Schälen hin. Die ersten nahm sie mit Elan in Angriff und ließ die Schalen in einen Plastikeimer fallen. Sarah hätte ihr eigentlich helfen müssen, aber sie war zu sehr damit beschäftigt, Mrs O'Brien von dem Mann zu erzählen, den sie getasert hatte, und so überließ sie ihr die ganze Arbeit. Je nasser und kälter sich ihre Finger vom stärkehaltigen Saft anfühlten, desto langsamer und nachlässiger wurde sie. Gäbe es nicht Fischauflauf, ihr Lieblingsessen, und hätte ihr der Magen nicht so geknurrt, hätte sie gestreikt.

Bei der Nachspeise – es gab Erdbeercreme – stand für sie eines außer Zweifel: Sarah hatte nicht die leiseste Ahnung, dass sie im Besitz des Fußfesselsticks war. Sie hatte nicht einmal erwähnt, dass einer fehlte, sondern kein anderes Thema gekannt als den getaserten Mann. Die anderen Frauen hatten ihr an den Lippen gehangen, so sehr bewunderten sie Sarahs Heldentat, ohne ein einziges Mal zu fragen, wie es ihr dabei ergangen war.

Und so beschloss sie, den Stick zu behalten.

Kapitel 9

Helen

Lange bevor der Wecker klingelte, wachte Helen am Samstagmorgen auf. Sie lag im Bett, starrte in die Luft und dachte an Tom. Sie zog sich die Decke unters Kinn und streckte den Arm über die leere Betthälfte aus. Schon bald würde er dort neben ihr liegen. Wenn sie dann morgens die Augen aufmachte, brauchte sie nur hinüberzugreifen, um ihn zu berühren. Ein verlockender Gedanke.

Sie stand auf, schlüpfte in eine Jeans und zog sich eine marineblaue Bluse über. Die Bluse hatte Perlmuttknöpfe und zarte eingewebte Streifen, stilvoll, aber nicht übertrieben elegant. Bei jeder Beratungsstunde hatte sie sorgfältig auf ihre Kleidung geachtet, um einen möglichst guten Eindruck zu machen. Sie wollte nichts dem Zufall überlassen. Dr. Fearne musste ihnen die Bescheinigung erteilen. Sie musste einfach. Vor drei Wochen hatte sie die Pille abgesetzt. An jenem Morgen hatte sie einen solchen inneren Widerstand dagegen entwickelt, dass sie sich physisch außerstande sah, sie in den Mund zu stecken und zu schlucken. Sie wusste, dass Tom ein Recht darauf hatte, das zu erfahren. Es hatte sich nur noch nicht der richtige Moment ergeben. Sie redete sich ein, das Ganze sei schließlich kein Problem. Ihr Körper würde ohnehin eine Weile brauchen, sich umzugewöhnen. Außerdem war es nur vernünftig, weil sie die künstlichen Hormone bereits los wäre, wenn sie ihren Schein in der Tasche hatten und zusammenziehen konnten.

Bis zu ihrem Treffen mit Tom blieb ihr noch eine Stunde. Sie beschloss, trotzdem sofort loszufahren, damit sie rechtzeitig einen Parkplatz fand. Normalerweise hätte sie sich das Benzingeld gespart und wäre zu Fuß gegangen. Es war nicht weit. Aber wenn sie den Wagen nahm, hatten sie am Nachmittag mehr Zeit zusammen im Bett. Sie würden sich nicht beeilen müssen. Vielleicht reichte es sogar für eine zweite Runde.

Mit dem Auto war sie in wenigen Minuten im Zentrum; eine Parklücke fand sich mühelos. Die meisten Geschäfte hatten noch zu. Sie sah sich trotzdem das ein oder andere Schaufenster an und seufzte sehnsüchtig beim Anblick einer grünen Lederhandtasche und Lackleder-Brogues, obwohl sie für beides keine Verwendung hatte. Vielleicht kaufte sie sich lieber neue Dessous. Tom war ein attraktiver Mann und Helen nicht naiv. Sie wusste, dass er ein Supertyp war. Er hatte es nicht nötig, bei ihr zu bleiben. Wenn sie sich gehen ließe, hinge er sofort wieder an der iDate-App.

Sie strich die Bluse glatt und redete sich gut zu. Sie liebten einander. Es gab keinen Grund zur Sorge. Sicher, zwischen ihr und seiner Verflossenen hatte es eine gewisse Überschneidung gegeben, aber das war nur unglückliches Timing gewesen.

Als sie die psychologische Beratungsstelle erreichte, setzte sie sich draußen auf das Mäuerchen und holte ihr Slate heraus. In dem Roman, den sie gerade las, starrte sie auf ein und dieselbe Zeile, bis sich das Gerät ausschaltete, und selbst das bemerkte sie nicht sofort, so sehr war sie mit ihren Gedanken woanders. Was würde Dr. Fearne sie fragen? Was sollte sie am besten antworten? Wie würde sie sich fühlen, wenn sie heute ihre Bescheinigung bekämen? Und wie würde es ihr gehen, falls nichts daraus würde?

Sie träumte weiter. Tom, schon heute Nacht bei ihr im Bett und von da an jede Nacht. Ein positiver Schwangerschaftstest. Ein Mädchen.

Ihr Slate klingelte. Es war eine Nachricht von ihm, um ihr Bescheid zu geben, er habe sich auf den Weg gemacht, brauche aber wahrscheinlich noch ungefähr zwanzig Minuten. Das Mäuerchen war hart und kalt und ihr Hintern nicht glücklich darüber, so lange darauf zu sitzen, sodass sie beschloss, die Zeit mit einem weiteren Stadtbummel totzuschlagen. Inzwischen herrschte schon mehr Leben in den Straßen. Die Imbissstuben hatten offen. Sie verströmten einen Duft nach brutzelndem Speck. Helen spielte mit dem Gedanken, in eine hineinzugehen und sich ein Sandwich zu holen, aber das musste warten, weil in dem Moment ihr Slate wieder klingelte. Es war ihre Mutter.

Ihre Eltern hatten sich ganzjährig in ihrem Feriendomizil in Südfrankreich niedergelassen, als Helen noch an die Uni ging. Mit keinem Wort hatten sie die Möglichkeit ins Spiel gebracht, dass sie mitkam. Als Studentin hatte sie mangels anderer Möglichkeiten den ein oder anderen Sommer dort verbracht, sich aber jedes Mal als Eindringling gefühlt. Inzwischen fuhr sie nur noch einmal im Jahr für eine Woche hin. Bei ihrer Ankunft wurde sie von ihren Eltern immer begeistert empfangen, doch nach drei Tagen verschwand ihr Vater auf den Golfplatz, und ihre Mutter fühlte sich sichtlich in ihrer Tagesroutine gestört. Da sich ihr Vater weigerte, am Flughafen die Gebühr für eine befristete Fußfessel zu bezahlen, kamen sie umgekehrt nie zu Besuch.

Sie beschloss, nicht ranzugehen, kehrte um, lief zur Beratungsstelle zurück und nahm wieder auf dem Mäuerchen Platz. Diesmal machte sie sich nicht die Mühe, ihren Roman zu öffnen. Mit übereinandergeschlagenen Beinen und verschränkten Händen saß sie einfach da und wartete auf Tom. Pünktlich um 8 Uhr 30 erschien er in einem verwaschenen schwarzen Sweatshirt und Jeans. Bei ihrem Anblick breitete sich ein Lächeln über sein Gesicht aus. Helen sprang vom Mäuerchen hoch und rannte ihm entgegen.

»Tom!«, sagte sie, warf ihm die Arme um den Hals, genoss die vertraute Berührung seiner Schultern und drückte ihm für einen winzigen Moment das Gesicht an den Hals, um seinen Duft einzuatmen.

»Bist du so weit?«, fragte er.

»Und wie!«

Sicherheitshalber kamen sie immer ein bisschen früher zu ihrem Termin. Sie schlug vor, trotzdem direkt hineinzugehen – es war allemal besser, im leidlich komfortablen Wartebereich zu sitzen, als für eine halbe Stunde in einem der Coffeeshops im Zentrum zwanzig Pfund hinzublättern.

Die Stühle waren nur dünn gepolstert, dafür gedieh die Topfpflanze in der Ecke prächtig. Am Empfang lief das Radio, und Helen summte mit. Tom hatte ihre rechte Hand umfasst, eine Geste, die viel Positives über ihre Beziehung aussagte, wie sie fand.

Sie vertrieben sich die Zeit im Gespräch, das heißt, sie übernahm das Reden. Eigentlich hatte sie nicht viel zu sagen, aber ihre Nerven lagen blank, da brauchte sie ein Ventil. Sie lehnte sich an ihn.

»Ich liebe dich«, flüsterte sie.

Er lächelte sie an, küsste sie auf den Kopf und gab ihr das Gefühl, dass ihr Herz nicht mehr ganz in ihren Körper passte.

Auf der anderen Seite des Flurs ging eine Tür auf, und ein Paar kam heraus. Als Erstes kam, die Arme vor der Brust verschränkt, die Frau; ihrem zügigen Gang nach wollte sie offenbar so schnell wie möglich von hier weg. Ihr folgte ein Mann mit schlapp über dem Arm hängender Jacke und traurigem Gesicht, der nicht ganz mit ihr Schritt halten konnte.

»Armer Kerl«, sagte Tom. »Scheint nicht sein Tag zu sein.«

»Stimmt«, sagte sie und dachte insgeheim: *Arme Frau, mit dem da schlafen zu müssen.* Sie steckte den Daumen in den Mund und drückte sich den Nagel an die Zähne, bis er sich bog, eine Stressreaktion, die sie längst überwunden zu haben glaubte.

»Vielleicht wurden sie abgelehnt«, sagte Tom.

»Gut möglich«, antwortete sie.

Nicht alle bekamen den ersehnten Schein. Zumindest konnte man bei diesen beiden auf Anhieb sehen, dass sie schlecht zusammenpassten. Ob sie das tröstete oder beunruhigte, konnte sie schwer sagen. Wenn ein Paar abgelehnt wurde, konnte es sich erneut bewerben, allerdings erst nach einem Jahr und wenn es glaubhaft zeigen konnte, dass sich die Beziehung signifikant verbessert hatte, was auch immer das heißen sollte. Außerdem war die zweite Beratungsrunde nicht kostenlos.

Nach einem reflexartigen Griff an den Kopf bereute sie, sich nicht anders frisiert zu haben.

Wieder ging die Tür auf, und Dr. Fearne erschien. Ihr kurzes Haar war leuchtend rot gefärbt, und sie hatte eine farblich dazu passende Brille auf. Sie trug immer einen langen Rock und dicke Silberringe an den Fingern, was sie in Helens Augen eigentlich zu einer idealen Grundschullehrerin machte.

»Guten Morgen!«, sagte sie gut gelaunt.

»Hallo!«, erwiderte Helen, bemüht, den gleichen beschwingten Ton anzuschlagen.

Sie sprang auf, drehte sich zu Tom um, vergewisserte sich mit einem Blick über die Schulter, dass er noch bei ihr war, und eilte in das inzwischen vertraute Sprechzimmer. Sie setzte sich ans Fenster. Dort stand eine Kristallvase mit

Seidenblumen und hinter dem Schreibtisch ein prall ge-
fülltes Bücherregal mit Titeln wie *Handbuch zur Psycho-
therapie* und *Beratungsmethoden,* Band zwölf.

Ob sie nervös wirkte? Sie hoffte nicht. Sie wollte auf
keinen Fall irgendetwas tun, was bei Dr. Fearne den Verdacht erregen könnte, sie wären nicht kompatibel, schließlich war das Gegenteil der Fall. Es gab wenig, worin sich
Helen so sicher war. Einen Besseren als ihn konnte sie
nicht finden.

Tom war der Richtige.

Er setzte sich neben sie und lehnte sich locker und entspannt zurück.

»Und, wie geht's uns heute so?«, eröffnete Dr. Fearne
das Gespräch. Ihr Slate hatte sie vor sich auf einem Stän-
der und davor eine drahtlose Tastatur, in die sie eifrig
tippte.

»Uns geht's gut«, sagte Tom.

»Und was sagen Sie, Helen?« Sie schob die Brille ins
Haar und schaute sie an. »Wie ist es diese Woche in der
Schule so gelaufen?«

»Gut, danke«, antwortete Helen.

Sie drückte die feuchten Handflächen an die Jeans.
Dr. Fearne sollte sie nicht für übereifrig halten. Andererseits sollte sie auch nicht glauben, sie nähme das alles zu
lässig.

»Ich könnte mir vorstellen, dass es ganz schön anstren-
gend ist, Jugendliche zu unterrichten, bei denen die Hormone verrücktspielen. Sie meinen immer, alles besser zu
wissen, dabei haben sie keine Ahnung, stimmt's?«

»Das fasst es recht gut zusammen«, antwortete sie. »Es macht mir trotzdem Spaß. Es ist ein guter Job.«

»Ein ausgezeichneter Job«, bekräftigte Dr. Fearne. »Gut bezahlt.« Während sie das sagte, wechselte ihr Blick zu Tom.

Was Helen nicht gefiel. »Besser als früher«, sagte sie.

»Allerdings«, erwiderte Dr. Fearne und wandte sich wieder Helen zu. »Um Klassen besser. Ich würde nicht mit früher tauschen wollen. Sie etwa? All die unbezahlte Hausarbeit und Kinderbetreuung und die lachhaften Ge-hälter in den klassischen Frauenberufen, besonders in der Kinder- und Altenbetreuung. Gott sei Dank wird das, was wir da leisten, heute wertgeschätzt.«

Sie schob die Brille wieder zur Nasenspitze hinunter und hämmerte in ihre Tastatur.

»Also«, sagte sie. »Sitzung neun! Heute nehmen wir uns die Aufgabenteilung bei den häuslichen Pflichten vor, und sehen wir mal, wie Sie beide sich das so vorstellen. Nach meiner Erfahrung hilft es immer, wenn ein Paar sich dies-bezüglich verständigt, bevor es zusammenzieht.«

»Also, wir arbeiten ja beide«, sagte Tom. »Natürlich stemmen wir auch den Haushalt gemeinsam.«

Bei seiner Antwort verspannte sie sich. Dr. Fearne schätzte keine schwammigen Antworten.

»Tom hat schon gesagt, dass er das Kochen weitestge-hend übernimmt, nicht wahr, Liebling?«

»Klar«, sagte er und griff nach ihrer Hand. »Ich werde schon dafür sorgen, dass mein Mädchen nicht Hunger lei-den muss.«

»An wie vielen Wochentagen arbeiten Sie, Tom?«, fragte Dr. Fearne.

»Im Moment dreieinhalb.«

»Dreieinhalb«, wiederholte die Psychologin. »Verstehe.«

Mit Kugelschreiber schrieb sie etwas auf einen Notizblock. Helen konnte von ihrem Platz aus nicht lesen, was es war.

»Und Sie, Helen, Sie arbeiten in Vollzeit, ja?«

»Ja.«

»Ich würde gerne länger arbeiten«, warf Tom ein, bevor Helen etwas sagen konnte. »Natürlich kann ich keine Abendschichten machen, aber ich hoffe, mich beruflich zu verändern, sobald Helen und ich zusammengezogen sind. Das geht dann viel leichter.«

»Inwiefern?«

»Meine Wohnung liegt ein bisschen ungünstig«, erklärte er und rutschte nervös auf seinem Sitz herum. »Helens ist viel zentraler, ich kann also länger arbeiten.«

»Verstehe«, sagte Dr. Fearne. »Sie müssen die Fahrtzeiten dazurechnen. Das übliche Problem.«

»Genau«, bestätigte Tom. »Ich hab mich auch am College für einen Weiterbildungskurs eingeschrieben. In Elektrotechnik. Mit dem Abschluss stehen mir viele Möglichkeiten offen.«

Helen war sich unsicher, was Dr. Fearne von Toms Karriereplanung hielt. Jedenfalls verriet deren Gesicht nicht das Geringste. Egal wie oft sie sich einredete, dass der Beratungstermin kein Test war – jedes Mal hatte sie das unbestimmte Gefühl, den Erwartungen nicht ganz gerecht zu werden. Der heutige Termin war da keine Ausnahme.

Eine Stunde lang ließen sie Dr. Fearnes Fragen nach ihrer Aufteilung des Abwaschs, den Badezimmerzeiten und ihren Waschmittelpräferenzen über sich ergehen, bevor sie entlassen wurden. Dr. Fearne gab ihnen noch einen Stundenplan für die Organisation der Hausarbeit an die Hand, den sie auf ihre Slates herunterluden und für ihre nächste Sitzung auszufüllen versprachen. Auf dem Weg zur Tür und die Treppe hinunter an die frische Luft und in die reale Welt zurück fasste Tom sie an der Hand.

»Du liebe Güte«, stöhnte er. »Ich weiß ja, dass wir da durchmüssen, und verstehe, wozu und warum, aber bei der Frau schwillt mir jedes Mal der Kamm. Die hat uns doch glatt Hausaufgaben aufgegeben.«

»Verrückt, oder?«, sagte Helen.

Sie drehte sich zu ihm und legte ihm auf Zehenspitzen die Arme um den Hals. Lieber würde sie sich auf die Zunge beißen, als ihm zu gestehen, dass sie den Stundenplan eigentlich für eine ganz gute Idee hielt.

»Unsere Zukunft liegt in ihrer Hand.« Sie machte große Kulleraugen. »Stell dir das mal vor.«

»Das Einzige, was ich mir vorstellen will, ist mein Leben in deiner Hand«, antwortete er. »Kann's kaum erwarten.«

»Geht mir genauso.«

Er neigte den Kopf und gab ihr drei zarte Küsse, die mehr versprachen. »Sollen wir nach dem Einkaufen im Zentrum was essen?«

»Ähm«, erwiderte Helen und kam wieder auf die Fersen. »Ja, warum nicht.« *Warum nicht* bezog sich auf die Lebensmittel, die zu Hause im Kühlschrank warteten. Andererseits hörte sich ein Mittagessen in der Stadt verlockend an. Ihnen blieb immer noch eine Stunde fürs Bett. Vielleicht konnten sie beim Essen ja diesen Stundenplan ausfüllen. Würde bestimmt nicht lange dauern.

Sie verschränkte die Finger mit seinen und genoss die Wärme seiner Hand und seinen festen Griff. *Er gehört mir,* dachte sie. *Er gehört mir, und es ist ihm recht, dass alle das sehen.*

Es war ein verdammt gutes Gefühl, mit einem großen, attraktiven und charmanten Mann an der Seite durch die Stadt zu schlendern. Sie kamen an Boutiquen vorbei, und er zeigte ihr Kleider, die ihr seiner Meinung nach gut stehen würden. Sie gingen ins Kaufhaus, um sich Kissen und Bettwäsche, Lampen und Henkelbecher anzusehen.

»Wir sollten uns etwas gönnen«, sagte Tom. »Irgendwas für unsere Wohnung kaufen.«

Als sie *unsere Wohnung* aus seinem Munde hörte, schwebte sie auf Wolken. Sie lebte schon viel zu lange allein, ohne jemanden, auf den sie sich stützen konnte. Sicher, sie hatte Mabel, und sie hatte ihren Job, aber nichts wünschte sie sich so sehr wie eine Familie. Jemanden, der sie erwartete, wenn sie nach Hause kam. Jemanden, der sie nie wieder verließ.

Anschließend besuchten sie einen Baumarkt, und Tom suchte sich ein Werkzeugset aus, das er für seinen Collegekurs brauchte. Da es teuer war, bezahlte Helen es. Tom trug ihre Einkaufstaschen. In ihrem Lieblingsrestaurant quetschten sie sich an einen gemütlichen Ecktisch. Nachdem sie schon mehr ausgegeben hatte als geplant, bestellte Helen sich nur ein Schinkensandwich und einen Tee. Tom ging beide Seiten der Speisekarte durch und entschied sich für ein Filetsteak mit Pommes frites und dazu eine Flasche von seinem Lieblingsbier. Als ihre Getränke kamen, hob er sein Glas und neigte es in Helens Richtung.

»Ein Prost auf einen erfolgreichen Vormittag.« Er strahlte. »Noch eine Sitzung, dann ist es geschafft.« Er nahm einen großen Schluck und leckte sich einen Tropfen von der Unterlippe. »Ist das zu fassen? Noch eine Sitzung, und wir ziehen endlich zusammen.«

»Ich kann es kaum erwarten«, sagte Helen.

Sie lächelte. Zwar hatten sie an diesem Morgen ihr Budget ein bisschen überzogen, aber egal. Schließlich konnte Tom nichts dafür, dass er weniger verdiente als sie. Die Ausgangssperre machte es ihm nicht leicht. Um ihren Fluchtfonds brauchte sie sich keine Gedanken zu machen, da hatte sie genug zusammengespart. Babys waren recht kostspielig, und für sie war klar, dass sie dann nicht mehr Vollzeit arbeiten würde, aber Mütter hatten Anspruch auf Erziehungsbeihilfe, einerlei ob sie eine Tagesmutter einstellten oder nicht. Das kompensierte zwar nicht das, was sie jetzt verdiente, aber immerhin.

Der Kellner brachte ihr Essen, und Helen zwang sich, es einfach zu genießen. Es war albern von ihr. Tom hatte recht: Sie durften sich ruhig ab und zu etwas gönnen.

Schließlich ging sie mit Mabel einmal die Woche essen, wieso also nicht auch mit Tom?

Er sah, wie sie ihn anstarrte, und zwinkerte. »Ich liebe dich über alles«, sagte er.

Sie konnte sich glücklich schätzen, seine Auserwählte zu sein, und niemand würde sie vom Gegenteil überzeugen. Nicht Dr. Fearne und schon gar nicht Mabel.

Kapitel 10

Cass

Am Samstagmorgen wurde Cass früh wach, blieb aber einfach im Bett. Als ihre Mutter die Tür öffnete und hereinspähte, stellte sie sich schlafend. Nach ein paar vorgetäuschten tiefen Atemzügen machte Sarah wortlos die Tür wieder zu. Es war schon halb neun, und ihre Mutter wollte bestimmt mit ihr zum Frühstück nach unten gehen, aber sie hatte keine Lust, auf einem Plastikstuhl in einem Speisesaal zu sitzen, wo es nach gekochtem Ei und alten Frauen roch, und hinterher abzuräumen und das Geschirr zu spülen. Vom Kartoffelschälen taten ihr jetzt noch die Hände weh.

Nachdem Sarah weg war, duschte sie und zog sich an. Als Frühstücksersatz nahm sie sich eine Handvoll Schokokekse aus der Dose. Nach einer unruhigen Nacht brauchte sie Zucker. Sie hatte den Mann im Frauenschutzamt ebenso wenig aus dem Kopf bekommen wie Bertie, den vom Coffee Stop. Den Fußfesselstick hatte sie, bevor sie endlich eingeschlafen war, in ihrem Kissenbezug versteckt. Kaum war sie aufgewacht, hatte sie danach gegriffen und einen wohligen Nervenkitzel verspürt. Nur mühsam widerstand sie der Versuchung, ihr Geheimnis mit jemandem zu teilen.

Vom Küchenfenster aus war die Straße zu sehen. Wenn sie etwas nach links trat, konnte sie einen Blick auf die Ecke von Billys Haus erhaschen. Sie hatte ihm eine Nachricht geschickt, aber er hatte noch nicht reagiert. Wahrscheinlich lag er selbst noch im Bett. Andererseits hatte er sich schon die ganze Woche lang ihr gegenüber seltsam benommen, genau seit dem Tag, wo Miss Taylor sie zum Armdrücken gezwungen hatte. Gut möglich also, dass er sie schnitt. Was sie nicht in Ordnung fand. Schließlich waren sie Freunde. Sie schnappte sich ihre Jacke und die Wohnungsschlüssel und verließ die Wohnung, das Diebesgut sicher im Innenfach ihrer Handtasche verstaut. Sie rannte die Treppe hinunter, stürmte zur Haustür hinaus und knallte, nach einem kurzen Blick auf das Schild mit der Mahnung BITTE NICHT DIE TÜR ZUKNALLEN, die Haustür hinter sich zu.

Im Laufschritt überquerte sie die Straße. Als sie Billys Haus erreichte, bellte durchs Fenster der Hund des Nachbarn sie an. Sie ignorierte ihn, blieb an der Haustür stehen und schickte Billy eine Nachricht.

Bist du schon wach?

Sie starrte noch aufs Display und wartete auf eine Antwort, da ging die Tür auf, und sie blickte in das marmeladenverschmierte Gesicht von Billys jüngerem Bruder Samuel.

»Hallo!«, sagte er.

Sie trat an ihm vorbei ins Haus.

»Mach gefälligst die Tür zu!«, brüllte jemand aus dem Wohnzimmer.

Sie hörte, wie Samuel hinter ihr gehorchte. Das Geräusch des Fernsehers und der Geruch aus der Waschmaschine drang heraus, und durch den Türspalt sah sie Billys Dad im Pyjama auf dem Sofa liegen. Wenn möglich, ging sie Billys Eltern aus dem Weg. So wie er das tat. Sie sprang sofort die Treppe hoch, machte oben einen großen Schritt über einen Haufen schmutziger Wäsche und versuchte sich einzureden, dass die schäbigen orangefarbenen Boxershorts zuoberst nicht Billy gehörten. Mit der Faust hämmerte sie mehrmals an seine Tür, bevor sie aufmachte und hineinging.

Unter der Decke bewegte sich etwas, und Billys Gesicht erschien.

»Ich sag doch, ich komm gleich, Mum!«

»Ich bin nicht deine Mutter«, erwiderte Cass.

»Cass?« Auf Staunen folgte Panik. »Mann! Schon mal was von Privatsphäre gehört?«

»Ich hab angeklopft.«

Billy setzte sich auf und rekelte sich. »Wie spät ist es?«

»Neun.« Sie trat ins Zimmer und setzte sich auf den Stuhl an seinem Schreibtisch.

Nach einem komplizierten Hantieren mit der Bettdecke und mit einer rot karierten Pyjamahose stand Billy auf und schlurfte in den Flur. Nebenan fiel die Badezimmertür zu, wenig später hörte sie die Toilettenspülung. Dann entfernten sich seine Schritte die Treppe hinunter. Von unten drangen laute Stimmen herauf, bevor es wieder leise wurde.

In einer gemächlichen Drehung mit dem Schreibtischstuhl schaute sie sich in Billys Zimmer um. Es gab nicht viel zu sehen. Der Teppich war alt, die Wände vergilbt. Er hatte einen Kleiderschrank, aber der Großteil seiner Sachen schien davor auf dem Boden zu liegen. Und es roch. Sie kam nicht auf Anhieb darauf, wonach. Im Frauenhaus gab es diesen Geruch jedenfalls nicht.

Nach einer ganzen Weile kehrte Billy mit zwei Henkelbechern in der einen Hand und einem Teller Toast in der anderen zurück. Die Becher stellte er neben sie auf den Schreibtisch, mit dem Toast setzte er sich aufs Bett.

»Und? Wie lief's gestern bei dir?«

»Ziemlich übel«, sagte sie. »Ich wusste zwar schon immer, was für ein Miststück meine Mutter ist, aber gestern hat sie sich noch mal selbst übertroffen.«

»Mhm«, machte Billy, während er mit drei Bissen einen ganzen Toast verputzte.

»Fing eigentlich ganz normal an, total unspektakulär. Aber dann hat sich so ein Typ im Nachbarbüro beschwert, seine Fessel würden zu eng sitzen.« Sie beugte sich vor, und bei der Erinnerung zog sie in ihren Schuhen unwillkürlich die Zehen ein. »Wir konnten ihn durch die Wand hören, so laut hat er geschrien. Meine Mutter ist dann rüber, um zu sehen, wo das Problem liegt, ich hinterher, und da steht sie und schießt doch tatsächlich vor meinen Augen mit einem Taser auf den Mann. Das war echt krank! Danach ist die Polizei gekommen, und dann Verhaftung und so, das volle Programm.«

Billy hörte auf zu kauen und schluckte vernehmlich.

»Es gab keine Diskussion, nichts dergleichen«, fuhr sie fort. »Sie hat ihm nicht mal die Chance gegeben, darüber zu reden, obwohl die Fessel wirklich zu eng war, das hab ich gesehen. Aber sie stürmt einfach rein, und peng!« Sie hob die Hand, formte mit zwei Fingern eine Pistole und ahmte den Schuss nach. »Die hat sie doch nicht mehr alle.«

»Er hätte nicht wütend werden sollen«, sagte Billy ungerührt. »Das weiß doch jeder.«

»Soll das etwa heißen, er hat nicht das Recht, den Mund aufzumachen?«

»Das hab ich nicht gesagt.« Billy nahm sich einen zweiten Toast. »Aber man muss schon bekloppt sein, sich mit einer Controllerin anzulegen. Schön blöd, sie zu provozieren.«

»Klingt so, als wäre er deiner Meinung nach selbst schuld.«

Billie zuckte die Achseln, faltete die Toastscheibe auf die Hälfte und stopfte sie sich in den Mund.

»Echt jetzt!« Sie sackte auf dem Stuhl zurück. »Seit Miss Taylor uns zu dem blöden Armdrücken gezwungen hat, bist du scheiße zu mir. Vielleicht hörst du mal endlich damit auf.« Sie griff zu dem Becher Tee, den er für sie mitgebracht hatte, und wünschte sich, er hätte ihr auch einen Toast angeboten.

Unten knallte eine Tür zu, und Stimmen von Erwachsenen drangen herauf. Billy fixierte seinen Teller.

»Ich bin nicht scheiße zu dir.«

»Bist du wohl«, beharrte Cass. Dabei überhörte sie geflissentlich das Geschrei seiner Mutter. »Schon seit einer Woche benimmst du dich idiotisch. Aber wie du willst.« Sie wedelte mit der Hand in der Luft, um ihm klarzumachen, dass sie über seinen Launen stand. »Ich komme nur, um dir was zu zeigen, weiter nichts.«

»Was denn?«

Sie zog ihre Tasche auf den Schoß, öffnete sie und legte die Fingerspitzen auf das Innenfach mit dem Stick. Für einen kurzen Moment überlegte sie, ob sie ihn Billy wirklich zeigen wollte, aber das Geheimnis war zu groß, als dass sie es für sich behalten konnte.

»Aber keinem sagen, okay?«, sagte sie, machte den Reißverschluss auf und zog den Stick heraus. »Ich hab das hier in die Finger gekriegt.«

Ihm fielen fast die Augen aus dem Kopf. »Ist das etwa …?«

Sie nickte. »Er muss meiner Mum runtergefallen sein, als sie rübergelaufen ist, um sich den Mann vorzunehmen.«

Billy wurde bleich. »Den musst du zurückgeben.«

»Ach was«, sagte sie. »Weiß ja keiner, dass ich ihn hab.« Sie warf ihn in die Luft und wollte ihn wieder auffangen, aber er glitt ihr durch die Finger und rutschte auf dem Boden unters Bett. Sie ging auf alle viere, um ihn zu holen. »Mist, ich komm nicht dran!«

Billy saß mit angewinkelten Beinen kerzengerade an der Wand. »Ich hol ihn dir nicht«, sagte er.

»Hab ich auch nicht verlangt.«

Sie streckte sich, griff unters Bett und fand anstatt des Sticks etwas Weiches, Elastisches. Instinktiv warf sie die unerwartete dreckige Socke weg und versuchte es erneut. Diesmal legten sich ihre Finger um etwas Kleines, Kaltes.

Sie kroch hervor und kauerte sich auf die Fersen. »Also ehrlich«, sagte sie. »Du bist so ein Schisser.«

»Bin ich nicht.«

»Der beißt nicht.«

»Weiß ich selber.«

Mit einem Mal hatte der Stick richtig viel Gewicht in ihrer Hand, so als drückte Billys starrer Blick ihn herunter. Sie setzte sich neben ihn aufs Bett.

»Seltsam, das kleine Ding, oder?« Sie drehte den Stick um und musterte den Fingerabdrucksensor wie auch den metallenen Haken, der in das Fußfesselschloss passte. »Wenn man sich das Ding so ansieht, kann man kaum glauben, dass es einen für die ganze Nacht einsperren kann. Es müsste eigentlich was Großes, Schweres aus Eisen sein, was an einer Kette am Gürtel hängt, so wie früher bei Gefängnisinsassen.«

»Ich denke, wir haben seitdem Fortschritte gemacht«, entgegnete Billy trocken.

»Aber das Grundprinzip ist dasselbe. Es ist immer noch eine Fessel ums Fußgelenk. Du bist in Ketten gelegt, Billy.«

»Mach dich nicht lächerlich.« Er schnaubte. »Ich bin nicht im Gefängnis.«

»Nicht hinter Gefängnismauern«, sagte sie. »Eher unter zeitlich begrenztem Hausarrest. Macht dir das nichts aus?«

»Doch, schon«, sagte er. »Aber ich kann halt nichts dagegen machen. Ich kann das Gesetz nicht ändern.«

»Ich verstehe nicht, wie du das in aller Seelenruhe so sagen kannst.«

Sie knuffte ihn in die Seite. Sein Körper war schlank und fühlte sich hart an. Es kam nicht oft vor, aber manchmal stand sie nah bei ihm, oder er berührte sie versehentlich oder sah sie auf eine bestimmte Weise an, und sie stellte mit einem Schlag fest, dass sie seinen Körper und ihren und das, was den Unterschied ausmachte, instinktiv verstand. Genau das war auch beim Armdrücken passiert. Es irritierte sie.

»Wieso macht dich das Ganze nicht wütend?«, fuhr sie ihn an. »Mich macht es wütend, dabei brauche ich keine Fessel zu tragen.«

»Das bringt doch nichts«, sagte er. »Und ich habe echt andere Probleme als die Fußfessel.«

Sie wusste, dass er seine Eltern meinte, die sich ständig stritten. Sie sah die kleine Beule von der Fußfessel unter seiner Pyjamahose. Ihr kam eine Idee, scheinbar wie aus dem Nichts, dabei hatte sie nur auf den richtigen Moment gewartet.

»Kann ich sie mal sehen?«

»Was? Meine Fußfessel? Wozu?«

»Nur so.«

»Hast du gestern denn nicht genug davon zu sehen bekommen?«

»Komm schon«, sagte sie. »Ich hab dich schließlich nicht gebeten, mir deinen Pimmel zu zeigen.«

»Würde der sich auch schön verbitten«, murmelte er und wurde rot.

Schließlich zog er das Hosenbein ein bisschen hoch. Sie beugte sich darüber und sah sich die Fußfessel an. Berührte sie. Es war ein seltsames Gefühl, etwas so Bedeutsames zu sehen und keine persönliche Erfahrung damit zu haben.

»Wie ist das so?«, fragte sie ihn. »Ist es unbequem?«

»Man gewöhnt sich dran. Ich merke es kaum noch.«

»Stellst du dir manchmal vor, wie es wäre, das Ding abzunehmen?«

»Kann ich ja eh nicht«, sagte er. »Hör auf, so dämliche Fragen zu stellen.«

»Kommt dir der Gedanke denn nie?«

»Doch, manchmal schon.«

Er beugte sich darüber, schob den kleinen Finger unter die Kante des Reifs und zog ihn ein Stück von der Haut zurück. Weiter ging es nicht. Dafür passte er zu genau.

»Und wenn wir es tun würden?« Die Nähe von Schlüssel und Schloss stieg ihr zu Kopf. »Wetten, dass ich das Ding hier abbekomme?«

»Nein«, sagte er entschieden. »Hör einfach … Verdammt, Cass. Da handeln wir uns nur jede Menge Ärger ein.«

»Nur wenn wir uns erwischen lassen«, erwiderte sie. »Ich mach sie auch sofort wieder dran. Versprochen.«

»Meinst du, die kriegen nicht mit, wenn man das Ding manipuliert?«, sagte er.

»Ich manipuliere ja nichts. Ich habe einen Stick.«

Je mehr sie darüber nachdachte, desto verlockender erschien ihr die Idee. Sie hasste die Fußfesseln aus tiefstem Herzen. Ohne die Fußfessel wäre Greg nie in den Knast gewandert. Niemand hätte gemerkt, dass er die Ausgangssperre übertreten hatte. Sarahs Wort hätte gegen seines gestanden, und im Zweifelsfall hätte Cass zu ihm gehalten. Bei zwei gegen einen hätte niemand Sarah geglaubt.

Sie strich mit dem Daumen über das vorstehende metallene Ende des Sticks. »Komm schon. Probieren wir es aus. Ich will nur sehen, ob es funktioniert.«

»Und wenn du sie kaputt machst?«

»Werd ich nicht. Und selbst wenn, fällt uns schon was ein. Wir sagen deiner Mum, du bist mit dem Bein angestoßen und hast sie zerbrochen oder so. Keine große Sache.«

»Nein, Cass. Ich …«

Sie war jetzt nicht mehr zu halten, legte ihm eine Hand aufs Bein und steckte den Stick in den Schlitz an der Fußfessel. Sein Schweigen nahm sie als stilles Einverständnis.

Nichts tat sich.

Sie wackelte vorsichtig mit dem Stick hin und her, zog ihn heraus und steckte ihn wieder hinein, aber die Fußfessel löste sich nicht.

»Mann, was soll der Mist«, sagte sie, um ihre Verlegenheit zu überspielen.

»Ich sag doch, das funktioniert nicht.«

»Wird es!«

Sie setzte sich so hin, dass sie ihm die Sicht versperrte. Er sollte nicht sehen, dass sie keine Ahnung hatte, wie das

Ding funktionierte. Sie wollte ihm zeigen, dass sie damit umgehen konnte.

»Ich muss einfach nur die Einstellungen ändern, das ist alles.«

Der Stick hatte einen Fingerabdruckscanner und einen kleinen Touchscreen. Cass wischte darüber. Der Screen leuchtete mit einer Nachricht auf.

Eingabecode.

Eingabecode? Was für einen Code? Sie überlegte eine Sekunde und tippte den Geburtstag ihrer Mutter ein. Jeder wusste, dass man um sein Geburtstagsdatum einen großen Bogen machen sollte, trotzdem nahmen ihn alle, und sie war ziemlich zuversichtlich, dass sie richtiglag.

Code falsch.

Was könnte es sonst sein? Sie spürte Billys bohrenden Blick.

Sie versuchte es mit ihrem eigenen Geburtstag.

Code falsch. Nur noch ein Versuch.

»Da wird nichts draus«, sagte er. »Ist sowieso eine Schnapsidee. Im Ernst, Cass, das bringt uns in Teufels Küche. Lass es einfach bleiben.«

Einen Versuch hatte sie also noch. Wenn sie es diesmal vergeigte, wäre der Stick ohnehin unbrauchbar. Also was hatte sie zu verlieren? Sie nahm das Datum, an dem Sarah ihren Dad rausgeworfen hatte.

Entsperrt.

»Dieses Miststück«, murmelte sie. Ihr kam die Galle hoch. »Dieses verfluchte männerhassende Monster.«

Billy stieß ein nervöses Lachen aus. Dabei entging ihr

nicht, dass er sein Bein nicht bewegt oder sonst irgendwelche Anstalten gemacht hatte, die Fußfessel wegzuzie-
hen. Er wollte es, gab es nur nicht zu. Mit zitternder Hand
steckte sie den Stick in sein Fußfesselschloss.

Es piepte.

Sie nahm den Stick heraus.

Und als sie an Billys Fußfessel zog, fiel sie ab.

Kapitel 11

Pamela

Gegenwart

9:17 Uhr

Das Spezialteam trifft just in dem Moment ein, wo ich wieder zum Park zurückwill, um die Strecke ein zweites Mal abzulaufen, solange die Bilder von den Überwachungskameras noch frisch sind. Sie kommen gleich im Dutzend; im Schlepptau von einer Frau namens Sue Ferguson rauschen sie in ihren Kostümen, Hosenanzügen und Mänteln herein. Keine Uniform für diese feinen Pinkel. Rachel kann ihre Begeisterung kaum verbergen. Der Fall gibt ihr Gelegenheit, ihre Autorität auszuspielen und ihre teuren Schuhe vorzuführen. Ich werde in das Büro gerufen, das Sue für sich beschlagnahmt hat. Ich stehe vor dem Schreibtisch, hinter dem sie thront, als gehörte sie hierher.

»Was wissen wir bis jetzt?«, fragt sie im Befehlston.

»Vorerst herzlich wenig«, antworte ich.

»Ist die Leiche schon identifiziert?«

»Nein, noch nicht.«

»Ergebnisse von der Gerichtsmedizin?«

»Warten wir auch noch drauf«, sage ich. »Wir haben das Videomaterial von den Überwachungskameras im Park. Aber da ist nicht viel sehen. Ich wollte gerade wieder raus, um alles noch mal abzuschreiten.«

Sie ist nicht gerade beeindruckt. Aber wie soll ich ihr liefern, was ich nicht habe? Ich warte auf ihre Anweisungen. Sie trommelt mit den manikürten Nägeln auf der Schreibtischplatte.

»Als Allererstes müssen wir uns um die Medien kümmern«, erklärt sie. »Im Internet brodelt schon die Gerüchteküche. Dem müssen wir entgegentreten. Wir fangen mit einer Presseerklärung an. Ich möchte, dass Sie das übernehmen.«

»Wieso ich?«, frage ich.

Sue oder jemand aus ihrem gelackten Team wäre dafür sicher besser geeignet. Ich war die ganze Nacht auf den Beinen, und man sieht es mir an. Die Leiche wurde am Ende meiner Schicht entdeckt. Danach konnte ich schlecht Feierabend machen. Ich musste die Zeit nutzen. Feierabend ist erst, wenn ich den Namen des Opfers kenne und weiß, wer die Frau ermordet hat.

»Sie sind von hier«, sagt Sue mit einem Achselzucken. »Sie haben den hiesigen Akzent. Sie waren als Erste am Fundort. Die Leute werden Ihnen vertrauen.«

Die Mediensprecherin stimmt Sue zu. Ich halte das für keine gute Idee und versuche, es ihnen auszureden. Wir wissen selbst noch viel zu wenig. Ich bin leitende Beamtin, und mein Team ist im Moment auf meine Direktiven und meine Unterstützung angewiesen. Die Ermittlungen haben Vorrang. Sue will davon nichts hören. Ich frage, ob wir es nicht wenigstens verschieben können, zumindest bis wir die Identität unseres Opfers ermittelt haben. Keine Chance. Bei mir schleicht sich der Verdacht ein, dass die Kontrolle über den Informationsfluss ihr wichtigstes Anliegen ist. Das Opfer kann warten. Die Pressekonferenz soll direkt von den Eingangsstufen der Wache aus gestreamt werden.

Ich fahre mir kurz mit der Bürste durchs Haar. Für mehr habe ich weder Zeit noch Lust. Ich bin sauer. Ich kann nicht begreifen, weshalb unser Opfer für Sue nicht erste Priorität hat. So wie definitiv für mich. Als wir erfahren haben, dass uns ein Spezialteam zur Seite gestellt wird, hatte ich gehofft, echte Verstärkung zu bekommen, also Leute, die mit uns den Park absuchen, forensische Daten liefern. Mit dem hier habe ich nicht gerechnet. Was die vorhaben, ist keine Polizeiarbeit. Das ist … PR. Sie drücken mir eine fertige Erklärung in die Hand, die ich nur noch vorzulesen brauche. Ich überfliege sie. Nicht gerade begeistert, muss ich allerdings einräumen, dass Sue, was die Stimmung im Internet betrifft, mit ihrer Einschätzung richtigliegt. Ein kurzer Blick hat mir gereicht: Bei manchem, was da verbreitet wird, kann einem angst und bang werden. Je länger wir warten, desto größer wird das Problem. Ich bin darauf angewiesen, dass die Leute sich vom Park fernhalten, anstatt ihn zu überrennen. Also werde ich diese Erklärung abgeben und mich anschließend an die Arbeit machen. Wenigstens hat Sue Ferguson mich nicht aufgefordert, nach Hause zu gehen. Was sie hätte tun können, hätte sie das gewollt.

Als ich vor die Tür trete, stehen die Kameraleute schon bereit. Es ist lediglich ein kleines Team vom Lokalsender. Eine Frau mit blondem Dutt trägt ein Slate um den Hals. Ein Mann mit blauer Pudelmütze redet mit ihr. Filmen die schon? Ich hoffe nicht. Ich mache mich mit den beiden bekannt.

»Stimmt das denn?«, fragt mich die Frau. »Es gibt eine Leiche?«

Mir wurde erlaubt, diesen Teil der Geschichte zu bestätigen, also bejahe ich das.

»Mein Gott«, flüstert sie, aber es klingt nicht schockiert oder betroffen, sondern freudig erregt. Ich bin angewidert. »Können Sie uns schon Einzelheiten nennen?«

»Dafür ist es zu früh«, erkläre ich.

»Wurde die Familie schon informiert?«

Ich antworte nicht. Ich sehe auf die Uhr. »Soll das hier lange dauern?«

Die Frau zeigt mir die Stelle, an der ich auf den Stufen stehen soll, fordert mich auf, sie anzusehen und nicht das Slate, das ihr um den Hals hängt und mit dem sie filmt. Das könne nämlich von den Zuschauern als unangenehm empfunden werden. Sie streamen es live, und ich darf mir keine Fehler erlauben. Sie tragen beide wasserdichte Jacken, gut für sie, weil es gerade zu regnen anfängt. Meine Uniform ist sofort klamm, und ich bekomme eine Gänsehaut.

»Also«, sagt der Mann. »Können wir?«

Da ich die vorgefertigte Erklärung einfach nur von meinem Slate abzulesen brauche, mache ich keine Fehler. Ich sehe der Frau in die Augen, und sie nickt mir zu. Der Mann hebt den Daumen.

Ich räuspere mich. »Am frühen Morgen wurde im Newston Park eine Leiche entdeckt. Aus diesem Grund ist der Park vorübergehend, wahrscheinlich für mehrere Tage, geschlossen. Ich bitte Sie, sich von dem Gelände fernzuhalten und die Beamten vor Ort nicht bei ihrer Arbeit zu filmen. Außerdem möchte ich Frauen, die zwischen Mitternacht und sechs Uhr früh im Stadtzentrum gewesen sind, bitten, sich bei der Polizei zu melden, da sie uns möglicherweise sachdienliche Hinweise geben können.«

Ich verstumme. Der Kameramann sieht mich an.

»Ist das alles?«, fragt die Frau.

»Das ist alles«, bestätige ich.

»Noch keinen Anhaltspunkt zur Identität des Opfers? Ist es ein Mann oder eine Frau?«

»Danke, dass Sie gekommen sind«, erwidere ich und gehe wieder rein.

Im Toilettenraum spritze ich mir Wasser ins Gesicht. Dann kehre ich zu meinem Schreibtisch zurück. Im Flur holt mich Rachel ein.

»Im Internet wird es schon überall geteilt. Hier.« Sie hält mir ihr Slate hin.

»Dafür hab ich keine Zeit.«

Rachel zuckt zurück. Autsch. Ich rufe mir in Erinnerung, dass wir ein Team sind, und schalte einen Gang herunter.

»Da draußen wurde eine Frau erschlagen und im Park entsorgt, und wir haben keine Ahnung, wer das getan hat. Darauf müssen wir uns konzentrieren.«

Rachel blinzelt. »Ich dachte nur, das interessiert dich vielleicht.«

Sue kommt dazu. »Gut gemacht, Pamela«, sagt sie. »Die überregionalen Nachrichtensender haben es schon aufgegriffen, wir sollten uns also darauf einstellen, dass wir mit Fragen bombardiert werden, aber für den Augenblick haben wir es eingedämmt.«

»Danke«, sage ich, ohne sie spüren zu lassen, wie sehr ich mich von oben herab behandelt fühle und wie sehr mich ihre Anwesenheit nervt.

Sie hat es mir überlassen, die Erklärung abzugeben, weil ich eine von hier bin, mit einschlägigem Akzent, weil ich diese Stadt und ihre Bewohner kenne und weil wir etwas sagen mussten. Die Öffentlichkeit ist nämlich wie ein verwöhntes Haustier, das einen beißt, wenn man es nicht ständig hätschelt. Der Identität unseres Opfers hat uns das keinen Deut näher gebracht.

»Ich habe meine Leute an die Videoauswertung gesetzt«, sagt Sue. »Die versuchen, den Film ein bisschen schärfer zu kriegen. Sie hatten recht, auf einer Sequenz ist tatsächlich unsere Mörderin ganz gut zu sehen. Sie ist hochgewachsen, was den Personenkreis immerhin eingrenzt. Die genaue Größe geben meine Leute uns gleich durch.«

Rachel wirft mir einen vielsagenden Blick zu, den ich ignoriere.

»Schließen wir die Möglichkeit, dass es sich um einen Mann handeln könnte, kategorisch aus?«, frage ich.

»Einen Mann?«, sagt Sue. »Wie in Gottes Namen kommen Sie denn darauf?«

Sie klingt völlig verwirrt. Ich beiße mir auf die Zunge.

»Selbstverständlich ist es eine Frau«, fährt sie fort. »Hoffentlich findet Ihre Erklärung ein entsprechendes Echo. Ich habe ein paar Leute dafür abgestellt, die Anrufe entgegenzunehmen. Rachel, ich möchte, dass Sie uns dabei helfen. Außerdem möchte ich augenblicklich unterrichtet werden, wenn eine Frau vermisst gemeldet wird. Das könnte dann durchaus unser Opfer sein.«

»Ja, klar«, sagt Rachel. »Und ich wüsste da vielleicht noch etwas, was wir tun könnten, um die Person zu identifizieren, die wir auf dem Filmmaterial gesehen haben.«

»Und das wäre?«, fragt Sue.

Mir ist vom Draußenstehen kalt, und ich ziehe mir die Jacke über. Mein Slate klingelt. Es ist Michelle, die Gerichtsmedizinerin. Ich soll sie schnellstens zurückrufen. Aber zuerst will ich mir Rachels Idee anhören.

»Slates«, sagt Rachel. »Die können wir doch zurückverfolgen. Wir könnten feststellen lassen, welche Slates letzte Nacht da draußen waren.«

»Ja, können wir«, sage ich. »Aber die sind nicht die zuverlässigste Informationsquelle.«

Nach Einführung der Ausgangssperre haben wir versucht, Männer, die sie übertreten, über ihre Mobiltelefondaten zu ermitteln, aber sie kamen uns schnell auf die Schliche und haben ihre Handys fortan einfach zu Hause gelassen. Bei Slates ist es dasselbe.

»Wäre aber zumindest ein Anfang«, sagt Sue. »Stellen Sie eine vollständige Liste sämtlicher Slates zusammen, die für den Zeitraum zwischen Mitternacht und sechs Uhr früh in einem Umkreis von einer halben Meile im Park oder in der Nähe nachgewiesen werden können.«

»Schon dabei«, sagt Rachel, und ihrem Ton ist anzuhören, wie sehr sie sich freut, grünes Licht zu haben.

Nachdem sie draußen ist, sagt Sue Ferguson: »Die Gute denkt mit.«

»Ja, kann man sagen«, erwidere ich.

»Gefällt mir. Wir brauchen Leute, die Initiative zeigen. Ich möchte, dass Sie ihr helfen, sobald sie alles beisammenhat. Wir benötigen möglichst schnell eine Liste von Frauen, die wir befragen können.«

Zum zweiten Mal klingelt mein Slate. Es ist wieder Michelle. Ich sehe Sue an. Sie kann mein Display sehen. Sie weiß, wer es ist. Das Leichenschauhaus befindet sich im Krankenhaus, mit dem Auto zehn Minuten von hier. Ich würde lieber allein hinfahren, aber Sue besteht darauf mitzukommen, und ich sage mir, wer weiß, wozu es gut ist. Vielleicht hat sie ja dasselbe Bauchgefühl wie ich, wenn sie erst mal die Leiche sieht. Sie wartet auf mich, während ich mir die Thermosflasche für unterwegs auffülle. Wir fahren mit ihrem Wagen. Ich dirigiere sie.

Ich bereue, nicht mehr Zucker in den Kaffee getan zu haben.

Als wir am Leichenschauhaus eintreffen, begrüßt uns Michelle, eine rundliche Frau Mitte fünfzig. Sie trägt eine Schildpattbrille und blaue OP-Handschuhe. Normalerweise strahlt sie die gefestigte Ruhe eines Menschen aus, den nichts mehr erschüttern kann, doch heute Morgen sind ihre Augen gerötet, und sie hat einen feinen Schweißfilm auf der Stirn. Dennoch ist sie ganz Profi. Sie braucht mir nicht zu erklären, wie schrecklich das hier für sie ist.

Wir gehen in einen kalten, stillen Raum, in dem unser Opfer noch auf einer Rollbahre liegt. Wie vermutet, ist Sue sichtlich schockiert. Ich nicht. Bei dem Anblick fühle ich nur einen gewissen dumpfen Schmerz in der Brust. Michelle geht für uns die Verletzungen durch. Todesursache war höchstwahrscheinlich die Strangulation, und ein Teil der Verletzungen wurde ihr offenbar post mortem zugefügt.

»Die Verunstaltungen im Gesicht«, erklärt sie.

»Damit wir sie nicht identifizieren können«, sage ich.

»Das wird der Täterin nichts bringen«, sagt Sue schroff.

»Stimmt«, sage ich. »Unnötige Grausamkeit. Fingerabdrücke?«

»Fehlanzeige«, antwortet Michelle. »Nichts in der DNA-Datenbank. Wir werden also warten müssen, bis wir den Zahnstatus haben. Sollte höchstens ein paar Stunden dauern.«

Auch wenn die Chancen, den Täter über Fingerabdrücke zu ermitteln, nicht gut standen, bin ich trotzdem enttäuscht.

»Können Sie uns sonst noch etwas sagen?«, fragt Sue.

Wir reden über Gewicht, Größe, Haarfarbe, geschätztes Alter. Ihre Kleidung und das Laken wurden bereits untersucht und eingetütet, sodass ich sie wieder mitnehmen kann. Zum Glück lässt sich inzwischen jede Art von Faser- und Partikelproben binnen Stunden analysieren, sodass wir nicht wochenlang auf die Ergebnisse warten müssen.

»Hat sie Kinder bekommen?«, fragt Sue.

»Schwer zu sagen«, antwortet Michelle. »Weder Dehnungsstreifen noch Kaiserschnittnarbe am Unterleib. Zervikalabstrich hat auch noch nichts erbracht. Die Proben haben wir ebenfalls ins Labor gegeben. Ach übrigens, keine Anzeichen einer Vergewaltigung.«

Ich nicke. Die Erkenntnisse sind dürftig, aber immerhin tröstlich zu wissen, dass sie vor ihrem Tod nicht auch noch das durchmachen musste.

Michelle fährt fort: »Was ihr da angetan wurde, erfordert einiges an Kraft.«

»Wir suchen somit nach einer Frau, die viel trainiert?«, fragt Sue.

Ich fasse es nicht, dass Sue aus dem, was sie gerade gesehen und gehört hat, offenbar keinen anderen Schluss zieht.

»Schon möglich«, erwidert Michelle ausweichend.

Was sie nicht sagt, ist das eigentlich Interessante an ihrer Antwort. Sie wirft mir einen unauffälligen Blick zu, und wir beide wissen: Was wir hier vor uns haben, ist eher die Tat eines Mannes als die der stärksten Frau. Ich danke ihr dafür, dass sie sich Zeit für uns genommen hat, sie verspricht, uns auf dem Laufenden zu halten, ich schnappe mir das Päckchen mit den Klamotten und dem Laken, und wir gehen. Die Übergabe von Beweismitteln muss sorgfältig registriert werden, was Sue auf ihrem Slate erledigt.

»Sue, kann ich Sie was fragen?«

»Was denn?«

»Wieso sind Sie hier?«

»Das ist eine Mordermittlung.«

Wir sind fast an ihrem Wagen.

»Schon klar. Aber wieso *Sie*?«

»Um zu einem soliden Ergebnis zu gelangen«, sagt sie.

Ich merke, wenn mir jemand ausweicht, und bei Sue blinkt meine Warnleuchte rot. Sie knöpft sich die Jacke auf und steigt ein. Mir bleibt nichts anderes übrig, als ihrem Beispiel zu folgen. Aber sie wirft den Motor nicht gleich an. Die Hände auf dem Lenkrad, starrt sie geradeaus.

»Ich habe es dieses Jahr schon mit elf toten Frauen zu tun gehabt«, sagt sie. »Überwiegend Unfälle. Eine ist gestürzt, eine in einem See ertrunken, in einem Fall hat es sich um eine versehentliche Medikamentenüberdosis gehandelt. Zwei Fälle waren verdächtig. Wir wissen beide, wie wenige das sind und wie viele wir im Vergleich dazu vor der Ausgangssperre hatten. Eine der Frauen kam bei einem Unfall mit Fahrerflucht ums Leben. Wir konnten genügend Beweise dafür zusammentragen, dass die Schwester am Steuer gesessen hat. Eine andere wurde von der neuen Freundin ihres geschiedenen Ehemanns erstochen. Sie war eine notorische Lügnerin. Hat alles versucht, es dem geschiedenen Mann anzuhängen.«

»Von der Frau, die erstochen wurde, habe ich gehört. Ich hatte nur keine Ahnung, dass er etwas damit zu tun haben könnte.«

»Hat er ja auch nicht«, sagt Sue spitz. »Ausgangssperre, Lebensgemeinschaftsbewilligung, Fluchtfonds … diese Maßnahmen funktionieren. Sie bringen etwas, Pamela, und wir müssen dafür sorgen, dass es so bleibt. Die Öffentlichkeit muss sehen, dass das System funktioniert, deshalb bin ich hier. Ich hoffe, wir finden einen Weg der Zusammenarbeit. Das wünsche ich mir wirklich, aber falls nicht …«

Der Rest bleibt unausgesprochen. Sie lässt den Wagen an, und wir fahren schweigend zur Wache zurück. Ich muss eine schwierige Entscheidung treffen. Dabei geht es nicht um das, was sie gesagt hat, sondern um das, was ich zwischen den Zeilen lese. Und nicht erst in diesem Moment. Als wir eintreffen, ziehe ich die Akte zu dem erwähnten Fall der erstochenen Frau. Ich versuche, die Kollegin zu erreichen, die die Ermittlungen geleitet hat.

Sie weigert sich, mit mir zu reden.

Kapitel 12

Sarah

Als Sarah am Montagmorgen zur Arbeit erschien, stieß sie im Pausenraum auf Mabel, die an einem der Tische saß und den Kopf auf die Hände stützte. Sie hob das Gesicht und sah sie mit kummervoller, angespannter Miene an.

»Was ist los?«, fragte Sarah.

»Hast du meine Nachricht nicht bekommen?«

»Was für eine Nachricht?«

An diesem Morgen hatte sie noch nicht auf ihrem Slate nachgesehen. Cass hatte beim Frühstück eine unausstehliche Laune an den Tag gelegt, und sie hatte sich mächtig zusammenreißen müssen, nicht die Beherrschung zu verlieren.

»Der Mann, den du am Freitag getasert hast, hatte einen Herzinfarkt«, sagte Mabel.

»O Gott«, brachte sie nur heraus. Sie zog einen Stuhl heran und setzte sich neben Mabel. »Wann?«

»Irgendwann letzte Nacht, glaube ich.«

»Nein. O nein.« Sie öffnete ihre Tasche, zog ihr Slate heraus und suchte mit zitternden Fingern die Nachricht. »Aber er hat es doch hoffentlich überlebt, sodass wir nichts zu befürchten haben, oder?«

Erst als sie in ihrem Büro war und die Tür hinter sich zugezogen hatte, ließ sie die Neuigkeit sacken. Das war schlimm. Das war richtig schlimm. Wieso konnten sich Männer nicht einfach benehmen, verflucht noch mal? Wieso mussten sie Frauen in eine solche Lage bringen? Auch wenn sie wusste, dass ein Herzinfarkt zu den möglichen Folgen beim Tasern gehörte, hatte sie keine Ahnung, welche Konsequenzen der Vorfall nun für sie haben könnte. Hadiya würde ganz sicher nochmals mit ihr reden wollen. Sie sank hinter ihren Schreibtisch, drückte sich die Finger an die Nasenwurzel und schloss die oberste Schreibtischschublade auf. Die Überprüfung von Sticks und Fußfesseln war die richtige Beschäftigungstherapie.

Eine der Buchsen war leer. Ungläubig starrte sie darauf. Sie war sich sicher, die Sticks am Freitag vor dem Verlassen des Hauses überprüft zu haben. Sie kramte in der Schublade, schob alles hin und her, aber der Stick war nirgends zu finden. Sie lehnte sich zurück und versuchte, sich zu erinnern. Am Freitagmorgen hatte sie definitiv noch alle gehabt. Hätte da schon einer gefehlt, wäre es ihr aufgefallen. Kein Zweifel, oder? Als sie jetzt noch einmal alles durchging, konnte sie zumindest nicht mehr beschwören, am Ende ihres Arbeitstags nochmals nachgesehen zu haben. Auch wenn sie Hadiya versichert hatte, dass sie nach dem Vorfall mit dem Mann weiterarbeiten könne, musste sie sich eingestehen, dass sie nicht ganz bei der Sache gewesen war. Nebel im Kopf. Sie drückte sich die Finger an die Schläfen, um sich die Abläufe noch einmal genau vor Augen zu führen, aber es half nichts.

Ihr war klar, was in einem solchen Fall von ihr erwartet wurde. Sie kannte die Vorschriften für das Fehlen eines Sticks. Es war die siebte Lektion in der Grundausbildung und stand sogar auf dem großen Wandplakat im Pausenraum und auf der verkleinerten Version an der Innenseite der Toilettentür. Ein fehlender Stick musste gemeldet werden, um ihn deaktivieren und durch einen neuen ersetzen zu lassen. Es gäbe einen entsprechenden Eintrag in ihrer Personalakte. Und eine Beförderung zum Jahresende konnte sie dann vergessen.

Sie atmete ein paarmal tief durch. Jetzt nur ja nichts überstürzen. Höchstwahrscheinlich war das Ding noch irgendwo zu finden. Vielleicht war es nur an der Rückseite der Schublade herausgefallen, oder sie hatte es verlegt. In der Ausbildung hatte die leitende Controllerin ihr eingebläut, wenn sie je einen Stick in die Jackentasche steckte und mit nach Hause nähme, wäre sie reif für den Ruhestand.

Obwohl sie einen solchen Fehler ausschloss, sah sie in ihren Taschen nach. Nichts. Zurück zu den Schubladen. Mit jeder Sekunde, die verging, nahm ihre Panik zu. Er war nicht da. Wieso war er nicht da?

Wo zum Teufel konnte er sein?

Sie loggte sich in ihr Tablet ein, ging auf die Seite mit den Informationen über ihre Sticks und klickte auf das Symbol STICK ORTEN. Der erste wurde, wie es sich gehörte, hier in ihrem Dienstzimmer im Frauenschutzamt lokalisiert. Der zweite befand sich im Frauenhaus.

Offenbar hatte sie den doch versehentlich mit nach Hause genommen.

Ein plötzliches Geräusch erschreckte sie, und als die Tür aufging, klopfte ihr das Herz bis zum Hals. Hastig schloss sie die Anwendung. Hadiya kam herein. Sie machte eine grimmige Miene.

»Mabel hat mir gesagt, dass du hier bist.«

»Geht es um Freitag?«

»Leider ja. Seine Angehörigen haben bereits Klage eingereicht.«

»Im Ernst?«

Hadiya schloss die Tür und lehnte sich mit dem Rücken an. »Haben keine Zeit verloren«, sagte sie. »Natürlich kommen die damit nicht weit, weil sie nicht beweisen können, dass der Taser den Infarkt verursacht hat. Du solltest dir trotzdem am besten einen Tag freinehmen.«

»Aber …«

»Geh nach Hause, Sarah. Hier bist du nur abgelenkt, und wir wissen alle, dass dann Fehler passieren. Mabel habe ich auch dazu aufgefordert.«

Offensichtlich war Hadiya nicht umzustimmen, also blieb ihr nichts anderes übrig, als alle Schubladen abzuschließen, ihre Tasche zu nehmen und die Anweisung zu befolgen.

Als sie den Parkplatz überquerte, dämmerte ihr, dass noch jemand anderes den Stick mit ins Frauenhaus mitgenommen haben könnte. Ihre Tochter.

War es denkbar, dass sich der Stick bei Cass befand? Ihr erster Impuls war ein klares Nein, natürlich nicht, aber wenn sie ehrlich war, musste sie einräumen, dass es Cass zuzutrauen wäre und sie die Gelegenheit dazu gehabt hatte. Sie zog ihr Slate aus der Tasche und überlegte, ob sie ihr eine Nachricht schicken sollte. Doch bevor sie dazu kam, klingelte ihr Slate, und das Symbol für eine neue Mitteilung erschien auf dem Display. Sie öffnete sie.

Greg sei draußen. Sie hätten ihn wegen unvorhergesehener Umstände ein wenig früher entlassen und hofften, dass ihr das keine Unannehmlichkeiten bereite.

Sarah fluchte innerlich.

Er war draußen. Frei. Es war vorbei. Sie kämpfte gegen die Tränen an. Ohne sich bei Cass zu melden, schaltete sie ihr Slate aus und fuhr heim.

Sarah parkte in ihrer Lücke und ging ins Haus. Im Flur war Mrs O'Brien gerade dabei, mit einer kleinen silbernen Kanne den Ficus zu gießen.

»Hallo, Sarah«, sagte sie. »Sie sind aber früh zurück. Ist was passiert?«

»Können Sie laut sagen«, antwortete sie.

»Wollen Sie drüber reden?«

»Ich wüsste nicht mal, wo ich anfangen sollte«, gestand sie ehrlich. »Der Mann, den ich am Freitag bei der Arbeit getasert habe, hatte am Wochenende einen Herzinfarkt und ist im Krankenhaus.«

Mrs O'Brien stellte die Gießkanne ab. Sie kam zu Sarah und legte ihr freundlich die Hand auf den Arm.

»Tut mir wirklich leid. Bereitet Ihnen das Sorgen?«

»Kann ich noch nicht sagen. Aber seine Familie hat Anzeige erstattet.«

»Und was war noch?«

»Mein Ex wurde heute Morgen aus dem Gefängnis entlassen. Eine Woche früher.«

»Ah, verstehe«, sagte Mrs O'Brien. »Na ja, er wäre ja so oder so rausgekommen, ist also nicht unerwartet. Wo wurde er denn einquartiert?«

»Keine Ahnung«, sagte sie. »Hab nicht nachgesehen. Aber dank Ihnen wenigstens nicht hier in der Nähe.«

Mrs O'Brien hatte ihr mit dem Formularkram geholfen, ihren etwas unbeholfen formulierten Antrag gekürzt und schnörkellos erklärt, was genau Greg getan habe. Und wenn Mrs O'Brien die Wahrheit ein klitzekleines bisschen ausgeschmückt hatte, so nur, damit Sarah bekam, was sie wollte.

»Wenigstens werden Sie ihm nicht zufällig über den Weg laufen«, sagte Mrs O'Brien. »Das ist ja schon mal viel wert, und dass er ein paar Tage früher entlassen wurde, davon geht die Welt nicht unter.«

»Nein, stimmt.« Sie fühlte sich schon ein bisschen besser und quälte sich ein Lächeln ab. »Aber Cass wird nicht begeistert sein, wenn sie es erfährt.«

Sie dachte an den fehlenden Fußfesselstick und war drauf und dran, Mrs O'Brien auch von dieser Sache zu erzählen. Doch falls sie den Stick fand und zurücklegen konnte, bevor jemand sein Fehlen bemerkte, brauchte ja niemand zu erfahren, dass sie ihn verloren hatte. Ob sie ihn versehentlich mit nach Hause genommen oder Cass ihn stibitzt hatte, war letztlich egal, Hauptsache, er war wieder an seinem Fleck.

Sie hatte schon den Fuß auf der ersten Treppenstufe, da rief Mrs O'Brien: »Sarah?«

»Ja?«

»Selbst wenn Sie Cass nicht erzählen, dass er vorzeitig entlassen worden ist, sollten Sie ihr über das, was er getan hat, die Wahrheit sagen. Ich denke, das wäre hilfreich.«

»Das kann ich nicht«, antwortete sie. »Das verkraftet sie nicht.«

Kapitel 13

Cass

Von ihrem Bett aus horchte Cass auf die Geräusche ihrer Mutter, die sich in der Wohnung zu schaffen machte. Ihr knurrte der Magen. Aber um nichts in der Welt würde sie ihr Zimmer verlassen und sich etwas zu essen holen, bevor Sarah ins Bett gegangen war. Bei ihrer Rückkehr von der Schule war ihre Mutter schon zu Hause gewesen und hatte ihren Plan durchkreuzt, die Haarfarbe auszuprobieren, die sie sich auf dem Heimweg besorgt hatte. Doch wie sich zeigte, war das ihr geringstes Problem.

Nachdem sie das Wochenende ohne eine einzige Erwähnung des Sticks überstanden hatte und schon hoffte, aus dem Schneider zu sein, hatte Sarah sie heute ohne Umschweife gefragt, ob sie ihn an sich genommen hätte.

Als Sarah darauf bestand, ihr Zimmer zu durchsuchen, hatte sie sich den Stick hastig unter den BH gesteckt. Natürlich stritt sie alles ab, aber Sarah glaubte ihr offensichtlich nicht und ruderte erst zurück, nachdem sie einen bühnenreifen Wutanfall hingelegt hatte. Ohne die Tür aus dem Auge zu lassen, drehte sie sich jetzt auf den Rücken und hoffte fast, ihre Mutter käme noch einmal herein, sodass sie den Streit fortsetzen könnte. Sarah tat ihr den Gefallen nicht, und so hing sie etwas in der Luft.

Die Lösung des Problems lag wie schon am Freitag auf der Hand, nämlich ihn unverzüglich wieder loszuwerden. Dummerweise hatte sie am Samstag Billys Haus verlassen müssen, bevor sie ihm seine Fußfessel wieder anlegen konnte. Billys Mutter hatte sie rausgeschmissen und ihr dabei klar und deutlich gesagt, Billy habe keine Erlaubnis, Mädchen in seinem Zimmer zu empfangen – was habe sie sich bloß dabei gedacht? Cass hatte mit Billy nur einen kurzen Blick getauscht und war mit dem Vorhaben gegangen, am Sonntag zurückzukehren, aber Billy hatte sich auf ihre Nachrichten nicht zurückgemeldet, und sie hatte wenig Lust gehabt, unangekündigt aufzutauchen und von seiner Mutter abgefangen zu werden.

Um halb zwölf hörte sie Sarah endlich ins Bett gehen, aber da war sie schon zu müde, sich noch einmal hinauszuschleichen und etwas zu essen zu holen. Etwa um Mitternacht schlief sie in ihren Sachen ein, und am nächsten Morgen hatte sie keine Zeit zum Frühstücken. In der Schulcafeteria gab es nur ein paar verschrumpelte Äpfel.

Und so saß sie mit Kopfschmerzen, die einfach nicht weggehen wollten, und heftig knurrendem Magen in der Klasse und bemerkte zu allem Überfluss einen Curry-Fleck an ihrem Ärmel. Amy Hill saß in der Reihe vor ihr und unterbrach den Unterricht, um sich zu beschweren, es rieche nach Chicken Tikka Masala.

Cass krempelte den verschmutzten Ärmel hoch. Vielleicht sollte sie ins Sekretariat gehen und denen sagen, sie fühlte sich nicht gut und wolle nach Hause. Oder sie redete sich damit heraus, ihre Periode zu haben, dann hätten sie mit Sicherheit nichts einzuwenden. Bei Bedarf stand allen Mädchen dafür drei Tage entschuldigtes Fehlen zu. Aber zu Hause war für sie das Frauenhaus. Sie erinnerte sich plötzlich wieder, wie sie einmal mit Greg daran vorbeigegangen war und ihn gefragt hatte, wer dort wohne. Er hatte geantwortet, da seien verrückte Frauen untergebracht. Sie hatten beide gelacht. Jetzt fand sie es nicht mehr so lustig.

Sie spielte auf ihrem Slate herum. Noch achtundzwanzig Minuten bis zur Pause.

Gar zu gern hätte sie den anderen Mädchen erzählt, sie hätte einen Fußfesselstick in der Tasche und Billy damit die Fußfessel abgenommen. Das wäre mal ein Gesprächsthema gewesen. Sollten sie doch die Ausgangssperre rechtfertigen, wenn sie den Beweis vor der Nase hatten, dass die Maßnahme völlig unnötig war. Mit diesen Überlegungen vertrieb sie sich die gesamten achtundzwanzig Minuten.

Nach dem Unterricht fand sie Billy in der Bibliothek. »He«, sagte sie. »Was machst du so?«

»Hausaufgaben«, antwortete Billy. Er scrollte sich gerade durch einige Artikel über die Suffragetten. Noch mehr Einschleimerei bei Miss Taylor. An seiner linken

Wange bildete sich ein großer Pickel. Er strich sich mit der Hand übers Gesicht und gähnte laut.

»Schlechte Nacht gehabt?«, fragte sie ihn.

»Hatte schon bessere.«

Sie setzte sich zu ihm. »Und wann haben sie diesmal angefangen?«

»Früh.«

Einen Moment lang schwebte seine Hand zitternd über der Tastatur, dann schloss er die letzte Seite.

Seine Eltern gerieten mit verlässlicher Regelmäßigkeit in Streit. Meistens waren ihre Auseinandersetzungen von Alkohol befeuert und wurden laut. Wenn Bridget Cobb ihren Mann eines Tages vor die Tür setzte, würde sich niemand darüber wundern, aber noch hatte sie es nicht getan.

»Und worum ging es diesmal?«, fragte sie.

»Keine Ahnung, ist mir auch egal.«

Cass begriff, dass in diesem Moment nichts Vernünftiges aus ihm herauszuholen war.

»Lust auf eine Runde um den Sportplatz?«

Draußen war es windig, und so begegneten sie auf dem Weg rund um das Fußballfeld und die Tennisplätze keiner Menschenseele. Das Aufregendste, was ihnen begegnete, war ein Eichhörnchen. Sie erwähnte weder seine Fußfessel noch die Tatsache, dass Sarah das Fehlen des Sticks bemerkt hatte. Sie hatte vorgehabt, es ihm zu sagen, doch als sie jetzt zusammen waren, hielt etwas sie zurück. Vielleicht war es der Gedanke, dass es Schlimmeres gäbe als Billy ohne Fußfessel.

»Ist dein Dad schon raus?«, fragte Billy.

»Nein, noch nicht«, antwortete sie. »Erst in ein paar Tagen. Ich mach mir allerdings ein bisschen Sorgen, dass er nicht weiß, wo wir sind.«

»Aber deine Mum muss ihm doch gesagt haben, dass ihr umgezogen seid.«

»Das glaube ich eher nicht.«

»Muss ein komisches Gefühl sein«, sagte er. »Zu wissen, dass er in der Nähe ist, und nicht mit ihm Kontakt aufnehmen zu können.«

»Kannst du laut sagen.«

Er knuffte sie mit dem Ellbogen. »Tut mir echt leid.«

»Tja, da kann man nichts machen. Das mit deinen Eltern tut mir auch leid.«

Sie raschelte durch die Blätter am Boden. Eine nebulöse Idee nahm Gestalt an.

»Wenigstens kannst du jetzt aus dem Haus, wenn deine Leute sich wieder in die Haare kriegen.«

Wenn er wollte, könnte er jetzt jederzeit die Sperre übertreten, und niemand erführe davon. Sie forschte in seinem Gesicht, um festzustellen, ob er dasselbe dachte. Natürlich brächte er, so wie er tickte, nie den Mut dafür auf, aber allein schon die Möglichkeit hatte ihren Reiz. Sie hatten inzwischen eine ganze Runde um den Platz gedreht und standen wieder vor dem Hauptgebäude.

»Nein«, sagte er. »Das werde ich schön bleiben lassen. Das wäre Schwachsinn.«

»Wieso?«

»Weil es gegen das Gesetz verstößt. Ich muss sie wieder

anlegen, Cass. Was ist, wenn ich zu einem Check einbestellt werde?«

»Dann schick mir einfach eine Nachricht, und ich mach sie dir wieder dran«, sagte sie.

»Warum nicht jetzt sofort? Du hast doch den … Du hast ihn doch dabei, oder?«

Die Schulglocke läutete.

»Gehen wir lieber rein«, sagte sie. »Sonst kommen wir zu spät.«

Sie mussten sich beeilen, und als sie ins Klassenzimmer traten, war Cass ein bisschen außer Atem. Billy suchte sich einen freien Platz in einer vorderen Reihe. Sie fand einen ganz hinten. Ihr Slate vibrierte, und sie holte es unauffällig aus der Tasche. In der Ecke des Bildschirms erschien ein kleiner Briefumschlag. Heimlich tippte sie ihn an. Es war eine Mitteilung von Amy, zwei Plätze weiter vorn. *Cass und Billy, Liebestraum, treiben's hinterm Eichenbaum.*

Cass schloss die Mitteilung und blickte zu Amy, die nach vorn gebeugt dasaß und Miss Taylor scheinbar jedes Wort von den Lippen saugte. Amy trug eine gelbe Bluse mit offenem Kragen und einer zarten Halskette darunter. Cass wusste, dass ein kleiner herzförmiger Anhänger daran war, ein Geschenk von Amys Vater zu ihrem achtzehnten Geburtstag. Amy hatte die Angewohnheit, im Gespräch den Daumen hinter das Herzchen zu stecken und es so hin und her zu drehen, dass der an der Vorderseite eingelassene kleine Diamant im Licht aufblitzte. Sie liebte nichts mehr, als dass man sie darauf ansprach. Dann konnte sie mit ihrer perfekten Familie angeben.

Die anderen Mädchen wussten, dass Greg im Gefängnis war. Sie hätte es unmöglich vor ihnen verheimlichen können. Am Morgen nach seiner Festnahme hatte die rasend schnell die Runde gemacht, sodass sie sich während der Pause in der Mädchentoilette von einer Gruppe Mitschülerinnen umzingelt fand und kurz davor war durchzudrehen. Ein besorgter Lehrer hatte daraufhin Sarah angerufen, die mit aschfahlem Gesicht im Sekretariat erschien, um sie abzuholen. Cass war aus der Schule marschiert und hatte für den Rest des Tages mit ihrer Mutter kein Wort gesprochen. Bis zu dem Moment hatte sie nicht gewusst, wie es sich anfühlte, jemanden aus tiefstem Herzen zu hassen. Jetzt wusste sie es. Sarah hatte ihr ihren Dad weggenommen, und Cass hatte nicht die Absicht, ihr das jemals zu verzeihen.

Nach einer Weile verlor das Thema für die Mädchen seinen Reiz, und sie wandten sich anderen Dingen zu, aber sie würden Cass nie vergessen lassen, dass sie von ihrer Schande wussten. Sie war nicht länger eine von ihnen, sondern bestenfalls geduldet. Billy, bis dahin nur ein flüchtiger Bekannter, wurde ihr bester Freund, und so ungern sie es sich eingestand, schämte sie sich insgeheim ein wenig dafür. Mit seinen dünnen Beinen und der unreinen Haut war er wahrlich nicht ihre erste Wahl. Und doch hatte die Freundschaft gehalten. Sie brauchte Billy. Er war alles, was sie hatte.

Miss Taylor wandte sich gerade erwartungsvoll der Klasse zu, das stumme Zeichen, dass sie mit dem Unterricht beginnen wollte. Cass beugte sich wieder über ihr Slate und schickte schnell eine Antwort. *Du kotzt mich an!*

Sie sah, wie Amy nach ihrem Slate griff, wie ihr Display aufleuchtete, wie sie sich kurz mit einem stummen Blick zu ihrer Sitznachbarin drehte, die ihrerseits Cass mit einem vernichtenden Blick bestrafte. Es lag etwas Dunkles in diesem Blick, eine hämische Verächtlichkeit.

Cass behielt ihr Slate im Auge, weitere Mitteilungen blieben jedoch aus. Miss Taylor holte Luft, um sich über die Notwendigkeit der Fußfessel auszulassen und darüber, wieso deren Einführung notwendig gewesen sei, nachdem man lange genug auf die Wirkung einer Gesetzesverschärfung gehofft habe, um die Männer im Zaum zu halten – wie sich zeigte, vergeblich. Da der Gesetzesvollzug damals größtenteils männlich besetzt war und folglich nicht während der Ausgangssperre arbeiten konnte, waren die Ordnungshüter überfordert, und die wenigen weiblichen Beamten konnten die Lücke nicht füllen. Die wilden Ausschreitungen randalierender Fußballfans nach einem Endspiel brachten schließlich das Fass zum Überlaufen. Die elektronischen Fußfesseln gab es bereits. Das Parlament musste nur verfügen, dass der letzte Schritt unumgänglich war. Es war nun an der Regierung, das Programm in die Praxis umzusetzen. Zunächst wurden in Sportzentren und Fitnessstudios provisorische Frauenschutzämter eingerichtet. Die Weigerung, sich eine Fußfessel anlegen zu lassen, wurde mit hohen Bußgeldern geahndet. Doch aus Sorge, die flächendeckende Umsetzung könne zu lange dauern, verlegte man die Einrichtungen in die Betriebe, die Krankenhäuser und die Schulen. Die Polizei wurde autorisiert, Männer auf der Straße anzuhalten und aufzufordern, ihre elektronische Fußfessel vorzuzeigen und, falls sie keine hatten, sie zum nächsten Frauenschutzamt zu begleiten.

Auch diesen Schritt rechtfertigte Miss Taylor und beschrieb eine Gattung von Männern, die Cass aus eigener Erfahrung nicht kannte. Das war doch alles gelogen. Diese Frau regte sie nur auf.

Sie wusste es besser. Zugegeben, manchmal hatten Männer Frauen schlimme Sachen angetan. Das leugnete sie ja gar nicht. Aber waren die Frauen etwa allesamt Unschuldslämmer? Man sehe sich nur ihre Mutter an, die ihren Dad eiskalt vor die Tür gesetzt hatte. Frauen waren keineswegs nur hilflose Opfer. Wenn sie unter ihren Männern so litten, fragte man sich ja wohl, weshalb sie trotzdem bei ihnen blieben. Wieso sie mit ihnen Kinder bekommen hatten. Das ergab erst recht keinen Sinn. Über die Fortpflanzung besaßen Frauen die vollkommene Kontrolle. Dank Verhütungspille und Abtreibung konnten sie sich frei für oder gegen Kinder entscheiden. Eine Frau konnte sogar ohne einen Mann ein Baby bekommen und brauchte dafür lediglich eine Kinderwunschklinik zu besuchen. Männer konnten das nicht. Wenn sie sich eine Familie wünschten, waren sie biologisch ganz und gar auf die Frauen angewiesen. Und trotzdem glaubte Miss Taylor, Billy sei Cass physisch überlegen, nur weil er sie im Armdrücken geschlagen hatte.

Als sie ihre Aufmerksamkeit wieder dem Unterricht zuwandte, ließ sich Miss Taylor immer noch über die Segnungen der Fußfesseln aus.

»Die Sache ist die – elektronische Fußfesseln funktionieren einfach«, sagte sie. »Niemand ist begeistert davon. Es wäre uns allen lieber, wenn wir sie nicht bräuchten. Schon weil das Fußfesselprogramm unglaublich teuer ist. Doch am Ende ist uns keine andere Wahl geblieben. Die Ausgangssperre mit anderen Mitteln durchzusetzen hat sich als unmöglich erwiesen. Es gab einfach zu viele Männer, die sich geweigert haben, sie zu befolgen.«

Amy meldete sich.

»Ja?«, sagte Miss Taylor.

»Wie oft brechen Männer heutzutage die Sperre?«

»Sehr selten«, antwortete sie. »Der landesübergreifenden Statistik nach wurden letztes Jahr ganze siebenundzwanzig Männer dafür festgenommen, nicht einer davon weiter als eine Meile von seinem Haus entfernt.«

»Was passiert eigentlich, wenn das Haus brennt, und der Mann ist drin?«, fragte Amy in unschuldigem Ton.

»Dann würde seine Fußfessel trotzdem die Polizei alarmieren, und er käme in Gewahrsam. Nach Bestätigung des Brands durch die Feuerwehr und einer angemessenen vorübergehenden Unterbringung würde man den Mann wieder freilassen.«

»Das ist interessant«, sagte Amy.

Nein, ist es nicht, lag es Cass auf der Zunge. Nichts von alldem ist interessant, und nichts davon ist fair. Wieso hältst du nicht einfach die Klappe? Aber sie wollte Amy nicht die Genugtuung geben. Die Blicke, die sie von Miss Taylor auffing, sagten ihr, dass die Lehrerin ebenso wie die Klasse jeden Moment damit rechnete, sie würde die

Beherrschung verlieren. Alle warteten nur darauf, dass das Mädchen, dessen Vater die Ausgangssperre übertreten hatte, sich blamierte.

»Mit der Einführung der elektronischen Überwachung hat sich alles grundlegend verändert«, fuhr Miss Taylor fort. »Ein Gesetz bringt nur etwas, wenn man es auch durchsetzen kann. Außerdem hat die Einführung das Leben für alle sicherer gemacht, für Frauen wie aber auch für Männer.«

Noch jemand hob die Hand. Diesmal war es Billy. »Inwiefern hat das Tragen einer Fußfessel den Männern das Leben sicherer gemacht?«

Wenigstens hatte er eine gute Frage gestellt. Aber wie immer war Miss Taylor um eine Antwort nicht verlegen.

»In vielerlei Hinsicht. Ihr wisst das vermutlich nicht, aber als die Ausgangssperre eingeführt wurde, gab es zahlreiche Fälle von Frauen, die Männer wegen Übertretung angezeigt haben, obwohl es nicht gestimmt hat. Leider konnten diese Männer ihre Unschuld nicht beweisen. Manche Fälle endeten vor Gericht, manche dieser Männer landeten im Gefängnis.«

An diesem Punkt legte sich Schweigen über die Klasse. Cass biss die Zähne zusammen und spürte den Druck im Kopf. Wie konnte sich jemand nur da vorn hinstellen und mit ungerührter Miene behaupten, Fußfesseln seien gut für Männer? Als ob dieses verdammte Ding das Leben ihres Vaters sicherer gemacht hätte. Plötzlich war es eine Genugtuung, zu wissen, dass Billy in diesem Moment ohne Fessel am Fußgelenk in der ersten Reihe saß und die dämliche Miss Taylor keine Ahnung davon hatte. Ihre Freude währte allerdings nicht lange.

Amy drehte sich zu ihr um. »Sitzt dein Dad nicht im Gefängnis, weil er die Ausgangssperre übertreten hat, Cass?«

»Ich glaube, das gehört nicht hierher, Amy«, ging Miss Taylor in scharfem Ton dazwischen, aber es war zu spät. Alle in der Klasse hatten es gehört.

Cass schnappte sich ihre Tasche, stand auf und verließ den Klassenraum. Sie wusste, dass sie Ärger bekommen würde, aber das war ihr egal. Sie fasste es nicht, dass ihr die Tränen gekommen waren. Mit dem Handrücken wischte sie sich über die Augen. Links ging es zur Mädchentoilette, sie huschte hinein und schloss sich in einer der Kabinen ein, auch wenn sie sich selbst dort nicht sicher fühlte.

Sie kehrte nicht in den Klassenraum zurück. Sie traute sich nicht zu, das Gekicher und die Blicke von Amy und ihren Freundinnen zu ertragen, auch nicht Miss Taylors missbilligendes Gesicht, nicht einmal Billy. In diesem Moment fühlte sie sich von der ganzen Welt im Stich gelassen. Sie hatte niemanden, an den sie sich wenden konnte, niemanden, der verstanden hätte, was sie fühlte. Sie hatte keine Zuflucht. Sie saß in der Falle. Klar, sie hätte ihnen die Stirn bieten sollen. Sie hätte Amy Hill sagen sollen, leck mich doch.

Hatte sie aber nicht.

Sie verließ das Schulgebäude und stieg in den erstbesten Bus.

Kapitel 14

Sarah

Am Mittwoch wachte Sarah vom Klingeln ihres Slates auf. Es war fünf Uhr morgens. Sie wunderte sich, wer ihr um diese Zeit eine Nachricht schickte, griff gähnend danach.

Es war Hadiya, und sie hatte keine guten Neuigkeiten.

Paul Townsend, der Mann, den sie getasert hatte, war gestorben.

Sie war mit einem Schlag hellwach und glaubte, ihr Herz hämmern zu hören.

Sie textete zurück: *Was ist passiert?*

Hadiyas Antwort ließ ein paar Minuten auf sich warten. *Noch nicht sicher, sieht aber nach einem weiteren Herzinfarkt aus, diesmal tödlich.*

Scheiße.

Genau mein Gedanke. Du musst sofort herkommen.

In Rekordzeit hatte sie geduscht und sich angezogen. Vor Cass' Tür blieb sie kurz stehen und verließ dann die

Wohnung, ohne bei ihr anzuklopfen. Stattdessen schickte sie ihr nur eine hastige Nachricht. Cass war alt genug, es allein aus dem Bett und in die Schule zu schaffen.

Als sie am Servicecenter eintraf, waren Hadiya und Mabel schon da. Mabel sah zerquält aus.

»Ich bin verpflichtet, euch beide zu befragen«, sagte Hadiya. »Ich weiß, dass wir die Sache schon am Freitag durchgegangen sind, aber offensichtlich ist das jetzt ein sehr ernster Fall.«

Ihr Slate klingelte.

»Oh, da muss ich unbedingt ran.« Mit dem Slate am Ohr, ging sie in ihr Büro hinüber.

»Das ist ein Albtraum«, sagte Mabel zu Sarah und strich sich das Haar aus dem Gesicht. »Ich fass es immer noch nicht.«

Sarah warf einen Blick in Richtung Hadiyas Büro. Die Tür stand halb offen, trotzdem drang kein Laut heraus.

»Hör zu«, sagte sie zu Mabel. »Das Wichtigste ist jetzt, dass wir beide den Vorfall schlüssig schildern und uns nicht widersprechen. Er ist ausgerastet, ich habe durch die Wand mitbekommen, dass es eine heftige Auseinandersetzung gibt, und bin rübergelaufen, um dich zu unterstützen.«

»Irgendwie klingt es, als wollten die uns für seinen Tod verantwortlich machen.«

»Genau das passiert gerade«, sagte Sarah. »Deshalb muss klar werden, dass uns keine Schuld trifft. Ich werde sagen, ich hätte dich in Gefahr gesehen und entsprechend gehandelt.«

»Aber ich hab doch gar nicht den Alarmknopf ge-drückt.«

»Egal. Sag Hadiya einfach, du hättest am Anfang noch gehofft, ihn beruhigen zu können. Die Situation mit ihm wäre zwar schwierig, aber nicht unkontrollierbar gewesen. Du hättest seine Fußfessel überprüft, und sie hätte gepasst. Er hätte darauf bestanden, sie zu lockern, aber deiner Mei-nung nach wäre sie dann so lose gewesen, dass er sie hätte abnehmen können. Als du dich geweigert hast, ist er aus-geflippt. Als ich reingekommen bin, hattest du schon den Finger am Alarmknopf.«

Mabel nickte bedächtig. »Klingt ziemlich gut.«

»Vielleicht habe ich beim Reinkommen auch gehört, wie er dich beschimpft hat«, fuhr Sarah fort. »Hat er das? Ist er ausfällig geworden?«

»Bin mir nicht sicher«, sagte Mabel. »Durchaus mög-lich. Auf jeden Fall war er in meinen Augen der Typ, dem das zuzutrauen ist.«

»Also sagen wir, ich hätte gehört, wie er dich als Scheiß-hure beschimpft hat, für mich ein klares Zeichen von Feindseligkeit. Ich hätte dich in akuter Gefahr gesehen und ihn deshalb getasert.«

»Ja. Ja, das passt. Das ergibt Sinn.«

Hadiya kam mit eiligen Schritten aus ihrem Büro zu-rück. Sarah entspannte sich. Sie tauschte mit Mabel einen Blick und sah, wie die kaum merklich nickte. Sie zweifelte keine Sekunde daran, das Richtige getan zu haben, aber das musste auch bei Hadiyas Befragungen rüberkommen. Die ganze Sache musste glaubhaft sein.

Mabel war als Erste dran. Es dauerte eine halbe Stunde, in der Sarah ihre Teetasse zwischen den Fingern hin und her drehte. Ihre Einvernahme dauerte dann fast genauso lang. Am Ende lehnte sich Hadiya zurück und atmete hörbar auf.

»Okay, ich denke, damit habe ich, was ich brauche«, sagte sie. »Eure Aussagen stimmen überein, das ist schon mal gut. Darüber hinaus werden sie beweisen müssen, dass es nicht auch ohne das Tasern zu dem Infarkt gekommen wäre. Bei seinem Alter und Gesundheitszustand dürfte ihnen das kaum gelingen.«

Der übrige Tag blieb nach wie vor von dieser neuen Entwicklung überschattet. Sarah war davon ausgegangen, dass Hadiya sie bis zur Klärung des Falls beurlauben würde. Stattdessen hatte sie, nachdem sich zwei andere Controllerinnen krankgemeldet hatten, einen vollen Terminkalender. Zum Glück wurde sie überwiegend für Jugendliche eingesetzt, nervöse Jungs, die leicht zu händeln waren. Sarah verteilte so großzügig Lollis, dass sie ihr bis zur Mittagspause ausgingen und sie im Laden um die Ecke schnell Nachschub besorgen musste. Für den Nachmittag tankte sie mit gezuckertem Kaffee auf. Der Rhythmus und die Routine halfen ihr dabei, den harten Schlag zu kompensieren, den ihr Selbstbewusstsein in den letzten Tagen abbekommen hatte. Sie war gut in ihrem Job. Sie gehörte nicht zu denen, die allzu schnell zum Taser griffen.

Pünktlich absolvierte sie ihren letzten Termin, schloss ihre Sachen weg und ging. Sie war schon halb zu Hause, als sie einen silberfarbenen Wagen bemerkte, der ihr fast hinten drauffuhr. In der Hoffnung, dass der Fahrer dann bremste, drosselte sie das Tempo etwas, aber er dachte nicht daran. Hinter dem Steuer saß ein unscheinbarer jüngerer Mann. Die Augen hinter einer Sonnenbrille verborgen, klopfte er im Takt zu Musik, die Sarah nicht hören konnte, mit den Daumen gegen das Lenkrad. Genau solcher Männer wegen wartete sie mit der Heimfahrt normalerweise bis zur Ausgangssperre.

Ungerührt drängelte der Kerl die ganze Strecke bis zum Frauenhaus und brauste erst davon, als sie auf den Parkplatz abbog. Obwohl sie wusste, dass er das nicht mitbekam, zeigte sie ihm den Stinkefinger. Es tat einfach gut. Sie hatte einen schrecklichen Tag hinter sich und konnte es kaum erwarten, dass der endlich vorbei war.

Das Problem mit dem fehlenden Fußfesselstick hatte sich natürlich nicht in Luft aufgelöst, aber da lag nur ein Missgeschick vor. Sie würde ein paar Tage warten, bis die Aufregung rund um Paul Townsends Tod sich gelegt hatte, und es dann melden. Solche Dinge kamen vor. Hadiya würde Verständnis zeigen. Sie hatte nach wie vor Cass in Verdacht, brachte es jedoch nicht über sich, sie nochmals damit zu konfrontieren. Sie redete sich ein, es reiche, von ihr eine klare Antwort bekommen zu haben. Sie wollte nicht glauben, dass ihre Tochter bei etwas so Wichtigem lügen könnte.

Doch mit jedem Tag, der verstrich, wurde Sarah nervöser. Sie konnte nicht wissen, wann Hadiya bei ihr eine unangekündigte Überprüfung der Fußfesseln und Sticks anberaumen würde. Der Stress war kaum auszuhalten.

Sollten die anderen ruhig glauben, ihre Anspannung rühre von der Sache mit Paul Townsend her, womit sie ja auch nicht ganz danebenlägen, doch die schlaflosen Nächte bereitete ihr der verschwundene Stick. Wiederholt hatte Hadiya ihr versichert, sie habe sich nichts vorzuwerfen und nichts zu befürchten.

Wenn du wüsstest, dachte Sarah.

Es wurde Freitag, und Sarah hatte immer noch nichts gemeldet. Sie wollte es noch ein einziges Mal bei Cass versuchen. Als ihre Tochter am Samstagmorgen aufstand, überraschte Sarah sie mit dem Plan, zusammen in die Stadt zu fahren. Die anstehende Unterhaltung würde Cass nicht gefallen, daher wollte sie sie an einem neutralen Ort und nicht im Frauenhaus führen. Mit dem Vorschlag, shoppen zu gehen, lockte sie ihre Tochter aus dem Haus.

Sie fanden eine Parklücke am Gebäude der psychologischen Beratungsstelle und fuhren genau in dem Moment vor, wo eine schlanke Frau in dunkler Jeans die Eingangstreppe herunterkam, gefolgt von einem großen, dunkelhaarigen Mann.

»Ist das nicht deine Lehrerin?«, fragte sie Cass.

»Wer?«

»Die junge Frau da. Miss Taylor.«

»Keine Ahnung«, antwortete Cass wie gleichgültig.

»Mit einem Mann«, sagte sie. »Vielleicht kommen sie gerade von der Paarberatung.«

»Wie blöd muss man sein, um mit der zusammenziehen zu wollen«, sagte Cass verächtlich. »Die ist eine Schreckschraube.«

Sarah legte die Finger fester um das Lenkrad. »Als ich sie am Tag der offenen Tür getroffen habe, kam sie mir recht nett vor.«

»Klar war die nett. Die schleimt sich halt bei den Eltern ein.«

Ihr entging nicht, dass Cass entgegen ihrer vorgeblichen Gleichgültigkeit gespannt hinsah.

»Wahrscheinlich ein Bruder oder Cousin von ihr oder so.«

»Gut möglich«, lenkte Sarah ein, auch wenn sie bezweifelte, dass die grazile Miss Taylor einen so kräftig gebauten dunkelhaarigen Bruder hatte. Aber sie war nicht hier, um mit Cass über Miss Taylor zu reden. Sie bereute es schon, auf sie aufmerksam gemacht zu haben. Sie zog die Handbremse und schaltete den Motor aus.

»Also«, sagte sie. »Bevor wir beide irgendwo hingehen, müssen wir miteinander reden.«

»Und worüber?«

Sarah holte tief Luft. Sie hatte geprobt, was sie sagen wollte. Als es jetzt so weit war, wusste sie jedoch plötzlich nicht mehr, wie sie anfangen sollte. Alles, was sie zu sagen hatte, war schlimm. Alles würde zu Wut, Gebrüll und Tränen führen. Während sie dasaß und ihre Tochter betrachtete, wusste sie, dass sie dafür nicht die Kraft aufbringen würde.

»Wo wir was essen gehen. Wie wär's mit Puccino's?«

»Von mir aus«, sagte Cass und stieg aus.

Sie sah ihr einen Augenblick lang durch die Scheibe hinterher. Hätte sie in jüngeren Jahren mehr Zeit mit Cass verbringen können, dachte sie, wäre es jetzt wohl einfacher für sie beide. Vielleicht aber auch nicht. Cass machte es ihr wahrlich nicht leicht.

Sie eilte ihrer Tochter hinterher. Zusammen schlenderten sie durch die Stadt zum Restaurant. Sie beschloss, sich jeden Laden zu merken, für den sich Cass interessierte, und jeden jungen Mann, nach dem sie unauffällig schielte, doch an diesem Morgen gab Cass zu ihrer Enttäuschung keinerlei Interesse zu erkennen. Cass liebte, so viel stand fest, knappe, aufreizende Kleidung sowie Männer mit aufgepumptem Bizeps und breitbeinigem Gang, genau das, was sie zur Verzweiflung brachte.

»Hast du Hunger?«, fragte sie Cass.

»Schon.«

»Ich hätte Appetit auf eine Lasagne. Und du?«

»Calzone.«

Kurz angebunden, aber immerhin eine Antwort.

»Gute Wahl«, sagte sie.

Als sie das Restaurant betraten, führte sie der Kellner an einen Tisch am Fenster. Cass überprüfte ihr Spiegelbild in der Scheibe und zupfte sofort an ihrem Haar herum. Sie verkniff sich die Bemerkung, sie solle damit aufhören. Zum Glück brachte der Kellner gerade die Karten und einen Krug Wasser, sodass sie für die nächsten Minuten beschäftigt waren. Ihre Bestellungen kamen dann zügig, und als sie ihre Tochter essen sah, baute sich die Anspannung in ihr allmählich ab. Vielleicht ließ sich doch noch alles zum Guten wenden. Schließlich war Greg für immer aus ihrem Leben verschwunden. Es war nicht zu spät, das

Verhältnis zu ihrer Tochter zu verbessern. Cass war jung, ihre Lebenserfahrung naturgemäß beschränkt, und sie war verwöhnt. Schrecklich verwöhnt. Was nun wahrlich nicht ihre Schuld war. Greg hatte seiner Tochter nie etwas ablehnen können. Sarah hatte sich notorisch mit einem schlechten Gewissen geplagt, immer so lange in der Arbeit zu sein, und hatte deshalb auch nicht durchgegriffen. Was sich jetzt rächte.

Unterm Strich zählte nur, wie es weiterging. Sie musste nach vorn blicken, redete sie sich gut zu. Anstatt das Schlimmste über ihre Tochter zu denken, sollte sie sich bemühen, das Positive zu sehen. Sie hatte Cass immer noch nicht erzählt, dass ihr Vater vorzeitig entlassen worden war, und kam zu dem Schluss, dass sie es zu ihrem eigenen Besten erst einmal nicht erfahren sollte. Keine schlafenden Hunde wecken. Am besten machten sie sich einfach einen schönen Tag.

»Wie ist deine Calzone?«, fragte sie.

»Gut«, sagte Cass.

Sie probierte ihr eigenes Gericht. Die Pasta war frisch und die Soße schön cremig. Sie wollte nichts zurückgehen lassen und zwang sich, alles zu essen, auch wenn sie wenig Hunger hatte.

»Cass …«, setzte sie an.

»Was denn?«

Sie legte ihre Gabel beiseite. »Bitte sprich nicht in dem Ton mit mir. Ich will mich nicht mit dir streiten. Ich bin es leid, ewig zu streiten. Du nicht auch? Wäre es dir nicht auch lieber, wenn wir damit aufhören könnten?«

145

Cass stocherte an einem Champignon herum.

»Ich weiß, dass du unglücklich bist«, fuhr sie fort. »Und ich verstehe auch, wieso.«

»Ach ja? Du verstehst, wie es für mich in der Schule ist, das Mädchen zu sein, von dem der Dad im Knast sitzt? Du hast mich mit in dieses beschissene Haus geschleift, mit diesen alten Frauen, die ihre Nase in Sachen stecken, die sie nichts angehen, ohne mich einmal zu fragen, ob ich überhaupt da wohnen will. Du hast gesagt, ich soll mit dir zur Arbeit gehen, und mich dann rausgeschmissen. Du magst nicht, wie ich mich anziehe, du erlaubst nicht, dass ich mich schminke. Dad hat mir das nie verboten. Du verstehst gar nichts.«

Wenn du dich da mal nicht täuschst, dachte Sarah im Stillen. *Ich verstehe mehr, als du ahnst.*

»Ich habe Fehler gemacht«, räumte sie ein. »Da hast du recht. Ich war nicht annähernd genug zu Hause, als du klein warst. Das war falsch.«

»Wieso? Dad hat sich doch um mich gekümmert.«

»Ich bin deine Mutter.«

»Und?«, sagte Cass. »Du hast dich doch immer mehr für deinen Job interessiert als für mich. Daran hat sich nichts geändert. Du hast deine Wahl getroffen, Mum.«

Die leeren Teller wurden abgeräumt. Der Kellner brachte die Dessertkarte. Cass sah sie sich an und nahm eine heiße Schokolade und Käsekuchen. Sarah bestellte einen Kaffee und die Rechnung und beschloss, das Gespräch nicht weiter zu forcieren. Was Cass da sagte, hatte gesessen.

Sie brauchte Zeit, ihre Wunden zu lecken, bevor sie sich wieder in den Ring warf.

Der Kellner brachte den Kaffee und das Dessert. Cass hatte schon die Gabel im Käsekuchen, als sie erstarrte.

»Cass?«, sagte Sarah. »Was hast du?«

Ihre Tochter hörte sie nicht. Die Gabel landete klirrend auf der Tischplatte, der Stuhl wurde quietschend zurück-geschoben, und die Tür krachte gegen die Wand, weil Cass sie aufriss und nach draußen rannte. Sarah schwebte schon halb über ihrem Sitz, um hinterherzulaufen, als sie Cass durch die Fensterscheibe sah.

Als sie sah, wie sie sich Greg in die Arme warf.

Kapitel 15

Helen

Helen hatte in der Schule eine lausige Woche hinter sich. Besonders schwer hatte es ihr die neunte Klasse gemacht. Am Freitag hatten sie sich über den größten Teil der Unterrichtsstunde ständig Nachrichten hin- und hergeschickt, und sie hatte nicht die Energie gehabt, es zu unterbinden. Ihre Gedanken waren um ihre nächste Beratungssitzung mit Tom gekreist. Und dann war da zu allem Überfluss diese entsetzliche Stunde, wo Cass Johnson hinausgestürmt war. Hinterher hatte sie noch mit Amy und den anderen Mädchen gesprochen, sich aber entschieden, Cass nicht ihrer Stufenkoordinatorin zu melden, auch wenn sie sich fragte, ob sie damit das Richtige getan hatte.

Nächste Woche würde sich bestimmt wieder alles normalisieren. Um ihnen klare Grenzen aufzuzeigen, würde sie mindestens vierzehn Tage lang mehr Strenge walten lassen müssen. So waren Jugendliche nun einmal. Gib ihnen den kleinen Finger, und sie nehmen die ganze Hand. Manchmal beschlichen sie Zweifel, weshalb sie sich eigentlich so inständig ein eigenes kleines Mädchen wünschte. Doch bei ihr wäre es natürlich anders. Sie kannte die Fallstricke. Ihr Kind würde von Anfang an mit klaren Richtlinien aufwachsen, und es wäre klug genug, sie zu respektieren.

Jetzt war es Samstagmorgen, und sie saß mit Tom im Wartebereich vor Dr. Fearnes Sprechzimmer. Es war ihre letzte Sitzung. Wenn alles nach Plan ging, hatten sie am Ende ihren Lebensgemeinschaftsschein in der Tasche, und er zöge bei ihr ein. Noch heute.

Er sah sie lächelnd an. »Nervös?«, fragte er.

»Schon, ein bisschen.«

Sie neigte sich zur Seite, legte ihm den Kopf auf die Schulter und atmete seinen Duft ein. Er trug ein Shirt aus einem flauschigen dunklen Stoff, der zu seiner Haarfarbe passte. Er war definitiv ein sehr gut aussehender Mann. Ob ihre Tochter wohl nach ihm kommen würde? Sie hoffte es.

Dr. Fearne erschien an der Tür.

»Kommen Sie rein, kommen Sie rein!«, sagte sie und trat zur Seite, um sie beide vorbeizulassen.

Sie setzten sich ihr gegenüber an den Tisch.

»Heute ist also Ihr großer Tag. Wie aufregend!«

Sie nahm ihren Platz hinter dem Schreibtisch ein, strich ihren Rock glatt und machte sich wie gewohnt an ihrer Tastatur und ihrem Slate zu schaffen.

»Letzte Sitzung. Du liebe Zeit! Kommt mir so vor, als hätten Sie sich erst gestern auf Ihre große Reise gemacht.«

»Drei Monate«, sagte Tom. »Kaum zu fassen.«

»So ist es«, sagte sie. »Sie müssen ganz schön aufgeregt sein.«

Dr. Fearne sah sie über ihre Brille hinweg an. Tom legte Helen den Arm um die Schulter.

»Wir sind bereit«, sagte er. »Ich kann mir nicht vorstellen, mein Leben mit einer anderen Frau als Helen zu verbringen.«

»Wie reizend«, sagte Dr. Fearne, auch wenn ihr Gesicht etwas anderes verriet.

Helen war leicht verstimmt, ohne recht zu wissen, ob wegen Tom oder Dr. Fearne. Am liebsten hätte sie Tom gewarnt, es nicht zu übertreiben, gerade jetzt, wo so viel auf dem Spiel stehe und sie sich keinen Fehler erlauben dürften. Und Dr. Fearne hätte sie gern gesteckt, ihre Beziehung gehe sie eigentlich nichts an, und sie solle ihnen gefälligst einfach nur die Bewilligung ausstellen. Sie schluckte ihren Ärger jedoch hinunter und schämte sich ein wenig dafür.

Manchmal verfluchte sie die Ausgangssperre. Sie wollte mit Tom zusammen sein und er mit ihr. Es nervte sie, dass sie sich diesem Theater unterziehen und ihr Zusammenleben genehmigen lassen mussten. Es war lächerlich und wahrscheinlich übertrieben, doch für sie fühlte es sich so an, als stünde hier nicht nur auf dem Prüfstein, ob sie beide zueinanderpassten, sondern letztlich ihre Fähigkeit, sich überhaupt einen passenden Partner auszusuchen.

»Das Letzte, was wir noch zu besprechen haben, ist Ihre Familienplanung«, sagte Dr. Fearne.

»Also, wir wollen natürlich Kinder«, sagte Tom.

»Wie viele?«

»Zwei.« Er griff nach Helens Hand und drückte sie. »Vielleicht sogar drei.«

»Und wann möchten Sie die bekommen?«

»Wenn wir dafür bereit sind.«

Dr. Fearne klimperte auf ihrer Tastatur. »Und das wäre wann?«

Helen flatterte plötzlich der Magen. Sie hatte einen sauren Geschmack am Gaumen. Autsch. Wo kam das plötzlich her?

»Müssen wir das denn jetzt schon entscheiden?«, fragte Tom.

»Na ja, es kann für ein Paar schon hilfreich sein, auf ein genaueres Datum hinzuarbeiten. Wenn man sich die Familienplanung für einen unbestimmten Zeitpunkt in der Zukunft vorbehält, kann es leicht passieren, dass die Partner glauben, sie wollten dasselbe, und nicht merken, wie unterschiedlich ihre Vorstellungen sind.«

»Dann in zwei Jahren«, sagte er.

Helen wandte sich ihm zu. »In zwei Jahren?«

Kaum war sie ihr über die Lippen gekommen, bereute sie die Frage schon. Dr. Fearnes Gesicht sprach Bände. Was Tom aber nicht zu merken schien.

»Ja, schon«, sagte er. »Wir brauchen Zeit, uns ein Haus kaufen zu können, Schatz, und dann müssen wir es wahrscheinlich erst mal renovieren. Außerdem bin ich noch keine dreißig. Wir haben also noch eine Menge Zeit.«

»Ich weiß«, sagte Helen. Aber zwei Jahre waren lang, und dreiunddreißig war schon alt. Sie konnte nicht so

lange warten. Sie hatte mit maximal ein paar Monaten gerechnet, und selbst die würden in Zeitlupe vergehen.

Tom lächelte. »Das wird schon«, sagte er und tätschelte
ihr das Knie.

»Demnach verhüten Sie«, sagte Dr. Fearne. »Darf ich
fragen, wie?«

»Helen nimmt die Pille«, sagte Tom.

»Verstehe.« Dr. Fearne tippte wieder etwas. »Und wie
geht's Ihnen damit, Helen?«

»Gut.«

»Gut?«

»Na ja, es ist leicht und sicher.«

»Und hat bekanntermaßen Nebenwirkungen. Tom, wie
stehen Sie dazu, dass Helen für diesen Aspekt in Ihrem Leben die alleinige Verantwortung trägt?«

Helen entging nicht, wie Tom bei der Frage die Augen
zusammenkniff. Ihm war anzusehen, dass sie ihm nicht
passte. Trotz seiner lockeren Art war ihm seine Intim-
sphäre heilig. Er würde ihr nicht einmal sein Slate ausleihen.

»Und haben Sie schon einmal über Alternativen nachgedacht?«, hakte Dr. Fearne nach. »Wenn Sie für die ersten
Jahre keine Kinder planen, wäre vielleicht das Hormonim-
plantat für Männer eine Option. Haben Sie darüber schon
mal nachgedacht, Tom?«

»Eigentlich nicht«, sagte er kurz angebunden. »Das gefällt mir nicht. Die Pille ist viel einfacher. Es ist schließlich
nur eine Tablette.«

Helen schluckte. Sie hatte immer noch einen scheußlichen Geschmack im Mund. Mit einem Mal war ihr sogar leicht übel. »Könnte ich ein Glas Wasser haben?«

Dr. Fearne stand auf. »Alles in Ordnung?«

»Ja, alles bestens. Ich … Es ist nur ziemlich warm hier drinnen.«

»Sicher.« Dr. Fearne verließ den Raum und zog leise die Tür hinter sich zu.

»Was hast du?«, fragte Tom.

»Nichts. Hab mich nur eben ein bisschen komisch gefühlt. Ist nichts weiter. Und du wirkst auch angespannt.«

»Na ja, die ist mir zu neugierig geworden. Mich zu fragen, was ich von einem Implantat halte.«

»Sie tut doch auch nur ihre Pflicht.« Sie holte tief Luft. »Jedenfalls, zwei Jahre?«

»Was?«

»Du hast gesagt, zwei Jahre, bevor du Kinder haben willst.«

»Sie wollte eine Antwort«, sagte er und strich sich mit der Hand durchs Haar. »Ich musste irgendwas sagen.«

»Aber zwei Jahre?«

»Ich verstehe nicht, wieso du dich daran festbeißt. Du brauchst mir doch nur beizupflichten, und die Sache hat sich erledigt. Schließlich geht sie das nichts an. Wir müssen ihr doch nicht die Wahrheit sagen.«

»Aber …«

»Himmel, reiß dich zusammen«, murmelte er gereizt.

»Tom!« Sie war von seinem Ton schockiert. »Red nicht so mit mir!«

Er sah ihr ungerührt ins Gesicht, und da war etwas in seinem Blick, etwas Kaltes, was sie noch nie an ihm gesehen hatte, doch bevor sie etwas sagen konnte, ging die Tür wieder auf, und Dr. Fearne kam mit einem Glas Wasser zurück.

»Tom, ob Sie wohl kurz draußen warten könnten?«, sagte sie. »Ich würde mich gern einen Moment mit Helen allein unterhalten.«

Von einer Sekunde zur anderen hatte sich Tom wieder in den charmanten, lächelnden Mann verwandelt, den sie kannte. Bevor er hinausging, gab er ihr noch einen Kuss auf die Wange, und sie fragte sich verdutzt, ob sie sich seine harschen Worte nur eingebildet hatte.

Helen bekam kaum mit, wie Dr. Fearne ihr das Glas hinstellte. Wahrscheinlich hatte sie sich nur verhört. Sie war an diesem Vormittag so angespannt, dass sie nicht wusste, wo oben und unten war.

»Alles in Ordnung?«, fragte Dr. Fearne.

»Wie? Ja. Ja, natürlich. Ich hab mich nur ein bisschen benommen gefühlt.«

»Das ist verständlich«, sagte Dr. Fearne. »Ist ja auch ein großer Tag, nicht wahr?«

»Kann man wohl sagen«, sagte Helen. »Das ist wie die schlimmste Prüfung, in der ich je gesessen habe. Ich glaube, ich bringe meinen Schülern jetzt etwas mehr Verständnis entgegen.«

»Also, ich würde mich zehnmal lieber um eine LGB bewerben, als je wieder in Geschichte Abitur zu machen.« Dr. Fearne lächelte. »Das war damals ein fataler Fehler.«

Helen nahm einen Schluck Wasser. Es half.

Dr. Fearne fuhr fort: »Sie haben vorhin etwas konsterniert gewirkt, als Tom meinte, mit Kindern sollten Sie vielleicht noch zwei Jahre warten.«

»Tatsächlich?« Helen nahm noch einen Schluck. »Das sah vielleicht nur so aus, wieso sollten wir es damit eilig haben? Es gibt wahrlich vorher noch einiges zu tun. Wir bräuchten ein Haus, und natürlich will sich Tom erst noch beruflich besserstellen.«

»Manchmal frage ich mich, ob sich Männer mit dem weiblichen Körper so gut auskennen, wie sie sollten«, sagte Dr. Fearne, als hätte sie Helen überhört. Sie ließ sich wieder hinter ihrem Schreibtisch nieder. »Sie verstehen nicht, dass für uns eine Uhr tickt und unser Körper uns ständig daran erinnert. Manchmal können wir den Kinderwunsch nicht rational angehen oder längerfristig planen. Manchmal sagt einem der eigene Körper ganz einfach, wann es an der Zeit ist.«

»War das bei Ihnen so?«, fragte Helen, während ihr Blick zu dem Familienfoto auf der Fensterbank wanderte.

»O ja. Ganz entschieden.«

»Und was haben Sie gemacht?«

»Ein Baby bekommen.« Dr. Fearne lachte. »Gegen drängenden Kinderwunsch gibt es leider nur ein einziges Heilmittel. Na ja, fühlen Sie sich jetzt besser?«

»Ein bisschen«, sagte Helen. Sie nahm noch einen Schluck. »Danke.«

»Gut«, sagte Dr. Fearne.

Sie stütze die Ellbogen auf und beugte sich vor. Helen verstand die Geste; sie setzte sie selbst oft gezielt im Klassenzimmer ein. Dr. Fearne holte zu einer Frage aus, auf die sie die Antwort bereits wusste.

»Helen«, fing sie an und legte eine wirkungsvolle Pause ein, als suchte sie nach den richtigen Worten. »Ich denke, in den letzten Wochen ist es gut gelaufen. Sehen Sie das auch so?«

»Ja.«

»Ich will Ihnen offen sagen, dass Sie mir sehr sympathisch sind. Hätten wir uns unter anderen Umständen kennengelernt, hätten wir uns vielleicht angefreundet. Ich würde mich freuen, wenn Sie mir Ihrerseits vertrauen würden.«

»Natürlich. Ich meine, alles, was wir hier besprechen, ist schließlich vertraulich. Sie dürfen es ja nicht weitergeben.«

»Stimmt. Helen, wann haben Sie die Pille abgesetzt?«

»Hab ich nicht.«

Dr. Fearne antwortete nicht darauf. Sie saß nur schweigend da und beobachtete sie aufmerksam, noch so eine Strategie aus Helens eigenem Werkzeugkasten.

»Habe ich nicht«, wiederholte Helen in festem Ton. »Zugegeben, ich hab drüber nachgedacht, schon wegen der Nebenwirkungen, und manchmal bin ich es einfach leid. Aber ich habe das mit dem Kinderwunsch im Griff. Ich werde nichts Dummes tun.«

»Und wenn er Sie nun zwei Jahre warten lässt?«

»Wird er nicht.«

»Woher wollen Sie das wissen?«

»Ich weiß einfach nur … Er will, was für uns beide passt. Er versucht nur, vernünftig zu argumentieren. Das gehört zu den Dingen, die ich an ihm liebe. Er überstürzt nichts. Er denkt die Dinge zu Ende.«

»Interessant, dass Sie das sagen«, entgegnete Dr. Fearne. »Meinem Eindruck nach verhält es sich nämlich genau andersherum.«

»Nein«, sagte Helen. »Ich weiß, es kommt vielleicht so rüber, oberflächlich betrachtet, aber bei den Dingen, die wirklich zählen, ist er so viel besser als ich. Ich finde, da gleichen wir uns recht gut aus.«

»Ich will ehrlich mit Ihnen sein, Helen«, sagte Dr. Fearne. »Zum gegenwärtigen Zeitpunkt würde ich Ihnen raten, ernsthaft darüber nachzudenken, ob Sie die Beratung nicht um ein paar Wochen verlängern wollen. Nach meinem Eindruck gibt es noch eine Menge Dinge, über die Sie sich Klarheit verschaffen müssen. Es scheint mir einiges zu geben, was Sie beide noch nicht übereinander wissen.«

Nein, dachte Helen. *Unmöglich.* »Glauben Sie, er ist ein Risiko für mich?«

»Nein, das glaube ich nicht.«

»Dann gibt es auch keinen Grund, uns die Bewilligung zu verweigern.«

»Sie brauchen noch mehr Paarberatung.«

Helen hörte das Blut in den Ohren pochen. »Wenn ich mich mit der Verlängerung einverstanden erkläre, können wir dann die Bewilligung trotzdem schon heute bekommen?«

Dr. Fearne schürzte die Lippen. »Dazu wäre ich bereit, allerding unter einer Bedingung. Denken Sie bitte gründlich darüber nach, was passiert, wenn er Sie tatsächlich mit einem Baby warten lässt. Können Sie garantieren, sich damit zu gedulden, bis er so weit ist?«

Helen starrte auf ihre Hände. Sie grub sich die Nägel ins Fleisch, um die Lüge zu kaschieren. »Ja.«

»Kinder verdienen es, von beiden Eltern erwünscht zu sein, nicht nur von einem Elternteil.«

»Ich weiß.«

»Sie könnten jemand anderes finden, einen Mann, der sich jetzt Kinder wünscht und nicht erst irgendwann in der Zukunft. Sie sind gesund, attraktiv. Sie haben einen guten, sicheren Beruf. Wäre bestimmt nicht schwer.«

Ein Teil von Helen geriet ins Wanken. Doch die leise Stimme wurde von jenem urtümlicheren, hormongetriebenen Instinkt übertönt, der sich nicht mit vagen Zukunftsversprechen abspeisen ließ. Sie nahm die Bewilligung, und Tom zog binnen einer Stunde bei ihr ein.

Kapitel 16

Pamela

Gegenwart

10:48 Uhr

Als Sue und ich zur Wache zurückkommen, hat Rachel bereits alle Handydaten gesichtet. Stolz auf ihre Arbeit, kommt sie angelaufen, um sich bei Sue Lob abzuholen. Sämtliche Slates auf der Liste sind in weiblichem Besitz, und es ist Mabel anzusehen, dass das in ihren Augen der schlagende Beweis für das Geschlecht des Täters ist, und genau das sagt sie uns auch. Mir beweist das lediglich, dass ein Mann, der zur fraglichen Zeit draußen herumgelaufen ist, entweder ein auf eine Frau angemeldetes Slate bei sich getragen oder seins zu Hause gelassen hat.

»Schicken Sie mir die Liste«, bittet Sue.

Rachel schickt sie gleichzeitig auch mir, und zu dritt gehen wir in Sues Büro, um die Liste durchzugehen. Rachel scharrt mit den Hufen; auf Anhieb sagt mir keiner der Namen etwas, und ich habe schon jetzt das Gefühl, dass uns dieser Ansatz nicht weiterbringt, auch wenn wir natürlich alle Möglichkeiten in Betracht ziehen müssen.

»Wir müssen all diese Frauen befragen«, sagt Sue. »Um festzustellen, weshalb sie zu der Zeit draußen waren und ob sie irgendwas gesehen haben, was uns weiterhelfen könnte, auch wenn ihnen das zu dem Zeitpunkt vielleicht nicht bewusst war. Dabei müssen wir behutsam vorgehen. Wir wollen ja keine Angst verbreiten.«

»Ich wäre gern dabei«, sagt Rachel.

»Natürlich«, sagt Sue. »Ich gebe meinen Mitarbeiterinnen Bescheid, dass Sie mit von der Partie sind.«

Rachel und drei Beamtinnen aus Sues Team richten sich im Zimmer nebenan ein und telefonieren die Liste ab. Ich hätte es anders gemacht. Meiner Meinung nach ist ein Gespräch von Angesicht zu Angesicht unersetzlich.

Die Mediensprecherin kommt herein, um uns mitzuteilen, dass die kurze Erklärung, die ich dem Lokalsender gegeben habe, inzwischen auf allen Nachrichtenkanälen läuft und sich wie ein Lauffeuer verbreitet.

Bis hin zu meiner Frisur wird mein Auftritt im Internet hingebungsvoll seziert. In den Social-Media-Netzwerken haben einige Leute Schaum vor dem Mund. Sie verlangen weitere Informationen und breiten derweil ihre eigene Lieblingstheorie aus. Zum gegenwärtigen Zeitpunkt habe ich bereits von Ertrinken, einer Überdosis und von einem ausgesetzten Neugeborenen gelesen.

»Wir brauchen eine weitere Pressemitteilung«, sagt die Sprecherin.

»Einverstanden«, meint Sue Ferguson. »Pamela, bitte gehen Sie zu den anderen rüber, und arbeiten Sie mit ihnen die Liste ab. Ich lasse es Sie dann wissen, wenn wir Sie wieder brauchen.«

Ich verlasse Sues Büro und geselle mich zu Rachel und den anderen. Eine Stunde lang rede ich hintereinanderweg mit fünfzehn Frauen. Die meisten sind schnell aussortiert, da es sich bei ihnen um Krankenschwestern, Fahrerinnen bei Lieferdiensten und Postarbeiterinnen handelt und ihre Angaben leicht zu überprüfen sind.

Bleiben drei Frauen, bei denen ich hellhörig werde. Ihren Angaben ist nicht zu entnehmen, dass sie einen triftigen Grund gehabt hätten, um drei Uhr nachts draußen zu sein. Da reicht ein Telefonat nicht; ich muss sie sehen.

»Wo willst du hin?«, fragt mich Rachel, als ich aufstehe und meine Taschen nach den Wagenschlüsseln abklopfe.

»Raus.«

Rachel reicht das nicht. »Sue will, dass die Liste der Ausgangspunkt für unsere Ermittlungen ist.«

Ich mag es nicht, wie sie mich ansieht. »Das bringt nichts.«

Ich gehe, aber Rachel folgt mir.

»Pamela!«, sagt sie. »Solltest du das nicht wenigstens zuerst mit Sue abklären?«

»Ich brauche keine Erlaubnis dafür, meine Arbeit zu machen.«

»Aber …«

Eine Frau aus Sues Team scheint uns zu beobachten. Ich laufe mit Rachel schnell die Treppe hinunter, bevor wir noch mehr Aufmerksamkeit erregen. Als wir zum Empfangstisch kommen, hat sich draußen vor der Tür schon eine Menschentraube gebildet, weshalb wir den Hinterausgang nehmen. Auch wenn ich einen niedrigeren Dienstgrad habe als Sue, bin ich für Rachel immer noch eine Vorgesetzte, was sie offenbar vergessen hat.

»Du kommst mit mir«, erkläre ich ihr. »Das ist ein Befehl.«

In eisigem Schweigen hockt sie auf dem Beifahrersitz und hört sich an, was ich ihr über drei Frauen zu sagen habe, die ich persönlich aufsuchen will, und meine Begründung dafür.

»Technologie hat ihre Grenzen«, sage ich. »Manchmal muss man jemandem in die Augen sehen.«

»Hast du dich denn davon überzeugen lassen, dass es kein Mann gewesen sein kann?«, fragt mich Rachel, während ich vom Parkplatz fahre.

Ich konzentriere mich auf die Straße.

Die erste Adresse liegt am anderen Ende der Stadt. Die Frau, die aufmacht, trägt ihr langes Haar zu einem Pferdeschwanz zurückgebunden und hat durchtrainierte Arme.

»Ja?«, sagt sie und beäugt unsere Uniform.

»Scarlett Caldwell?«

»Ja.«

»Ich hätte nur ein paar Fragen an Sie. Dürfen wir reinkommen?«

»Worum geht es denn?«

»Wir wüssten gern, wo Sie letzte Nacht gewesen sind«, erklärt ihr Rachel.

Scarlett Caldwell macht sich gut, das muss ich ihr lassen. Sie verbirgt ihre Reaktion, wenn auch nicht gut genug. Leise zieht sie die Tür hinter sich zu. Im Haus nebenan zuckt eine Gardine.

»Wir sollten das wirklich lieber drinnen machen«, sage ich freundlich, doch davon will sie nichts wissen. Sie verschränkt die Arme vor der Brust wie eine Türsteherin, die keinen Zutritt gewährt. Ich frage mich, was wir da drin nicht sehen sollen.

»Was geht es Sie an, wo ich letzte Nacht war?«

»Ms Caldwell, Sie haben sicher die Nachrichten heute Morgen gesehen«, sage ich. »Wir haben Ihr Slate geortet und wissen also, dass Sie letzte Nacht draußen waren. Wir wollen nur wissen, wo Sie waren.«

Sie wird blass. »Damit habe ich nichts zu tun!«

Ich gebe ihr geduldig Zeit. Sie stößt einen Seufzer aus und zittert sichtlich.

»Mein Partner weiß nichts davon.« Sie blickt hinter sich, aber die Tür ist nach wie vor verschlossen. »Muss ich noch mehr sagen?«

»Wenn Sie so nett wären«, sage ich.

»Ich habe … Es gibt da einen anderen. Ich war letzte Nacht bei ihm.«

»Dann müssen wir auch mit ihm reden«, sagt Rachel. »Sie können uns sicher die Kontaktdaten geben.«

»Ist das wirklich nötig?«, sagt Scarlett Caldwell.

Sie strafft die Schultern und erinnert mich dadurch an eine Bulldogge.

»Leider ja.«

Ich reiche ihr mein Slate. Sie tippt einen Namen und eine Anschrift ein. Unwillkürlich frage ich mich, wie sie sich für einen Mann interessieren kann, der ausgerechnet in dieser Einrichtung lebt, aber die Geschmäcker sind verschieden.

»Danke«, sage ich.

Sie geht wieder rein und schlägt die Tür hinter sich zu.

»Reizende Frau«, sagt Rachel.

»Mhm«, brumme ich, doch für mich ist Scarlett Caldwell schon abgehakt.

Auch die zweite Frau fällt schnell aus dem Raster. Wie sich zeigt, hat sie ihr Slate ihrer Tochter geliehen, die bei einem Schlüsseldienst arbeitet und mitten in der Nacht rausgerufen wurde. Auch hier bekommen wir die Kontaktdaten zur Überprüfung.

Bleibt noch eine.

Auf dem Weg dorthin arbeitet Rachel mit ihrem Slate. Ich bitte sie, bei Michelle nachzufragen, was sie sofort tut. Die Auskunft ist kurz und knapp. Zum Zahnstatus des Opfers gebe es leider immer noch keine Übereinstimmung. Ich habe nach der kurzen Zeit zwar nichts anderes erwartet, aber die Frustration drückt mir auf die Stimmung. Ich tröste mich damit, dass der Fund gerade einmal ein paar Stunden her ist und dass es Wochen, wenn nicht Monate dauern kann, einen solchen Fall zu lösen. Auch wenn die verbesserten DNA-Testverfahren die Zeit erheblich verkürzt haben, gibt es Hürden, die zu Verzögerungen führen.

Zum Beispiel die Datenschutzgesetze, die uns daran hindern, von jemandem Fingerabdrücke zu nehmen und mit der Datei abzugleichen, so verlockend das auch wäre. Oder die Vernachlässigung der Kameraüberwachung, weil wir alle Mittel ins Programm für die elektronische Überwachung gesteckt haben.

Ich streiche mir über die Stirn.

»Alles okay?«, fragt Rachel.

»Nicht so ganz.« Ich habe das Gefühl, als säße unser Opfer mit im Wagen, auf dem Rücksitz hinter mir, sodass ich ihren Atem im Nacken spüre. Ich lasse sie im Stich. »Wir tappen im Dunkeln, das passt mir nicht.«

»Ich finde, wir machen Fortschritte«, sagt Rachel. »Immerhin konnten wir schon die meisten Frauen ausschließen, die letzte Nacht draußen waren.«

Ich spüre, wie sich zwischen Rachel und mir langsam, aber unaufhaltsam ein Graben auftut. Der erste Riss hat sich gezeigt, als wir uns gemeinsam das Videomaterial vom Park angeschaut und sie dabei eine Frau gesehen hat, ich dagegen einen Mann; und seit Sue Ferguson auf dem Plan erschienen ist, wird die Kluft stündlich größer. Bis jetzt haben wir immer gut zusammengearbeitet. Ich hatte den Eindruck, von Rachel respektiert zu werden. Nach ihrer Ausbildung, bei der jungen Frauen ein ziemlich starres Bild davon vermittelt wird, wie die Dinge laufen, habe ich ihr, dachte ich, ein bisschen Pragmatismus vermittelt. Ich hatte gehofft, dass sie mir zuhört, wenn ich ihr von der Polizeiarbeit vor der Ausgangssperre erzähle und ihr klarmache, dass kein System unfehlbar ist. Allmählich kommen mir Zweifel daran, ob ich zu ihr durchgedrungen bin.

Ich überlege, ob ich sie in die Fälle einweihen soll, die Sue mir gegenüber unter vier Augen erwähnt hat – den mit der Unfallflucht und den mit der durch Messerstiche getöteten Frau, entscheide mich aber dagegen.

Die dritte Adresse führt uns zu einer Frau Anfang dreißig. Sie ist blass und nervös, lässt uns aber immerhin ins Haus. Drinnen ist ein Mann, etwas jünger als sie, aber augenscheinlich verwandt. Im Wohnzimmer stehen überall Blumen, und auf dem Kaminsims reihen sich Kondolenzkarten aneinander.

»Kommen Sie wegen Dad?«, fragt uns der Mann in unüberhörbar hoffnungsvollem Ton. »Haben Sie die Frau verhaftet, die ihn getasert hat?«

»Es geht leider um etwas anderes«, sage ich.

Er lässt die Schultern hängen.

»Verstehe«, sagt er. »Wieso auch? Eine Krähe hackt der anderen kein Auge aus, oder? Polizei, Controllerinnen, ihr steckt doch alle unter einer Decke.«

Hier ist etwas im Gange, von dem wir nichts wissen. Vorsicht ist angesagt. Ich werfe Rachel einen fragenden Blick zu, doch ihrem Gesicht nach hat auch sie keine Ahnung. Konzentriert tippt sie ins Slate. Meines klingelt. Ich entsperre es, werfe einen Blick auf die Nachricht, die sie mir gesendet hat, und bin mir nun sicher, dass in diesem Haus etwas vor sich geht.

Ich mustere die Frau. Sie ist schlank und hochgewachsen. Vielleicht habe ich bezüglich der Gestalt auf dem Überwachungsvideo ja doch falschgelegen.

Vielleicht.

Kapitel 17

Helen

Bei Schulschluss am Montagabend war Helen ausgehungert und kaputt. Nach dem Unterricht hatte sie noch zum Elternabend dableiben müssen, inklusive zehn Minuten mit einer übellaunigen Cass Johnson und ihrer Mutter. Es hätte über Cass viel zu sagen gegeben, viel mehr, als sie zur Sprache brachte. Schon lange hegte sie den Verdacht, dass Cass mit ihrer polternden, auftrumpfenden Art nur kaschierte, wie unglücklich sie war.

Höchstwahrscheinlich hatten ihre Probleme viel mit ihrem Vater zu tun. Einen Tag nachdem er die Ausgangssperre übertreten hatte, war der gesamte Lehrkörper zu einer Dringlichkeitssitzung zusammengekommen. Obwohl sich ihre Schule zum ersten Mal mit einer solchen Situation konfrontiert sah, gab es schon Richtlinien für den Ernstfall. Die Direktorin hatte sie genauestens instruiert, wie sie auf die unvermeidlichen Fragen von Schülern und Eltern reagieren sollten. Da Helen die Klasse da noch nicht unterrichtete, hatte sie der Angelegenheit vielleicht zu wenig Aufmerksamkeit geschenkt und gedacht, sie sei erledigt, bis Amy in der Stunde letzte Woche all diese Fragen zum Verstoß gegen die Ausgangssperre gestellt hatte und Cass aus der Klasse marschiert war.

Sie hatte Cass nicht bei Sarah Wallace gemeldet und war sich immer noch unsicher, ob das vielleicht ein Fehler gewesen war. Sollte sie Sarah jetzt noch anrufen und sie von dem Verstoß unterrichten? Würde sie damit alles besser oder schlimmer machen? Unablässig wendete sie die Frage hin und her, und wie benebelt fuhr sie heim. Sie wollte nur noch ein warmes Bad, ein weiches Bett und Tom. Er würde dafür sorgen, dass es ihr gut ginge.

Als sie endlich vor der Haustür stand, verließen sie die Kräfte. Selbst ihre Sachen am Leib fühlten sich zu schwer an. Der Rock kratzte an den Beinen. Sie ließ die Tasche zwischen die Füße fallen und kramte ihre Schlüssel hervor. Sie stieß die Tür auf.

»Tom?«, rief sie, während sie die Schuhe auszog und auf dem Regal abstellte.

»Hier!«

Seine Stimme kam aus der Küche.

Auf müden Beinen folgte sie der Stimme. Wenigstens musste sie nicht auch noch kochen. Er hatte sie schon benachrichtigt, dass er etwas zubereitet hätte, wenn sie nach Hause käme.

»Hallo, Schatz …«, setzte sie an, doch beim Anblick des ganzen Chaos blieb ihr der Rest im Halse stecken.

Im Ausguss türmten sich schmutzige Töpfe. Von einer Dose Baked Beans, deren Deckel senkrecht in die Höhe stand, lief die Soße über die Arbeitsplatte. Neben dem Wasserkocher lag ein Häufchen Teebeutel, und auf dem Küchentisch stand ein großer, offener Karton inmitten eines Eismeers aus Styropor. Tom stand am offenen Kühlschrank.

Von einem Abendessen keine Spur.

Als Helen ans Spülbecken trat und den Wasserhahn aufdrehte, drangen aus dem Wohnzimmer Stimmen herüber. Fremde Männerstimmen.

»Wer ist das?«, fragte sie und bemühte sich dabei, wohl vergeblich, nicht schnippisch zu klingen. Sie gab einen Spritzer Spülmittel in die Schüssel.

»Nur ein paar Freunde«, sagte Tom und schloss die Kühlschranktür. Er wischte mit dem Handrücken den Milchschnurrbart ab.

»Ach so«, sagte Helen. »Und was ist das?«

Sie zeigte auf den Karton. Tom trat von einem Fuß auf den anderen.

»Ich dachte, ich rüste mal mein Gaming-System ein bisschen auf«, sagte er. »Die hier war im Angebot. Echt guter Deal, da musste man einfach zugreifen.«

Helen schluckte. Gaming-System? Ein teures Vergnügen. Zu nichts dergleichen hatte sie ihre Zustimmung gegeben. Er hatte sie nicht einmal gefragt.

»Wie viel hat das gekostet?«

»Ist das wichtig? Jetzt, wo ich für meine Wohnung keine Miete mehr bezahlen muss, können wir uns das doch leisten. Im Ernst, Schatz, mach nicht so ein Gesicht. Ist doch nur eine Spielkonsole.«

Er trat heran und legte ihr den Arm um die Taille.

»Sei nicht sauer«, flüsterte er. »Du weißt, ich bete dich an. Ich mag es nicht, wenn du sauer auf mich bist.«

Aus dem Wohnzimmer waren Siegesschreie zu hören, und Tom sah zur Tür.

»Weißt du was?«, sagte er. »Gib mir einen Moment, die beiden da loszuwerden, dann können wir hier sauber machen und uns was zu essen kommen lassen. Und dann früh schlafen gehen.«

Er grinste ihr von oben ins Gesicht, zwickte sie in die Taille und verschwand ins Wohnzimmer. Sie hörte wieder die Männerstimmen, registrierte ihr Gelächter, konnte aber nicht verstehen, was gesagt wurde. Auch wenn sich ihre Wut allmählich legte, spürte sie noch den Druck in der Brust, und das machte ihr Angst. Noch mehr machte ihr die Sorge zu schaffen, dass Tom es vielleicht merkte und ihre Gefühle für ihn infrage stellte. Das würde sie nicht zulassen. Sie hatten eine gute Beziehung. Sie gehörten nicht zu den Paaren, die sich ständig in den Haaren lagen. Sie doch nicht.

Sie blickte sich noch einmal in der Küche um und seufzte. Dann nahm sie den Karton, stellte ihn auf den Boden und strich das Styropor mit dem Arm hinein. Sie wusch das Geschirr ab und stellte es zum Trocknen auf den Abtropfständer.

Sie wischte den Boden und sagte sich, dass sie wohl etwas überreagiert hatte. Schließlich war auch Tom hier zu

Hause. Sie durfte nicht länger so tun, als gehörte ihr die Wohnung ganz allein.

Im Wohnzimmer fand sie außer Tom zwei Männer vor, die sie noch nie im Leben gesehen hatte. Keiner der beiden schien in Bälde seinen Abgang machen zu wollen. Einer hing in ihrem Sessel und hatte die schmutzigen Sneaker auf ihren Couchtisch gelegt. Der andere stand mit Tom in der Ecke und hob mit ihm zusammen ihre Couch an.

»Das Scheißding wiegt ja 'ne Tonne«, murmelte er.

»Hör auf zu jammern, großes Mädchen«, sagte Tom, während sie das Möbelstück einen Meter nach links verrückten.

Der Mann, wer auch immer er war, ließ sein Ende einfach fallen, sodass es mit einem Knall auf den Boden traf. Sie verzog das Gesicht. Als Tom auf seiner Seite losließ, krachte es in ihrer sonst so ruhigen Wohnung, als schlüge eine Bombe ein.

Sie fühlte sich inmitten von all dem Lärm wie unsichtbar und spielte schon mit dem Gedanken, sich wieder in die Küche oder sogar nach draußen in ihren Wagen zurückzuziehen. Aber Tom hatte ja versprochen, sie hinauszukomplimentieren.

»Hallo«, sagte sie.

Die Hände locker vor dem Bauch gefaltet, blieb sie stehen, um seinen Freunden gegenüber nicht unhöflich zu erscheinen und keinen schlechten ersten Eindruck zu hinterlassen, während sie ihre ganze Beherrschung zusammennehmen musste, um die Frage herunterzuschlucken, was sie da mit ihrem Wohnzimmer machten. Außerdem

fragte sie sich, wieso sie die beiden noch nie zuvor gesehen hatte.

»Hi«, sagte der an der Couch.

Von dem in ihrem Sessel bekam sie als Reaktion nur ein
unverbindliches Grunzen. Immerhin entging ihm wohl
nicht ihr Blick auf seine Füße. Unendlich langsam nahm
er sie vom Tisch.

»Tut mir leid, Jungs, aber Schluss für heute«, sagte Tom.
Er schob die Hände in die Taschen. »Wir sehen uns dann
am Sonntag.«

»Was ist am Sonntag?«, fragte Helen.

»Fußballtraining.«

»Ach so«, sagte sie. »Klar.«

Der Mann im Sessel rappelte sich auf. »War nett, dich
endlich mal kennenzulernen«, sagte er.

»Ja«, murmelte sie leise, während der andere ihr stumm
zunickte und seinem Freund nach draußen folgte.

Sie hörte die Tür aufgehen und zufallen, dann war sie
mit Tom allein in der Wohnung. Sie stand da, betrachtete die Couch an ihrem neuen Fleck, eingeklemmt unter
dem Fenster, und die dreckverschmierte Tischoberfläche.
Ihre geliebte handgestrickte Decke lag nicht mehr säuber-
lich gefaltet auf der Couch, sondern in einem Häufchen in
der Ecke. Der Fernseher war so verrückt, dass er daneben
reichlich Platz für die neue schwarze Konsole ließ, und der
Sessel stand jetzt so, dass er den perfekten Logenplatz auf
den Bildschirm bot.

Tom ließ sich darauffallen. »Was hättest du gerne zum
Abendessen? Pizza? Chinesisch?«

»Pizza«, sagte sie, weil der nächste Take-away direkt um die Ecke war und es wenigstens nicht lange dauern würde.

Sie sah auf die Uhr. Es war kurz nach sechs.

»Rufst du an, oder soll ich?«, fragte er. »Wahrscheinlich am besten, wenn man sie abholt. Wer weiß, wie lange wir sonst auf die Lieferung warten müssen.«

»Ich mach das schon«, sagte sie.

Sie ging in die Küche zurück, öffnete die entsprechende Seite auf ihrem Slate, gab die Bestellung auf und kehrte ins Wohnzimmer zurück. Dort bückte sie sich nach der Decke, faltete sie zusammen und warf einen sehnsüchtigen Blick auf ihren Sessel. Tom saß dort mit einem Gamecontroller in der einen Hand und der TV-Fernbedienung in der anderen. Sie sah sich auf die Couch unter dem Fenster verdrängt, mit Aussicht auf die Tür zur Küche.

»Ach so, eh ich's vergesse«, sagte er. »Mit meiner Fußfessel scheint was nicht in Ordnung zu sein.«

»Was?«

Er legte sein Fußgelenk auf das andere Knie, zog die Jeans hoch und zeigte es ihr.

»Das Lämpchen blinkt die ganze Zeit, sieh mal.«

Eine funktionstüchtige Fußfessel hatte an der Außenseite ein dauerhaft leuchtendes rotes Lämpchen und zeigte damit an, dass sie aktiviert war. Toms jedoch blinkte.

»Wie ist das passiert?«, fragte sie.

»Keine Ahnung«, sagte er. »Hab's am Nachmittag zum ersten Mal bemerkt.«

»Du hättest mich anrufen sollen«, sagte sie. »Dann wäre ich früher gekommen und hätte dich zum Frauenschutzamt gefahren. Wenn wir jetzt losfahren, schaffen wir es vielleicht nicht rechtzeitig vor der Ausgangssperre.«

»Wir können auch bis morgen früh warten«, sagte er und drückte die Tasten an der Fernbedienung. »Du fährst mich doch rüber, oder?«

»Ja klar«, sagte Helen.

Am Vormittag hatte sie eine Freistunde, die sie eigentlich für Benotungen und Unterrichtsvorbereitung eingeplant hatte, aber ebenso gut für die Fahrt zum Frauenschutzamt nutzen konnte. Für den Rest des Abends konnte sie jedoch das Gefühl nicht abschütteln, lieber nicht dorthin fahren zu wollen.

Kapitel 18

Sarah

Sarah hatte in der Nacht von Samstag auf Sonntag kaum geschlafen und am Sonntagabend schließlich mit Mrs O'Brien und ein paar anderen Frauen einen Tetrapak Weißwein geleert, teils um Cass aus dem Weg zu gehen, teils weil sie das dringende Bedürfnis hatte, mit Frauen zu reden, die sie verstanden, und ihnen ihr Herz auszuschütten, wie schockiert, enttäuscht und verängstigt sie sei. Sie konnte immer noch nicht fassen, was geschehen war. Greg war nicht nur vorzeitig entlassen, sondern auch nach Hause geschickt worden.

Am Montag hatte sie sich die ganze Mittagspause hindurch ans Telefon gehängt und versucht, den Grund dafür herauszufinden. So erfuhr sie, dass in einem Flügel der Haftanstalt Feuer ausgebrochen war und einige Insassen, darunter Greg, früher als geplant entlassen worden waren und man in dem Durcheinander ihren Antrag übersehen hatte. Die Frau am Telefon hatte Sarah mit Engelsgeduld zugehört, am Ergebnis allerdings nichts ändern können. Greg nun doch noch woanders hinzuverlegen, hatte keine hohe Priorität, es sei denn, er stellte etwas Dummes an wie zum Beispiel eine weitere Übertretung der Sperre oder einen tätlichen Angriff. Sie beendete das Gespräch mit Kopfschmerzen und dem Gefühl, um zehn Jahre gealtert zu sein. Sie war völlig frustriert. Sich monatelang mit dem Gedanken zu trösten, dass Greg für sie endgültig Vergangenheit war, und dann festzustellen, dass sie sich getäuscht hatte …

Über alldem hatte Sarah völlig vergessen, dass diesen Montag Elternabend war, bis Cass sie eine halbe Stunde vor dem angesetzten Termin daran erinnert hatte und sie zusammen hastig zur Schule fahren mussten.

Am Dienstagmorgen fand sie quer über der Kühlerhaube ihres Wagens eine dicke Schramme vor. Wie gelähmt stand sie da und starrte auf den Schaden. Wie hatte das passieren können? Für einen Moment fiel ihr der junge Mann in dem silberfarbenen Fahrzeug wieder ein, der ihr auf dem Weg von der Arbeit bis nach Hause gefolgt war. Sie sagte sich, der Gedanke sei paranoid. Autos bekamen nun mal Kratzer ab. Höchstwahrscheinlich war es am Vorabend auf dem Parkplatz der Schule passiert, und sie hatte es nur nicht bemerkt.

Bei der Arbeit erzählte sie niemandem davon. Die Lage hatte sich endlich wieder beruhigt, und wenn es nach ihr ging, sollte es so bleiben. Sie wartete noch auf den Bericht der Gerichtsmedizin zu Paul Townsend. Hadiya schien sich keine Sorgen zu machen. »Dem ärztlichen Gutachten nach war er Raucher und übergewichtig«, hatte sie gesagt. »Und Mabel hat deine Version, er sei ausfällig geworden, bestätigt. Du hast das Richtige getan, Sarah. Das wird auch der gerichtliche Sachverständige so sehen. Glaub mir.«

Jetzt wartete Sarah nur noch auf den richtigen Moment, das Fehlen des Fußfesselsticks zu melden.

Doch an diesem Morgen fing Hadiya sie auf dem Weg in ihr Büro ab, packte sie buchstäblich am Ärmel und sprach aus, wovor sich Sarah seit Tagen fürchtete: »Ich muss im Laufe des Tages deine Sticks und Fußfesseln überprüfen.«

»Kein Problem«, sagte Sarah, obwohl sie bis ins Mark erschrak. »Ich gehe nur kurz meinen Terminplan für heute durch.«

Damit eilte sie davon, bevor Hadiya noch etwas sagen konnte, auch wenn sie keine Ahnung hatte, was sie zu ihrer Rettung unternehmen sollte. Mist. Mist. Wieso hatte sie den Verlust nicht gleich gemeldet, als sie ihn bemerkt hat? Sicher, ein Vermerk in ihrer Akte wäre fällig gewesen, aber sie hätte es auf den getaserten Mann schieben und behaupten können, der Stick sei in dem anschließenden Durcheinander verloren gegangen. Natürlich hätte sie einen Rüffel bekommen und vielleicht länger auf eine Beförderung warten müssen, aber das wär's dann auch schon gewesen.

Jetzt sah die Sache verdammt anders aus.

Hinter verschlossener Tür wartete sie in ihrem Büro und zermarterte sich den Kopf darüber, was sie machen sollte, als es klopfte und Hadiya hereinkam. Sarah wurde übel.

Mit ihrem Slate in der Hand, kauerte sich Hadiya vor ihre Schubladen. Wie erwartet, zog sie zuerst die unterste mit den Fußfesseln auf. Sie öffnete jede Box, zählte die Fußfesseln durch, glich sie mit der von Sarah eingegebenen Zahl ab und fand alles korrekt. Sie schloss die Schublade und griff nach der obersten. Sarah wusste, dass sie jetzt etwas sagen sollte, aber just in dem Moment erschien Mabel in der Tür.

»Hadiya?«, sagte sie. »Wir haben eine defekte Fußfessel und brauchen einen Notfalltermin. Können wir den irgendwo dazwischenschieben?«

Mit einem Seufzer stand Hadiya auf. »Heute ist absolut nichts mehr frei. Der soll sich bei einer anderen Stelle melden.«

»Ich weiß«, sagte Mabel. »Aber seine Freundin ist eine Freundin von mir, und ich hab ihr versprochen, dass wir das übernehmen. Bitte!«

»Trag ihn ruhig in meine Liste ein«, warf Sarah schnell ein. »Ich nehme ihn mir als Ersten vor.«

»Bist du dir sicher?«, fragte Hadiya.

»Klar, kein Problem.«

»Danke«, sagte Hadiya. »Ist übrigens alles in Ordnung.« Mit einer ausladenden Handbewegung deutete sie auf die Schubladen, drehte sich um und ging in den Wartebereich hinaus.

Sarah sackte auf ihren Schreibtischsessel. Das war knapp gewesen.

»Alles okay?«, fragte Mabel.

»Ja«, sagte sie. »Ist nur eine ziemlich verrückte Woche.«

Als der Mann mit der defekten Fußfessel hereinge-
schlendert kam, erkannte ihn Sarah auf Anhieb wieder.
Es war Tom Roberts. Der Boyfriend, den Mabel nicht lei-
den konnte. Sarah erging es mit ihm nicht anders, besonders wenn er ihr jenes Lächeln schenkte, als dürfte sie sich
über seine Gegenwart in ihrem Dienstzimmer glücklich
schätzen. Andererseits hatte er sie vor einer schwierigen
Unterhaltung mit Hadiya bewahrt, was sie ihm gegenüber
gnädig stimmte.

»Wir dürfen das nicht zur Gewohnheit werden lassen«,
spielte er grinsend auf die Wiederbegegnung an.

»Allerdings«, sagte sie, während er es sich auf dem Stuhl
bequem machte und sein Hosenbein hochzog. Auf Anhieb konnte sie an der Fußfessel keine schadhaften Stellen
erkennen – keine Risse oder Kratzer oder sonstigen Anzeichen dafür, dass der Reif angeschlagen oder absichtlich
manipuliert worden wäre. Schließlich waren die Dinger
widerstandsfähig. Weder eine Stunde in der Badewanne
oder im Swimmingpool noch ein Tritt beim Fußball oder
ein Schraubenzieher konnte ihnen etwas anhaben. Sie
hatte diesbezüglich schon alles erlebt. In ihrer Anfangs-
zeit als Controllerin hatte sie entsetzt feststellen müssen,
dass eine kleine Minderheit von Männern versuchte, ihre
Fußfessel zu demolieren. Greg hatte nie etwas dergleichen
getan, und so war es ihr gar nicht in den Sinn gekommen,
dass andere Männer so etwas machten.

Das hier gab ihr allerdings Rätsel auf. Das rote Lämpchen an der Seite blinkte, gewöhnlich ein Zeichen dafür,
dass jemand versucht hatte, die Fußfessel zu entfernen, an-

dererseits deuteten keinerlei Kratzspuren darauf hin, dass sich jemand daran zu schaffen gemacht hatte. Vielleicht funktionierte die Batterie nicht richtig, oder im Innern hatte sich ein Draht gelöst. Allerdings hatte die Fußfessel neulich bei ihrer letzten Überprüfung einwandfrei funktioniert. *Kann nur ein Fehlerexemplar sein,* dachte sie und machte sich eine entsprechende Notiz.

»Ich muss Ihnen eine neue anpassen«, sagte sie.

»Dachte ich mir schon«, sagte er.

»Irgendeine Vermutung, wie das passiert sein könnte?«

»Nein. Ich hab nur gemerkt, dass das Lämpchen blinkt. Schon seltsam. Ist noch nie passiert.«

»Und wann war das?«

»Gestern Nachmittag. Ich weiß, ich hätte direkt kommen sollen, aber meine Freundin hatte den Wagen, und ich musste warten, bis sie von der Arbeit kommt, und dann hatte sie einen harten Tag hinter sich und wollte nicht noch mal raus. Sie ist Lehrerin, wissen Sie, und gestern war Elternabend.«

»Verstehe«, sagte sie und maß seinen Knöchelumfang.

Sie sah ihn sich vorsichtig etwas genauer an. Dunkle Augen, markante Wangenknochen. Sie glich ihn innerlich mit dem Mann ab, den sie in Begleitung von Miss Taylor aus der psychologischen Beratungsstelle hatte kommen sehen.

»An welcher Schule arbeitet sie denn?«

»Burnside High.«

Cass ging an die Burnside. Sie hätte es ihm sagen und ihn nach dem Namen seiner Freundin fragen können, aber sie vermied es, den Männern, die zu ihr kamen, etwas Persönliches mitzuteilen.

Sie maß zur Vorsicht noch einmal nach, öffnete ihre Schublade und holte eine Fußfessel Größe M heraus. Anschließend machte sie aktuelle Porträtaufnahmen und glich sein Geburtsdatum ab, bevor sie ihm die neue Fessel über dem Fußgelenk befestigte. Routinemäßig überprüfte sie den Sitz und fragte ihn, ob alles okay sei, was er bejahte. Er bedankte sich und schenkte ihr zum Abschied ein noch breiteres Lächeln, das an ihr jedoch abprallte. Vielleicht lag das ja an ihren Erfahrungen mit Greg. Oder es hatte mit diesem Job zu tun und den mehreren Hundert Männern, die sie inzwischen schon auf dem Stuhl hier vor sich gehabt hatte. Was auch immer. Unterm Strich sah sie Männer jetzt so, wie sie wirklich waren. Sie kannte die Spielchen, die sie trieben. Der jetzige hier drehte nur deshalb seinen Charme auf, weil er wusste, dass er unbedingt schon am Vortag hätte kommen müssen, und sich keinen Ärger einhandeln wollte. Sie beschloss, es ihm für dieses Mal durchgehen zu lassen.

»Okay«, sagte sie. »Das hätten wir. Hoffentlich kriegen wir diesmal nicht wieder Probleme.«

»Danke«, sagte er, stand auf und zog das Hosenbein über die neue Fußfessel.

Sie folgte ihm hinaus, weil sie kurz zur Toilette wollte, bevor sie den Nächsten drannahm. Auf Anhieb erblickte sie Helen Taylor, die hinten im Wartebereich saß und mit Mabel plauderte. Als sich Tom Roberts den beiden näherte, standen sie sofort auf. Sie hatte also richtiggelegen.

Das war der Mann, der mit Cass' Lehrerin aus der Beratungsstelle gekommen war. Er nahm als Erstes Helens Hand.

Sie registrierte diesen Besitzanspruch, den dieser Tom der Lehrerin gegenüber an den Tag legte, den festen Griff um ihre Hand, den abweisenden Blick, mit dem er Mabel begrüßte. Vor nicht allzu langer Zeit hätte sie sein Verhalten als fürsorglich gewertet. Jetzt konnte sie angesichts einer solchen Show nur noch die Augen verdrehen. Während sie die drei beobachtete, sah Helen zu ihr herüber, und Sarah lächelte ihr kurz zum Wiedererkennungsgruß zu.

»Wo sollen wir uns heute Abend zum Essen treffen?«, hörte sie Mabel ihre Freundin fragen.

»Heute Abend kann ich leider nicht«, sagte Helen.

»Wieso nicht?«

»Diese Woche hab ich einfach zu viel um die Ohren, und auch in der Wohnung steht jede Menge Arbeit an. Aber nächste Woche holen wir es nach, versprochen.«

»Klar«, sagte Mabel und ging in ihr Zimmer zurück.

Die eine Silbe sprach Bände, dachte Sarah, aber das war nicht ihr Problem. Auch sie ging in ihr Sprechzimmer zurück, räumte ihren Schreibtisch auf und rief den Nächsten herein. Als Mabel in der Mittagspause über die Sache reden wollte, wunderte sie sich nicht.

»Ich will dir einen Rat geben«, sagte sie. »Verkrach dich nicht wegen einem Mann mit ihr.«

»Hab ich auch nicht vor«, antwortete Mabel. »Aber sie hat sich komplett verrannt.«

»Das wird schon wieder«, sagte sie. »Halt die Tür für sie offen, Mabel. Sie ist nur gerade in einer seltsamen Phase und blickt nicht durch. Frisch verliebt, da benehmen sich die Leute wie Vollidioten. Das geht vorüber, verlass dich drauf.«

»Ich weiß nicht«, sagte Mabel. »Sie ist echt völlig verarrt in den Kerl. Sie sieht nichts anderes mehr und hat auf nichts und niemanden mehr Lust.«

»Das ändert sich«, sagte sie zur Bekräftigung, auch wenn ihr Mabel vielleicht nicht glaubte. »Was da gerade abgeht, das ist nicht für immer.«

Genau so, wie aus wunderbaren kleinen Kindern ätzende Teenager wurden, wie aus trautem Heim, Glück allein freudlose Routine wurde, wie Sperrzeit brechende Ehemänner letztlich wieder frei herumliefen, so ließen alle Männer früher oder später immer ihre Maske fallen.

Sie konnten nicht anders.

Kapitel 19

Cass

Am Nachmittag kam Cass in eine leere Wohnung. Es war ihr nur recht, dass ihre Mutter nicht da war. Der nächste Schultag nach ihrem aufsehenerregenden Abgang am Freitag war entsetzlich gewesen. Auch wenn niemand etwas gesagt hatte, wusste sie, dass alle hinter ihrem Rücken über sie redeten.

Es war ein herrliches Gefühl, die Wohnung ein paar Stunden lang für sich zu haben und vor dem Fernseher zu chillen, ohne dass ihr Sarah ständig im Nacken saß. Sie hätte gar zu gern gewusst, was ihr Dad gerade machte, und wünschte sich nichts sehnlicher, als mit ihm Kontakt aufzunehmen.

Sie hatte ihm noch gerade sagen können, dass sie jetzt im Frauenhaus wohnten, doch da war Sarah schon aus dem Restaurant gekommen, und Greg hatte ihr gesagt, er müsse los.

Sie hatte immer noch keine Ahnung, wo genau er unter-gebracht war, aber es konnte eigentlich nur in Riverside sein. Jeder wusste, dass Männer, die aus dem Gefängnis entlassen wurden, erst einmal dort hingeschickt wurden, sodass jeder um das Viertel einen großen Bogen machte. Sie hatte diese Männer oft genug in den Bus einsteigen se-hen und sie in ihren billigen Klamotten und ausgetrete-nen Schuhen immer abstoßend gefunden. Die Vorstellung, dass ihr Dad dort lebte, war ihr zuwider.

Tröstlich war immerhin, dass sie in wenigen Tagen achtzehn wurde und von da an zu sämtlichen Informa-tionen im Internet Zugang hatte, ob es Sarah passte oder nicht. Blöd, dass sie nach diesen gemeinen Bemerkungen von Amy Hill über ihren Vater aufgestanden und gegan-gen war. Aber jetzt war er jedenfalls frei, und selbst wenn seine erste Station Riverside war, bliebe er dort mit Sicher-heit nicht lange. Er würde sich schnellstens eine Arbeit su-chen und woanders hinziehen.

Sie ging in ihr Zimmer und warf sich aufs Bett. Sie griff in ihre Tasche, zog den Fußfesselstick heraus, legte sich auf den Rücken und fummelte an dem Ding herum. Ihre Gedanken wanderten zu Billy. Jetzt waren sie nicht mehr nur Freunde, weil sie sonst niemand haben wollte, sondern teilten ein Ge-heimnis miteinander, etwas Greifbares, was sie zusammen-schweißte, und ihr dämmerte immer mehr, dass sie mit dem Entfernen seiner Fußfessel etwas Bedeutsames getan hatte. Sie war nicht so wie die anderen Mädchen in der Schule, die in der Pause bei den Klos rumhingen und sich über andere Leute oder über dämliche, langweilige Sachen ausließen.

Außerdem genoss sie das Gefühl, dass Billy sie brauchte. Wenn sie sich weigerte, ihm die Fußfessel wieder anzulegen, wäre er völlig aufgeschmissen. Natürlich dächte sie nicht im Traum daran, aber allein schon zu wissen, dass sie es konnte, hatte seinen Reiz und dämpfte die Wut, die sie immer noch wegen der peinlichen Stunde hatte, in der Miss Taylor sie beide zum Armdrücken gezwungen hatte.

Sie hörte, wie die Wohnungstür auf- und zuging, und stopfte den Stick schnell in ihre Tasche. Als ihre Mutter den Kopf hereinsteckte, wollte sie über Cass' Geburtstag reden. Was überraschend kam. Nachdem Sarah mehrmals ihre eigenen Versuche abgebügelt hatte, das Thema zur Sprache zu bringen, hatte sie daraus geschlossen, dass Sarah keinen Nerv dafür hatte.

»Ich dachte, wir könnten vielleicht essen gehen«, schlug Sarah vor. »Uns fein machen. In ein gehobenes Restaurant.«

»Kann Dad mitkommen?«, fragte sie.

»Nein«, sagte Sarah.

»Wieso nicht?«

Von da an ging es natürlich steil bergab. Sarah lehnte es nicht nur ab, ihn zu dem Essen einzuladen, sondern weigerte sich auch, ihr seine Adresse zu geben.

Und so hatte sie, als der Tag schließlich kam, ihre Erwartungen auf null heruntergeschraubt. Ihre erste Amtshandlung nach dem Aufwachen am Geburtstagsmorgen bestand darin, sich bei dem Datenportal anzumelden, auf dem sämtliche entlassene Häftlinge registriert waren. Es war eine Sache von Minuten, ihre Identität und ihr Alter zu legitimieren und Gregs Datei aufzurufen. Sie scrollte hinunter und registrierte mit Befriedigung, wie der Hass, der sich in ihr aufgestaut hatte, ins Brodeln geriet.

Als Adresse war noch ihr altes Haus angegeben. Rechts daneben stand die neue. Sie verzog das Gesicht. Natürlich wohnte er im Riverside Court, in Wohnung 4C.

In einer zweiten Amtshandlung meldete sie sich bei iDate an, der staatlich anerkannten Dating App, die alle benutzten. Sie unterlag strengen Regeln. Man musste achtzehn sein, um Mitglied zu werden, mit elterlicher Erlaubnis siebzehn. Sie hatte schon vor ein paar Monaten, kurz nachdem ihr Dad ins Gefängnis gekommen war, versucht, Sarah die Erlaubnis abzuringen. Aber natürlich hatte sie auf Granit gebissen. Cass konnte absolut nicht nachvollziehen, womit ihre Mutter ein Problem hatte. iDate war vollkommen sicher. Allein Frauen war die erste Kontaktaufnahme vorbehalten. Das Versenden von Dickpics wie auch die Bitte um Nacktfotos zog den lebenslangen Ausschluss nach sich. Über diese Vorschrift konnte sie nur lachen. Wieso sollte sie einem völlig Fremden ein Nacktfoto schicken?

Ihr iDate-Profil hatte sie sich schon seit Monaten als eigenes Geburtstagsgeschenk versprochen und hätte es auch sofort in die Tat umgesetzt, wäre da nicht die Weigerung ihrer Mutter gewesen, Greg zum Essen einzuladen, die sie innerlich so kochen ließ. Für iDate suchte sie sorgfältig ein besonders gelungenes Foto aus und schrieb ihr Profil dreimal um, bevor sie das Ganze schließlich hochlud. Bis sie ihren Account das erste Mal nutzen konnte, musste sie erst die mühsame Legitimierung ihrer Identität hinter sich bringen, was zu ihrem Ärger mehrere Minuten dauerte. Dann war sie so weit.

Mit Feuereifer machte sie sich auf die Suche. Schon nach fünf Minuten fasste sie es kaum, wie hoffnungslos die meisten Männer auf der Plattform waren, kehrte zum Suchfenster zurück und grenzte ihre Kriterien ein. Niemand über dreißig, niemand unter eins achtundsiebzig. Guter Musikgeschmack. Jemand, auf den andere Mädchen neidisch wären. Die Auswahl, die sich daraus ergab, ließ immer noch zu wünschen übrig.

Wieso waren die alle nur so eklig? Wo blieben die jungen, attraktiven, interessanten Männer? Ein paar musste es doch geben!

Ihr Slate klingelte, und sie wechselte zu ihren Nachrichten. Es war Billy.

Happy Birthday! Wie fühlt es sich an, 18 zu sein?

Besser, als 17 zu sein.

Lollolololol.

Noch besser, wenn wir keine Schule hätten. Sollen wir schwänzen?

Darauf kam keine Antwort. Sie schaltete das Slate aus und schob es unters Kopfkissen, strich sich die Haare aus dem Gesicht und stand auf. Zeit, sich ihrer Mutter zu stellen und der unvermeidlichen Enttäuschung eines beschissenen Geburtstags ins Auge zu sehen.

Sie schlurfte barfuß über den Flurteppich zum Badezimmer. »Achtzehn«, sagte sie leise. »Ich bin achtzehn und kann tun und lassen, was ich will.« Sie hatte sich das Gefühl triumphaler vorgestellt.

Sie nahm sich ein paar Minuten, um ihr Gesicht im Spiegel zu betrachten, den Kopf hin und her zu wenden, die Lippen zusammenzupressen, um sie rosiger zu machen, das Haar nach hinten zu nehmen, um zu sehen, wie ihr das stand, zu überlegen, ob sie ihr iDate-Foto wechseln sollte, und zu entscheiden, dass dafür immer noch Zeit war. Schließlich tappte sie in die Küche. Sarah saß mit ihrem großen, weißen Henkelbecher in den Händen am Tisch. Das Haar war vom Duschen noch feucht. Seit dem Streit über das Geburtstagsessen hatten sie kaum miteinander gesprochen, und Cass war sich nicht sicher, was sie erwartete.

»Morgen, Liebes«, sagte Sarah. »Happy Birthday!«

Sie hielt ihr einen kleinen, rechteckigen, golden verpackten Gegenstand hin. Das Päckchen war mit einer silbernen Schleife geschmückt.

Sie nahm es entgegen. Die scharfen Konturen ließen auf eine Box oder Schachtel schließen, die aufwendige Verpackung auf einen hohen Preis.

»Was ist das?«

»Mach's auf«, sagte Sarah. »Na los!«

Sie zupfte erst zögerlich an dem Papier, riss dann mehr davon auf und schließlich den Rest. Es war ein Wechselbad zwischen Freude und Enttäuschung, und sie wusste nicht, wie sie damit umgehen sollte. Das hätte ihre Mutter nicht machen sollen. Sie hätte es vermasseln sollen.

»Es ist ein neues Slate«, sagte Sarah. »Ich weiß, dass deins schon ein bisschen veraltet ist, und ich dachte, du würdest dich über ein besseres freuen.«

Sie spürte, wie verzweifelt sich ihre Mutter wünschte, dass es ihr gefiel, und machte ein gleichgültiges Gesicht.

»Die sind wirklich teuer.«

Sarah zuckte die Achseln. »Ja, schon, aber wir beide sind auch ein bisschen vorangekommen, oder nicht? Und achtzehn wirst du schließlich nur einmal.«

Sie stand auf, schüttete den restlichen Kaffee in den Ausguss und hielt den Becher unter den Hahn. Als sie sich über das Becken beugte, nahm ihre Gesichtshaut in dem Licht eine aschgraue Farbe an. Ihr Körper wirkte unter dem Morgenmantel ermattet und eingesackt.

»Hör mal, Cassie«, sagte sie zum Fenster gewandt, sodass Cass sie nur von hinten sehen konnte. »Ich weiß, dass wir beide uns in letzter Zeit nicht besonders gut verstanden haben, und ich denke, wir sollten etwas dagegen tun. So können wir nicht weitermachen. Das schadet uns. Wir streiten uns andauernd. Wir reden tagelang nicht miteinander. Wir umarmen uns nicht einmal. Wäre es dir nicht auch lieber, wir könnten netter zueinander sein?«

Bei ihr zuckte etwas auf, ein Gefühl, das sie schon lange nicht mehr kannte und fast vergessen hatte. Früher einmal hätte sie sich über eine Umarmung von ihrer Mutter gefreut. Jetzt hätte sie nicht einmal mehr sagen können, wann sie das letzte Mal eine Berührung von ihrer Mutter zugelassen hatte. Sie wusste nicht, wie sie es anstellen sollte. Allein schon der Gedanke fühlte sich unnatürlich an. Sie wollte nicht, spürte aber, dass sie ihrer Mutter irgendetwas geben musste. Es wäre schlimm, wenn Sarah ihr das Slate wieder wegnahm.

»Danke für das Slate«, sagte sie. »Das ist wirklich aufmerksam.«

»Gut«, sagte Sarah. Sie drehte sich zu ihr um. »Freut mich, dass es dir gefällt. Und, weißt du, Cass, du kannst mir immer alles sagen. Ich möchte nicht, dass du glaubst, du müsstest Geheimnisse vor mir haben.«

Sie standen sich gegenüber, sahen einander an, und es kam ein zweiter Moment, in dem das richtige Wort zur richtigen Zeit etwas hätte ändern können, aber sie sah den nassen Schimmer in den Augen ihrer Mutter und bekam regelrecht Angst. Sie wollte Sarahs Gefühle nicht sehen. Sie wollte nichts darüber hören, nichts darüber wissen, ihnen nicht zu nahe kommen. Sie dachte an ihren Vater in Riverside und an den Fußfesselstick, den sie in der Tasche hatte. Sie trat zurück.

»Ich muss zur Schule.«

»Und was ist mit Frühstück?«

Schon halb im Flur, sagte sie: »Ich bin nicht hungrig.«

Einen Moment später war sie wieder in der Zuflucht ihres Zimmers hinter verschlossener Tür. Sie sah sich das Slate an. Es glänzte petrolblau, hatte einen Hochglanz-touchscreen und war überhaupt viel eleganter als ihr altes. Das schaltete sie jetzt ein, hielt es seitlich an das neue und wartete, bis alle Daten übertragen waren. Es dauerte nicht lange. Sie schickte Billy eine Nachricht.

Hab ein neues Slate bekommen.

Freut mich.

Es war sehr schön. Sarah kaufte ihr sonst nie so etwas Schönes.

»O mein Gott«, flüsterte Cass. »Sie versucht, mich zu kaufen.«

Du kannst mir immer alles sagen. Plötzlich fiel es ihr wie Schuppen von den Augen. Sie hatte sich eingeredet, Sarah hätte ihr das Slate geschenkt, weil sie ihr etwas bedeutete, während die teure Gabe in Wirklichkeit das Gegenteil bewies. Ihrer Mutter ging es dabei gar nicht um sie, sondern sie wollte nur erreichen, dass sie keine Fragen mehr über ihren Dad stellte und nett zu den Frauen in ihrem Gebäude war. Vielleicht … vielleicht hoffte sie sogar, sie zu dem Geständnis zu bewegen, dass sie den Fußfesselstick an sich genommen hatte.

Sie zog sich an, schnappte sich ihre Tasche und ging in die Küche zurück. Sarah saß immer noch da und starrte aus dem Fenster, während das Wasser kochte. Normalerweise verließ sie die Wohnung früher. Und niemals hockte sie um diese Zeit im Morgenmantel in der Küche.

»Gehst du heute nicht zur Arbeit?«, fragte sie.

»Ich gehe etwas später«, sagte Sarah. »Ich hatte gedacht, wir könnten zusammen frühstücken.«

Cass steckte die Hand in die Tasche und berührte mit den Fingerspitzen die glatte Oberfläche des neuen Slates, um sich in Erinnerung zu rufen, was hier tatsächlich abging.

»Wie gesagt, ich bin nicht hungrig«, sagte sie. »Und ich muss jetzt los. Wahrscheinlich komme ich heute auch später nach Hause.«

»Wieso?«

»Ich hab Dads Adresse. Ich dachte, ich fahr mal rüber und besuche ihn.«

Sie sah, wie sich die Miene ihrer Mutter verfinsterte, und wusste nun endgültig, dass sie mit ihren Vermutungen richtiglag.

»Das halte ich für keine gute Idee.«

»Und wieso nicht?«

»Er ist gerade erst aus dem Gefängnis gekommen, Cass. Er hat erst mal genug mit sich selbst zu tun. Er muss das alles erst mal verarbeiten.«

»Du meinst, er ist zu beschäftigt und hat keine Zeit für mich?«

»So habe ich das nicht gemeint«, sagte Sarah.

»Wie dann?«

Ihre Mutter kniff die Augen zusammen. »Lass das, Cass.«

»Lass was? Mich nach Dad zu erkundigen?«

»Du weißt genau, was ich meine«, erwiderte Sarah.

»Ich kann mich so viel mit ihm treffen, wie ich will. Das bestimmst ab heute nicht mehr du.«

»Mag ja sein«, sagte Sarah bedächtig. »Aber das heißt noch lange nicht, dass ich dich darin bestärke, dumme Entscheidungen zu treffen. Lass gut sein, Cass. Du hast keine Ahnung, was …«

Wovon sie keine Ahnung hatte, hörte Cass nicht mehr. Sie sah zwar, wie ihre Mutter die Lippen bewegte, aber sie wurde so wütend, dass sie für jedes weitere Wort taub war. Geschah ihr ganz recht.

»Alles war gut!«, schrie sie. »Wir waren glücklich. Wir waren eine Familie! Aber du hast alles kaputt gemacht!«

Der Toaster gab ein Geräusch von sich, der Duft von warmem, knusprigem Brot erfüllte die kleine Küche. Sie ertrug es nicht mehr. Nicht eine Sekunde länger hielt sie es hier aus, weder in diesem Raum noch in dieser Wohnung, noch vor ihrer Mutter zu stehen. Sie stürmte hinaus. Sie hatte die Nase gestrichen voll von diesem Leben. Es nahm ihr die Luft zum Atmen.

Sie donnerte die Treppe hinunter.

Die Mitbewohnerinnen hatten sich vor der Haustür versammelt. Jemand hatte ein handgefertigtes Banner aufgespannt, auf dem in riesigen goldfarbenen Buchstaben HAPPY BIRTHDAY CASS prangte. Jemand hielt ihr einen Blumenstrauß hin. Sie spürte eine Hand am Arm. »Lasst mich in Ruhe!«, brüllte sie wütend. Ein paar der Frauen hielten ein Geschenk in der Hand, aber das war ihr jetzt einfach alles zu viel.

Sie stürzte an ihnen vorbei und lief beim Überqueren der Straße fast in ein Auto. Der Fahrer hupte wütend. Sie zeigte ihm den Stinkefinger und rannte weiter. Sie hasste das Frauenhaus und die neugierigen, verschrumpelten alten Frauen, die darin wohnten. Sie kamen sich ach so schlau vor. Dabei hatten sie keinen blassen Schimmer. Sie wussten nicht, wie sie sich fühlte und was sie brauchte. Es entging ihr nicht, dass sie sich hinterrücks über sie lustig machten, wenn sie einen kurzen Rock oder Make-up trug. Sie waren eine wie die andere neidisch und verbittert. Cass würde nicht so werden wie sie.

Sie hatte ihrer Mutter die Chance gegeben, Vernunft anzunehmen und anzuerkennen, dass sie jetzt erwachsen war und etwas mehr Respekt verdiente, aber Sarah hatte diese Chance nicht genutzt und behandelte sie immer noch wie ein Kind, das man herumkommandieren konnte.

Na schön, sie würde es ihr schon zeigen.

Kapitel 20

Sarah

Sarah stützte sich auf den Rand des Spülbeckens, ließ die Schultern hängen und ergab sich einen Moment lang ihrem Selbstmitleid. Durchs Fenster sah sie Cass hinterher. Sie sah, wie ein Wagen eine Vollbremsung machen musste, weil Cass blindlings auf die Straße lief, sie hörte das Hupen, sah angewidert, wie sie dem Fahrer den Stinkefinger zeigte. Als ihre Tochter aus ihrem Blickfeld verschwunden war, vergrub sie das Gesicht in den Händen und fragte sich, wie es so weit hatte kommen können. Nicht im Traum hatte sie sich vorgestellt, Cass' achtzehnten Geburtstag auf diese Weise zu begehen.

Dabei war Greg nicht einmal da. Er hätte gar nicht in der Lage sein dürfen, auch diesen Geburtstag zu dominieren so wie viele andere davor, und doch wurde sie den Eindruck nicht los, dass genau das geschehen war. Das Gefühl, ihn für den Rest ihres Lebens nicht loszuwerden, überwältigte sie, und sie musste wieder an den Ratschlag denken, den ihr Mrs O'Brien gegeben hatte, nämlich Cass über jenen schrecklichen letzten Tag und Gregs Videocall, in den sie hineingeplatzt war, aufzuklären. Aber selbst jetzt noch wollte sie nicht, dass ihre Tochter davon erfuhr. Es war zu schrecklich, zu peinlich, und trotz allem besser, wenn Cass ihren Vater weiterhin für einen anständigen Menschen hielt. Erfahren zu müssen, dass jemand, den man liebte, ganz anders war, als man gedacht hatte, war eine harte, schmerzliche Lektion. Die wollte sie Cass ersparen.

Vielleicht war es einfach an der Zeit, die Situation zu akzeptieren, wie sie war, und sich einzugestehen, dass sie nichts daran ändern konnte. Cass würde sowieso bald ausziehen und an die Uni gehen. Vielleicht würde der Abstand sogar dabei helfen, ihr Verhältnis zu normalisieren.

Sie ließ die Arme sinken, blinzelte die Tränen weg und blickte noch einmal hinaus auf die Straße. Durch den Tränenfilm sah sie ein wenig verschwommen, aber sie hätte schwören können, dass sie dort draußen … Nein. Unmöglich.

Aber sie hatte sich nicht getäuscht.

Barfuß und im Morgenmantel stürmte sie aus der Wohnung, nur leider nicht schnell genug. Die anderen Frauen waren im Frühstückszimmer, als Mrs O'Brien die Haustür öffnete und eine allzu vertraute Männerstimme hereindrang. Als hätte jemand einen Schalter umgelegt, verstummte das Gemurmel der Frauen.

»Ich möchte zu Cass Johnson«, sagte er.

»Sie müssen gehen«, erklärte ihm Mrs O'Brien.

»Ich sagte doch, ich will zu Cass Johnson. Ich habe etwas für sie.«

»Sie können es am Tor einwerfen.«

Mit flatterndem Morgenrock rannte Sarah zur Tür. Sie zog den Gürtel straff und sorgte dafür, dass alles bedeckt war.

»Tut mir leid, Liz«, sagte sie. »Ich mach das schon.«

Mrs O'Brien trat zur Seite, und Sarah stand vor ihrem geschiedenen Ehemann, der sich auf der Schwelle ihres Refugiums aufbaute, zu dem Männer keinen Zutritt hatten. Sie zog die Tür hinter sich zu, damit er nicht ins Innere des Hauses sehen konnte.

»Du hast kein Recht, hier zu sein«, erklärte sie ihm.

Er sah sie wie etwas an, in das er versehentlich getreten war. »Ich habe das Recht, meine Tochter an ihrem Geburtstag zu sehen.«

»Nein, hast du nicht.«

»Wie bitte?«

»Sie ist achtzehn. Du hast überhaupt keine elterlichen Rechte mehr.«

»Dann fragen wir sie doch am besten selbst, meinst du nicht?«

Er griff an ihr vorbei nach der Klinke. Sie verstellte ihm den Weg.

»Sie ist nicht da. Verlass jetzt sofort das Gelände. Du hättest eigentlich nicht mal zur Tür kommen dürfen. Das ist ein Frauenhaus. Männer sind hier nicht erwünscht.«

Er machte einen Schritt zurück, und schlagartig änderte sich seine Haltung.

»Ach so, ja«, sagte er. Er blickte am Gebäude nach oben. »Ich bitte um Nachsicht. Ich war davon ausgegangen, dass ich ein Geschenk abgeben darf.«

Er bückte sich und legte sein Päckchen auf die Stufen.

»Es macht dir doch sicher nichts aus, das hier Cassie von mir zu überreichen? Sie soll nicht denken, ich hätte ihren Geburtstag vergessen.«

Sie blickte ihm hinterher und merkte, wie sich ihr vor Wut der Magen zusammenzog. Mit einem Mal war sie die Unvernünftige und nicht er. Sie schnappte sich das Päckchen, nahm es mit hinein und rannte, nachdem sie die Tür zugeknallt hatte, die Treppe zu ihrer Wohnung hinauf, um den Blicken der Frauen im Frühstücksraum zu entkommen.

Als sie oben war, heulte sie los; Wut und Enttäuschung brachen aus ihr heraus. Sie legte das Päckchen auf den Küchentisch und riss es auf. Nicht im Traum dachte sie daran, Cass ein Geschenk von ihm zu überreichen, das sie nicht vorher gesehen hatte. In dem dünnen, billigen Papier fand sie ein Paar Ohrringe und eine Flasche widerliches Parfüm. Cass sollte weder das eine noch das andere tragen. Sie warf beides in den Mülleimer, bevor sie sich für die Arbeit anzog. Sie war dankbar für ihre schlichte Kleidung, ihre zweckmäßige Frisur, ihre Alltagsroutine.

Ein Klopfen an der Wohnungstür schreckte sie auf. Im Flur stand Mrs O'Brien mit grimmiger Miene und vor der Brust verschränkten Armen.

»Wir müssen reden«, sagte sie.

»Ich weiß. Es tut mir leid. Ich hatte keine Ahnung …«

»Ein paar von den Frauen haben sich ziemlich aufgeregt. Männer haben hier keinen Zugang. Sie dürfen nicht mal aufs Gelände. Das ist eiserne Vorschrift.«

»Ich werde mit ihnen reden.«

»Gut. Wir mögen Sie, Sarah. Wir wollen, dass Sie weiter hier wohnen. Aber so etwas darf nicht noch einmal passieren. Die Hausordnung ist unmissverständlich. Falls Sie vorhaben, mit Ihrem geschiedenen Mann weiter eine wie auch immer geartete Beziehung zu pflegen, müssen Sie sich eine andere Wohnung suchen.«

»Ich weiß«, sagte sie. »Ich habe ihn selbstverständlich nicht eingeladen und hege nicht die geringste Absicht, mit ihm irgendeine Beziehung zu pflegen.«

»Das nehme ich Ihnen ab«, sagte Mrs O'Brien. »Ehrlich. Aber ich muss auch alle anderen davon überzeugen. Sie wären nicht die erste Frau, die hier einzieht und denkt, die Regeln gälten nicht für sie.« Sie umarmte Sarah. »Gönnen Sie sich was. Sie haben es sich verdient.«

»Danke«, sagte sie.

Die Situation war für sie ebenso qualvoll wie peinlich und eine einzige Enttäuschung. Schon immer war Cass' Geburtstag eine bittersüße Angelegenheit gewesen. Sie hätte gern gewusst, ob andere Frauen mit dem Geburtstag ihrer Kinder ähnliche Probleme hatten, ob sich auch bei ihnen in die unbeschwerte Festtagslaune Erinnerungen an Wehen und Geburt mischten. Ihre lebhafteste Erinnerung war der Schock unmittelbar danach, als sie ausgelaugt und allein auf dem Krankenhausbett lag und sich alle Aufmerksamkeit auf das Baby richtete, als wäre sie selbst plötzlich Luft. Wütend erinnerte sie sich daran, dass ihr vorher niemand gesagt hatte, wie es wirklich sein würde. Aber wie denn auch? Wie sollte man eine solche Erfahrung so beschreiben, dass jemand sie verstand, der sie nie selbst durchgemacht hatte?

Sie traf zeitgleich mit Mabel am Frauenschutzamt ein. Als sie ausstieg, rief ihr jemand vom anderen Parkplatzende aus etwas zu, aber sie verstand denjenigen nicht, und als sie sich umdrehte, wandte die Frau sich ab und eilte mit einem kleinen Hund an der Leine davon.

»Und?«, sagte Mabel. »Wie lief's heute Morgen?«

»Schrecklich. Mein Ex hat plötzlich am Frauenhaus auf der Matte gestanden.«

»Nicht dein Ernst!«

»Ist einfach so mit einem Geburtstagsgeschenk für Cass aufgetaucht. Ich dachte, ich spinne.«

»Diese Kerle sollten länger hinter Gittern hocken«, sagte Mabel. »Mal im Ernst, ein Jahr mindestens. Von drei Monaten lernen die gar nichts.«

»Dabei habe ich Idiotin geglaubt, ich würde mich besser fühlen, wenn er raus ist«, gestand sie. »Ich bin mir so mies vorgekommen, solange er drin war. Ich meine, ist doch kein schöner Gedanke, oder? Dass dein Mann im Gefängnis sitzt. Den Leuten sagen zu müssen, warum er weg ist. Aber jetzt …« Sie stöhnte. »Ich hatte eine Wohnsitzänderung für ihn beantragt, aber dann ist es zu diesem Brand gekommen, und jetzt ist er hier.«

»O Gott. Wo wohnt er denn? Etwa im Riverside Court?«

»Du sagst es.«

202

»Weiß Cass es?«

»Ja. Und heute Morgen hat sie mir gesteckt, sie kommt später von der Schule heim, weil sie zu ihm will.«

Mabel legte ihr die Hand auf den Arm. »Ach, Sarah.«

»Ich ertrage es nicht, dass sie ihn wiedersieht. Wahrscheinlich verstehst du das nicht.«

»Und ob.«

»Er war einfach …«

»Ein Mann«, führte Mabel den Satz für sie zu Ende, und dieses eine Wort sagte alles. »Wenigstens hast du eine Tochter und keinen Sohn.«

»Stimmt«, sagte sie. »Ich könnte mir nichts Schlimmeres vorstellen, als schwanger zu werden und festzustellen, dass es ein Junge wird.«

Kapitel 21

Cass

Nachdem Cass das Frauenhaus verlassen hatte, lief sie zur Bushaltestelle hinüber. Billy war schon dort. Sie fragte ihn noch einmal, ob er nicht Lust hätte, mit ihr die Schule zu schwänzen. Es war nur halb als Witz gemeint. Sie war sich nicht sicher, ob sie den Nerv hätte, es allein durchzuziehen, auch wenn sie seit dem Moment, wo sie mitten in der Unterrichtsstunde aufgestanden und gegangen war, noch weniger Lust hatte, sich an irgendwelche Vorschriften zu halten.

Billy winkte wieder ab und reichte ihr eine selbst gezeichnete Karte sowie ein secondhand erworbenes Buch über Heinrich VIII.

»Ist doch nur für einen Tag«, sagte sie. »Wen kümmert es schon, wenn du ein einziges Mal fehlst.«

»Nein, Cass.«

»Aber ich habe Geburtstag!«

»Ich weiß«, sagte er. »Kommst du nach der Schule rüber?« Er zeigte auf sein Fußgelenk. »Dafür.«

»Ich weiß noch nicht«, sagte sie gereizt. »Keine Ahnung, wann ich zurück bin.«

Als ihr Bus kam, stieg sie nicht mit ein.

Billy hatte sie gefragt, wo sie hinwolle. Sie hatte nur geantwortet, das gehe ihn nichts an. Sie nahm jetzt einfach den nächsten Bus, der ankam. Er fuhr direkt ins Zentrum. Im Hinterkopf hatte sie die vage Idee gehabt, lieber den Bus ans andere Ende der Stadt zu nehmen, in Richtung Riverside Court, doch als er an der Haltestelle gegenüber hielt, hatte sie der Mut verlassen.

Vielleicht eine Stunde lang schlenderte sie durch die Geschäftsstraßen und wartete darauf, von irgendjemandem angesprochen zu werden, wieso sie nicht in der Schule sei, um antworten zu können, sie sei achtzehn, und das peinlich berührte Gesicht des Fragenden zu sehen. Aber niemand tat ihr den Gefallen, und bei dem wenigen Geld, das sie ausgeben konnte, langweilte sie sich schon bald. Wie viele schicke Blusen und Röcke konnte man bewundern, ohne sich ein Teil kaufen zu können? Für manchen Luxus reichte es immerhin, wie zum Beispiel für eine heiße Schokolade in ihrem Lieblingscoffeeshop.

Unentwegt sah sie sich in alle Richtungen um. Sie war so zuversichtlich aufgewacht, so voller Hoffnung, mit diesem Tag würde sich alles zum Besseren wenden, nur dass es bis jetzt kein bisschen danach aussah. Eher im Gegenteil. Sie war auf Sarah wütend, dass sie ihr nur ein Slate überreicht und nicht mehr Tamtam um ihren Geburtstag gemacht hatte. Auf Billy war sie sauer, weil er nicht mit ihr schwänzen wollte; außerdem ärgerte sie sich über sich selbst, weil sie im letzten Moment gekniffen hatte, als der Bus kam, der sie zum Riverside Court gebracht hätte.

Als sie den Coffee Stop betrat, war da jedoch Bertie, und sie schöpfte die leise Hoffnung, dass der Tag kein gänzlicher Reinfall würde. Fast kam es ihr so vor, als hätte es das Schicksal so eingerichtet. Sie war da, er war da, im Coffee Stop war nicht viel los, und zum Glück hatte sie nicht Billy im Schlepptau. Bertie stand hinter der Theke und polierte die Maschine mit einem weißen Lappen. Genau so wie beim letzten Mal lächelte er sie an, und ihr war plötzlich wieder ganz anders. Beinahe hätte sie dämlich gekichert. Wie gewohnt trug er ein kurzärmliges T-Shirt, das an Brustkorb und Bizeps spannte, und wie immer fiel ihm das Haar in die Stirn. Sie hatte ganz vergessen, wie gut er aussah. Wetten, der küsste mega? Mit dieser weichen, prallen Unterlippe ging das gar nicht anders.

»Was darf's denn sein?«, fragte er, als sie an die Theke trat.

»Einen Karamell-Mokka mit Extraschuss.« Sie wusste ja, wie er über Chai-Trinker dachte.

»Kommt sofort«, sagte er. »Such dir schon mal einen Platz. Ich bringe ihn dir.«

»Danke.«

Ihr Lieblingstisch war frei, und sie lief zielstrebig hin. Als sie sich setzte, schlug sie die Beine übereinander, warf das Haar nach vorn und strich es sich anschließend hinter die Ohren. Dann zog sie ihr Slate heraus und scrollte durch die Nachrichten. Er brachte ihr den Kaffee, und sie bezahlte.

»Schönes Slate«, bemerkte er.

»Danke«, sagte sie. »Es ist neu. Geburtstagsgeschenk, genauer gesagt.«

»Von deinem Freund?«

»Ich hab keinen Freund.«

Er schenkte ihr noch so ein Lächeln, das sie zum Schmelzen brachte, kehrte jedoch zur Theke zurück, bevor sie noch etwas sagen konnte. Sie ermahnte sich, geduldig zu sein, schließlich arbeitete er gerade und hatte zu tun, aber sie war nervös. Während sie leise mit den Nägeln auf den Tisch klackerte, um ihre Anspannung abzubauen, warf er immer wieder heimliche Blicke herüber. Wenn das ihre Mutter sehen könnte! Dieser unwiderstehliche Typ konnte die Augen nicht von ihr lassen.

Da passierte etwas zwischen ihnen. Die Vibes waren mit Händen zu greifen. Weshalb schielte er sonst immer wieder her? Bevor er es noch einmal an ihren Tisch schaffte, kamen jedoch weitere Gäste, und es zeichnete sich ab, dass er keine Zeit haben würde, sie abermals anzusprechen. Die Frauen, die am Eingang warteten, warfen ihr unfreundliche Blicke zu, die ihr sagten, dass sie ihren Tisch haben wollten. Cass ignorierte sie. Pech gehabt. Sie blieb so lange sitzen, wie sie wollte.

Doch dann erschien eine weitere Bedienung und machte sich daran, das leere Geschirr abzuräumen. Sie nahm ihren Becher mit der höflichen Frage: »Kann das weg?« Cass verstand die Botschaft. Sie zog sich die Jacke über und griff gemächlich nach ihrer Tasche, obwohl er leider immer noch nicht herübergekommen war. Sie hatte so gehofft, er würde sie noch einmal ansprechen, bevor sie ging.

Kurz bevor sie aufstand, hatte sie eine Eingebung. Schließlich besaß sie jetzt einen iDate-Account – wieso suchte sie dort nicht einfach nach ihm? Sie öffnete die App, gab seinen Namen ins Suchfeld ein. Als sein Profil erschien, stieß sie einen kleinen Quiekser aus. Er war siebenundzwanzig, liebte lange Radtouren und ging gern ins Kino.

Im Hinausgehen versuchte sie ein letztes Mal, einen Blick von ihm zu erhaschen, doch da er zu beschäftigt war, ging sie ohne einen Abschiedsgruß. Allerdings schickte sie ihm auf der Busfahrt zurück zum Frauenhaus eine Freundschaftsanfrage. Inzwischen hatte sie beschlossen, ihren Vater ein andermal zu besuchen. Ein Wochenende wäre besser. Da wäre er mit größerer Wahrscheinlichkeit zu Hause.

Ihre Freundschaftsanfrage wurde fast augenblicklich angenommen.

»O mein Gott«, murmelte sie.

Der Mann, der vor ihr saß und offenbar sehen wollte, wem die Bemerkung galt, drehte sich um. Sie duckte sich auf ihrem Sitz. Kurz darauf wurde eine neue Nachricht angezeigt. Er war es.

Hey, danke für die Freundschaftsanfrage.

Gerne. Du machst tollen Kaffee.

Darauf kam erst einmal nichts zurück. Sie geriet in Panik und wünschte sich, sie hätte etwas anderes geschrieben. Doch dann erschien ein Smiley auf dem Display.

Hab mir gerade dein Profil angesehen. Du bist sehr hübsch.

Danke.

Bist du Model?

Wieder ein Quiekser. *Nein.*

Könntest du aber sein. Sicher, dass du keinen Freund hast?

OMG, wäre ich dann auf iDate? Ich bin keine Schlampe!!!

Beim letzten Wort hatte sie kurz gezögert. Aber er sollte sie nicht für prüde halten, für eine von diesen Sprachpolizistinnen.

Oh, das merke ich schon, antwortete er. *Du hast definitiv was von einer Prinzessin.*

Blödsinn!

Schon okay. Ich mag eine Frau, die weiß, was sie will, und sich nichts gefallen lässt.

Ihr prickelte die Haut.

Den ganzen Tag über tauschten sie noch Nachrichten aus.

Vielleicht war das doch nicht der schlimmste Geburtstag ihres Lebens.

Kapitel 22

Pamela

Gegenwart

11:27 Uhr

Ich gehe behutsam vor, aber bereits nach einer Viertelstunde weiß ich, was ich wissen wollte. Paul Townsend, Kates Vater, wurde im Frauenschutzamt von einer Controllerin getasert und ist ein paar Tage später an einem Herzinfarkt gestorben. Die Berichte von der Controllerin und der Polizei, die gerufen wurde, beschreiben einen aggressiven Mann, der verbal ausfallend wurde, aggressiv war und daher unschädlich gemacht werden musste. Nichts deutet darauf hin, dass der Einsatz des Tasers unangemessen war. Tragisch für die beiden Menschen, die vor mir sitzen, aber nichts, was aus böser Absicht geschah.

Das Problem ist nur, dass die beiden hier die Sache ganz anders sehen. Der Bruder, David, lässt sich minutenlang wütend über eine Vertuschung aus und darüber, dass er einen Anwalt eingeschaltet hat und Klage einreichen will, auch wenn er offensichtlich noch nicht recht weiß, gegen wen und für welches Vergehen. Noch interessanter finde ich Kates Weigerung zu erklären, was sie mitten in der Nacht nach draußen geführt hat. Sie macht einfach den Mund nicht auf. Dabei wirft sie ihrem Bruder ständig Blicke zu und knibbelt an ihren Nagelhäutchen. Ihre Nervosität sieht ein Blinder. Sie verschweigt etwas. Was natürlich für beide gilt. Er kaschiert etwas durch sein Getöse, sie durch ihr Schweigen.

»Kann ich dich mal kurz draußen sprechen?«, fragt mich Rachel leise.

Eigentlich will ich Kate und ihren Bruder ungern allein lassen, andererseits aber auch nicht mit Rachel vor ihnen diskutieren. Wir gehen vors Haus und stehen neben dem Wagen.

»Ich finde, wir sollten die beiden mit auf die Wache nehmen«, sagt Rachel.

»Mit welcher Begründung?«, frage ich, auch wenn ich die Antwort schon zu kennen glaube.

Rachel zählt ihre Gründe an den Fingern ab. »Sie wird uns nicht verraten, was sie draußen zu suchen hatte. Sie passt zu der Person, die wir auf der Überwachungskamera gesehen haben. Und sie hat ein Motiv. Du hast selbst gehört, was er gesagt hat. Sie geben der Controllerin die Schuld am Tod ihres Vaters. Was, wenn sie unser Opfer ist?«

211

»Zugegeben, hier ist nicht alles koscher, aber jetzt mal halblang«, sage ich. »Wir wissen ja noch nicht mal, ob die Controllerin überhaupt vermisst wird.«

Doch da ist Rachel schon an ihrem Slate, und man braucht kein Genie zu sein, um zu erraten, wen sie anruft. Sie redet schnell, und da sie Sue Ferguson auf Freisprechfunktion hat, zieht sie mich mit ins Gespräch, ob ich will oder nicht.

»Bringen Sie die beiden her«, weist Sue uns an. »Brauchen Sie Verstärkung?«

»Ja«, sagt Rachel. »Wäre vermutlich einfacher, wenn wir sie in zwei Wagen stecken könnten.«

Meiner Meinung nach verriegeln wir die Stalltür, nachdem das Pferd bereits durchgegangen ist, aber mich fragt hier ja keiner.

»Ich schicke euch Leute«, sagt Sue. »Wie heißt diese Controllerin?«

»Sarah Wallace«, antwortet Rachel.

»Haben wir schon ihre Adresse?«

»Noch nicht«, sage ich.

»Dann finden Sie die gefälligst raus«, dröhnt Sues Stimme aus dem Slate. »Falls sie vermisst wird, haben wir unser Opfer schon halbwegs identifiziert und diesen unseligen Fall gelöst.«

Während wir auf den zweiten Wagen warten, telefoniert Rachel pausenlos. Anstatt ein Wagen treffen schließlich gleich zwei ein, beides Zivilfahrzeuge, besetzt mit Fergusons Beamtinnen. Rachel und ich stehen abseits und beobachten die ganze Szene. Wir warten noch so lange, bis

Kate und David aus dem Haus geführt, auf die Rücksitze der Fahrzeuge verfrachtet und abgefahren werden.

Die Sache gefällt mir nicht.

Ich bin mir sicher, dass ich mit ein bisschen sanftem Druck die Wahrheit aus Kate Townsend herausgekitzelt hätte. Das Ganze hier war genauso überflüssig wie das Zucken der Gardinen bei den Nachbarn. Keine fünf Minuten, bis der Einsatz hier online geht. Jede Wette.

»Sarah Wallace ist nicht zur Arbeit erschienen und meldet sich auch nicht auf ihrem Slate«, sagt Rachel. Sie kann ihre Aufregung kaum verbergen. »Niemand scheint zu wissen, wo sie steckt.«

»Bleib dran«, sage ich.

Vielleicht liegt Rachel ja am Ende richtig, und Kate Townsend ist des Mordes schuldig, obwohl ich das nicht glaube. Kann sein, dass mein Urteilsvermögen getrübt ist, eben weil ich es einfach nicht glauben will. Fünf Minuten mehr mit Kate, mehr hätte ich nicht gebraucht.

Wir kehren zur Wache zurück. Die Menschentraube draußen hat sich verdreifacht. Auf dem Weg zum Parkplatz muss ich Schritttempo fahren. Jemand hämmert an die Scheibe. Ich ermahne Rachel, nichts zu sagen und keine Fragen zu beantworten. Mit gesenktem Kopf eilen wir ins Gebäude.

Im Obergeschoss suche ich nach Sue und erfahre, dass sie Kate Townsend bereits vernimmt. Unterdessen redet die Mediensprecherin mit Gott und der Welt und tippt so hektisch auf ihrem Slate herum, als wäre der Teufel hinter ihr her. Streng genommen sind weder Kate noch David verhaftet. Viel mehr helfen sie uns bei unseren Ermittlungen, wie es so schön heißt.

An Kate komme ich leider nicht heran, was mich aber nicht daran hindert, mich ein paar Minuten mit David zu unterhalten. Der Ortung seiner Fußfessel nach war er zu Hause, also genau da, wo er hingehörte, doch wie ich Rachel eingeschärft habe, können wir uns nicht auf Annahmen verlassen.

Er hängt schief auf einem Stuhl und pult am Daumennagel.

»Wieso war Ihre Schwester draußen?«, frage ich.

»Keine Ahnung.«

»Erzählen Sie mir nichts, David«, sage ich. »Sie wohnen unter einem Dach. Wir haben die Daten von ihrem Slate. Wir wissen beide, dass es sich nicht selbst spazieren gefahren hat. Hören Sie auf, mich für dumm zu verkaufen, und nehmen Sie die Sache ernst. Wir haben heute Morgen im Park eine Leiche gefunden, und hier im Haus setzen gewisse Beamtinnen alles daran zu beweisen, dass Kate was damit zu tun hat. Also reden wir lieber Klartext. Geben Sie mir etwas, womit ich die Kolleginnen zurückhalten kann.«

Wenn ihm das nicht genügend Angst macht, dass er etwas ausspuckt, was ich wissen sollte, dann fällt mir auch nichts mehr ein. Er wird rot. Er zieht sich einen Sweatshirtärmel über die Hand und putzt sich damit die Nase. An seiner Wange zuckt ein Muskel.

»Sie ist rausgegangen.«

»Weshalb?«

»Ihr war einfach danach, ein bisschen rumzufahren. Ist schließlich nicht verboten.«

»Natürlich«, sage ich. »Verspürt sie oft den Drang, um diese Zeit rauszufahren?«

»Ist das wichtig?«

»Ich will nur wissen, ob sie das öfter macht.«

Es klopft an der Tür. Ich unterbreche die Befragung und verlasse den Raum. Es ist Rachel.

»Wir haben noch ein paar neue Daten von ihrem Slate«, sagt sie. »Mitteilungen an David. Und wir haben ein präziseres Bewegungsprofil.«

Ich gehe die Nachrichten durch, sehe mir die Karte an, und mir wird bange.

»Irgendein Lebenszeichen von Sarah Wallace?«

»Nein«, sagt Rachel. »Sie ist nicht zu Hause und ohne ihr Slate unterwegs.«

Ich gehe ins Vernehmungszimmer zurück, und Rachel folgt mir. Diesmal bin ich weniger freundlich mit David.

»Kate ist zum Frauenhaus gefahren«, sage ich. »Wollen Sie mir freundlicherweise den Grund dafür erklären?«

»Wieso fragen Sie mich das? Es war Ausgangssperre. Ich war zu Hause!«

»Verstehe.«

Ich mache mir auf meinem Slate eine Notiz. Natürlich wird alles, was er sagt, aufgezeichnet, aber indem ich mir Notizen mache, schinde ich Zeit, auch wenn ich sie eigentlich nicht brauche, weil ich mir die nächsten Züge bereits gut überlegt habe.

»Kennen Sie beide jemanden im Frauenhaus?«

Wieder das Zucken in seinem Gesicht. »Nein.«

»Sind Sie sich da ganz sicher?«, frage ich ihn.

»Hab ich doch bereits gesagt, oder?«

»Die Frau, die Ihren Vater getasert hat, wohnt da«, sage ich und lege mein Slate ab. »Hören Sie, David. Ich habe die Nachrichten gelesen, die Sie Kate geschickt haben. Ich weiß, was Sie beide ausgeheckt haben. Sie wollten es Sarah Wallace heimzahlen. Kann ich verstehen. Ich will nur wissen, wie weit das ging.«

Und plötzlich kommen ihm die Tränen. »Sarah Wallace hat meinen Dad umgebracht.«

Bevor ich darauf etwas sagen kann, klopft es an der Tür. Ich gehe hinaus und finde Sue Ferguson im Flur vor. Sie hat die Jacke ausgezogen und die Ärmel bis zu den Ellbogen aufgekrempelt. Sie sieht entschlossen aus.

»Es fügt sich allmählich alles zusammen. Sie haben gute Arbeit geleistet, Pamela. Ausgezeichnet. Wenn wir so weitermachen, ist der Fall bis heute Abend aufgeklärt. Wir werden ein gutes Ergebnis bekommen. Setzen Sie ihn ordentlich unter Druck. Sobald er einknickt und ausspuckt, was wir wissen müssen, holen Sie mich dazu. Wenn wir erst seine Bestätigung haben, dass Kate Townsend unsere Mörderin ist, wird sie ein Geständnis ablegen, da bin ich mir sicher.«

Mein Slate klingelt. Ich sehe nach. »Es ist Michelle, die Gerichtsmedizinerin«, sage ich zu Sue Ferguson und gehe ran.

Als ich kurz darauf die Verbindung wieder trenne, weiß ich, dass Sue über das, was ich ihr gleich berichten werde, nicht glücklich sein wird.

»Die Spuren an der Leiche sind männliche DNA«, sage ich.

Auch wenn ich längst weiß, dass Sue hergekommen ist, um sicherzustellen, dass wir einen weiblichen und nicht einen männlichen Täter finden, bin ich über ihre Reaktion dann doch verblüfft.

»Spielt keine Rolle.«

Mehr sagt sie nicht, bevor sie in das Vernehmungszimmer zu Kate Townsend zurückkehrt.

Ich bin dort offenbar nicht erwünscht.

Kapitel 23

Helen

Nachdem Toms Fußfessel ersetzt worden war, trat wieder Ruhe ein. Helen war stolz darauf, wie sie ihre erste größere Herausforderung gemeistert hatten. Es war nicht leicht gewesen, aber sie hatten es überstanden. Sie hatten bewiesen, dass sie nicht zu den Paaren gehörten, die bei den ersten Schwierigkeiten aufgaben. Wieso auch? Sie hatten ihren Lebensgemeinschaftsschein bekommen. Ihre Beziehung war tragfähig. Das hing nicht davon ab, wie lange man schon zusammen war, sondern davon, wie gut man zusammenpasste. Eine Beziehung, die gerade mal ein halbes Jahr alt war, konnte besser und stabiler sein als eine zwanzig Jahre alte zwischen Leuten, die nicht kompatibel waren.

Doch jetzt hatte sie ein neues Problem. Die Schwindelattacken und diese ungewohnte Übelkeit wurden schlimmer. Als es damit anfing, hatte sie schon der Gedanke angeflogen, es könnte etwas anderes als eine Grippe dahinterstecken, aber sie hatte ihn verdrängt. So schnell wurde niemand schwanger. Auf dem Schwangerschaftsportal, das sie heimlich las, schrieben die Frauen, es könne bis zu einem Jahr dauern. Ein Jahr gäbe ihr genügend Zeit, Tom umzustimmen. Daran, dass es schon passiert sein könnte, wagte sie gar nicht zu denken, besonders wenn sie sich in Erinnerung rief, was ihr Dr. Fearne in ihrer letzten Sitzung gesagt hatte.

Und wenn er Sie nun zwei Jahre warten lässt?

Sie hatte Tom noch nichts erzählt. Sie hatte noch niemandem etwas erzählt, nicht einmal Mabel. Falls es doch nichts weiter war, würde sie sich wie eine Idiotin vorkommen.

Als dann ihre Periode ausblieb, wusste sie jedoch, dass sie den Tatsachen ins Auge sehen musste. Im Supermarkt kaufte sie einen Schwangerschaftstest und versteckte ihn in ihrem Einkaufskorb unter Shampoo und Äpfeln. Jetzt hatte sie sich damit in der Supermarkttoilette eingeschlossen und ihre Einkaufstasche zwischen die Füße geklemmt.

Um schon einmal zu proben, wie sie im einen oder im anderen Fall reagieren würde, ging sie im Kopf beide Szenarien durch.

Schwanger.

Oder nicht schwanger.

Alles.

Oder nichts.

Nach all den Monaten, in denen sie versucht hatte, die übermächtige Sehnsucht nach einem Kind zu bezähmen, die sie den ganzen Tag verfolgte und nachts in ihren Träumen herumspukte, erschien es ihr absurd, dass es jetzt auf die Banalität hinauslief, auf ein Stäbchen zu pinkeln. Natürlich hatte das Stäbchen keinen Einfluss auf das Ergebnis. Es war ja nicht so, dass sie darauf pinkelte und dadurch in neun Monaten ein Baby auf die Welt brächte oder eben nicht.

Und doch fühlte es sich so an, als ob sie in diesem Moment die Weichen für ihr künftiges Leben stellte.

Es war nicht ihr erster Test. Vor dem Absetzen der Pille hatte sie, nur um es einmal auszuprobieren, heimlich einen gekauft, obwohl sie wusste, dass die Chancen, schwanger zu sein, gegen null gingen. Trotzdem hatte sie wie gebannt auf das Testfenster geschaut, hatte gegen alle Logik darauf gewartet, dass eine Linie erschien, und sich für ihre Enttäuschung geschämt, als sie ausblieb. Am nächsten Tag hatte sie die Pille abgesetzt. Die Nebenwirkungen der künstlichen Hormone waren schnell verschwunden, und ihr eigener, längst vergessener Rhythmus war sofort zurückgekehrt.

Und nun saß sie hier. Sie holte tief Luft und sah auf den Test. Ihre Hand zitterte.

Die Anzeige leuchtete auf.

Testvorgang …

Der Countdown lief.

5 … 4 … 3 …

Sie hielt den Atem an.

Zum zweiten Mal leuchtete die Anzeige auf.

Ihr entfuhr ein Quiekser, den sie sofort unterdrückte.

Schwanger.

O mein Gott, o mein Gott, o mein Gott.

Ihr wurde abwechselnd heiß und kalt. Die Kabine schien sich zu drehen. Es war passiert. Es war keine Grippe. Es war ein Baby.

Und zum dritten Mal leuchtete die Anzeige auf, mit einer weiteren Nachricht, die es bei ihrem billigeren Probetest nicht gegeben hatte. Diesmal hatte sie die teure Variante genommen. Sie wollte sicher sein.

Junge/Mädchen?

Sie zögerte. Wollte sie es wissen? Etwas, was bis jetzt nicht mehr als ein Hintergrundrauschen in ihrem Kopf gewesen war, meldete sich plötzlich laut zu Wort. Ein Mädchen hieß Freiheit. Aufstiegschancen. Ihr Leben würde nicht mit zehn Jahren empfindlich eingeengt werden. Sie war Lehrerin. Sie wusste, was es hieß, einen Jungen zu bekommen. Sie sah die Mütter, die ihre Söhne am Elternabend zu den frühen Terminen brachten, hatte lebhaft vor Augen, wie die Karriere dieser Frauen unter den Einschränkungen litt, die ihre Kinder erfuhren. Wenn sie sich als Mutter vorstellte, sah sie immer ein kleines Mädchen.

Ein Junge wäre etwas gänzlich anderes.

Aber die Chancen standen fünfzig zu fünfzig.

Bei dem Gedanken wurde ihr eiskalt.

Sie presste die Hand an den Bauch. *Ein Mädchen,* redete sie sich gut zu. *Eindeutig ein Mädchen.*

Sie drückte auf den Knopf.

*Glückwunsch! Es ist ein **JUNGE!***

»Scheiße«, murmelte sie. »Nein, nein!« Sie drückte den Knopf noch einmal, als könnte sie das Ergebnis damit ändern, aber es blieb dabei. Dieses schreckliche Wort aus fünf Buchstaben wollte nicht weichen. Sie legte den Test weg, schnappte sich die Packung, drehte sie um und las das Kleingedruckte auf der Rückseite durch. Es konnte falsch sein, oder? Hundertprozentige Genauigkeit gab es nicht.

Gemäß einer Studie mit 10 000 Schwangerschaften Geschlechtsbestimmung 99,9 %.

»Scheiße«, flüsterte sie wieder. Ihre Kehle brannte. Sie kniff die Augen zu, biss sich auf die Unterlippe und bekam den Brechreiz mit Mühe in den Griff. Sie warf den Test in die Toilette und spülte ihn hinunter. Dann öffnete sie die Tür. Sie wusch sich die Hände und kehrte zu ihrem Wagen zurück.

Vielleicht war ein Junge ja doch nicht so schlimm. Viele Frauen kamen mit Söhnen zurecht. Es musste nicht heißen, dass ihr Leben damit zu Ende war. Sicher, es wäre eine drastische Veränderung, und zumindest für eine Weile würde sie nicht dieselbe Freiheit genießen wie davor. Aber sie würde dafür sorgen, dass er eine richtige Ausbildung bekam und somit gute Chancen auf einen Job. Vielleicht würde er aber auch, wenn er erwachsen war, so wie ihre Eltern damals ins Ausland gehen, und sie blieb allein zurück. Oder er fand sich so wie Tom mit den Beschränkungen der Ausgangssperre ab. Oder Tom verließ sie beide, und sie endete als kleine alte Dame mit einem unverheirateten vierzigjährigen Sohn, der sie dafür hasste, dass er sich keine eigene Wohnung leisten konnte.

O Gott!

Die nächste Welle der Übelkeit traf sie mit solcher Wucht, dass sich ihr der Magen hob und die Augen zu groß für den Kopf anfühlten. Sie befürchtete, sich gleich zu erbrechen, riss sich jedoch zusammen. Sie schluckte und kämpfte entschlossen dagegen an.

Als sie in die Wohnung trat, hörte sie Tom im Wohnzimmer, wo er in ihrem Sessel saß und, ohne sich umzudrehen, auf den Fernseher starrte.

»Bringst du mir ein Bier mit?«, rief er.

»Okay«, sagte sie.

Sie ging in die Küche, holte eine Flasche aus dem Kühlschrank und stellte sie ihm auf den Couchtisch.

»Wie war dein Tag?«

»Gut.«

Er erwischte sie am Handgelenk und zog sie zu sich auf den Schoß.

»Was ist los mit dir?«, sagte er. »Du solltest mal dein Gesicht sehen. Denk positiv. Weshalb bist du überhaupt so mies drauf?«

Sie quälte sich ein Lächeln ab.

»Bin nur müde«, sagte sie. »Anstrengender Tag.«

Er wandte sich wieder dem Fernseher zu, ohne weiter darauf einzugehen. Sie setzte sich auf die Couch und sah fast eine Stunde lang schweigend mit ihm fern, bevor Tom aufstand, ins Bad verschwand und Helen allein sitzen ließ. Während sie weiter auf den Bildschirm starrte, schwirrte ihr der Kopf.

Was sollte sie nur machen?

Sie hörte, wie Tom den Hahn aufdrehte und wie das Wasser in die Duschwanne prasselte. Das würde jetzt zwanzig Minuten so gehen. Sie hatte schnell begriffen, dass ihm das Konzept, Wasser zu sparen, fremd war. In der Küche schrieb sie ihm eine Nachricht ans Board, griff sich ihre Tasche, schlüpfte wieder in ihre Schuhe und verließ das Haus.

Mabel wusste bestimmt Rat.

Bis ihre Freundin die Tür aufmachte, konnte sie sich zusammenreißen, dann stürzte die Fassade ein.

»Ich bin schwanger«, schluchzte sie und sah, wie Mabel zurückzuckte. »Dem Test nach ist es ein Junge. Ich kann doch keinen Jungen zur Welt bringen, Mabel! Wie soll ich mit einem Kind klarkommen, das keinen vernünftigen Job bekommen kann?«

Mabel führte sie ins Wohnzimmer und drückte sie aufs Sofa.

»Bist du dir sicher?«, fragte sie.

»Ja.«

»Na ja, du kennst die Optionen«, sagte Mabel. »Du hast die Wahl, Helen. Du musst es nicht austragen, wenn du nicht willst.«

»Ich weiß«, sagte sie. »Aber Abtreiben … ich weiß nicht, ob ich das über mich bringe.«

»Wie weit bist du denn überhaupt?«

»Weiß nicht genau. Noch nicht sehr weit.«

»Dann hast du ja ein bisschen Zeit. Denk ein paar Tage in Ruhe drüber nach. Du brauchst nichts zu überstürzen.«

»Vielleicht wird ja alles gut«, sagte sie und versuchte zu lächeln. »Wär doch gar nicht so schlimm mit einem Jungen, oder?«

Mabel antwortete nicht darauf.

Kapitel 24

Cass

Am nächsten Tag schwänzte Cass wieder die Schule. Sie hatte die Entscheidung so lange aufgeschoben, bis es zu spät war, noch pünktlich zum Unterricht zu erscheinen, und sich gesagt, dass es jetzt Quatsch wäre, noch hinzufahren. In Wirklichkeit hatte sie Angst, sich den anderen Mädchen zu stellen. Sie brachte die Energie nicht auf. Nach dem Vorfall mit Amy letzte Woche wäre es ein Spießrutenlauf.

Sie hatte ihnen gezeigt, dass sie einen wunden Punkt hatte und sie nur lange genug sticheln mussten, wenn sie sie fertigmachen wollten. Sie hatte keinen Bock auf ihre scheinheiligen Glückwünsche zu ihrem Geburtstag. Sie wollte ihnen nicht erzählen, was sie geschenkt bekommen hatte oder ob sie essen gegangen waren. Das neue Slate war gut, würde in den Augen ihrer Mitschülerinnen aber nicht reichen.

Jedenfalls hatte ihr Geburtstag all den unablässigen Mitteilungen von Bertie zum Trotz nicht gut geendet. Sie war kurz vor Mittag ins Frauenhaus zurückgekehrt und hatte sich unbemerkt in die Wohnung geschlichen. Ihre Mutter war zur gewohnten Zeit nach Hause gekommen und hatte ihr eine Standpauke über den unhöflichen Umgang mit den anderen Frauen im Haus gehalten. Danach waren sie in den Speisesaal hinuntergegangen. Sie hatte an einem Wochentag wie diesem mit einer gewöhnlichen Mahlzeit gerechnet, doch stattdessen wartete ein Haufen Geschenke auf sie, die Tische waren festlich geschmückt, und jemand hatte in leuchtend blauer Farbe eine Achtzehn auf ein Transparent gemalt.

Das Essen hatte köstlich geschmeckt. Sie hatten ihr eine große, selbst gebackene Schokoladentorte mit Kerzen darauf überreicht. An irgendeinem Punkt hatte sie sich eingestanden, dass sie die Feier tatsächlich genoss, was ihr schlagartig den Abend vermieste. Zu allem Überfluss war ihr auch noch bewusst geworden, dass sie von ihrem Dad nicht einmal eine Karte bekommen hatte. Auf die Frage, ob Greg ihr denn nichts geschickt hätte, war ihre Mutter puterrot geworden.

Sie war kurz rausgegangen und hatte ihr dann ein Knäuel aufgerissenes Geschenkpapier mit einer Flasche Parfüm und einem Paar Ohrringen darin überreicht. Hinterher war Sarah für den restlichen Abend in Mrs O'Briens Wohnung gewesen und hatte sie sich selbst überlassen, was sie von ihr ausgerechnet an ihrem Geburtstag ziemlich scheiße fand.

Morgens war sie an der Bushaltestelle nicht mit Billy zusammengetroffen, weil sie absichtlich so lange um die Ecke gewartet hatte, bis ihr Bus weg war. Sie wollte nicht mit ihm reden. Sie nahm den nächsten Bus, fuhr diesmal aber nicht ganz bis ins Zentrum, sondern stieg schon am Park aus. Auf ihrem Spaziergang rund um den See kamen die Gänse herangeschwommen, um sie anzuschnattern. Sie zischte zurück, woraufhin die Gänse mit den Flügeln schlugen und wieder abzogen. Mit federnden Schritten lief sie weiter.

Als ihr Slate klingelte, hoffte sie auf eine Mitteilung von Bertie. Es war aber eine Nachricht von Billy.

Wo bleibst du? Bist du krank?

Es klingelte noch einmal.

Bitte komm heute Abend rüber und kümmere dich um mein du weißt schon was.

Das leere Textfeld starrte ihr entgegen und verlangte nach einer Antwort.

Sie steckte das Slate ein. Es war schon seltsam. Bis vor wenigen Tagen war Billy ihr bester Freund gewesen. Sie hatte jeden Tag mit ihm gesprochen und ihm unzählige Nachrichten geschickt. Er war der erste Mensch, dem sie hatte erzählen wollen, dass sie den Fußfesselstick hatte. Wahrscheinlich nur, weil er der einzige Mensch war, dem sie es erzählen *konnte*. Doch als sie jetzt auf ihr Slate starrte, stellte sie fest, dass sie ihm nichts zu sagen hatte. Sie wollte ihm nicht schreiben, dass sie wieder schwänzte, und von Bertie wollte sie schon gar nicht erzählen. Sie hatte ihm gar nichts zu sagen.

Doch solange sie von Bertie nichts hörte, hing sie in der Luft. Daher beschloss sie, sich einen Ruck zu geben und zu tun, wozu sie am Vortag zu feige gewesen war – ihren Vater zu besuchen. Laut Sarah wollte Greg sie nicht sehen, aber sie weigerte sich, ihr das abzunehmen. Sie bog nach links auf die Hauptstraße ab, lief zur nächsten Haltestelle und erwischte gerade noch den Bus Richtung Riverside.

Ganz hinten waren noch leere Plätze. Sie arbeitete sich bis dorthin durch und landete, als der Bus um die Ecke fuhr, unsanft auf einem Sitz. Sie blickte nervös aus dem Fenster, weil sie sich nicht sicher war, an welcher Haltestelle sie aussteigen musste. Sie tippte die Adresse in ihr Slate ein und verfolgte die Busroute mit, was ihr half, sich zu entspannen. Gut möglich, dass ihr Dad gar nicht zu Hause war. Das wäre nicht weiter schlimm, weil sie dann wenigstens wüsste, wo er wohnte und wie sie dorthin kam.

Sie vertrieb sich die Zeit mit ein paar Spielen auf ihrem Slate. Zwischendurch starrte sie auf den schrecklichen Haarschnitt der Frau drei Reihen weiter vorn und fragte sich, ob ihr klar war, dass ihre Haare von hinten wie Bratnudeln aussahen. Sie wandte sich wieder ihrem Slate zu, machte noch ein Spiel und kramte dann in ihrer Tasche nach dem halb leeren Päckchen Pfefferminzpastillen. Sie fand es wie auch einen leuchtend orangefarbenen Lippenstift, den sie sich gekauft und völlig vergessen hatte. Als ihr nichts anderes mehr einfiel, kehrte sie zwanghaft wieder zu iDate zurück.

Jedes Mal, wenn sie sich Berties Fotos ansah, glühten ihr die Wangen. Es juckte ihr in den Fingern, ihm eine

Nachricht zu schicken, aber der Zehn-Schritte-Ratgeber der *Cosmopolitan* für das Daten eines heißen Typen hatte unmissverständlich klargemacht, dass man nicht zu eifrig rüberkommen durfte.

Also ging sie wieder auf den Stadtplan zurück und drückte etwas später den Knopf, um den Fahrer wissen zu lassen, dass sie aussteigen wolle. Der Bus drosselte das Tempo und hielt an.

»Sicher, dass Sie hier richtig sind?«, fragte der Fahrer.

»Ja«, sagte sie und beeilte sich rauszukommen.

Sie trat auf den Bürgersteig, und mit einem zischenden Geräusch schloss sich die Tür hinter ihr. Mit Bedacht zog sie ihre Schultertasche nach vorn und legte die Hand darüber, während der Bus davonfuhr und sie schon jetzt bereute, ausgestiegen zu sein.

Am Rinnstein sammelte sich der Unrat – Bierdosen, von unzähligen Fahrzeugen platt gefahren; Fastfoodverpackungen; silberfarbenes Panzertape, mit dem sonst Kartons transportfest verschlossen wurden. Ein einzelner Schuh. Zu ihrer Linken lag eine schäbige Mietskaserne mit einem löchrigen Zaun davor. Sie roch den Fluss, ein Gestank nach morastigem Wasser.

Die Vorstellung, dass ihr Dad hier wohnte, war unerträglich. Selbst das Gefängnis hielt sie nicht für so schlimm wie das hier, auch wenn Sarah ihr kein einziges Mal erlaubt hatte, ihn dort zu besuchen, das egoistische Miststück. Sie huschte den Bürgersteig entlang und suchte nach einem Eingang. Schließlich fand sie eine Lücke im Zaun, die offenbar absichtlich reingeschnitten und nicht dem Verfall geschuldet war, und stolperte auf dem Gelände dahinter über unebenen, von Schlaglöchern übersäten Asphalt. Der Eingang zum Gebäude befand sich unter einem schmalen, durchhängenden Vordach. Es roch nach Klo.

An der Klingeltafel befanden sich zwar eine Reihe Knöpfe, aber keine Namensschilder dazu, und da die Tür nur angelehnt war, schob sie sie einfach auf und ging hinein. Beinahe wäre sie auf einem Haufen Wurfsendungen einer Pizzeria ausgerutscht, die den schmutzigen Profilabdrücken nach schon vielen anderen als Fußabstreifer gedient hatten.

Rechts war ein Fahrstuhl, links die Treppe. Es herrschte ein unangenehmes gelbliches Licht. Das untere Drittel der Wand war verschrammt, und irgendjemand hatte x-mal den Namen DAVE daran geschrieben. Kaum zu fassen, dass hier Menschen hausen mussten. Das sollte verboten werden.

Der Fahrstuhl funktionierte nicht. Sie stieg zügig die Treppe hoch bis in den vierten Stock und stand dort in einem einsamen Flur mit einer einzigen Lampe in der Mitte. Die meisten Türen waren von Hand mit Filzstift nummeriert. Gregs Nummer kannte sie schon, aber sie zog trotzdem ihr Slate heraus und sah vorsichtshalber noch einmal nach. Aber auch als sie schon vor der richtigen Tür stand, zögerte sie.

Wenn ihre Mutter nun recht behalten würde? Wenn das hier ein Fehler wäre? Plötzlich nagte der Gedanke an ihrem Gewissen, dass es einen anständigen Mann nie an einen solchen Ort verschlagen hätte, weil ein anständiger

Mann hier nichts verloren hatte. Sie trat einen Schritt zurück. Vielleicht sollte sie einfach wieder gehen. Das Haus und die Gegend machten ihr Angst.

Aber etwas hielt sie. Schließlich war es ihr Dad, den sie in dieses Loch gesteckt hatten. Umgekehrt würde er ihr auch aus der Patsche helfen. Sie hob schon die Hand, um anzuklopfen, als die Nachbartür aufging und ein fremder Mann den Kopf heraussteckte.

»Wer zum Teufel bist du denn?«

»Das geht Sie gar nichts an!«, schnauzte sie zurück.

Sein Kopf war kahlrasiert, und er hatte ein blaues Tattoo seitlich am Hals. Was sie von seinem übrigen Körper zu sehen bekam, wirkte wie aus Schmalz geformt. Jetzt hämmerte sie an die Tür ihres Vaters. Sie würde bis fünf zählen und dann gehen.

Die Tür wurde aufgerissen. Sie stand ihrem Vater auf Armeslänge gegenüber und blickte ihm ins puterrote, finstere Gesicht. Sofort breitete sich Verwirrung darauf aus.

»Cass?«

»Hallo, Dad«, sagte sie nervös.

Er spähte in den Flur und sah den Mann nebenan.

»Komm rein«, sagte er, wartete, bis Cass ihm gefolgt war, und schloss hinter ihr ab.

»Danke für die Geschenke«, sagte sie. »Die sind schön.«

Sie drehte den Kopf etwas, um ihm zu zeigen, dass sie die Ohrringe trug. Eigentlich gefielen sie ihr nicht, und ihre Ohrläppchen waren allergisch entzündet, aber das war egal.

»Gern geschehen«, sagte er. »Freut mich, dass deine Mutter sie dir gegeben hat. Da war ich mir nicht so sicher.«

»Hätte sie um ein Haar auch nicht«, sagte sie.

Sie sah sich um. Die Wohnung bestand aus einem einzigen Zimmer mit einer Küchennische und einem Badezimmer rechts, das nur durch einen Vorhang abgetrennt war. Das Fenster war vom Kondenswasser so beschlagen, dass man nicht hinaussehen konnte.

»Entschuldige das Durcheinander«, sagte er.

Er ging an ihr vorbei zum Sofa, nahm Decken und Kissen herunter und huschte hin und her, bis er mit einem Haufen Sachen im Bad verschwand, alles ablud und den Vorhang so weit zuzog, wie es ging – nicht weit genug, alles zu verbergen.

»Setz dich.«

Es war schrecklich. Es war absolut schrecklich. Aber sie war entschlossen, das Beste daraus zu machen.

»Danke.«

Sie hockte sich nur auf die Sofakante, versank aber trotzdem in dem Polster.

Greg machte sich in der Küchennische zu schaffen, wusch zwei Henkelbecher ab und setzte Wasser auf. Schließlich stellte er ihr einen Becher mit sehr dünnem, sehr hellem Tee hin. Sie griff danach und bemühte sich zu lächeln. Aber die ungesagten Dinge, die sich drei Monate lang aufgestaut hatten, lasteten zu schwer auf ihr.

»Ich weiß, was passiert ist. Ich weiß, was Mum getan hat. Sie hätten dich nie ins Gefängnis stecken dürfen. Ich wollte dich besuchen, wirklich, aber Mum hat es nicht erlaubt, sie ist so eine blöde Kuh, du hast keine Ahnung, wie das ist, in dem Haus, in das sie mit mir gezogen ist, mit all diesen alten Frauen, die Männer hassen, und ich bin es leid, ich bin das alles so leid.«

Sie keuchte, als wäre sie gerade zehn Stockwerke die Treppe hochgestürmt. Greg rührte bedächtig in seinem Tee.

»Danke für deine Ehrlichkeit. Es bedeutet mir viel zu wissen, dass du nicht glaubst, ich hätte etwas Unrechtes getan.«

»Natürlich hast du das nicht! Ich war doch dabei, Dad. Ich weiß, dass sie dich rausgeschubst hat.«

»Und hat sie dir gesagt, warum?«

»Nein.« Sie lachte. »Und ihre Ausreden interessieren mich auch nicht.«

»Wie läuft's in der Schule?«

»Gut. Schule ist Schule.«

»Sie haben mir dein Zeugnis geschickt.«

»Ach, gut«, sagte sie. »Ich hatte sie darum gebeten.«

Sie lächelte. Greg hatte sich über ihr Zeugnis immer gefreut.

»Offenbar machst du dich ganz gut. Nur eine Lehrerin hat dir eine schlechte Note verpasst. Miss Taylor, oder?«

»Sie unterrichtet Sperrstunde, also, äh, Frauengeschichte. Sie kann mich nicht leiden, weil ich ihr immer wieder die Fehler im System unter die Nase reibe.«

Greg lachte. »Kann ich mir denken. Richtig so.«

Sie merkte, wie sie ruhiger wurde. Das hier hatte sie gebraucht. Das hatte ihr gefehlt. Er verstand sie. Sie rutschte hin und her. Das Sofa war ziemlich unbequem.

»Wieso bist du heute nicht in der Schule?«, fragte er.

»Weil ich dich besuchen wollte!«

Sie stellte sich schon darauf ein, dass er nachhakte und sie sich für ihr Schwänzen rechtfertigen musste, aber er tat es nicht. Er nahm einen großen Schluck Tee.

»Wie geht es deiner Mutter?«

»Gut«, sagte sie.

»Sie arbeitet?«

»Ja. Im Frauenschutzamt in der Stadt.«

»Sie ist Controllerin?«

Er klang aufrichtig überrascht.

Sie nickte. »Sie hatte angefangen, nachdem … nachdem …«

»Nachdem sie mich verhaften lassen hat.«

Er kam die drei Schritte bis zum Sofa herüber und setzte sich schräg auf die Kante. Er sah sie an.

»Es tut mir leid, dass ich dich bei ihr lassen musste. Wenn ich nur irgendetwas hätte tun können … Aber im Gefängnis haben sie mir nicht mal erlaubt zu telefonieren. Nichts. Ich habe dir mehrfach geschrieben, aber nie eine Antwort gekriegt.«

»Ich habe keine Briefe bekommen«, sagte sie.

»Dann hat sie deine Mutter weggeworfen.«

»Wusstest du, dass wir umgezogen sind?«

»Nein. Ich bin zuerst zum alten Haus rübergefahren, aber ihr wart nicht mehr da. Was, wenn du mal einen Freund hast? Musst du dann ausziehen oder was?«

Daran hatte sie noch gar nicht gedacht. Billy durfte sie im Frauenhaus nicht besuchen, aber da sie ihn in der

Schule sah und sie an den Wochenenden etwas miteinander unternehmen konnten, war das kein großes Problem gewesen. Ihre Gedanken wanderten zu Bertie. Sie stellte sich vor, was für ein Gesicht er machen würde, wenn er erfuhr, wo sie wohnte. Sie beschloss, es ihm lieber nicht zu sagen. Auch wenn es nicht halb so schlimm war wie die Bruchbude hier, musste sie einräumen, als sie den riesigen braunen Fleck an der Decke sah, direkt über der Tür. Sie versuchte, nicht hinzustarren, aber ihr Blick wurde wie magisch davon angezogen. Was zum Teufel war das? Sie dachte lieber nicht weiter darüber nach.

Sie redeten noch eine halbe Stunde lang, das heißt, sie redete, und Greg stellte hier und da eine Frage, die sie nur allzu bereitwillig beantwortete. Er schien sich für alles zu interessieren, was sie zu sagen hatte, besonders für all das, was ihre Mutter betraf, und da sie sonst niemanden außer Billy hatte, bei dem sie ihren Gefühlen Luft machen konnte, gab es jetzt kein Halten. Immerhin schaffte sie es irgendwie, den Fußfesselstick in ihrer Tasche für sich zu behalten.

Er sah auf die Uhr. Als sie den Blick bemerkte, hielt sie mitten in einem Redeschwall an.

»Tut mir leid, Cass«, sagte er. »Die kommen jeden Moment, um meine Fußfessel zu überprüfen, und es ist wahrscheinlich besser, wenn du vorher gehst.«

»Kannst du mir deine Nummer geben?«

»Leider nein. Ich hab kein Slate. Ich kann mir keins leisten.«

»Echt nicht? Das ist ja irre! Und wenn du nun dringend jemanden erreichen musst?«

»Dann kann ich meinen Bewährungshelfer bitten, etwas für mich auszurichten.«

Sie sah ihn ungläubig an. »Nicht zu fassen, dass sie dir nicht mal ein Slate geben! Wie sollst du dich mit deiner Familie verständigen? Und was passiert bei einem Notfall?«

Sie öffnete ihre Tasche, kramte darin herum und schloss eine Sekunde lang die Finger um den Fußfesselstick, bevor sie weiterwühlte. Schließlich fand sie, wonach sie suchte.

»Was ist los?«, fragte Greg.

Sie hielt ihm ihr altes Slate hin.

»Das hier sollte für die nächsten zwei Wochen oder so noch funktionieren«, sagte sie.

Sie konnte nur hoffen, dass sie sich nicht irrte und es bereits deaktiviert war. Greg nahm es.

»Danke«, sagte er.

»Bis dann«, sagte sie und fiel ihm in die Arme.

Die Umarmung dauerte nicht lange, aber lange genug, und als sie schließlich die Treppe runter war, hatte sie endlich auch eine Nachricht von Bertie.

Sie verließ das Haus mit schwungvollen Schritten und einem Lächeln im Gesicht.

Kapitel 25

Sarah

Sarah hatte durch einen kurzen Anruf von einer der Frauen im Schulsekretariat erfahren, dass Cass zum zweiten Mal hintereinander der Schule ferngeblieben war. Sie war gerade bei der Arbeit, was die Sache schwierig machte.

»Ich muss leider gehen«, sagte sie zu Hadiya. »Familiärer Notfall.«

Glücklicherweise war Hadiya milde gestimmt. Am Morgen war der Bericht von der Gerichtsmedizin eingetroffen. Sarah wurde nicht für Paul Townsends Herzinfarkt verantwortlich gemacht. Akte geschlossen.

»Kommst du später noch mal?«, fragte Hadiya.

»Kann ich noch nicht sagen. Eher nicht. Tut mir leid, wenn das Probleme macht.«

»Schon gut«, sagte Hadiya. »Mach dir keine Gedanken.«

Bevor Sarah ihr Büro abschloss, warf sie noch einen Blick in die Schublade und nahm sich wieder vor, den Verlust am nächsten Tag zu melden. Dann spurtete sie über den Parkplatz zu ihrem Wagen. Als sie ihn öffnete, hatte sie das seltsame Gefühl, beobachtet zu werden.

Sie sah sich um. Es war Mittagszeit, dementsprechend herrschte reges Kommen und Gehen. Doch tatsächlich entdeckte sie am Rand des Platzes dieselbe Frau, die sie dort schon einmal gesichtet hatte, mit demselben kleinen Hund. Kaum sah die Frau sie, rannte sie los, diesmal allerdings nicht weg, sondern auf sie zu.

»Glauben Sie ja nicht, Sie kämen damit durch!«, schrie sie keuchend, als sie sich ihr auf Armeslänge genähert hatte.

Sie war groß, fast so groß wie Mabel, und ihr verheultes Gesicht war von lockigen Haaren umgeben.

»Wir werden Ihnen den Mord nachweisen! Ist mir scheißegal, was diese dämliche Gerichtsmedizinerin sagt!«

Als sie verstummte, schüttelte es sie am ganzen Leib, und sie schnappte so heftig nach Luft, dass sie nicht weiterreden konnte.

Sarah stieg ein, fuhr los und blickte in regelmäßigen Abständen in den Rückspiegel, um festzustellen, ob ihr ein Fahrzeug folgte. Was nicht der Fall war. Seltsamerweise fühlte sie sich ruhig. Sie wusste jetzt, um wen es sich bei der Frau handelte und warum sie ihr auflauerte. Damit würde sie fertigwerden. Sie wandte sich wieder wesentlicheren Dingen zu. Cass konnte was erleben, wenn sie nach Hause kam. Nicht nur ein-, sondern gleich zweimal zu schwänzen, war inakzeptabel.

Vielleicht hatten die anderen Frauen im Haus ja recht. Vielleicht war sie Cass gegenüber in den letzten drei Monaten zu nachsichtig gewesen. Aber sie hatte wegen Greg ein schlechtes Gewissen gehabt und war zudem so damit beschäftigt gewesen, ihr eigenes Leben auf die Reihe zu bekommen, dass sie für ihre Tochter nicht mehr viel Kraft übrig behalten hatte. Sie hatte so getan, als hätte die Befreiung von ihrer Ehe sie auch ihrer Mutterpflichten entbunden, und sich eingeredet, das sei schon in Ordnung. Cass war schließlich fast erwachsen und hatte sie ein ums andere Mal so derart vor den Kopf gestoßen, dass sie ruhig zusehen sollte, wo sie blieb. Aber fast erwachsen war eben nicht erwachsen. Das hatte Cass gerade bewiesen. Was sie offensichtlich brauchte, war eine starke Hand. Es würde nicht einfach werden, ihr jetzt auf einmal Grenzen zu setzen. Cass würde dagegen rebellieren. Aber es ging eben nicht anders.

Das neue Slate, das sie ihr geschenkt hatte, bereute sie längst. Es war ein spontaner Kauf gewesen, nachdem sie eine Stunde lang von Geschäft zu Geschäft gelaufen war, um etwas Besonderes für sie zu finden, andererseits aber gegen die Dinge, die Cass liebte, innere Widerstände hatte. Sie hatte sich Kleider, Make-up, Taschen angesehen. In einem Antiquariat hatte sie einen Haufen jener alten Zeitschriften gefunden, auf die Cass so scharf war, und sie um ein Haar gekauft. Beim Anblick der Covergirls mit dem Schmollmund hatte sie es sich schnell anders überlegt. Sie selbst hatte noch nie etwas für derlei Hochglanzblätter übrig gehabt. Auf Anhieb hätte sie nie sagen können, warum, bis einmal eine der Mitbewohnerinnen im Frauenhaus die Bemerkung fallen ließ, diese Blätter redeten jungen Frauen ein, das Geheimnis des Glücks liege darin, so auszusehen, dass Männer über ihrem Foto onanieren wollten.

Einmal hatte sie Anstalten gemacht, Cass das zu erklären, war bei ihr aber auf taube Ohren gestoßen. Sie hatte nur erwidert, darum gehe es überhaupt nicht, Feminismus habe vielmehr etwas mit Wahlfreiheit zu tun, und eine Frau könne auch einfach nur zu ihrem eigenen Vergnügen Lipgloss und einen Push-up tragen. Das habe etwas mit Selbstermächtigung zu tun. Männer spielten dabei keine Rolle. Für alles, was Sarah ihrer Tochter über deren Aussehen zu sagen hatte, erntete sie nur Wut und Tränen, bis sie am Ende überhaupt nichts mehr sagte. Sie hatte sich mit dem Gedanken getröstet, das sei nur eine Phase, und es dabei bewenden lassen.

Was offensichtlich ein Fehler gewesen war. Inzwischen wusste sie es besser. Sich selbst überlassen, war Cass rüpelhaft und faul geworden, die Art von Teenager, die meinte, unentschuldigtes Fernbleiben vom Unterricht sei okay.

Sarah saß auf dem Bett in Cass' Zimmer und wartete.

Cass kam nachmittags um halb drei heim.

Sie hielt die Luft an und horchte, wie ihre Tochter die Schlüssel in die Kupferschale neben der Tür fallen ließ und aus den Schuhen schlüpfte. Dabei murmelte sie etwas und ging dann in die Küche. Sie hörte, wie die Tür zur Mikrowelle auf- und zuging und wie es piepte, als Cass die Zeit programmierte und das Gerät einschaltete.

Sie stand auf. Mit verschränkten Armen wartete sie in Cass' Zimmer auf der Türschwelle. Sie hielt ihre Ellbogen fest, als wollte sie so verhindern, dass sie explodierte. Sie konnte sich nicht erinnern, je so wütend gewesen zu sein. Cass kam mit einem dampfenden Becher in der einen und einem Teelöffel in der anderen Hand aus der Küche.

»Hallo, Cass«, sagte sie.

Cass stieß einen schrillen Schrei aus und hätte um ein Haar ihr Getränk fallen lassen. Etwas davon schwappte über den Becherrand auf den rosafarbenen Teppichboden. Angewidert sah sie zu, wie Cass den Becher auf die Kommode stellte und sich die nassen Finger ableckte.

»Müsstest du nicht in der Arbeit sein?«, sagte Cass.

»Ich habe mir den Nachmittag freigenommen«, sagte sie. »Und wieso bist du schon da?«

»Mir ging's nicht so gut, da hat man mich nach Hause geschickt.«

»Du lügst.« Sie machte einen Schritt auf ihre Tochter zu. »Ich weiß, dass du nicht in der Schule warst. Gestern nicht und heute nicht. Darf ich erfahren, wieso nicht?«

»Das geht dich nichts an.«

»Ich bin deine Mutter, und es geht mich sehr wohl etwas an, erst recht, wenn die Schulsekretärin mich im Büro anruft und fragt, wieso du nicht da bist. Also noch mal. Aus welchem Grund?«

»Ich hab mal einen freien Tag gebraucht.«

»So läuft Schule aber nicht, Cass. Man kann sich da nicht einfach freinehmen. Du gehst hin, du machst deinen Abschluss, und dann kommt die Universität.«

»Wozu?«

»Wie meinst du das, wozu? Damit du das Beste aus dir machen kannst, gute Berufsaussichten hast, darum. Du bist kein Junge. Vermassle es also nicht.«

»Was soll das heißen? Wenn ich ein Junge wär, könnte ich ruhig schwänzen?«

O nein, nicht schon wieder dieses leidige Thema. Heute mal nicht. »Du wirst keinen Tag mehr schwänzen, Ende der Diskussion.«

»Ich bin achtzehn. Ich kann also selbst entscheiden, ob ich zur Schule geh oder nicht. Die hatten nicht das Recht, bei dir anzurufen.«

Die Augen ihrer Tochter funkelten vor Wut.

»Ich hab das alles so satt!«, schrie Cass. »Ich hab das Haus hier satt. Ich hab die Schule satt! Wieso müssen wir überhaupt hier wohnen? Und was passiert, wenn ich einen Freund habe? Erwartest du von mir, dass ich dann aus-ziehe?«

»Nicht so laut«, zischte Sarah sie an.

»Wieso? Hast du Angst, die dämlichen alten Schachteln hier könnten mich hören?«

Sie packte Cass am Arm und stieß sie heftig gegen die Wand. Sie hielt sie fest und ging so dicht mit dem Gesicht heran, dass sie die Poren an ihrer Nase und den feinen blonden Flaum auf ihrer Oberlippe sehen konnte.

»Das hört augenblicklich auf, Cass. Du wirst ab jetzt höflich zu den anderen Frauen sein. Du wirst dich bei ih-nen für dein gestriges Benehmen entschuldigen. Du wirst zu jedem Frühstück und jedem Abendessen erscheinen. Du wirst bei der Wäsche helfen. Ebenso beim Einkauf und beim Saubermachen. Und das wirst du so lange tun, bis du dankbar für das bist, was wir hier haben. Das mit dem Freund kann warten.«

Cass starrte sie mit Tränen in den Augen und einem verletzten, verängstigten Ausdruck im Gesicht an. Ihre Wangen waren gerötet. Die schwarze Mascara, die sie am Morgen aufgelegt hatte, geriet in eine Träne und lief ihr seitlich an der Nase herunter.

»Nein«, sagte sie. »Ich denk nicht dran. Du tyrannisierst mich, und ich werde überhaupt nicht mehr tun, was du mir sagst. Wenn ich einen Freund haben will, nehme ich mir einen, und du wirst mich nicht daran hindern.«

Sie betrachtete ihre Tochter mit diesen großen braunen Augen, dem leicht gewellten Haar und den runden Wangen.

Gregs Ebenbild.

Und sie tat mit Cass, was sie schon lange mit ihrem Ex-Mann hatte tun wollen.

Sie ohrfeigte sie.

Kapitel 26

Pamela

Gegenwart

12:37 Uhr

Auf der Wache herrscht hektische Betriebsamkeit. Alle sind wie elektrisiert und denken, dass wir kurz vor dem Durchbruch stehen. Gerade eben hat das Hin und Her zwischen den Schreibtischen und das wilde Slate-Getippe schlagartig aufgehört. Die Beamtinnen warten mit angehaltenem Atem. Kate Townsend hat gestanden, Sarah Wallace gestalkt zu haben, anschließend einen Anwalt verlangt und sich geweigert, weitere Fragen zu beantworten. Letzteres gilt auch für David Townsend.

Sue hat uns alle in den Konferenzraum beordert, um uns auf den neuesten Stand zu bringen. Ich rechne schon mit ihrer Aufforderung, vor dem inzwischen ansehnlichen

Menschenauflauf draußen vor der Wache eine weitere Erklärung abzugeben. Im Hintergrund können wir gedämpft die Sprechchöre hören.

»Wir gehen davon aus, dass es sich bei unserem Opfer um eine Frau namens Sarah Wallace handelt«, erklärt Sue.

Gleichzeitig leuchtet auf dem großen Bildschirm an der Stirnseite des Raums ein Foto von Sarah auf. Es stammt von ihrem Dienstausweis. Haben wir schon die DNA-Übereinstimmung mit der Leiche? Zumindest ist das Gegenteil noch nicht bewiesen.

»Sie ist heute Morgen nicht zur Arbeit erschienen, und offenbar weiß niemand, wo sie ist.«

Der Bildschirm wechselt zu einem Foto von Kate Townsend neben einem Standbild vom Überwachungsfilm.

»Wir halten diese Frau für unsere Mörderin. Kate Townsend. Sarah Wallace hat im Frauenschutzamt ihren Vater getasert, der wenige Tage darauf an einem Herzinfarkt verstarb. Die Gerichtsmedizin ist zu dem Urteil gelangt, dass es zwischen beiden Vorfällen keinen Zusammenhang gibt, was Kate Townsend jedoch offenbar anders sieht. Im Moment verweigert sie die Aussage. Beschaffen Sie mir etwas, was sie dazu bringt, ihre Meinung zu ändern.«

»Ich glaube, wir sollten die männliche DNA, die wir an der Leiche gefunden haben, mit der in unserer Datenbank abgleichen«, sage ich zu Sue. »Und mit der von ihrem Bruder.«

»Zu welchem Zweck?«, fragt Sue zurück.

»Wir müssen zumindest rausfinden, zu wem sie gehört. Sarah Wallace – immer vorausgesetzt, sie ist unser Opfer – wohnt im Frauenhaus, hat folglich keine engen Beziehungen zu Männern, wo also kommt die DNA her? Wie ist sie an ihren Körper gelangt?«

Sue Ferguson straft mich mit einem Blick tiefster Verachtung. Ich merke, wie mein Gesicht heiß anläuft. Keine Kollegin springt mir bei. Mir wird klar, dass ich im Lauf der letzten Wochen, seit ich meinen Rückzug in den Ruhestand angekündigt habe, langsam, aber sicher ausgemustert worden bin und die anderen Beamtinnen sich von mir distanzieren. Keine möchte sich für eine Frau starkmachen, die in einem Monat nicht mehr da ist. Aber das ist natürlich nicht alles. Ich bin für sie von gestern. Es sind nicht mehr viele von uns übrig, von uns Frauen, die noch Berufserfahrung aus der Zeit vor der Ausgangssperre haben. Dieser Job laugt einen aus. Und er hat sich stark verändert. Sue ist die Zukunft. Sie wollen bei ihr Eindruck schinden. Ich kann es ihnen nicht einmal verübeln. Wenn ich zwanzig Jahre jünger wäre, würde ich es vielleicht genauso machen.

Aber da ist männliche DNA an der Leiche …

»Sie könnte uns bei der Identifizierung unseres Opfers helfen«, sage ich. »Falls es sich um Sarah Wallace handelt und die DNA zu einem Mann gehört, zu dem sie, beispielsweise auf der Arbeit, Kontakt hatte, sind wir der Bestätigung, dass sie es ist, einen Schritt näher gekommen.«

Das ist aber nur die halbe Wahrheit. Mir ist egal, was Sue und die anderen denken. Kate Townsend als unsere Mörderin, das passt für mich nicht zusammen. Sie wirkt vor Trauer verzweifelt und erschöpft. Der Bruder ist ein anderes Kaliber; er hat dasselbe Motiv, auch seine Statur passt zu dem Standbild aus dem Überwachungsmaterial. Der einzige Grund, warum wir ihn bei der Ermittlung nicht berücksichtigen, ist seine Fußfessel. Das sollte für uns aber kein Ausschlusskriterium sein.

»Also gut«, sagt Sue. »Machen Sie den Abgleich.«

Der Raum leert sich allmählich. Alle gehen an ihren Schreibtisch zurück. Sues Mitarbeiter durchsuchen das Haus der Townsends sowie Kate Townsends Wagen. Meine Leute dürfen weitere Hintergrundermittlungen zu den beiden Tatverdächtigen anstellen und Posts in den Social Media über mehrere Jahre zurückverfolgen, mit Arbeitskollegen von Kate Townsend reden, sich ihre Krankenakte vornehmen sowie Bankgeschäfte und dergleichen beleuchten.

Sue fängt mich auf dem Weg zu meinem Schreibtisch ab.

»Pamela«, sagt sie und fasst mich energisch an der Schulter. »Auf ein Wort, wenn Sie nichts dagegen haben.«

Wir gehen in ihr Büro. Sie schließt die Tür hinter uns.

»Machen Sie das nicht noch mal«, sagt sie.

Ich stelle mich dumm. »Ich versteh nicht ganz.«

Mit einem Seufzer setzt sich Sue hinter den Schreibtisch. »Sie sind eine intelligente Frau, Pamela. Machen Sie mir also nichts vor. Ich habe mich damit einverstanden erklärt, die DNA mit der Datenbank abzugleichen, weil ich Ihnen recht damit gebe, dass wir die Identifizierung der Leiche so möglicherweise beschleunigen können. Aber das war wohl nicht der eigentliche Grund für Ihren Vorschlag.«

»Sie haben die Leiche gesehen«, sage ich. »Glauben Sie im Ernst, Kate Townsend wäre schon allein physisch zu so was in der Lage?«

»Was ich glaube, ist nicht von Belang«, sagt Sue.

»Dann glauben Sie also gar nicht, dass sie es war?«

»Ich sage doch, das ist nicht von Belang. Meine Aufgabe ist es, ein gutes Ergebnis vorzuweisen.« Sie beugt sich über ihr Slate und tippt etwas. Sie meidet meinen Blick. »Ihr Job ist es, mir dafür zu beschaffen, was ich brauche. Habe ich mich klar ausgedrückt?«

»Kristallklar«, erwidere ich und verlasse ihr Büro.

Ich knalle dabei nicht die Tür hinter mir zu, auch wenn mir danach ist. Auf dem Weg zurück zu meinem Schreibtisch sind die Blicke aller auf mich gerichtet, auch wenn sie so tun, als wären sie anderweitig beschäftigt.

Rachel geht gerade Kate Townsends Onlinefotos durch. Ich gebe den Wangenabstrich bei David Townsend in Auftrag und beschließe, mir die Zeit mit Sarah Wallace zu vertreiben, bis wir das Ergebnis bekommen. Viele Anhaltspunkte gibt es nicht. Sie ist nicht in den Social Media unterwegs. Ich habe nur zu ihren offiziellen Eckdaten Zugang: Adresse, beruflicher Werdegang, ob sie Kinder hat (eins, ein Mädchen, achtzehn Jahre alt), Familienstand (kürzlich geschieden, Ehemann soeben nach Haftstrafe wegen Verstoßes gegen die Ausgangssperre entlassen). Ich merke mir den Ehemann zum Durchleuchten vor.

»Hat schon jemand Sarah Wallace' Tochter aufgetrieben? Cass Johnson?«

»Bis jetzt noch nicht«, sagt Rachel.

»Wissen wir, wo sie derzeit ist? In der Schule?«

»Sie ist heute Morgen nicht in der Schule erschienen, aber offenbar ist das in letzter Zeit öfter vorgekommen, also hat sich niemand groß gewundert.«

»Nicht erschienen? Aus welchen Gründen?«

»Hab ich nicht gefragt«, sagt Rachel. »Die Sekretärin war sehr beschäftigt.«

Ich schicke Michelle eine Nachricht mit der Bitte, für mich den Zahnstatus von Cass Johnson als auch den von Sarah Wallace zu ziehen. Cass Johnsons Name erinnert mich an irgendetwas, doch bevor ich darauf komme, was es ist, erscheinen sechs weitere Leute auf dem Plan und verstärken das Presseorgan von einer Person zu einem ganzen Team. Ich werde ohne Umschweife dazu verdonnert, etwas zusammenzustellen, was wir als Nächstes an Informationen rausgeben können. Offenkundig hat sich die Auffassung durchgesetzt, das bestmögliche Ermittlungsergebnis sei, den Mord Kate Townsend anzuhängen, indem wir der Öffentlichkeit eine hingebungsvolle Tochter präsentieren, die, von ihrer Trauer um den Verstand gebracht, über die Controllerin herfällt, der sie die Schuld am Tod ihres Vaters gibt. Sie werden irgendetwas über sie und wahrscheinlich auch über David hervorkramen, um das Bild einer gewaltbereiten Familie zu zeichnen, nebenbei den Mitarbeiterinnen vom Frauenschutzamt zusätzlichen Schutz anbieten und den Fall damit einem für alle befriedigenden Ende zuführen.

Es passt mir nicht, wie verbohrt sich alle an diese Antwort klammern, wie sicher sie davon ausgehen, dass Sarah Wallace unser Opfer ist, als wären Zahnstatus und DNA-Abgleich nur noch reine Formsache. Ohne mit der Wimper zu zucken, haben sie alle anderen Spuren ausgeschlossen.

Dabei sollte man meinen, dass es um die Wahrheit geht. Zumindest geht es mir darum. Aber in den Zeiten der Ausgangssperre sind die Frauen hier betriebsblind. Kate Townsend passt perfekt in ihr Raster. Die Geschichte erscheint ihnen logisch, spiegelt sie doch das Bild, das sie sich von der Gesellschaft machen. Frauen töten, wer hätte das je geleugnet! Aber sie tun es entweder aus Versehen oder aufgrund psychischer Erkrankungen; postpartaler Psychose, Depression, Trauer oder der Auswirkungen von Missbrauch oder Gewalt. Kate würde durchaus in dieses Muster passen. Und es kommt ja auch nur selten vor. Inzwischen fühlen sich Frauen schon seit Jahren sicher vor männlicher Gewalt. Ich wage mir kaum auszumalen, was passiert, sollte sich zeigen, dass alle einem Irrtum erliegen. Aber ich weigere mich, diesem Gedanken weiter nachzugehen. Das ist nicht mein Problem. Für Sue mag die Wahrheit nicht weiter wichtig sein, für mich ist sie das sehr wohl.

Von meinem Schreibtisch aus sehe ich, wie in einer Ecke des Büros eine Unterhaltung stattfindet, von der ich ausgeschlossen bin. Rachel, Sue und ein paar weitere Polizistinnen sind in einer Videokonferenz. Wir sind landesweit in den Medien. Sämtliche Nachrichtensender haben kein anderes Thema als unser nächtliches Opfer. Draußen vor dem Gebäude immer noch Sprechchöre. Durchs Fenster sehe ich, dass die Menschenmenge stetig anwächst. Längst geht es um viel mehr als diese eine tote Frau. Der Fall droht so zu eskalieren, dass wir die Kontrolle darüber verlieren. Ich befürchte, dass wir ihnen am Ende eine Antwort geben, die akzeptabel ist, anstatt eine, die der Wahrheit entspricht. Gut möglich, dass die Townsends für diese Antwort herhalten müssen. Dass sie sich in der einen oder anderen Weise schuldig gemacht haben, daran zweifle ich nicht, aber Mord?

Ich kann mich nicht konzentrieren. Ich kann nicht einfach tatenlos zusehen, wie Sue Ferguson und ihre Leute eine Rechtsbeugung aushecken. Ich suche meine Sachen zusammen und mache mich aus dem Staub. Ich halte den Kopf gesenkt und nehme in der Hoffnung, als eine x-beliebige Polizistin auf dem Heimweg durchzugehen, den eigenen Wagen anstatt ein Dienstfahrzeug. Es dauert trotzdem lange, bis ich es vom Parkplatz schaffe. Ich habe niemandem gesagt, wohin ich will. Da ist etwas, was mir keine Ruhe lässt, eine schon oft beantwortete Frage. Doch diesmal will ich die Antwort von kompetenter Seite hören.

Die Frage lautet: Könnte ein Mann die Ausgangssperre übertreten, ohne dass es jemand bemerkt?

Als ich zum Frauenschutzamt komme, herrscht dort reger Betrieb. Die Männer im Wartebereich blicken bei meinem

Erscheinen auf. Mein letzter Besuch in einem Frauenschutz-amt ist schon lange her, da meistens jüngere Beamtinnen zu solchen Einsätzen gerufen werden, und so kenne ich keine der Mitarbeiterinnen. Ich stelle mich der Frau an der Rezeption vor und bitte um ein Gespräch mit der Leiterin.

Wenig später sitze ich ihr im Pausenraum gegenüber. Sie heißt Hadiya.

»Geht es um Sarah?«, fragt sie. »Wie ich schon Ihrer Kollegin am Telefon gesagt habe, ist sie heute nicht zur Arbeit erschienen. Ehrlich gesagt, bin ich deshalb ganz schön unter Druck. Mir sind gleich zwei Controllerinnen ausgefallen, Sarah und Mabel Bright. Wenigstens hat mir Mabel eine Nachricht geschickt und sich krankgemeldet. Was mit Sarah ist, weiß ich nicht.«

Ihre hastige Sprechweise verrät die Panik, die sie sich selbst nicht eingesteht.

»Ist sie es? Die Leiche im Park? Ist das Sarah Wallace?«

»Darüber darf ich Ihnen leider keine Auskunft geben«, sage ich.

»Mein Gott«, sagt sie und schließt die Augen. »Kann ich mich irgendwie nützlich machen?«

Ich merke ihr an, dass sie meine Weigerung, ihre Frage zu beantworten, als Bestätigung nimmt, aber das kann ich nicht ändern. Ich kann ihr keine Information geben, die ich nicht habe.

»Was können Sie mir über Sarah erzählen?«, frage ich. »Wie ist sie so?«

»Sie ist gut in ihrem Job«, sagt Hadiya. »Noch neu, aber hell im Kopf.«

»Meines Wissens gab es vor einigen Tagen einen Vorfall mit einem Mann, bei dem sie zum Taser gegriffen hat.«

»Ja, das stimmt. Er hat sich von einer anderen Kollegin eine neue Fußfessel anpassen lassen, von Mabel Bright. Er hat behauptet, dass sie zu eng sitzt, und ist ausfällig geworden. Sarah hat den Lärm gehört, ist Mabel zu Hilfe geeilt und hat ihren Taser eingesetzt.«

»Zu Recht?«

»Unbedingt«, sagt sie, ohne mich dabei anzusehen, wird dabei aber rot.

Du lügst, sage ich mir. Ich tippe in mein Slate, um sie wissen zu lassen, dass alles, was sie sagt, festgehalten wird, dass es wichtig ist und gegebenenfalls gegen sie verwendet werden kann.

»Sarah hat ein gutes Urteilsvermögen«, sagt sie. »Sie würde nie zum Taser greifen, wenn es nicht nötig ist. Aber im Nachhinein hat ihr der Vorfall Probleme gemacht. Sie hatte ihre Tochter für einen Praktikumstag mitgebracht, und Cass, so heißt die Tochter, hat die ganze Sache mit angesehen. Für ein junges Mädchen nicht leicht zu verkraften. Es muss dadurch wohl zu häuslichen Spannungen gekommen sein. Nach meinem Eindruck hat sie es mit Cass nicht leicht. Sarahs Ehemann hat nämlich im Gefängnis gesessen. Wegen Verstoß gegen die Ausgangssperre. Deshalb hat sich Sarah zur Controllerin ausbilden lassen. Sie wollte noch mal von vorn anfangen.«

»Verstehe«, sage ich und mache mir eine entsprechende Notiz. Unterm Strich hat sie mir nichts Neues erzählt, auch wenn es immer nützlich ist, es aus dem Mund von jeman-

253

dem vor Ort zu hören. »Kann ich Sie etwas Technisches zu den Fußfesseln fragen?«

»Klar.«

Ich schalte mein Slate aus. »Ich wüsste gern, ob es einem Mann möglich ist, die Ausgangssperre zu übertreten, ohne dass es jemand merkt.«

Sie reißt die Augen auf, verkneift sich aber die Gegenfrage, wieso ich das wissen will. Was sie mir sympathisch macht. Sie überlegt.

»Ich würde das gern verneinen«, sagt sie dann. »Aber die ehrliche Antwort? Unmöglich ist es nicht. Allerdings müsste er dazu seine Fußfessel entfernen. Das ist der schwierige Teil. Versuche kommen andauernd vor. Aber es ist äußerst schwer, sie funktionsuntüchtig zu machen. Sie mit einer Zange oder einem anderen Werkzeug aufzuschneiden oder zu zersägen ist kaum denkbar, ohne sich dabei selbst zu verletzen. Außerdem überwachen wir die Männer engmaschiger, die wir verdächtigen, es versucht zu haben. Wir bestellen sie zu zusätzlichen Checks ein. Die einzige Möglichkeit, eine Fußfessel abzunehmen, wäre letztlich ein Stick, und die werden alle hier aufbewahrt und regelmäßig überprüft.«

»Verstehe.«

»Auch wenn hier und da schon mal einer fehlt«, sagt sie. »Auch dafür haben wir strenge Vorschriften, aber in seltenen Fällen passiert es eben schon mal, und ich kann nicht ausschließen, dass ein solcher Stick dann missbräuchlich benutzt wird. Oder auch dass ein Mann es schafft, sich einen eigenen herzustellen. Zumindest wäre das theoretisch denkbar. Oder dass eine Controllerin eine Fessel entfernt.«

Mir rieselt es kalt den Rücken hinunter.

»Demnach könnte, rein theoretisch, in diesem Moment ein Mann ohne Fußfessel herumlaufen, falls eine Controllerin sie ihm entfernt hätte.«

»Keine von meinen Angestellten«, entgegnet Hadiya schnell. »Ich vertraue meinem Team. Ich kenne die Frauen hier alle. Keine von denen würde so etwas tun. Sie wissen, was von der Ausgangssperre abhängt. Sie glauben daran. Ich suche mir meine Mitarbeiterinnen sorgsam aus. Uns unterlaufen keine solchen Fehler.«

Noch eine Lüge. Ich sehe es ihr an. Hier wird so manches unter dem Deckel gehalten. Ich danke Hadiya für die Unterredung, und als ich aufstehe, klingelt mein Slate. Es ist Michelle. Ich eile nach draußen, gehe ran und halte die Luft an. Hat sie schon den Zahnstatus reinbekommen? Ruft sie an, um mir zu bestätigen, dass es sich bei unserem Opfer um Sarah Wallace handelt?

»Immer noch keine Identifizierung des Opfers«, sagt sie. »Aber ich habe was anderes für dich. Die männliche DNA an der Leiche stammt nicht von David Townsend, und auch von Kate Townsend findet sich keine.«

Zugegeben, ich bin ein bisschen enttäuscht, aber bestimmt nicht so, wie Sue Ferguson das sein wird, wenn sie das erfährt.

Kapitel 27

Helen

Auch Helen verließ am Freitag die Schule früher. Mitten im Unterricht bei der Abschlussklasse hatte sie eine Woge aus Schwindel und Übelkeit erfasst. Sie hatte nur noch schnell ihre Tasche gepackt, der Klasse gesagt, sie würde für eine Aufsicht sorgen, und war, nach einem Umweg über das Sekretariat, um sich krankzumelden, nach Hause gefahren.

Sie blieb im Auto sitzen, bis das Zittern vorüber war, und warf dann erst den Motor an. Die letzten Tage hatte sie zwischen Panik und Verdrängung geschwankt. Diese funktionierte nicht, jene tat ihr nicht gut.

Es gab nur eine Lösung.

Auf dem Nachhauseweg fuhr sie bei einer Apotheke vorbei. Sie wartete, bis gerade keine Kunden da waren, ging dann hinein und bat um ein vertrauliches Gespräch mit der Apothekerin. Eine Viertelstunde später verließ sie den Laden mit einer kleinen, weißen Packung, dem Mittel, das sie für den Schwangerschaftsabbruch benötigen würde. Es war kostenlos zu haben, und die Apothekerin hatte mit keiner Wimper gezuckt.

Als sie heimkam, hatte sie die Wohnung für sich. Tom würde erst in ein paar Stunden von der Arbeit kommen. Das sollte genügen. Sie schluckte die erste Pille zusammen mit der Schmerztablette, zu der ihr die Apothekerin dringend geraten hatte, und lenkte sich anschließend mit der Wäsche ab, putzte auch die Küche und das Bad. Aber nichts passierte. Als Tom zu Hause war, kochte sie zu einem frühen Abendessen Spaghetti bolognese, sagte ihm, sie sei müde, und ging früh schlafen, auch wenn sie kein Auge zubekam. Als er kurz nach Mitternacht zu ihr ins Bett kroch, rührte sie sich nicht, und zum Glück ließ er sie in Ruhe.

Der Samstag verging wie in Trance. Da sich Tom mit seinen Freunden verabredet hatte, war sie den größten Teil des Tages allein. Immer noch tat sich nichts. Sie war ratlos. Bei der Einnahme der ersten Tablette tags zuvor hatte sie mit einer schnellen, dramatischen Wirkung gerechnet. Sie hatte gehofft, dass es binnen weniger Stunden vorbei sei. Doch außer einem leichten Unwohlsein im Bauch, das sie sich vielleicht nur eingebildet hatte, war nichts passiert.

Die Apothekerin hatte sie angewiesen, achtundvierzig Stunden zu warten, bevor sie die zweite Tablette nahm, und dann auch nur, falls die erste keinerlei Wirkung zeigte. In der Nacht auf Sonntag konnte sie gar nicht schlafen. Sie hockte in ihrem Sessel und glotzte bei gedämpfter Lautstärke den letzten Mist im Fernsehen. Tom stand nicht auf, um nachzusehen, ob alles in Ordnung sei. Als er am Sonntagmorgen zum Frühstück kam, schien er von ihrer Nachtwache nichts mitbekommen zu haben. Wie gewohnt zog er sich an und ging zum Fußballtraining.

Als Helen gerade mit sich kämpfte, ob sie schon jetzt die zweite Pille nehmen oder die verbleibenden drei Stunden abwarten sollte, spürte sie etwas, und als sie zur Toilette ging, kam Blut. In einer Mischung aus Schock und Erleichterung starrte sie darauf. Sie wusch sich, fand ihre Tasche, holte ihr Slate heraus und schickte Mabel eine Nachricht. Eine plötzliche Eingebung sagte ihr, was ihr bevorstand, sollte lieber nicht zu Hause passieren.

Fühle mich nicht gut. Komme zu dir. Hoffe, das ist okay.

Ohne eine Antwort abzuwarten, fuhr sie wie im Nebel zu Mabel und kam zum Glück mit heiler Haut ans Ziel. Dankbar für den Hausschlüssel, den ihr Mabel anvertraut hatte, ließ sie sich ein. Es war niemand da.

Mabel wohnte in einem hübschen kleinen Reihenhaus, das sie von ihrer Großmutter geerbt hatte. Die Einrichtung der alten Dame hatte sie größtenteils behalten. An einer der Wände stand ein altrosa Samtsofa mit einer Häkeldecke, auf dem Boden lag ein Teppich mit einer riesigen Blume darin. Die Küche war in unterschiedlichen Grüntönen gestrichen. Es war ein vertrautes, behagliches Ambiente. Helen wartete gerade darauf, dass das Wasser kochte, als die Schmerzen wieder einsetzten.

Sie merkte sofort, dass es sich diesmal anders, intensiver, anfühlte, als wäre das erste Mal nur eine Probe gewesen. Der Wasserkocher stieß zischend eine Dampfwolke aus und schaltete sich ab. Sie bemerkte es kaum. Die Krämpfe im Unterleib hatten sie voll und ganz im Griff. Sie ließen kurz ein wenig nach, kamen dann umso heftiger zurück und schossen ihr den Rücken bis in die Beine hinunter. In Panik hielt sie sich an der Arbeitsplatte fest und konzentrierte sich darauf, regelmäßig zu atmen. Sie bereute es bitter, das Schmerzmittel schon am Freitag verbraucht zu haben. Sie hatte es für klug gehalten, dem Schmerz zuvorzukommen. Jetzt wusste sie es besser. Sie hätte es sich für den Moment aufsparen sollen, in dem sie es brauchte.

Die nächste Stunde lang lag sie bei laufendem Fernseher auf dem Sofa, die Tasse Tee, die sie nicht angerührt hatte, neben sich. Die Schmerzen wüteten unvermindert weiter, zogen ihr gnadenlos die Organe zusammen und gaben sie nur wieder frei, um nach immer kürzeren Abständen denselben Vorgang endlos zu wiederholen. Sie ließen ihr keine Pause. Egal in welcher Haltung sie lag, nichts half.

Mit Mühe schleppte sie sich ins Obergeschoss und ließ sich ein heißes Vollbad ein. Zumindest das verschaffte ihr etwas Erleichterung. Jede neue Woge Schmerzen fühlte sich wie ein Krieg an, der in ihrem Körper tobte.

Der Höhepunkt trat ein, als das Wasser schon abkühlte. Sie gab einen tiefen, animalischen Laut von sich. Sie konnte nicht anders. Dabei krallte sie sich mit beiden Händen am Wannenrand fest. Ihre Eingeweide zogen sich in einem übermächtigen Krampf zusammen, einmal, dann noch einmal. Urplötzlich verschwanden die Schmerzen. Es war vorbei.

Unter Schock stehend, brauchte Helen eine Weile, bis sie sich wieder rühren konnte. Irgendwann stieg sie aus der Wanne, trocknete sich ab und schlüpfte in einen von Mabels Bademänteln, einen in verwaschenem Weinrot mit eingestickten Sternchen auf der Tasche, bevor sie sauber machte.

Danach kroch sie in Mabels Bett und lag, die Decke bis unters Kinn gezogen, den Kopf ins weiche Kissen geschmiegt, mit dem tröstlichen Duft ihrer Freundin in der Nase einfach nur da. Ihre Beine fühlten sich unglaublich schwer an. Ihr tat jeder Muskel weh. Mit angezogenen Knien rollte sie sich auf der Seite ein und beobachtete, wie auf dem Wecker langsam die Minuten verstrichen.

Sie lag immer noch in dieser Position, als Mabel nach Hause kam.

»Helen?«, sagte sie und war mit zwei Sätzen am Bett. »Tut mir leid, ich war bei meinen Eltern. Alles okay?«

»Es ist vorbei«, sagte Helen und raffte sich zu einem schwachen Lächeln auf. »Die Tabletten haben gewirkt. Es ist vorbei.«

»Und wie geht's dir?«

»Keine Ahnung«, sagte sie aufrichtig. »Ich fühle mich wie erledigt.«

»Bleib einfach über Nacht hier«, sagte Mabel. »Ich koche uns was. Wir machen es uns im Bett gemütlich und sehen uns im Pyjama Liebesschnulzen an.«

»Klingt verlockend«, sagte sie und zwang sich zu einem Lächeln. »Danke, Mabel. Für alles.«

»Ich bin deine beste Freundin«, sagte Mabel. »Gehört sich doch wohl.«

Sie beugte sich vor und strich Helen mit unglaublich zarten Fingern behutsam die Haare aus dem Gesicht.

»War es sehr schlimm?«

»Ja«, sagte sie.

Sie vergrub das Gesicht in den Händen, und als sie losschluchzte, nahm Mabel sie in die Arme. Später brachte sie ihr Toast und Hühnersuppe sowie ihr Slate, und sie schrieb Tom, wo sie war.

Seine einzige Frage: *Wann kommst du zurück?*

Weiß noch nicht. Spät. Vielleicht bleibe ich auch über Nacht.

Seine Antwort ließ auf sich warten. Mit angezogenen Knien saß sie im Bett und aktualisierte verzweifelt x-fach die Seite. Mit jedem Mal wurde die Anspannung größer. Sie gab drei neue Mitteilungen ein und löschte sie wieder. Sie wollte ihm nichts schreiben, was ihn auf den Gedanken brächte, dass etwas nicht stimmte. Andererseits kamen seine Antworten sonst immer prompt. Mabel versuchte sie abzulenken, indem sie ihr mit einem neuen Nagellack, den sie sich gekauft hatte, die Fußnägel lackierte.

Endlich klingelte ihr Slate, und seine Nachricht erschien auf dem Display.

Viel Spaß, lautete sie. Nicht mehr.

Ich liebe dich, schrieb sie zurück, gefolgt von einer Reihe Herzen.

Noch einmal schreckliches Warten auf eine Antwort, doch diesmal kam sie schneller.

Ich dich auch.

Die Welt war wieder in Ordnung. Sie atmete auf.

»Willst du es ihm sagen?«, fragte Mabel.

»Nein«, sagte sie und zog die Decke ein bisschen höher. Sie wollte einfach nur noch schlafen. Sie wollte nicht über Tom reden.

Mabel ließ nicht locker. »Ich versteh schon, wieso, Helen. Wahrscheinlich würde ich es an deiner Stelle genauso halten. Nur …«

»Nur was?«

»Es macht mir nur wirklich Sorgen, dass du mit jemandem zusammen bist, mit dem du über so was nicht reden kannst, vor dem du solche Geheimnisse hast. In einer Partnerschaft sollte das doch nicht so sein.«

Helen setzte sich senkrecht auf. »Was weißt du denn schon? Du bist ja wohl kaum eine Beziehungsexpertin. Du hast seit einem Jahr kein Date mehr gehabt.«

Dabei wusste sie, noch während ihr die Bemerkung herausrutschte, dass sie Angst davor hatte, Mabel könnte richtigliegen. Sie sollte tatsächlich mit Tom darüber sprechen können. Sie sollte mit ihm auch darüber sprechen können, dass es ihr gegen den Strich ging, wie er die Möbel in ihrem Wohnzimmer umgestellt hatte, oder darüber, dass er zu kochen versprochen hatte, es aber nie tat und seine Abende stattdessen mit Videogames verbrachte. Aber damit hätte sie sich eingestanden, dass er ein Fehler war, was sie nicht ertrug. Sie warf die Decke zurück und stand mit wackligen Beinen auf.

»Du bist nur eifersüchtig. Darum geht es hier doch in Wirklichkeit, oder? Du bist eifersüchtig auf Tom und mich.«

»Nein! Helen, da liegst du völlig falsch ...«

Aber sie wollte nichts mehr hören. Sie suchte ihre Sachen zusammen, nahm ihre Tasche, zog ihre Schuhe an und fuhr nach Hause.

Kapitel 28

Cass

Cass war als Kind nie geohrfeigt worden. Sie wusste von anderen Kindern, denen das passiert war, weil die in der Schule darüber gesprochen hatten und die Lehrer ihnen erklärt hatten, in ernsteren Fällen könnte ein Elternteil dafür ins Gefängnis kommen. Da ihnen nicht erklärt wurde, was unter ernsteren Fällen zu verstehen war, hatte Cass Angst gehabt, bei dem geringsten Anlass dieser Art könnten ihr die Eltern weggenommen werden. Ihren Dad hatte sie dann tatsächlich verloren, aber nicht weil ihm je die Hand ausgerutscht wäre, sondern dank ihrer Mum.

Doch als sie jetzt allein in ihrem Zimmer saß und auf den Tisch starrte, den sie unter die Türklinke geklemmt hatte, geriet sie plötzlich in Panik, auch noch ihre Mum zu verlieren. Die Angst war so groß, dass sie sich nur dagegen wehren konnte, indem sie sich auf ihre brennende Wange konzentrierte. Da ihre Mutter nicht fest zugeschlagen hatte, tat es nicht mehr weh, aber sie redete sich ein, es immer noch zu spüren. Sie bewegte den Unterkiefer hin und her und stellte erleichtert fest, wie unangenehm es sich tatsächlich noch anfühlte, womit der Beweis erbracht war, dass ihre Mutter eine rote Linie überschritten hatte.

Später würde sie ihr Leben in die Zeit vor und nach der Ohrfeige einteilen. Sie würde sich fragen, ob sie andere Entscheidungen getroffen hätte, wäre das nicht passiert. Fürs Erste spulte sie noch einmal die Minuten ab, die zu dem Ausbruch geführt hatten, und ging der Frage nach, ob ihre Mutter schon immer zur Gewalttätigkeit geneigt hatte. Ob das all die Jahre unter der Oberfläche gebrodelt und nur auf eine Gelegenheit gewartet hatte, sich Luft zu machen.

Sie kramte alte Kindheitserinnerungen hervor und sezierte sie auf der Suche nach Anzeichen, die ihr bisher entgangen sein könnten. Die Bilder, die an die Oberfläche drängten, drehten sich um eine Mutter, die entweder auf dem Weg zur Arbeit halb zur Tür hinaus oder auf dem Weg von der Arbeit halb zur Tür herein war; die in der Küche hektisch ihre Bluse bügelte, während Cass ihre Cornflakes aß, und sie anschnauzte, wenn sie es wagte, um Geld für Lipgloss zu bitten. Sie erinnerte sich, wie sie unter der Bettdecke gekauert hatte, auf die dröhnenden Stimmen aus der Küche horchte und sich wünschte, ihr Vater würde aufhören, so wütend zu schreien.

Sie griff nach ihrer Decke und zog sie enger um sich. Wo kamen die Erinnerungen plötzlich alle her? Sie waren nicht real. Ihr Verstand spielte ihr einen Streich. Sie schüttelte ein paarmal den Kopf, sodass ihr die Haare ums Gesicht flogen, und saugte die Wangen ein. Sie spuckte die Haare aus, die ihr in den Mund geraten waren. Nicht ihr Vater neigte zu Wutausbrüchen, sondern ihre Mutter, oder? Schon immer ihre Mutter. Hatte Sarah das nicht soeben bewiesen? Und wie sie Greg rausgeschmissen hatte? Wie sie diesen Mann getasert hatte? Dreimal Gewalttätigkeit. Einmal hatte sie die Bemerkung von Mrs O'Brien aufgeschnappt, wenn jemand zeige, wer er wirklich sei, solle man ihm glauben.

Es klopfte energisch an der Tür.

»Cass? Ich geh jetzt. Bin bald zurück. Dann reden wir.«

»Gut«, rief sie zurück.

Aber sie hatte nicht vor, da zu sein, wenn Sarah wiederkam. Kaum fiel die Wohnungstür ins Schloss, verließ sie das Bett, griff zu ihrem Slate, schrieb eine Nachricht und schickte sie in der Hoffnung, dass ihr Dad sie las, an ihr altes Slate.

Mum hat mich geschlagen.

Sie hielt sich nicht mit einer Einleitung auf. Das hier war zu ernst und zu wichtig für solche Förmlichkeiten.

Gregs Antwort folgte prompt.

Was? Hast du die Polizei gerufen?

Nein. Das will ich nicht.

Dann tu ich's.

Nein, tippte Cass hastig. *Auf keinen Fall! Können wir uns treffen?*

In einer Stunde an der Bushaltestelle.

Okay.

266

Sie zog sich die Jacke über, nahm ihre Tasche und hatte schon die Hand an der Klinke, als etwas sie zurückhielt. Was, wenn Sarah nicht wirklich gegangen war, sondern nur so getan hatte, um sie aus ihrem Zimmer zu locken? Sie legte das Ohr an die Tür und horchte. Nichts.

Trotzdem kostete es sie Überwindung, den Tisch weg-zuziehen und aufzumachen. Sie tat es langsam, aus rei-ner Vorsicht, aber in der Wohnung herrschte Stille. Sarah war weg. Sie trat vor den Flurspiegel und inspizierte ihre Wange. Wenn man genau hinsah, war die eine Seite ein kleines bisschen geschwollen.

Sie verließ schnell die Wohnung und war schließlich zwanzig Minuten zu früh an der Bushaltestelle. Sie hockte sich auf das Mäuerchen dort und ließ die Welt an sich vo-rüberziehen. Sie befürchtete schon fast, er hätte es sich anders überlegt, als sie ihn mit zügigen Schritten in ihre Richtung kommen sah. Die Hände hatte er in den Taschen seiner dünnen, grauen Jacke vergraben, und seine Jeans hatte ein Loch am Knie. Sie sprang von der Mauer und rannte ihm entgegen.

»Dad!«

»Sie hat dich wirklich geschlagen?«, fragte er.

Sie drehte den Kopf etwas zur Seite und zeigte ihm die Wange.

»Ins Gesicht.«

Greg zog die Hand aus der Tasche und hielt ihr Kinn mit warmen Fingern. Er drehte ihren Kopf noch ein we-nig schräger, sah sich die Wange genauer an und machte ein düsteres Gesicht.

»Das musst du fotografieren.«

»Wozu?«

»Zum Beweis«, sagte er. »Du wirst es doch anzeigen, oder?«

»Ich weiß nicht«, antwortete sie.

Zum zweiten Mal sprach Greg das nun an, und ihr war nicht wohl dabei. Der Gedanke, wegen Sarah zur Polizei zu gehen, machte ihr Angst. Was, wenn sie ihre Mutter verhafteten? Sie glaubte nicht, dass sie allein im Frauenhaus bleiben konnte. Auch wenn es ihr dort nicht gefiel, hätte sie nicht gewusst, wo sie sonst hinsollte. Der Gedanke, zu Greg zu ziehen, hatte sich schon in dem Moment erledigt, als sie seine Wohnung in Riverside betreten hatte.

»Wieso nicht?«, fragte er. »Sie hat dich angegriffen, Cass. Das darfst du nicht auf die leichte Schulter nehmen.«

»Tu ich auch nicht. Genau deshalb habe ich es dir ja geschrieben.«

»Was richtig war.«

»Danke, Dad«, sagte sie und lächelte ihn an.

Mehr hatte sie nicht gewollt, nur diesen Ausdruck in seinem Gesicht, der ihr sagte, dass er zufrieden mit ihr war. Geschichten über Sarah hatten bei ihm noch nie ihre Wirkung verfehlt, und sie sah mit Erleichterung, dass sich daran nichts geändert hatte.

Es fing zu regnen an, also sprangen sie in einen nahe gelegenen Imbissladen. Die Tür quietschte, als Greg sie aufstieß.

»Schnapp dir einen Tisch«, sagte er, und sie ging zu einem an der Rückseite, möglichst weit weg vom Fenster.

Auf dem Tisch war ein eingetrockneter Ketchupfleck. Zwischen Salzstreuer und Essigflasche klemmte eine klebrige Speisekarte. Ihr Vater stand an der Theke und legte einen abgezählten Münzbetrag hin. Sie war hier von Männern umgeben, die meisten alt und grauhaarig, über einen billigen Teller mit Baked Beans gebeugt. Sie war die einzige Frau im Raum.

Ihr Bauchgefühl riet ihr, aufzustehen und zu gehen. So wie es hier aussah und wie es hier roch und wie diese elenden Gestalten an ihren Tischen hockten, war ihr diese Bruchbude zuwider, aber sie zwang sich zu bleiben.

Greg kam mit zwei Bechern mit einem milchig braunen Gebräu, in dem noch der Teebeutel schwamm. Wehmütig dachte sie an eine große heiße Schokolade mit Sahnehäubchen.

»Deine Mutter führt dich bestimmt in bessere Lokale aus«, sagte er. »Als Controllerin verdient sie gut. Ein Jammer, dass sie nicht schon früher daran gedacht hat. Aber dann hätte sie ja keinen Grund mehr gehabt, mir ständig unter die Nase zu reiben, wie knapp bei Kasse wir sind.« Er lachte. »Bin ich immer noch.«

»Du kannst doch gar nichts dafür, Dad. Das wird schon wieder.«

»Ich hoffe doch«, sagte er. »Aber ehrlich gesagt, Cassie, bin ich mir da langsam nicht mehr so sicher. Ich habe diese Woche schon auf drei Bewerbungen eine Absage kassiert. Man hat mich nicht mal zu einem Gespräch eingeladen. Sobald sie sehen, dass man im Gefängnis war, wollen sie nichts von einem wissen, und dass ich die Jahre davor nicht allzu viel Berufserfahrung vorzuweisen habe, hilft auch nicht gerade. Offenbar wird es einem nicht besonders hoch angerechnet, sein Kind aufzuziehen, jedenfalls nicht als Mann.«

»Das ist schlimm«, sagte sie. »Dabei hast du nichts getan. Schließlich hat Mum dich …«

Er legte ihr die Hand auf den Arm. »Schon gut, du musst das nicht sagen.«

Sie sagte es trotzdem. »Du ahnst nicht, wie es ist, mit ihr zusammenzuleben. Seit sie Controllerin geworden ist, scheint sie Männer wirklich zu hassen.«

»Ich glaube, das hat sie schon immer«, sagte er. »Sie hat es nur nicht gezeigt.«

»Neulich hat sie mich mal zur Arbeit mitgenommen.«

»Tatsächlich? Und? Wie war's?«

»Nicht so besonders«, sagte sie. »Ich war gerade mal bis zur Mittagspause da, dann hat sie mich nach Hause geschickt. Toller Praktikumstag! Und während ich da war, hat sie einen Mann getasert, nur weil der sich über die zu enge Fußfessel beschwert hat.«

»Aggressionsbewältigung ist wohl immer noch nicht ihre Stärke. Klingt, als ob du ziemlich unglücklich wärst.«

Endlich jemand, der sie verstand!

»Sie hört einfach nicht zu«, sagte sie. »Behandelt mich einfach wie eine Fünfjährige. Trifft Entscheidungen und erwartet von mir, dass ich mich füge, ob es mir passt oder nicht. Ich hab ihr von vornherein gesagt, dass ich meinen Praktikumstag nicht bei ihr verbringen will, aber sie wusste es natürlich besser, Ende der Diskussion. Aber ich bin kein Kind mehr. Ich bin achtzehn. Keine Ahnung, wieso sie das nicht akzeptiert.«

»Weil sie egoistisch ist«, sagte er. »Es muss immer nach ihr gehen. Als du klein warst, habe ich versucht, das von dir fernzuhalten. Ich habe Ausreden für ihr Verhalten erfunden. Ich wollte nicht, dass du es mitbekommst. Ist mir wohl nicht ganz gelungen.« Er seufzte. »Ich hätte sie schon vor Jahren verlassen sollen, aber du warst noch so klein, und ich wollte unsere Familie nicht zerstören. Jedes Mal, wenn ich etwas unternehmen wollte, hat sie es mir ausgeredet.«

»Du und Mum, ihr hättet euch fast getrennt?«

Sie konnte es kaum glauben. Dass die Dinge zwischen ihren Eltern schlecht standen, hatte sie immer gewusst, aber so schlecht?

»Mehr als einmal«, sagte er. »Ich war so dumm und bin immer geblieben, weil ich dachte, dass es irgendwann besser wird. Außerdem hatte ich Angst, dass sie dich mir wegnimmt.«

»Das hätte ich nie zugelassen!«, sagte sie hitzig.

Nun ergaben die Erinnerungsfetzen von morgens mehr Sinn. Es war tatsächlich nicht Wut gewesen, die sie in der imaginierten dröhnenden Stimme ihres Vaters gehört hatte. Es war Verletzung gewesen und nach dem, was er ihr gerade erzählt hatte, auch Angst.

Greg lächelte. Seine früher strahlend weißen Zähne waren nicht mehr ganz so weiß.

»Du bist ein gutes Mädchen, Cassie«, sagte er. »Hätte ich dich doch bloß besser beschützen können. Ich wäre nie auf die Idee gekommen, dass sie mal die Hand gegen dich erhebt.«

Derart ermutigt, rückte sie mit immer mehr Einzelheiten über ihr neues Leben heraus, das sie bei Sarah fristete. Er machte es ihr leicht, weil er sich für all das interessierte, und sie sonnte sich in seiner ungeteilten Aufmerksamkeit. Das hatte ihr so gefehlt. Sicher, sie hatte sich bei Billy über ihre Mutter beklagt, aber das war nicht dasselbe.

Greg fing an, ihr Fragen zu stellen, nicht nur über das Frauenhaus, sondern auch über Sarahs Beruf, ihren Tagesablauf und darüber, was sie in ihrer Freizeit so tat, wo sie einkaufte, was für einen Wagen sie fuhr, und sie überhörte die kleine Alarmglocke, die dabei irgendwo in ihrem Unterbewusstsein schrillte, denn da waren sie beide, Cass und ihr Dad, gegen den Rest der Welt, genau so wie vor seiner Zeit im Gefängnis, und der Rest der Welt war ihre Mutter.

Der Drang, ihm alles zu erzählen, war so übermächtig, dass ihr fast die Puste ausging. Je mehr Einzelheiten sie ihm preisgab, desto glücklicher wirkte er. Er hatte dabei so ein Funkeln in den Augen, und während sie sprach, fiel ihr immer mehr ein, was sie an ihrer Mutter hasste und was ihr erst jetzt zu Bewusstsein kam, wie zum Beispiel ihre neue Frisur und ihre klobigen Schuhe.

»Ihr Job ist so was von dämlich«, hörte sie sich sagen. »Die sitzen alle da und tragen die Nase so hoch, als ob sie was Besseres wären, und kommandieren die Männer rum, die zu ihnen kommen. Einmal hat sie mir erzählt, dass sie eine Strichliste über die Männer führen, die sich so provozieren lassen, dass sie ausflippen und sie die Polizei holen können. Das finden sie offenbar komisch.«

Diesen Teil hatte sie sich zwar gerade erst ausgedacht, aber er klang so gut, dass sie es sich für einen Moment fast selber glaubte.

»Wie entsetzlich«, sagte ihr Vater nur. »Aber nach den Geschichten, die ich im Gefängnis von anderen Insassen gehört habe, wundert mich nichts mehr.«

»Oje«, sagte sie. »Ehrlich?«

Sie schwieg in der Hoffnung, mehr darüber zu erfahren, wurde aber enttäuscht. Er trank seinen letzten Schluck Tee aus. Sie beugte sich vor und setzte alles daran, sein Interesse aufrechtzuerhalten. Schon eine Ewigkeit hatte ihr niemand mehr so lange zugehört.

»Aber die halten sich für cleverer, als sie sind.«

»Natürlich«, sagte Greg. »Das gilt für alle Tyrannen.«

Sie standen auf. *Das hier ist dein Dad,* sagte sie sich. *Du bist es ihm schuldig.* Kaum waren sie draußen, legte sie ihm die Hand auf den Arm.

»Soll ich dir verraten, wie dämlich die sind? Als ich da war, hab ich einen Fußfesselstick mitgehen lassen.«

Er blieb wie angewurzelt stehen. »Was?«

»An meinem Praktikumstag. Ich habe einen mitgehen lassen.« Ihr lief die Spucke im Mund zusammen. Sie schluckte. »Und er funktioniert.«

»Heilige Scheiße, Cass«, murmelte er.

Bevor sie etwas erwidern konnte, packte er sie am Arm und zog sie vom Imbissladen weg.

»Lass mich los! Du tust mir weh!«

Aber er ließ sie nicht los, sondern zerrte sie an der Bushaltestelle vorbei in einen ausgestorbenen Straßenabschnitt mit aufgebrochenem Asphalt. An einem verlassenen Burgerstand, wo offenbar schon lange keine Fritten mehr verkauft wurden, ließ er sie endlich los. Sie trat verwirrt einen Schritt zurück, während sie sich den Arm massierte, und starrte ihn ängstlich an.

Greg fing an, hin und her zu laufen, vier Schritte hin, vier Schritte zurück, bis er schließlich herumwirbelte und sich dicht vor ihr aufbaute.

»Hast du sonst noch irgendwem davon erzählt?«

»Nein«, log sie und merkte, wie ihr die Unterlippe bebte.

»Gut«, sagte er. »Dann kann ich dir nur dringendst raten, es auch dabei zu belassen.«

»Ich bin nicht blöd, Dad.« Nach allem, was sie ihm erzählt hatte, fasste sie es nicht, dass er so reagierte. »Ich dachte, du freust dich.«

»Was sollte mich wohl daran freuen? Hast du auch nur die leiseste Ahnung, was mir passieren könnte, wenn jemand rauskriegt, dass du den hast? Die buchten mich auf der Stelle wieder ein. Und diesmal nicht für drei Monate, sondern wahrscheinlich für fünf Jahre.«

»Wieso sollten sie dich dafür bestrafen? Du hast doch nichts damit zu tun!«

»So läuft der Laden eben. Hat man ein einziges Mal die Ausgangssperre übertreten, suchen sie nur nach einem Vorwand, einem erneut Ärger zu machen. Deshalb landen so viele Männer wieder im Knast.«

»Du kommst nicht noch mal ins Gefängnis«, erwiderte sie. »Wie gesagt, es weiß ja keiner, dass ich den Stick hab.«

»Mag sein«, sagte ihr Vater. »Aber wehe, wenn. Ich gehe da nämlich nicht zurück, für nichts und niemand.« Er funkelte sie an. »Nicht mal für dich.«

Er stürmte davon und ließ sie, in Tränen aufgelöst, zurück. Mit dem Jackenärmel wischte sie sich übers Gesicht. Seine Wut hatte ihr Angst gemacht. In ihr stieg der Erinnerungsfetzen von heute Morgen wieder hoch und noch eine andere Erinnerung, an einen Vormittag im Jahr davor, wo es zwischen ihren Eltern auch einen Streit gegeben hatte, über eine Kreditkartenrechnung oder so. Sie entsann sich, wie Greg gesagt hatte, sie habe neue Schuhe für die Schule gebraucht, also habe er ihr welche gekauft und, ja, sie seien teuer gewesen, aber habe er denn nicht das Recht, seiner Tochter eine Freude zu machen? Die neuen Schuhe blieben jedoch aus. Sie wartete gespannt darauf, wurde jedoch enttäuscht. Als sie ihren Dad schließlich danach fragte, hatte er ihr erklärt, ihre Mutter habe darauf bestanden, sie zurückzugeben. Er hatte ihr außerdem klargemacht, es sei nicht seine Absicht gewesen, die Beherrschung zu verlieren, und sich dafür entschuldigt, dass sie es habe mit anhören müssen, aber Sarah sei eben manchmal so stur.

Sie hatte sich damit getröstet, dass er ihr gegenüber nie so wütend werden würde. Jetzt, wo es zum ersten Mal doch dazu gekommen war, wusste sie nicht, wie sie damit umgehen sollte. Er war ihr Dad, und sie ertrug es nicht, ihn enttäuscht zu haben.

Kapitel 29

Sarah

Sarah hatte eigentlich nur auf ein Stündchen an die frische Luft gewollt – ein bisschen durchatmen, ein wenig Abstand von der Wohnung und von Cass. Was war nur mit ihr los? Wann war sie so geworden? Seit wann hatte sie sich so wenig im Griff, dass ihr gegen die eigene Tochter die Hand ausrutschte?

Das Klatschen der Ohrfeige hallte ihr durch den Kopf. Sie war von sich angewidert.

Noch nie hatte sie Cass geschlagen, nie. Es widersprach allem, woran sie als Mutter glaubte. Und sie hatte diese Grenze bis zu diesem Tag kein einziges Mal überschritten, egal wie sehr Cass sie herausforderte und ihre Geduld auf die Probe stellte.

Doch am Ende hatte Cass sie an ihrem wunden Punkt getroffen.

Ihr wunder Punkt war Greg.

Auf dem Supermarktparkplatz tat sie in ihrem Wagen etwas, was sie schon sehr lange nicht mehr getan hatte. Sie weinte. Die heißen Tränen liefen ihr die Wangen hinunter und sickerten beim Wegwischen durch die Finger. Sie öffnete das Handschuhfach und suchte nach Taschentüchern. Weil sie keine fand, nahm sie schließlich einen Zipfel ihres T-Shirts. Der heftige Heulkrampf war schnell vorbei, aber hinterher fühlte sie sich so ausgelaugt wie nach einem Gewaltmarsch. Sie lehnte sich an die Kopfstütze und sah erschöpft und teilnahmslos den anderen Leuten dabei zu, wie sie seelenruhig ihren Besorgungen nachgingen. Sie wirkten alle so gelassen und unbeschwert.

Sie hatte sich immer für einen anständigen Menschen gehalten. Diese Überzeugung hatte nun einen schweren Knacks bekommen. Sie wünschte sich, ihr Leben wäre wieder so wie noch vor einem Monat. Natürlich hatte sie gewusst, dass Gregs Entlassung bevorstand. Sie hatte sich gewünscht, dass er dann weit genug weg wäre, ihnen keine Probleme mehr zu machen. Sie wollte nur durch die Stadt schlendern können, ohne die geringste Gefahr, ihm über den Weg zu laufen. Sie wollte abends in ihrem Bett einschlafen und keinen einzigen Gedanken an ihn verschwenden müssen. Er gehörte der Vergangenheit an, Schluss, aus. Doch stattdessen war er wieder in ihrer beider Leben getreten und machte alles kaputt, indem er einfach nur da war.

Wie viel leichter es die Dinge für sie machen würde, wenn er wieder hinter Gittern wäre, aber das lag nicht in ihrer Macht. Sie würde ihn nicht noch einmal rausschmeißen können. Sie hatte das Gefühl, all die Mühe, die sie sich

gegeben hatte, um sich und Cass ein neues Leben aufzu-
bauen, sei vergeblich gewesen.

Im Wagen wurde es plötzlich eng, sie bekam kaum noch
Luft. Sie stieg aus und lief lange ziellos durch die Stadt, be-
fühlte Kleider, ohne sich dafür zu interessieren, und ging
die Regale von Buchläden durch, während sie mit den Gedanken woanders war.

Als Greg auf den Rücksitz jenes Streifenwagens verfrachtet worden war und, wie sie hoffte, für immer aus
ihrem Leben verschwand, hatte es sich wie ein Neuanfang
angefühlt. An jenem Abend war sie ins Bett gegangen und
hatte eine Energie gefühlt wie seit Jahren nicht mehr. Fast
die ganze Nacht über hatte sie wach gelegen und die Ereignisse zerpflückt, die zu diesem Punkt geführt hatten.
Szene für Szene hatte sie im Kopf Revue passieren lassen
und sich gefragt, wie sie hatte so blind sein können. Dieser Videoanruf, bei dem sie ihn ertappt hatte. Der Wutausbruch danach. Die dämmernde Erkenntnis, dass nicht sie,
sondern er das Problem war.

Nach ihrem Umzug ins Frauenhaus hatten ihr die
spätabendlichen Gespräche mit den älteren, erfahrene-
ren Frauen dabei geholfen, seine Lügen zu durchschauen.
Und Greg *hatte* gelogen. Schlimmer noch, sie hatte ihm
geglaubt, selbst dann noch, wenn ihr Bauchgefühl ihr etwas anderes sagte. Sie hatte ihm glauben wollen, weil es die
einfachere Lösung war, weil sie so beschäftigt und so müde
war. Sie stellte das Buch zurück, in dem sie geblättert hatte,
und verließ den Laden, um nach Hause zu fahren und sich
bei den anderen Frauen im Haus ein wenig Trost zu holen.

Und da sah sie ihn.

Ihr ganzer Körper reagierte heftig. Ein Zittern von Kopf bis Fuß. Ihr Körper war schneller als ihr Verstand. Aber irgendwie war das egal. Plötzlich keine fünfzig Meter von dem Mann entfernt zu sein, mit dem sie fast achtzehn Jahre lang verheiratet gewesen war, löste etwas in ihr aus, einen instinktiven physischen Impuls, so schlagartig und unwillkürlich wie beim Anblick einer Schlange.

Sie erstarrte zu Eis, aber das Ganze dauerte nur einen Moment. Und als es vorbei war, lief sie nicht etwa vor Greg davon, sondern marschierte auf ihn zu. Er war der Grund für all den Kummer. Seinetwegen redete Cass nicht mit ihr, seinetwegen hatte sie selbst sich in diesen wütenden, verdrehten, schreienden Drachen verwandelt, eine Frau mit wenig Geduld und noch weniger Vertrauen, was Männer betraf, mit so viel aufgestauter Wut, dass sie ihre Tochter geschlagen hatte, die im Grunde nichts weiter verbrochen hatte, als sein eigen Fleisch und Blut zu sein.

Sie sah nur ihn, und sie sah rot.

»Was hast du hier zu suchen?«, schrie sie ihm hinterher.

Er drehte sich um und starrte sie an.

»Sarah?«, sagte er mit gedämpfter Stimme.

Seine Schultern schienen einzusacken, und sein Gesicht verfinsterte sich.

»Das ist alles deine Schuld!«, rief sie. »Alles! Wieso konntest du nicht im Gefängnis bleiben? Alles war in bester Ordnung, solange du hinter Gittern warst. Alles ist besser geworden. Jetzt bist du wieder da und machst alles kaputt. Eigentlich hättest du gar nicht hierher zurückkommen dürfen. Hatte ich dir ja gesagt. Bist du aber trotzdem.«

In einem Sturzbach brachen die Ereignisse der letzten Tage über sie herein, und plötzlich ergaben sie ein neues, äußerst verworrenes Muster; dabei kam ihr ein Gedanke, von dem ihr der Atem stockte. Einmal da, hielt er sich und wollte nicht mehr weichen. Greg war auf einmal erschienen, als sie Cass zum Mittagessen ausgeführt hatte. Und auch jetzt, in diesem nicht weniger unpassenden Moment, stellte er sich ihr in den Weg.

»Verfolgst du mich?«, schrie sie ihn an.

»Um Himmels willen, nicht so laut!«, zischte Greg.

»Wieso? Hast du Angst, jemand könnte uns hören?«

»Du bist ja total verrückt.« Bei dem hellen Tageslicht stachen Gregs Geheimratsecken hervor und eine neue tiefe Furche an der Nasenwurzel. »Also wirklich, Sarah. Mit dir stimmt was nicht. Du hast sie nicht mehr alle. Ich bin gerade aus dem Gefängnis. Glaubst du da wirklich, ich würde es riskieren, dass sie mich wieder einbuchten, und dir quer durchs Stadtzentrum nachspionieren?«

War sie sich gerade eben noch ihrer Sache absolut sicher gewesen, so säten seine Worte nun Zweifel. Sie sah sich um. Die Leute starrten herüber. Erst als sie Blut schmeckte, merkte sie, wie sehr sie sich auf die Unterlippe gebissen hatte.

»Und was machst du dann hier?«

»Ich versuche, mein Leben wieder in geordnete Bahnen zu lenken«, sagte er. »Das heißt, was davon noch übrig ist. Dank dir ja nicht allzu viel. Such dir professionelle Hilfe, Sarah. Die hättest du bitter nötig.«

Er kehrte ihr wieder den Rücken zu und lief weiter. Dabei schüttelte er den Kopf und murmelte irgendetwas vor sich hin, was sie nicht mehr verstand.

Vielleicht hatte er recht. Sie waren geschieden. Er war nicht länger ihr Problem, selbst wenn er in derselben Stadt wohnte wie sie. Vielleicht sollte sie lernen loszulassen. Sie sehnte sich danach, sah sich aber außerstande zu vergessen. Sie war immer noch so wütend, so beschämt. Sie wollte ihm heimzahlen, was er ihr angetan hatte. Er sollte die Zweifel und die Ungewissheit, die sie monatelang durchlitten hatte, bevor sie schließlich die Wahrheit entdeckte, am eigenen Leib erfahren.

Vielleicht wurde sie ja tatsächlich verrückt.

Aber in dem Fall hätte er sie so weit gebracht.

Kapitel 30

Cass

Am Sonntagabend meldete sich Bertie wieder. Cass blieb weit bis nach Mitternacht auf, um seine Mitteilungen immer wieder zu lesen und sich wie besessen sein iDate-Profil anzusehen. Sie konnte keinen anderen Gedanken fassen, nicht an die Schule, nicht an ihre Mutter oder sonst irgendetwas. Selbst Greg wurde verdrängt. Nicht dass ihr Vater ihr nicht mehr wichtig wäre oder sie ihm nicht mehr helfen wollte. Er war einfach nur in den Hintergrund getreten, ausgeblendet von der Strahlkraft eines attraktiven jungen Mannes.

In den frühen Morgenstunden allerdings stolperte sie über einen Teil von Berties Profil, der ihr bis dahin nicht aufgefallen war, und entdeckte darin etwas, was unmöglich wahr sein konnte. Es hieß dort, er verfüge über eine gültige Lebensgemeinschaftsbewilligung. Sie stellte ihn augenblicklich zur Rede, woraufhin er zugab, eine Freundin zu haben. Diese Enthüllung traf sie wie ein Schlag in die Magengrube. Ungläubig starrte sie auf ihr Display.

Es ist kompliziert, erklärte er. *Unsere Beziehung ist zu Ende. Schon eine Ewigkeit. Ist für mich im Moment nur schwierig, weil wir noch zusammenwohnen.*

Sie antwortete nicht darauf. Seine Erklärung zog bei ihr nicht.

Er füllte seinerseits die Lücke. *Bitte sei nicht sauer.*

War sie aber.

Er ließ nicht locker. *Sie versteht mich einfach nicht. Jedenfalls nicht so wie du. Ich hab das Gefühl, dass ich dir alles sagen kann.*

Cass wurde schwach. *Kannst du auch.*

Nein. Ich will dich damit nicht nerven. Meine Probleme muss ich selber lösen.

Brauchst du nicht. Freunde können sich alles erzählen.

Echt, du bist unglaublich.

Sie rutschte tiefer unter ihre Decke. Seine nächste Mitteilung kam, als sie noch dabei war, ihre Antwort einzugeben.

Sollen wir uns treffen?

Ist wohl keine so gute Idee, antwortete sie.

Ich weiß, aber ich würde dich wirklich gern sehen.

So ging es noch eine Stunde lang hin und her, bis sie sich dazu überreden ließ, mit ihm ein Date auszumachen. Als sie einschlief, hatte sie noch das Slate in der Hand, und die restlichen frühen Morgenstunden bescherten ihr lebhafte, wilde Träume, in denen sie und Bertie vor einer namen- und gesichtslosen Frau davonliefen.

283

Als sie aufwachte, fühlte sie sich vor Aufregung wie berauscht.

Sie ging in die Küche, um sich einen Kaffee zu machen. Ihre Mutter war schon dort. Sie trug wieder diese schwarze Hose und die graue Bluse, ein Outfit, das sie hasste.

»Wir frühstücken unten«, sagte Sarah. »Und das ist nicht verhandelbar. Bitte zieh dich an. Ich will nicht zu spät kommen.«

Also keine Entschuldigung. Nicht dass sie wirklich damit gerechnet hätte. Sie war drauf und dran, einen Streit anzufangen, doch nach der langen Nacht hatte sie Hunger. Außerdem, auch wenn sie sich das nicht ganz eingestand, hatte sie so etwas wie Angst. Sie wollte nicht, dass Sarah wieder die Beherrschung verlor, schon gar nicht jetzt. Sie konnte Bertie ja wohl schlecht mit einem Handabdruck an der Wange gegenübertreten. Sie verbrachte fünf Minuten unter der Dusche und ging anschließend ihre Kleider durch, suchte Klamotten heraus, die sie an einem normalen Schultag trug, und steckte sich ein zweites Top, einen Lippenstift und etwas Schmuck in die Tasche, bevor sie wie befohlen nach unten ging. Im gemeinsamen Speisezimmer setzte sie sich brav neben Sarah an den Tisch und schlang ein Marmeladen-Croissant hinunter. Anschließend brachte sie ihren Teller zur Durchreiche und ließ sich dort dämlicherweise den Abwasch aufs Auge drücken. Fünfundzwanzig Minuten lang tauchte sie ihre Hände ins Spülwasser und bürstete die angetrockneten Essensreste anderer Leute von den Tellern. Igitt.

Sarah hatte ebenfalls Küchendienst; sie trocknete die Töpfe ab und stellte sie weg. Sie sprachen kein Wort miteinander. Hinterher gingen sie wieder hoch. Sarah schloss die Tür hinter ihnen und drehte sich zu ihr um. Ihr war klar, dass das bisherige Schweigen nur eine Schonfrist gewesen war. Sie bekam einen trockenen Mund.

»Cass, setz dich.«

»Ich muss den Bus kriegen, wenn ich nicht zu spät kommen will.«

»Es dauert nicht lange.«

Tat es doch. Sarah erging sich endlos über Greg und über ihren Job und darüber, dass sie nicht beabsichtigt habe, die Beherrschung zu verlieren, wie sehr sie Cass liebe und hoffe, dass sie das nicht bezweifle. Sie stand in ihrer schwarzen Hose und diesem schlabberigen grauen Shirt vor ihr, die Füße in diesen fluffigen Hausschuhen vergraben, die an nasse Welpen erinnerten. Ihre Beine waren noch dünn, aber um die Taille herum war sie bereits fülliger geworden, und das Shirt machte es nicht besser.

Sarah streckte die Arme aus. »Zur Versöhnung einmal in die Arme nehmen?«

An jedem anderen Tag, unter anderen Umständen, ohne diesen Druck im Nacken, so schnell wie möglich aus der Wohnung zu kommen, hätte sie abgelehnt. Aber sie durfte kein Risiko eingehen. Und so ließ sie die Umarmung über sich ergehen. Als sich ihre Brüste berührten und sich Sarahs knöchernes Kinn in ihre Schulter grub und ihr der unangenehme Kaffeegeruch in die Nase stieg, hob sich ihr der Magen. Sarah klopfte ihr auf den Rücken, trat dann zurück und strich ihr das Haar aus dem Gesicht.

»Ich dachte mir, wir könnten uns nachher vielleicht was zu essen kommen lassen und einen Film anschauen, uns einen gemütlichen Abend machen.«

»Okay.«

Sarah verzog das Gesicht zu einem offensichtlich falschen Lächeln. »Super. Dann bis später.«

Weil Sarah offenbar nicht merkte, dass sie Cass immer noch festhielt, gab es einen peinlichen Moment, und ihr blieb nichts anderes übrig, als ihre Mutter wegzuschieben. Bevor die noch etwas sagen konnte, schnappte sie sich ihren Schlüsselbund und sah zu, dass sie rauskam.

Mann, war das alles beschissen. Wieso klammerte ihre Mutter derart und benahm sich so peinlich? Bildete sie sich wirklich ein, ein Frühstück machte wieder gut, was sie angerichtet hatte? Falls sie das wirklich glaubte, lag sie ganz schön daneben.

Sie war so in ihre Gedanken vertieft, dass sie nicht bemerkte, wie sie geradewegs die Bushaltestelle ansteuerte und den Bus nahm, der ins Zentrum fuhr, anstatt um die Ecke zu gehen und so zu tun, als führe sie zur Schule.

Unterwegs sah sie fünf Minuten lang immer wieder nervös auf ihr Slate. Weil eine Nachricht von Sarah ausblieb, kam sie zu dem Schluss, dass ihre Mutter es nicht mitbekommen hatte. Sie schaltete ihr Slate auf Spiegelmodus und trug Lippenstift auf, doch bei dem Geruckel im Bus war es unmöglich, saubere Ränder hinzubekommen. Sie wischte ihn mit einem Taschentuch wieder ab und beschloss zu warten, bis sie in der Stadt war. In einer Toilette im Shoppingcenter zog sie sich um und trug ihr Make-up auf, begab sich von dort in die Parfümabteilung und besprühte sich mit Chanel N° 5. Danach rief sie in der Schule an, verstellte sich als ihre Mutter und gab Bescheid, sie sei krank und könne nicht kommen. Sie wusste auch nicht, wieso ihr das nicht schon an den anderen Tagen eingefallen war. Auf diese Weise hätte sie sich eine Menge Ärger erspart.

Bertie hatte vorgeschlagen, sich um zehn vor der Bibliothek zu treffen. Während sie auf ihn wartete, spielte sie mit ihrem Slate. Sie überlegte, ob sie ihrem Dad eine Nachricht schicken und ihm von dem Gespräch mit Sarah schreiben sollte. Sie entschied sich dagegen.

Etwas in dem, was Sarah an diesem Morgen gesagt hatte, hatte nach aufrichtiger Reue geklungen, während umgekehrt Gregs wütende Reaktion auf ihr Geständnis, den Fußfesselstick an sich genommen zu haben, sie tief verunsichert hatte. Sie wechselte zu iDate und las sich zum hundertsten Mal Berties Profil durch.

Wenn die anderen Mädchen an der Schule sie jetzt sehen könnten! Andererseits lieber nicht, diese eingebildeten Zicken. Das hier gehörte ihr, ihr ganz allein. Als genau in diesem Moment Bertie um die Ecke kam, löste sich der Gedanke in nichts auf, und ihr wurden die Knie weich. Wie von einer unsichtbaren magnetischen Kraft gelenkt, richtete sich sein Blick auf sie. Schon von Weitem begrüßte er sie, indem er das Kinn ein wenig hob. Ihr wurde ganz anders.

»Hi«, sagte sie.

»Hallo, du da.«

Sie gingen zusammen den Kanal entlang – nicht so hübsch wie der Park, aber in der frischen Herbstluft trotzdem schön. Hoffentlich merkte er nicht, wie ihr Blick an seinen breiten Schultern hing und an seinen langen Beinen. Sie liebte es, wie sich sein Haar leicht über den Kragen kringelte und wie er sich immer wieder ihr zuwandte, als wollte er sich vergewissern, dass sie noch neben ihm war.

Eigentlich hatte sie sich cool geben wollen, als eine, die nicht so leicht zu haben war, dazu hatten jedenfalls die Zeitschriften geraten, doch als er nun an ihrer Seite ging, stellte sie fest, dass sich ihr Gesicht zu einem idiotischen Lächeln verzog, das nicht mehr weichen wollte. Außerdem hatte es ihr scheinbar die Sprache verschlagen. Was aber nicht weiter auffiel, da Bertie genug für zwei redete.

»Ich war mir nicht sicher, ob du tatsächlich kommst«, sagte er gerade.

»Wieso nicht?«

Er zuckte die Achseln. Er war einfach umwerfend.

»Weil immer dann, wenn ich denke, mein Leben wird allmählich besser, etwas Unvorhergesehenes passiert und mir klarmacht, dass ich falschlag.«

Er glaubte demnach, sie würde sein Leben besser machen. O mein Gott! O mein Gott!

»Tja, da wäre ich also«, sagte sie lachend.

Es war ihr einfach so herausgerutscht, und als sie merkte, wie unreif das klingen musste, wurde sie rot. Er war gerade dabei, ihr etwas Wichtiges zu sagen, und ihr fiel nichts Besseres ein?

»Wie geht's dir denn? Gestern Nacht hast du ganz schön deprimiert geklungen. Ich hab mir echt Sorgen gemacht.«

Er seufzte. »Ja, stimmt, aber geht schon. Es ist nur manchmal ... ein einziger Schlamassel, verstehst du?«

»Klar doch«, sagte sie, obwohl sie keine Ahnung hatte, was er meinte.

»Himmel, wie bin ich bloß da reingeraten? Letzte Nacht ist sie nicht mal nach Hause gekommen. Wer weiß, wo sie gesteckt hat.«

»Du meinst, sie betrügt dich?«

»Ich ... keine Ahnung. Schon möglich.«

Ihr war völlig schleierhaft, wie jemand Bertie betrügen könnte. »Die muss verrückt sein.«

»Du willst nur nett sein«, sagte er.

Im Ernst? Wusste er nicht, was für ein heißer Typ er war? Seine Freundin musste ihn übel reingelegt haben. Für sie stand jedenfalls fest, dass sie eine schreckliche, kontrollsüchtige, manipulierende Zicke war. Offenbar hatte sie sein Selbstbewusstsein ruiniert.

Sie redeten eine Stunde lang, wobei sie sich zentimeterweise näher kamen und immer leiser sprachen, bis sie in ein vertrauliches Flüstern übergingen. Bertie faszinierte sie. Sie war sich seiner Nähe sehr bewusst. Als sein Slate klingelte, er die Mitteilung überprüfte und sagte, er müsse nun los, war ihre Enttäuschung entsprechend groß.

»Jetzt schon, echt?«

289

»Ja«, sagte er. »Tut mir leid.«

Er machte kehrt und ließ sie einfach stehen. Sie kam sich wie eine Idiotin vor und musste rennen, um ihn einzuholen.

»Bertie!«, rief sie. »Bertie, warte!«

Er wandte erst den Kopf, und als er sie sah, drehte er sich ganz herum, sodass er langsam rückwärts weiterlief. »Was ist?«

»Nichts, ich dachte nur …« Sie musste erst einmal Luft holen. »Musst du wirklich schon gehen?«

»Ich hab einem Kumpel was versprochen.«

»Ach so.«

Sie überlegte krampfhaft, was sie tun könnte, um ihn aufzuhalten. Sie hoffte, dass er noch etwas sagte, doch den Gefallen tat er ihr nicht.

»Dann schreib ich dir später«, brachte sie nur heraus.

»Du bist so süß«, sagte er, blieb stehen und brach in jenes Lächeln aus, das einen dahinschmelzen ließ.

»Echt? Wieso?«

»Nur so.«

»Geht's auch genauer?«

Er zuckte wieder die Achseln. »Bist du einfach.«

Sie ging einen Schritt näher, dann noch einen. »Machst du dich über mich lustig?«, fragte sie ihn und stupste ihn spielerisch. Er stand wie eine Eins.

»Ganz und gar nicht«, sagte er.

Sie war ihm jetzt sehr nahe und ertappte sich dabei, auf seinen Mund zu starren. Unwillkürlich stellte sie fest, dass sie ihn küssen wollte. Dabei hatte sie noch nie jemanden geküsst, jedenfalls nicht so, und wusste nicht recht, wie sie es anstellen sollte.

»Gut«, sagte sie, setzte ein finsteres Gesicht auf und stemmte eine Hand in die Hüfte, um ihre Unsicherheit zu verbergen.

»Bis dann, Cass«, sagte er und drehte sich, immer noch lachend, wieder um.

Ihr Verlangen wurde so übermächtig, dass sie ihm abermals hinterherjagte. Sie erwischte ihn am Ärmel und zog daran. Als er anhielt, trat sie an ihn heran, stellte sich auf die Zehenspitzen und beugte sich vor, bis sie seine Lippen berührte. Hinterher brannte ihr vor wohliger Erregung das ganze Gesicht.

»Man sieht sich, Bertie«, sagte sie leise.

Sie wandte sich ab und lief so zügig, wie sie konnte, in die andere Richtung. Den Mund hatte sie dabei zu einem breiten Grinsen verzogen.

Danach wusste sie nicht, wo und wie sie die übrige Zeit herumbringen sollte. Ins Frauenhaus wollte sie nicht zurück, um sich nicht von Mrs O'Brien erwischen zu lassen, die sie bei Sarah nur verpetzen würde, sie sei schon wieder früher heimgekommen. Ihr blieb praktisch keine andere Wahl, als doch noch zur Schule zu fahren. Sie erklärte der Sekretärin, sie habe sich auf einmal besser gefühlt, und schwebte in die Klasse, als wäre nichts gewesen. Dummerweise stand an diesem Nachmittag prompt das Ekelfach Sperrstunde an, aber selbst damit käme sie wohl klar.

Nach gerade einmal zehn Minuten schickte ihr Bertie eine Nachricht.

Kapitel 31

Helen

Helen kamen Zweifel an ihrem Geisteszustand. Sie war sich mit allem so sicher gewesen, mit Tom und ihrer beider Zukunft, mit ihrer Mutterschaft. Selbst in Bezug auf die Abtreibung. Sie hatte gedacht, es wäre nicht weiter schlimm, ein bisschen Bauchschmerzen und erledigt. Sie hatte sich getäuscht. Das wusste sie jetzt. Darauf, wie es wirklich war, hatte nichts, was sie gelesen hatte, sie vorbereitet.

Nachdem sie aus Mabels Haus geflüchtet war, hatte sie sich ins Auto gesetzt und war eine Weile ziellos umhergefahren, auch wenn sie in ihrem Zustand nicht hinters Lenkrad gehörte. Kurz nach Mitternacht kam sie nach Hause und legte sich zum Schlafen auf die Couch. Die Tür zum Schlafzimmer war geschlossen, aber seine Schuhe standen im Flur, sein Pullover hatte auf der Couch gelegen, die Küche war nicht aufgeräumt. Er war da.

Dass sie am Montagmorgen etwas schlapp und langsam war, dass sie sich in der großen Pause im Klassenzimmer einschloss und vorgab, mit Korrekturen im Rückstand zu sein, nur um mit niemandem reden zu müssen, war nicht allzu auffallend. Physisch ging es ihr gut. Niemand würde erfahren, was sie getan hatte, es sei denn von ihr persönlich.

Sie wurde allerdings die Angst nicht los, etwas zu tun oder zu sagen, womit sie sich verriet oder was auch nur zu Spekulationen darüber führen könnte, sie gehöre zu den vielen Tausend Frauen, die heimlich eine Schwangerschaft abgebrochen hatten, weil der Test ihnen gesagt hatte, dass es ein Junge war.

Das Thema wurde mehrmals jährlich im Parlament diskutiert, und bei einer Nachrichtenflaute griff die Presse es in verlässlicher Regelmäßigkeit auf, woran sich jedoch niemand ernstlich zu stören schien.

Die Schulglocke signalisierte das Ende der großen Pause. Äußerst widerstrebend erhob sie sich von ihrem Pult und schloss die Tür auf. Nach und nach trudelte die Klasse ein. Als sie Billy kommen sah, dachte sie nicht zum ersten Mal, was für ein seltsamer Junge er doch sei. Er hielt sich grundsätzlich im Hintergrund, deshalb hatte Helen immer versucht, ihn ein wenig zu animieren, ihm eine Meinung zu entlocken und ihn einzubeziehen.

Als sie ihn heute in einem abgetragenen T-Shirt und mit ungepflegten, viel zu langen Haaren hereinkommen sah, merkte sie, dass er ihr gänzlich gleichgültig war. Es brachte sowieso nichts. Sie schaltete ihren Laptop ein und öffnete die PowerPoint-Präsentation für die Unterrichtsstunde, als Cass Johnson auf dem Plan erschien.

»Tut mir leid«, sagte Cass, auch wenn es kein bisschen danach klang.

Sie strebte zwischen den anderen Tischen hindurch zu ihrem Platz neben Billy, zog dort ihr Slate heraus und schaltete es ein, ohne Helen eines Blickes zu würdigen. Ihre Widerspenstigkeit schreckte sie sonst nicht weiter, doch als sie das Mädchen in diesem Moment vor sich sah, schlich sich ein neues Gefühl ein – das überwältigende Gefühl, dass auch sie ihr gestohlen bleiben konnte.

In der heutigen Unterrichtsstunde sollte es um die Einführung der Lebensgemeinschaftsbewilligung gehen. Sie hatte wenig Lust auf das Thema und war nicht allzu erpicht darauf, die Gründe für diese Regelung zu erörtern.

»Das Verfahren wurde 2026 eingeführt, und zwar in einer umfassenderen Revision unseres Eherechts, das nicht mehr zeitgemäß erschien«, fing sie an. »Gesetze zum Schutz von Frauen vor häuslicher Gewalt, zu der Zeit ein großes Thema, waren bereits in Kraft, aber vielen Frauen reichten sie nicht, aus heutiger Sicht nur allzu verständlich. Wenn man einen Mann wegen Körperverletzung oder Nötigung vor Gericht bringt, ist der Schaden ja bereits geschehen. Es ging also darum, Maßnahmen zu treffen, damit es gar nicht erst dazu kommt.«

Sie griff zu ihrem Slate und spielte ein Video ab, das die einzelnen Schritte eines Antrags auf einen Lebensgemeinschaftsschein illustrierte. Auf der Leinwand erschien ein attraktives junges Paar, das in einer psychologischen Beratungsstelle mit einer lächelnden Therapeutin sprach. Es wirkte alles hübsch heiter.

Als das Video endete, wandte sich Helen an die Klasse. Sie hatte den Film schon unzählige Male gesehen und davon feuchte Augen bekommen, so sehr hatte sie sich darauf gefreut, eines Tages selbst diese glückliche junge Frau zu sein. Dabei hatte sie nie über diesen bedeutsamen Moment hinausgedacht. Die Zukunft danach blieb vage. Wie hätte sie ahnen sollen, welche Enttäuschungen nach diesem Einschnitt lauerten?

Denn genau so fühlte sie sich jetzt. Ausgelaugt. Enttäuscht. Im Stich gelassen. Vielleicht sollte sie nach der Arbeit Dr. Fearne anrufen und um eine gesonderte Sitzung am Wochenende bitten, auch wenn sie bezweifelte, dass Tom davon begeistert wäre. Sie konnte immer noch allein hingehen. Glaubte sie zumindest. Genau. Das wäre das Beste. Dr. Fearne musste ihr einfach nur bestätigen, ihre Gefühle seien ganz normal und mit der Zeit werde es besser. Es sei eben unvermeidlich, ein wenig schmerzhaft auf dem Boden der Tatsachen aufzutreffen, nachdem man sich mit solchem Engagement etwas aufgebaut habe.

»Was meinen Sie?«, sagte sie in die Klasse. »Glauben Sie, ein Lebensgemeinschaftsschein hätte Susan Lang geholfen?«

»Mit Sicherheit«, meldete sich Amy Hill zu Wort. »Wenn sie gewusst hätte, wie er wirklich ist, hätte sie sich nie auf eine ernsthafte Beziehung mit ihm eingelassen.«

Und dann war Cass an der Reihe. Es gehörte schon Mumm dazu, gegen die Gewissheiten der anderen Mädchen zu argumentieren. Entweder das, oder man war auf Krawall gebürstet. Oder vielleicht beides? Cass tat es jedenfalls. Selbst Helen verschlug es die Sprache, als sie sich in Rage redete.

»Das mit dem Paar-WBS ist eine idiotische Idee«, fing sie an. »Erstens besagt es, dass Frauen zu blöd sind, ihre eigenen Entscheidungen zu treffen – wie kleine Kinder, die für alles eine Erlaubnis brauchen.«

Nie hätte sie zugegeben, dass ihr bei der psychologischen Paarberatung mit Tom genau derselbe Gedanke gekommen war. Als sie ihn jetzt von Cass Johnson ausgesprochen hörte, wurde ihr erst richtig bewusst, wie naiv und kleinlich diese Vorschrift war.

»Außerdem ist das System keineswegs unfehlbar«, fuhr Cass fort. »Auch mit Lebensgemeinschaftsschein gibt es Paare, die sich trennen.«

»Die Beratung heißt ja noch lange nicht, dass ein Paar füreinander ideal ist«, hielt sie dagegen. »So ist das nicht gemeint. Es soll nur den Blick dafür schärfen, bei welchen Paaren ein erhöhtes Risiko für häusliche Gewalt besteht, und diese davor bewahren, überhaupt erst zusammenzuziehen.«

Dieser Zweck war ihr bisher ausreichend erschienen. Jetzt war sie sich nicht mehr so sicher. Bis zu Toms Einzug war das Zusammenleben genauso wie Mutterschaft nicht mehr als eine intellektuelle Denkübung gewesen. Das war vorbei. Nicht dass sie glaubte, Tom und sie könnten sich trennen, da vertraute sie ihm voll und ganz. Sie wünschte sich nur, Dr. Fearne wäre offener zu ihr gewesen und hätte sie besser auf die tatsächlichen Gegebenheiten im Zusammenleben mit einem Mann vorbereitet.

»Ich erkenne immer noch nicht, wie ein Lebensgemeinschaftsschein Susan Lang hätte helfen können«, sagte Cass. »Als sie umgebracht wurde, hatten sie nicht nur nie zusammengelebt, sondern sich sogar schon getrennt.«

»Mit psychologischer Beratung hätte sie die Beziehung vielleicht schon früher beendet. Sie hätte sich vielleicht gar nicht erst so weit auf ihn eingelassen. Normalerweise trennen sich Paare, wenn ihnen der Lebensgemeinschaftsschein verweigert wird. Wenn sie keine Zukunft für sich sehen, leben sich die Leute meistens auseinander. Wäre es bei Susan so gewesen, hätte sie sich früher von ihm lösen können, was vielleicht entscheidend gewesen wäre.«

»Eigentlich hätte sie auch ohne Psychologin merken müssen, dass sie von dem lieber die Finger lässt. Er hatte immerhin bereits eine Anzeige am Hals, weil er schon früher eine Freundin gestalkt hat.«

»Das wusste Susan zu der Zeit nicht.«

»Aber sie ist auch mit ihm zusammengeblieben, nachdem sie das schließlich wusste.«

»Das Ganze ist ein bisschen komplizierter«, sagte Helen. »Er hat nicht lockergelassen und ist ungebeten bei ihr zu Hause oder an ihrem Arbeitsplatz aufgetaucht. Hat gedroht, intime Fotos von ihr online zu stellen. Sie hat alles darangesetzt, sich mit seinem Verhalten zu arrangieren. Manchmal sehen sich Frauen einer Situation gegenüber, in der es ihnen leichter und sicherer erscheint, ja zu sagen, obwohl die ehrliche Antwort nein wäre.«

»Na schön«, sagte Cass gereizt. »Gesetzt den Fall, er war schrecklich. Wieso ist Susan Lang dann nicht zur Polizei gegangen? Seine andere Freundin hat das jedenfalls getan.«

»Die Polizei hat Frauen in solchen Situationen sehr lange ignoriert.« Sie verschränkte die Arme und setzte sich auf die Kante des Lehrerpults. »Man hat ihnen nicht zugehört, sie nicht ernst genommen. Susan war zudem eine Person des öffentlichen Lebens. Sie hatte auch ihr Image und ihren Beruf zu bedenken. Sie hatte Angst, dass die Medien davon Wind bekommen, wenn sie ihn anzeigt, und das ihrer Karriere schaden könnte.«

»Dann dürfen Sie aber auch nicht behaupten, sie hätte absolut nichts dafürgekonnt. Ich verstehe einfach nicht, wieso immer nur die Männer für alles verantwortlich gemacht werden.«

Die übrige Klasse trat in den Hintergrund. Sie sah nur Cass. Sie hatte das Gefühl, dass ihr Wortwechsel mit einem Schlag eine ganz andere Qualität angenommen hatte und etwas zwischen ihnen vor sich ging, was sie nicht ganz verstand. In jedem Wort von Cass lag eine so wütende wie selbstgerechte unterschwellige Botschaft. Das Mädchen lehnte sich auf dem Tisch weit vor, den Körper so angespannt, als würde sie gleich aufspringen. Sie hatte sich die Augen mit schwarzem Lidstrich und Mascara geschminkt, was sie seltsamerweise besonders jung erscheinen ließ.

»Cass, das genügt!«

Glücklicherweise läutete in diesem Moment die Pausenklingel. Cass schnappte sich ihre Tasche und drängte mit solcher Macht zur Tür, dass sie dabei mit ihr kollidierte. Sie stieß rückwärts an das Pult, ihre Tasche fiel herunter, und der Inhalt breitete sich auf dem Boden aus. Die Tür wurde aufgerissen und fiel mit einem Knall hinter Cass zu.

Auch die anderen verließen zügig den Raum. Sie kauerte neben dem Pult, sammelte ihre Sachen ein und stopfte sie in die Tasche, während Füße in abgewetzten Sneakers und Chucks an ihr vorbeieilten. Binnen Minuten war die Schule menschenleer. Es erstaunte sie immer wieder aufs Neue, wie schnell sich Teenager am Ende eines Schultags bewegen konnten. Normalerweise blieb sie noch ungefähr eine Stunde da, um sich auf den nächsten Schultag vorzubereiten, heute aber nicht. Auch wenn sie nicht mehr schwanger war, fühlte sich ihr Körper schwer an, als sie zu ihrem Wagen lief. Sie hatte nur den sehnlichen Wunsch, ein heißes Bad zu nehmen und sich ins Bett zu legen. Ein bescheidener Wunsch, wie sie fand. Morgen sähe die Welt bestimmt schon anders aus.

Doch als sie vor ihrer Haustür stand, konnte sie ihre Schlüssel nicht finden. Sie kramte in der Jacke, der Tasche, im Wagen und nochmals in der Tasche. Nichts. Sie überlegte, ob sie zur Schule zurückfahren sollte, um dort danach zu suchen, doch allein schon der Gedanke trieb ihr die Tränen in die Augen. Sie schlug ein paarmal sacht mit dem Kopf an die Tür und versuchte, sich zusammenzureißen, während sie Tom eine Nachricht schickte. Montags hatte er College, müsste aber schon bald zu Hause sein.

Hab mich ausgesperrt.

Seine Antwort kam sofort: *Soll ich nach Hause kommen?*

Ja, bitte.

Bin in 15 Minuten da. Liebe dich.

Eine Viertelstunde zu warten war kein Drama, auch wenn daraus am Ende vierzig wurden und sie, fröstelnd und hungrig, ziemlich sauer war. Den Tränen nahe, saß sie im Auto, als er zu Fuß in Sichtweite kam. Sie öffnete die Wagentür und stieg aus.

Als sich ihre Blicke trafen, ertappte sie sich dabei, wie sie eine Sekunde lang die Luft anhielt und nicht recht wusste, worauf das hier hinauslief. Sie hatte nicht übel Lust, ihm Vorhaltungen zu machen, weil er so lange gebraucht hatte, wusste jedoch instinktiv, dass das keine so gute Idee wäre.

»Ich finde einfach meine Hausschlüssel nicht«, sagte sie.

»Die habe ich einem Kumpel geliehen, weil er heute Morgen ein paar Sachen vorbeibringen wollte. Habe ich dir aber mit Sicherheit gesagt. Hast du denn keinen Ersatz im Auto?«

»Nein«, sagte sie. Hatte er ihr das wirklich gesagt? Anzunehmen.

»Komm her«, sagte er und breitete die Arme aus. Sie lehnte sich an seine Brust, und er hielt sie umschlungen. »Jetzt bin ich ja da«, sagte er. »Nichts wie rein mit dir.«

Er zog den neuen Schlüsselbund, den sie für ihn hatte anfertigen lassen, aus der Tasche. Mit größter Selbstverständlichkeit schloss er auf, ging vor ihr hinein und warf die Schlüssel auf die Flurkommode hinter der Tür. Der Bund verfehlte die Schale und landete klirrend auf dem

Boden. Sie hob ihn auf und legte ihn geräuschlos an seinen Platz. Auch wenn ihre Finger einen Moment lang auf seinem Haustürschlüssel ruhten, auch wenn ihr der Gedanke kam, ihn vom Ring zu ziehen und in die eigene Tasche zu stecken, so war das nichts weiter als ein Gedanke und hatte nichts zu bedeuten.

Er war da, sie war in der Wohnung, und die vierzig Minuten, die sie draußen gewartet hatte, waren schnell vergessen. Sie ging zu ihm in die Küche, holte Henkelbecher aus dem Schrank, während er Wasser aufsetzte, und rief sich in Erinnerung, wie schön es war, Dinge gemeinsam zu tun, selbst solche kleinen Alltagsdinge, und wie sehr sie sich danach gesehnt hatte. Sicher, das mit den Schlüsseln ärgerte sie, aber deswegen einen Streit anzufangen, war es nicht wert.

Vielleicht erwies es sich ja letztlich als Segen, dass das Baby ein Junge gewesen war. Es wäre zu früh gewesen. Sie hatte es zu eilig gehabt, hatte die Dinge nicht zu Ende gedacht, wenn sie ehrlich war. Sie sehnte sich zwar nach einer Familie, aber sie und Tom mussten sich erst einmal besser kennenlernen. Genau das hatte Dr. Fearne ihr zu sagen versucht.

Nun ja, dafür bliebe ihnen jetzt genügend Zeit, und sie konnte alles mit klarem Kopf angehen.

»Was gibt's zum Essen?«, fragte Tom, während er den Wasserkocher einschaltete.

»Wir haben Hühnchen im Kühlschrank. Ich dachte, du machst uns vielleicht dieses Curry, von dem du mir so vorgeschwärmt hast.«

Er verzog das Gesicht. »Heute Abend?«

Sie stützte sich mit einer Hand auf der Arbeitsplatte ab. Sie war so müde, und fast eine Stunde lang draußen zu sitzen, hatte es nicht besser gemacht.

»Ja.«

»Ich habe gestern Abend gekocht.«

»Aber da war ich nicht da.« Sie war mit fürchterlichen Schmerzen und dann im Schockzustand bei Mabel gewesen.

»Schon«, sagte er. »Aber das ist ja wohl nicht meine Schuld. Was sollte ich denn machen? Verhungern?«

Keine Ahnung, dachte sie. Etwas anderes, Größeres hatte sie mit Leib und Seele in Anspruch genommen. Wie sie ihn jetzt vor sich sah, verspürte sie das überwältigende Bedürfnis, ihm die Wahrheit zu sagen. Aber sie beherrschte sich.

»Es wundert mich eben nur ein bisschen, dass du gekocht hast, als ich nicht da war«, sagte sie. »Bis jetzt hast du noch kein einziges Mal für uns beide gekocht.«

»Du liebe Güte«, sagte er und schlug mit den flachen Händen auf die Arbeitsplatte. »Ich frag mich echt, was im Moment mit dir los ist. Hoffentlich kommst du bald drüber weg. Ich koche heute Abend jedenfalls nicht, weil ich mit den Jungs zu einem Online-Game verabredet bin. Auch das hab ich dir gesagt.«

Hatte er das? Sie konnte sich nicht daran erinnern. Aber sie wollte keinen Streit. Ihr war nach einem friedlichen Abend und ganz sicher nicht nach einer Auseinandersetzung zumute. Das Frühstücksgeschirr stand noch im Ausguss, also drehte sie den Hahn auf und wartete, dass heißes Wasser kam.

»Tut mir leid, habe ich vergessen.«

Er öffnete die Dose mit den Teebeuteln und zog einen heraus.

»Du bist schon die ganze Woche so«, sagte er.

»Wie meinst du das?«

»Du bist irgendwie ziemlich zickig. Ich liebe dich, Helen, aber mal ehrlich, du kannst manchmal ganz schön schwierig sein.«

Ihr tat sich der Boden unter den Füßen auf, so hart traf es sie, wie er über sie redete. Sicher, sie hatte sich mit ihren eigenen Problemen herumgeschlagen, aber hatte sie es ihn wirklich so sehr spüren lassen? Sie trat an den Kühlschrank, holte Zutaten fürs Abendessen heraus und überlegte, was sie auf die Schnelle zaubern konnte, um ihm eine Freude zu machen und die Stimmung zu drehen, damit es zwischen ihnen wieder so war wie noch vor wenigen Tagen.

»Was soll das jetzt wieder werden? Weshalb kramst du wie eine Irre im Kühlschrank rum?«

Eine rote Paprika in der Hand, drehte sie sich zu ihm um. »Ich mach uns was zu essen.«

Sie sah das Zucken in seiner Wange.

»Deswegen brauchst du noch lange nicht so ein Theater darum zu machen.«

»Ich mache kein Theater.«

»Und ob. Wenn du dich jetzt sehen könntest. Du bist ja völlig hysterisch. Verdammt, Helen.«

Er trat heran und stieß sie mit dem Arm zur Seite. Mit einer ungeduldigen, wütenden Geste griff er zu Küchenbrett und Messer.

»Ich hatte mir nichts anderes gewünscht als einen gemütlichen Abend, ein bisschen Zocken mit den Jungs, und jetzt muss ich mich mit dem Scheiß hier herumschlagen.«

Im Schockzustand, mit rasendem Herzen, zog sich Helen zur Küchentür zurück.

»Du wolltest, dass ich einziehe, Helen. Mir hätte es nichts ausgemacht, noch ein bisschen länger zu warten, aber dir konnte es ja nicht schnell genug gehen, da wollte ich dich nicht enttäuschen.«

Stimmte das? Hätte er es lieber langsamer angehen lassen? Hatte sie ihn bedrängt?

»Und wieso hast du nichts gesagt?«

»Ich habe alles drangesetzt, dich glücklich zu machen.« Zack, zack, zack, machte das Messer. »Ich weiß nur einfach nicht, wie ich das anstellen soll. Ich weiß einfach nicht, was du willst. Du weißt, dass ich dich über alles liebe. Ich würde alles für dich tun. Aber es ist nie genug, oder?«

Sie wollte ihm die Wahrheit sagen. Ja, sie war etwas seltsam und geistesabwesend gewesen, weil sie ihr Baby abgetrieben und sich das falsch angefühlt hatte, obwohl sie wusste, dass es die richtige Entscheidung war. Sie hätte ihn gern gefragt, ob sie das zu einem schlechten Menschen machte, aber sie hatte zu viel Angst vor seiner Antwort, als dass sie die Frage tatsächlich aussprach. Aber sie musste ihm etwas geben, irgendetwas, um diesen wütenden Ausdruck in seinem Gesicht zu verbannen und das Zentnergewicht loszuwerden, das sie niederdrückte.

»Ich bin glücklich«, sagte sie. »Es ist nur …«

»Nur was, Helen? Mal im Ernst. Nur was?«

Alles, egal was, um ihn zu beschwichtigen.

»Mabel und ich hatten Streit.«

Es war nicht ihre Absicht gewesen, Mabel da mit hineinzuziehen, aber es war das Einzige, was mit Sicherheit helfen würde.

Tatsächlich schlug die Stimmung augenblicklich um.

»Und worüber?«

»Ach, nichts Besonderes«, sagte sie. »Sie war nur sauer, weil ich letzte Woche nicht mit ihr essen gegangen bin.«

»Diese blöde Kuh«, sagte er und hörte mit dem Hacken auf, sodass die Messerspitze über dem Brett zitterte. »Die ist nur eifersüchtig auf dich. Auf uns. Das weißt du doch so gut wie ich, oder?«

»Das habe ich ihr auch gesagt.«

»Du wirst sie nicht wiedersehen«, sagte er. »Das war's. Ihr beide seid fertig miteinander.«

»Aber …«

»Nein, Helen. Die macht nur Ärger. Mir geht es dabei vor allem um dich. Ich werde einfach nicht dulden, dass sie dich noch mal so durcheinanderbringt. Falls doch, kriegt sie es mit mir zu tun.«

Kapitel 32

Pamela

Gegenwart

13:30 Uhr

Bei meiner Rückkehr stelle ich fest, dass die Euphorie auf der Wache der Ernüchterung gewichen ist. Trotz hartnäckiger Versuche konnten sie Kate Townsend nicht einmal annähernd so etwas wie ein Geständnis entlocken, und die spärlichen Indizienbeweise reichen nicht aus. Folglich wurden die beiden Geschwister auf freien Fuß gesetzt. Als ich eintrete, steht Sue Ferguson mitten im Raum.

»Nur dass das klar ist«, sagt sie. »Kate bleibt eine Verdächtige. Wir haben ein Motiv. Wir wissen, dass sie zur Tatzeit in der Gegend war. Wir wissen, dass sie zu der Täterbeschreibung passt. Sobald sich bestätigt, dass es sich bei der Leiche um Sarah Wallace handelt, nehmen wir sie uns wieder vor.«

Wie sie die Schultern hängen lässt und die Arme verschränkt, wirkt sie wenig überzeugend.

»Zurück an die Arbeit«, befiehlt Sue und nimmt mich mit in ihr Büro. »Wo waren Sie?«, fragt sie mich.

»Kopfschmerzen«, lüge ich. »Bin nur mal schnell raus, um mir Tabletten zu besorgen. Was habe ich verpasst?«

Sue mustert mich. Sie nimmt einen Schluck Kaffee und leckt sich die Lippen. Ich wüsste gern, ob sie meine Lüge durchschaut.

»Die DNA an der Leiche stammt von keinem der Townsends. Wir mussten die beiden vorerst gehen lassen. Unser Medienteam hat eine weitere Erklärung vorbereitet. Ich möchte, dass Sie die verlesen. In zehn Minuten.«

Ich nicke stumm und gehe an meinen Platz. Ich hasse dieses Großraumbüro, diese Phalanx aus Schreibtischen mit dreckigen Kaffeetassen unter grauem Licht. In so einer Umgebung kann ich nicht klar denken. Ich muss. Ich habe ein paar Puzzleteile, die nicht zusammenpassen, muss sie aber zu einem Bild zusammenfügen. Ich habe Sue verschwiegen, wo ich wirklich gewesen bin, weil ich wusste, dass sie mir diese Teile wegnehmen und nicht einmal erlauben würde, sie genauer anzusehen. Ich habe nämlich das Gesicht unseres Opfers vor mir gehabt und darin die Handschrift eines Mannes gesehen. Sue dagegen sieht nur ein Problem, das sie aus der Welt schaffen soll.

Ich schaue mir noch einmal an, was wir zu Sarah Wallace haben. Auf dem Bildschirm erscheint ein Foto, die

Porträtaufnahme einer Frau mit ernster Miene. Ich denke an die Leiche. Ich versuche, die Gesichter in Deckung zu bringen, das entstellte mit dem hier: nicht unmöglich, aber auch nicht naheliegend. Andererseits …

»Haben wir die Tochter schon ausfindig gemacht?«

»Nein«, antwortet Rachel ruhig. »Wir haben nur ausgeschlossen, dass das auf dem Video sie ist. Sie ist nicht so groß. Wir haben uns ihre Krankenakte angeschaut.«

Ich warte darauf, dass sie es ausspuckt. Ich warte darauf, dass sie mich fragt, ob meiner Meinung nach Cass Johnson unser Opfer sein könnte. Sie tut mir den Gefallen nicht.

»Was ist mit dem geschiedenen Mann?«

»Was soll mit ihm sein?«, fragt Rachel zurück und dreht sich wieder zu ihrem Bildschirm um.

Unterdessen vertiefe ich mich in seine Gefängnisakte. Er heißt Greg Johnson, ist offenbar in jeder Hinsicht ein Vorzeigehäftling gewesen, der sich keinen einzigen Fehltritt erlaubt hat. Aus logistischen Gründen, die mit der Unterbringung zu tun hatten, wurde er eine Woche früher entlassen. Sarah Wallace hatte beantragt, ihn in einer anderen Stadt unterzubringen. Die kurze Begründung beschreibt einen Mann, der mich kaltlässt. In einem Gespräch mit seinem Gefängnistherapeuten hat Greg Johnson behauptet, er habe die Ausgangssperre nur übertreten, weil Sarah ihn vor die Tür gesetzt habe. Nach allem, was ich gerade über ihn gelesen habe, kann ich es ihr nicht verübeln. Etwas an seinem Namen lässt mich irgendwie nicht los. Ich gehe noch einmal meine Notizen durch. Johnson. Johnson. Da ist es.

»Was siehst du dir da an?«, fragt Rachel von ihrem Schreibtisch aus.

»Erinnerst du dich an die Frau, mit der wir gesprochen haben? Die mitten in der Nacht das Haus verlassen hat, um sich mit einem anderen Mann zu treffen? Sieht ganz so aus, dass es sich dabei um Sarah Wallace' Ex handelt.«

»Mein Gott«, sagt Rachel. Sie dreht sich zu ihrem Slate um und tippt in schwindelerregendem Tempo etwas.

Die Mediensprecherin kommt angeflitzt. Ich schließe meinen Bildschirm.

»Wir brauchen Sie für die Presseerklärung«, sagt sie und hält mir ein Slate unter die Nase. Einmal mehr soll ich den Kopf hinhalten.

»Sind Sie sich sicher, dass ich die Richtige dafür bin?« Man kann es ja wenigstens versuchen.

»Sie haben die erste übernommen«, sagt sie. »Wir müssen Verlässlichkeit signalisieren.«

Ich werde von einer Traube Kolleginnen zur Tür geleitet und sehe mich draußen einer Menge gegenüber, die ich nur als Mob beschreiben kann. Es dauert einige Minuten, bis die Lautstärke so weit heruntergefahren ist, dass ich mir Gehör verschaffe, und selbst dann noch werde ich von einzelnen Zurufen unterbrochen.

Ich verlese die ersten Zeilen der Erklärung. Wir arbeiten noch daran, es kommen ständig neue Informationen herein, für alle ein schwieriger Tag, bla, bla, bla. Die letzte Zeile allerdings lasse ich aus.

Vielleicht bekommen wir ja bald den Zahnstatus herein und haben Gewissheit, dass es Sarah Wallace ist, und vielleicht gelingt es Sue ja doch, es Kate Townsend anzuhängen, die um ihren Vater trauert, ungeachtet der Tatsache, dass sich keine Spur von Kates DNA an der Leiche findet. Und wenn das nicht klappt, bietet sich auch noch Scarlett Caldwell an, die wir mit Sicherheit genauer unter die Lupe nehmen müssen. Gut möglich, dass Sue Ferguson am Ende bekommt, was sie haben will, und ich in ein, zwei Stunden wieder auf dieser Treppe stehe und es verkünde.

Aber jetzt kann und werde ich das nicht tun. Ich kann diese letzte Zeile nicht verlesen. Ich werde nicht lügen. Ich weigere mich, so zu tun, als stünden wir kurz vor der Aufklärung des Falls. Irgendjemand weiß, wer unser Opfer ist. Die Frau ist verschwunden, und ihre Angehörigen haben es vielleicht noch nicht gemerkt. Vielleicht wird es Zeit, dass sie es erfahren. Ich schalte das Slate aus und blicke in die Menge.

»Wir konnten die Leiche immer noch nicht identifizieren«, sage ich. »Und bis uns das gelingt, ist es sehr schwer, die Täterschaft festzustellen. Zum gegenwärtigen Zeitpunkt kann ich Ihnen nur sagen, dass es sich bei unserem Opfer um eine erwachsene weibliche Person handelt und dass sie geschlagen und gewürgt wurde. Nach unserer vorläufigen Einschätzung ist sie zwischen achtzehn und fünfundvierzig, sie ist weiß, dunkelhaarig und trägt keine Tattoos oder Narben oder andere besondere Kennzeichen.«

Ich hole mein eigenes Slate heraus, schalte es schnell ein und öffne die Fotos, die ich von der Kleidung des Opfers gemacht habe. Ich halte es in die Höhe.

»Das sind ihre Kleider«, sage ich. »Falls jemand etwas davon wiedererkennt, melden Sie sich bitte bei uns.«

Ich drehe das Display langsam hin und her, damit möglichst viele einen Blick darauf werfen können. Mir ist völlig klar, dass die Bilder binnen weniger Minuten viral gehen werden.

Noch etwas liegt mir auf der Zunge. Ich kämpfe mit mir, ob es eine gute Idee ist, es auszusprechen, aber nicht lange. Wenn ich nicht den Mund aufmache, wenn ich es nicht wenigstens versuche, werden Sue Ferguson und ihr Team weiterhin alles daransetzen, eine Frau als Sündenbock zu finden, und jüngere Beamtinnen wie Rachel werden ihnen dabei helfen.

»Ich bin seit dreißig Jahren im Polizeidienst«, sage ich. »Ich habe schon schlimme, schreckliche Dinge gesehen. Wäre dieser Mord in Zeiten vor der Ausgangssperre geschehen, hätte es für mich keinen Zweifel gegeben, dass er von einem Mann begangen wurde. Nicht die Spur eines Zweifels. Ich denke, wir sollten uns auch jetzt nicht scheuen, diese Möglichkeit in Betracht zu ziehen.«

Für mich zählt heute wie damals nur eines – die Wahrheit, ob sie den Leuten nun schmeckt oder nicht. Ohne zu wissen, was wirklich passiert ist, können wir unmöglich dafür sorgen, dass es nicht wieder passiert.

Ich wende mich zum Gehen. Ich sehe Rachel und Sue Ferguson. Ich hatte nicht gemerkt, dass sie dabei waren. Ich sehe die Wut in Sues Gesicht und den Schock in Rachels.

Ich schätze, ich bin in Schwierigkeiten.

Kapitel 33

Sarah

Am Freitag ging Sarah mit einem flauen Gefühl im Magen zur Arbeit. Kaum zu fassen, dass sie ihren Job bis vor wenigen Wochen geliebt hatte und fest davon überzeugt gewesen war, nie etwas anderes machen zu wollen. Sie hatte langfristige Ambitionen damit verbunden und auf einem eigens dafür auf ihrem Slate eingerichteten Kalender abschnittweise markiert. In einem halben Jahr leitende Controllerin. Noch ein Jahr, und sie sah sich als Leiterin eines Servicecenters. Nach allem, was in den letzten Tagen passiert ist – der Tod von Paul Townsend und der verloren gegangene Fußfesselstick –, war sie sich ganz und gar nicht mehr so sicher, dass diese Pläne noch realistisch waren. Es kam ihr so vor, als ginge gerade alles schief. Bei der Arbeit war sie nervös und hatte Angst, einen weiteren Fehler zu machen; nach Dienstschluss beunruhigte sie der Gedanke, Greg wieder über den Weg zu laufen; und im Frauenhaus war sie angespannt, nachdem sie nun wusste, wie leicht sie gegenüber Cass ausrasten konnte.

Sie tröstete sich damit, dass das alles nicht für immer so bleiben würde. Sobald Cass erst einmal an der Uni war, konnte sie in eine andere Stadt ziehen und einen Neustart wagen, wenn sie wollte. Es gab noch andere Frauenhäuser und Frauenschutzämter. Falls nötig, konnte sie sich sogar eine eigene Wohnung kaufen, obwohl es ihr gefiel, mit anderen Frauen zusammenzuleben. Sie fühlte sich dann weniger einsam.

Sie überprüfte noch einmal den Inhalt ihrer Tasche und stieg dann aus dem Auto. Der Tag verlief reibungslos. Ihre Kolleginnen gingen ruhig und sachlich ihrer Arbeit nach. Die Männer benahmen sich ungewöhnlich gut. Sarah war froh darum. Sie traute sich sogar zu, falls erforderlich, erneut vom Taser Gebrauch zu machen, auch wenn ihr das eigentlich widerstrebte.

Wenigstens Mabel wirkte ein wenig munterer. Sie brachte ihr eine Tasse Tee.

»Tut mir leid, dass ich diese Woche so eine lausige Stimmung verbreitet habe«, sagte sie. »Ich weiß, ich war schrecklich.«

»Da kannst du ja nichts dafür«, sagte Sarah. »Die letzten Tage hatten es in sich.«

»Es ist nicht nur das. Ich hatte Krach mit Helen.«

»Was ist denn passiert?«

»Macht wahrscheinlich nichts, wenn ich es dir erzähle«, sagte Mabel. »Sie ist schwanger geworden, und es war ein Junge, deshalb hat sie sich entschieden, ihn nicht zu behalten. Tom weiß nichts davon. Ich habe ihr gesagt, sie sollte nicht mit jemandem zusammen sein, vor dem sie so was geheim halten muss. Da hat sie doch glatt gemeint, ich wär nur eifersüchtig auf sie beide.«

»Manchmal müssen die Leute selbst auf den Trichter kommen«, sagte sie.

Sie hatte noch nicht zu Ende gesprochen, als ihr klar wurde, dass sie sich in dieser Hinsicht an die eigene Nase fassen müsste. Vielleicht sollte sie Cass nicht daran hindern, Greg so oft zu sehen, wie sie wollte.

Mabel zuckte die Achseln. »Soll sie doch zusehen, wo sie bleibt.«

Ihr war nicht danach, sich in kleinliche Streitereien einzumischen, über Dinge, die letztlich nicht von Belang waren.

Im Laufe des Nachmittags kam Hadiya herein, um ihr Bescheid zu geben, sie habe den Abschlussbericht vom Frauenschutz-Sicherheitsausschuss auf dem Tisch. Die hätten alle Befunde und Beweise im Zusammenhang mit dem von ihr getaserten Mann überprüft, den gerichts-medizinischen Bericht eingeschlossen, und seien zu dem Schluss gekommen, dass Sarah angemessen gehandelt und sich nichts habe zu Schulden kommen lassen.

Ihr fiel ein Stein vom Herzen. Sie lehnte sich auf ihrem Schreibtischstuhl zurück und las sich das Gutachten noch dreimal durch. Für einen Moment kamen ihr die Tränen, aber die Woge der Gefühle ebbte rasch ab, sodass sie sich ruhig und gelassen dem nächsten und übernächsten Mann auf ihrer Liste zuwenden konnte und zum ersten Mal seit

Tagen das Gefühl hatte, dass es in ihrem Leben wieder vorwärtsging.

Blieb noch eines zu tun. Noch am selben Nachmittag meldete sie den Verlust des Sticks.

»Wann hattest du ihn zuletzt?«, fragte Hadiya.

»Da bin ich mir nicht ganz sicher«, sagte sie. »Das war alles so ein Durcheinander in den letzten Tagen. Ich hab es nicht gleich gemeldet, weil ich dachte, dass der schon wieder auftaucht. War aber nicht so.«

Hadiya stöhnte auf. »Das hättest du mir sofort melden müssen, als du ihn vermisst hast.«

»Ich weiß.« Sie starrte zu Boden. »Ich hab's mit dem Tracker versucht, aber das System kann ihn nicht orten.«

»Wahrscheinlich ist die Batterie leer«, sagte Hadiya. Sie griff nach ihrem Mantel und schlüpfte hinein. »Ich muss jetzt los. Wir kümmern uns gleich nächste Woche darum. Wenigstens kann niemand Missbrauch damit treiben.«

Dieser Ausgang musste gefeiert werden. Sarah räumte ihr Büro auf und wartete bis zur Sperrstunde, um auf dem Heimweg noch eine Flasche Wein zu besorgen, die sie mit Mrs O'Brien teilen wollte. Der hatte sie den guten Rat zu verdanken, alle Siege auf ihrem Weg zu feiern. Und das hier war ein Sieg. Sie hatte sich mit einem Mann konfrontiert gesehen, der darauf aus war, Ärger zu machen, und sie war einfach nur ihrem Instinkt gefolgt und hatte gehandelt, um einer Gefahr zuvorzukommen. Genau darin hatte sie bei Greg versagt. Da hatte sie nicht auf ihr Bauchgefühl gehört, hatte das Offensichtliche geflissentlich übersehen, da sie sonst gezwungen gewesen wäre, etwas zu unternehmen, was sie sich letztlich nicht zugetraut hatte. Schluss damit. Sie würde nie wieder an ihren Fähigkeiten zweifeln.

Sie hatte den Parkplatz erst halb überquert, als sie schon etwas unter dem Scheibenwischer ihres Wagens klemmen sah. Es war ein Zettel, ein in großen Druckbuchstaben beschriftetes billiges Blatt Papier.

ICH WEISS, WAS DU GETAN HAST, DU MIST-STÜCK, UND DAS WIRD DIR NOCH LEIDTUN.

Allem Anschein nach legten die Townsends noch eine Schippe drauf.

Kapitel 34

Cass

Cass' Treffen mit Bertie war zwei Tage her. Es kam ihr vor wie eine Ewigkeit. Sie hatte an nichts anderes denken können. Sie hatte ihre Unterhaltung und den Kuss auf der Straße so oft im Kopf abgespult, dass sie den magischen Glanz eines Hollywoodfilms annahmen. Am Dienstagabend hatte sie ihn mit Kurznachrichten bombardiert, obwohl er ihr geschrieben hatte, er könne nicht antworten, weil seine Freundin zu Hause sei und er sich nicht ungestört zurückziehen könne.

Inzwischen war Mittwochnachmittag und sie kurz davor, verrückt zu werden. Sie wollte unbedingt wissen, was er machte und ob er an sie dachte. Sie wollte, dass er mit seiner Freundin Schluss machte, und begriff immer weniger, warum er das nicht längst getan hatte. Er ließ sie derart lange auf seine Antworten warten, dass sie sich in den Pausen auf der Toilette ausheulte und sich mit dem Arm den

Mund zuhalten musste, um nicht laut zu schluchzen und von den anderen Mädchen gehört zu werden. Es war eine Achterbahnfahrt zwischen himmelhoch jauchzend und zu Tode betrübt. Und dass sie keine Freundinnen hatte, mit denen sie darüber reden konnte, machte es nur noch schlimmer. Es gab niemanden, der ihr dabei hätte helfen können, seine Nachrichten zu analysieren. Sein iDate-Profil kannte sie inzwischen auswendig und sah es sich dennoch immer wieder an, ob er etwas geändert hatte.

Der einzige Mensch, mit dem sie hätte reden können, war Billy, aber sie ging ihm aus dem Weg, weil er unbedingt wollte, dass sie ihm seine Fußfessel wieder anbrachte.

»Bitte«, hatte er sie angefleht. »Komm nachher rüber. Oder wir machen es gleich jetzt, wenn dir das lieber ist. Wir können zum Sportplatz rüber, wo uns keiner sieht. Ich hab die Fessel an, hier.«

Er hatte das Hosenbein hochgezogen und sie ihr gezeigt. Die Fußfessel war um den Knöchel geschnallt und mit Isolierband verklebt.

»Nein«, hatte sie gesagt. »Lass uns noch ein paar Tage damit warten.«

»Wieso?«

»Darum«, hatte sie erwidert und war wieder zur Mädchentoilette gestrebt, wohin er ihr nicht folgen konnte.

Die Macht, die sie über ihn hatte, entschädigte sie nicht unbeträchtlich für die Tatsache, dass sie weder Bertie noch ihren Vater dazu bringen konnte, ihr Aufmerksamkeit zu schenken.

Der Gedanke, Greg zu bedrängen, machte ihr Angst. Blieb demnach Bertie. Die letzte Unterrichtsstunde brachte sie wie in Trance herum, und als es klingelte, ging sie, ohne auf Billy zu warten. Sie nahm den Bus ins Stadtzentrum. Als sie dort eintraf, war es schon nach vier.

Sie eilte zum Coffee Stop. Durchs Fenster sah sie, dass Bertie drinnen war. Ihr Herz machte einen Sprung. Sie nahm sich einen Moment, um in der Scheibe ihre Frisur zu überprüfen, kaute sich auf den Lippen, um sie rosiger zu machen, öffnete die Tür und ging hinein. Sie eilte zielstrebig zur Theke.

»Hallo, Bertie«, sagte sie beschwingt.

Er war nicht allein. Neben ihm stand eine kleine, blonde Frau, die die Standarddienstkleidung trug, Hose und Polohemd in Schwarz. Sie streifte Cass mit einem flüchtigen Blick und machte sich wieder daran, die Kaffeemaschine zu reinigen.

»Hi«, sagte Bertie und warf seiner Kollegin einen kurzen Blick zu. »Was darf's sein?«

Sie hatte auf eine andere Reaktion gehofft. Er schien nicht gerade erfreut zu sein, sie zu sehen. Sie verstand nicht, wieso.

»Ein Vanille-Latte«, sagte sie.

Sie musste erst in ihrer Tasche kramen, um ihr Slate zu finden und zu bezahlen; ihr Getränk wurde von der blonden Frau zubereitet, und das nicht besonders gut. Sie fand einen Platz an einem leeren Tisch, setzte sich mit dem Gesicht zur Theke und spielte mit ihrem Slate.

Sie war am Boden zerstört.

Dann meldete ihr Slate mit einem Pingen eine Nachricht. Es war Bertie. Sie warf einen kurzen Blick zur Theke, aber er sah nicht in ihre Richtung.

Was machst du hier?

Ich wollte dich sehen.

Das ist kein günstiger Moment.

Die Frau hinter der Theke sagte etwas zu ihm, und es musste witzig gewesen sein, so wie er lachte. Sie nahm noch einen Schluck von ihrem Latte. Er war ihr zu süß, von allem zu viel, und schmeckte kein bisschen. Die Hälfte ließ sie stehen. Sie stand auf und verließ den Coffeeshop. Sie war wackelig auf den Beinen und so enttäuscht, dass sie alles daransetzen musste, nicht in Tränen auszubrechen. Noch bevor sie um die Ecke war, gab sie den Widerstand auf, blieb schniefend stehen und wischte sich mit dem Ärmel übers Gesicht.

So stand sie da, als Bertie herauskam und sie fand. Er näherte sich ihr langsam mit den Händen in den Hosentaschen.

»Cass?«

»Was ist?«

»Wieso weinst du?«

»Ich weine nicht.«

»Doch, tust du.«

Entschlossen wischte sie sich das Gesicht trocken und schluckte.

»Was kümmert's dich?«

Seine Miene verfinsterte sich. »Womit habe ich das verdient?«

Sie scharrte mit dem Schuh über den Boden. »Nichts«, murmelte sie.

»Hör mal«, sagte er. »Du hast mich einfach nur überrascht. Du weißt von meinen häuslichen Schwierigkeiten, aber die Leute, mit denen ich arbeite, nicht.«

Sie blickte zu ihm auf. »Ich wollte dir keine Probleme machen.«

»Na ja.« Er vergrub die Hände noch tiefer in den Taschen. »Ich schreib dir nachher, okay?«

»Okay.«

»Aber du kannst nicht einfach so auftauchen, wenn ich bei der Arbeit bin. Wenn du reinkommst und ein Kollege bei mir ist, kennen wir uns nicht, okay?«

»Geht klar«, sagte sie und brachte ein scheues Lächeln zustande. In der Hoffnung auf mehr, in der Hoffnung auf einen flüchtigen Kuss, blieb sie noch einen Moment stehen, aber sie wurde enttäuscht.

»Du bist zu gut für mich«, sagte er. »Ich hab dich nicht verdient.« Er legte den Kopf zurück und strich sich mit den Händen übers Gesicht. »Ich muss dann mal wieder. Bis nachher, ja?«

»In Ordnung«, sagte sie.

Als er wieder hineinging, zupfte sie an ihrer Jacke herum. Ihr brannten die Augen, ihre Gesichtshaut spannte unangenehm. Sie hatte sich lächerlich gemacht. Auf dem Weg zur Bushaltestelle lag ihr der Kummer wie ein Stein im Magen. Sie hätte sich am liebsten vor aller Welt in ein Loch verkrochen. Aber die Welt fand immer einen Weg, sich bemerkbar zu machen, und um acht Uhr abends bekam sie eine Nachricht von ihrem Dad.

Muss mit dir über etwas reden. Melde dich schnellstmöglich zurück.

Als sie es tat, bat er sie, zu ihm zum Riverside Court hinauszukommen. Eigentlich wollte sie nicht; sie wollte nicht noch einmal den Uringestank im Eingangsflur in der Nase haben oder die schäbige Treppe hinaufgehen oder dem Mann in der Wohnung nebenan begegnen. Sie fuhr trotzdem hin. Es kostete sie eine gewisse Überwindung, bei ihm anzuklopfen. Abgesehen von der Widerwärtigkeit der Umgebung, hatte sie Angst, dass er immer noch sauer auf sie war. Seine Reaktion auf ihr Geständnis, dass sie im Besitz eines Fußfesselsticks war, hatte sie gekränkt. Im Lauf der letzten Tage waren ihr noch mehr Erinnerungen aufgestiegen, und sie konnte nicht länger so tun, als wäre ihr der Wutanfall ihres Vaters vollkommen neu. Sowohl das gerötete Gesicht als auch dieser starre Blick waren ihr durchaus nicht unbekannt. Der einzige Unterschied bestand darin, dass sie noch nie der Anlass gewesen war. Greg wurde grundsätzlich nur auf Sarah wütend, und es war grundsätzlich deren Schuld. Cass gegenüber war er immer freundlich und ausgeglichen gewesen. Er war der Mann, der ihr vor dem Einschlafen noch Süßigkeiten zusteckte, der ihr das Spielzeug schenkte, das Sarah ihr verweigert hatte, der mit ihr zum Ohrlochstechen gegangen war, nachdem es ihre Mutter verboten hatte, weil sich die Ohren entzünden könnten.

In dem Punkt hatte Sarah leider recht behalten. Sie erinnerte sich nur zu gut daran, wie sie mitten in der Nacht von einem pochenden Schmerz im heißen Ohr aufgewacht und ins Bad geschlurft war, um Schmerztabletten zu nehmen. Sarah war mit ihr zum Arzt gegangen und hatte ihr Antibiotika verschreiben lassen, während Greg ihr vorwarf zu übertreiben, in ein paar Tagen sei das auch so ausgestanden. Das und vieles mehr hatte sie vergessen gehabt. Sie fasste sich an den kleinen silbernen Stecker im Ohr.

Kaum trat sie auf seiner Etage in den Flur, riss Greg die Tür auf. Er begrüßte sie mit einer stürmischen Umarmung.

»Wie schön, dich zu sehen«, sagte er. »Wie ist es diese Woche bei dir gelaufen?«

Über ihre letzte Begegnung verlor er kein Wort. Aber wenn er so tun wollte, als wäre nichts gewesen, konnte ihr das nur recht sein. Sie entspannte sich.

»Ganz gut«, sagte sie. »Und bei dir?«

»Da gibt's nichts Aufregendes zu berichten«, sagte er und atmete hörbar aus. »Wo bleiben meine Manieren? Komm rein.« Er trat zurück und ließ sie herein. »Hab heute Morgen meine Fessel überprüfen lassen, das war's dann auch schon an Vergnügungen in den letzten Tagen.«

»Du warst im Frauenschutzamt?«, fragte sie und geriet bei dem Gedanken an ihre Mutter leicht in Panik.

»Nein, die kommen her. Wir dürfen da nicht hin.«

»Du liebe Güte, die behandeln euch ja wirklich wie Kriminelle, oder?«

»Kannst du laut sagen.« Er setzte sich aufs Sofa, legte das Bein mit der Fußfessel aufs andere Knie und massierte sich den Knöchel. »Ich glaube, das blöde Ding sitzt zu eng. Es schneidet mir ins Fleisch. Aber die lockern das nicht, wenn man es ihnen sagt. Meinten nur, es wäre genau richtig.«

»Wie kann es richtig sitzen, wenn es reibt?«

»Sage ich ja. Sie haben mir geraten, eine antiseptische Creme zu kaufen und zu sehen, ob das hilft, aber das kann ich mir nicht leisten.«

»Die kann ich dir besorgen«, sagte sie eifrig. »Willst du eine bestimmte?«

»Ich weiß nicht so recht«, sagte er. »Wir könnten zusammen in die Drogerie um die Ecke gehen und sehen, was die haben.«

»Klar.«

Am Ende kaufte sie ihm nicht nur antiseptische Creme, sondern noch eine Feuchtigkeitslotion und Baby-Öl.

»Danke, Cassie«, sagte er, als sie mit der Einkaufstüte den Laden verließen. »Das hilft bestimmt.«

»Gern geschehen«, sagte sie und schluckte den Ärger über das ausgegebene Geld hinunter. Er war immerhin ihr Vater, und er hatte ja nichts. Außerdem wollte sie ihm nicht noch einmal Anlass geben, auf sie wütend zu sein, nur weil sie ihn für seinen Großeinkauf tadelte.

Hinterher schlenderten sie langsam zum Riverside Court zurück, wobei Greg alle paar Meter stehen blieb und sich das Fußgelenk rieb. Er fragte sie, ob sie noch auf eine Tasse Tee und einen Keks raufkommen wolle, und obwohl sie sich nichts Schlimmeres vorstellen konnte, lehnte sie nicht ab. Der Tee war dünn, und dazu gab es billige Haferkekse. Der Mann, der unter ihm wohnte, hatte die Musik voll aufgedreht. Sie spürte die Vibration durch den Boden.

Schon wieder rieb sich Greg den Knöchel. Schließlich zog er das Hosenbein hoch und zeigte ihr die Fußfessel. Die Haut darüber und darunter war rot und wund, und auch für sie stand außer Zweifel, dass sie zu eng saß.

»Ich fasse es nicht«, sagte sie. »Das ist grausam.«

»Ich glaube nicht, dass die an erster Stelle unser Wohlbefinden im Blick haben.«

»Sollten sie aber. Sorgfaltspflicht oder so was gilt ja wohl.«

»Das sage ich denen lieber nicht ins Gesicht.« Er trommelte mit den Fingern auf seinen Oberschenkel und seufzte. »Hör mal, ich weiß, ich bin ausgeflippt, als wir uns das letzte Mal gesehen haben. Ich war einfach so geschockt, als du mir eröffnet hast, dass du ein … dass du dieses Ding hast. Du hast es immer noch, oder?«

»Ja«, sagte sie.

»Ob du mir vielleicht …? Nein.«

»Was denn?«

»Könntest du sie mir etwas lockern? Nur ein bisschen?«

Sie wusste, dass sie es bleiben lassen sollte. Sie wollte sich nicht an noch einer Fußfessel zu schaffen machen. Andererseits ging es um ihren Dad, und er bat sie ja lediglich darum, es ihm bequemer zu machen. Die Eindrücke vom Frauenschutzamt kamen ihr wieder hoch, das, was ihre Mutter mit dem Mann gemacht hatte, der sich lediglich über die zu enge Fußfessel beklagt hatte. Das war das Letzte, was sie ihrem Vater wünschte.

»Ich kann es versuchen«, sagte sie, öffnete ihre Tasche und kramte den Stick hervor.

Sie wandte sich etwas von ihm ab, sodass er nicht sehen konnte, wie sie ihn aktivierte, und entgegen ihrer Sorge, er könnte nicht mehr funktionstüchtig sein, sprang er wie beim ersten Mal an. Sie schloss die Fußfessel auf. Obwohl sie darauf achtete, seine wunde Haut nicht zu berühren, zuckte er zusammen. Sie lockerte die Fußfessel und wollte sie gerade wieder abschließen, als Greg sich vorbeugte und den Sitz mit dem Daumen überprüfte.

»Kannst du sie vielleicht noch ein bisschen lockerer machen?«, fragte er. »Zum Teil liegt das Problem daran, dass meine Knöchel schon mal anschwellen, was es noch schlimmer macht.«

»Klar«, sagte sie und machte sie noch ein Stückchen weiter und auf sein stummes Zeichen hin noch einmal. Schließlich schien er zufrieden zu sein, und sie schloss ab.

»Ein Unterschied wie Tag und Nacht«, sagte er.

Er lächelte dankbar und bot ihr noch einen Keks an. Sie lehnte ab. Sie sah auf ihr Slate und sagte, sie müsse los. Greg bat sie, ihm eine Nachricht zu schicken und ihn wissen zu lassen, dass sie heil nach Hause gekommen sei. Er sagte noch, es sei toll gewesen, sie wiederzusehen, und wie sehr er sie vermisst habe.

Vielleicht war es doch gar nicht so falsch gewesen, den Stick an sich zu nehmen.

Kapitel 35

Pamela

Gegenwart

14:25 Uhr

Nach meiner zweiten Presseerklärung finde ich mich wieder einmal allein mit Sue Ferguson in ihrem Büro wieder. Ich sitze auf einem Stuhl, sie steht. Eine unnötige Demonstration ihrer Macht. Ihr Zorn prasselt wie ein Wolkenbruch auf mich nieder.

»Wie konnten Sie nur eine solche Dummheit begehen? Eine solche Unvorsichtigkeit?«

Die Hände in die Hüften gestemmt, schreitet sie im Raum auf und ab.

»Was ist an dieser Situation so schwer zu begreifen?«

»Ich war nicht unvorsichtig«, sage ich. »Ich habe die Wahrheit gesagt.«

»Die Öffentlichkeit braucht die Wahrheit nicht zu erfahren.« Mit einem Mal scheint sich ihre Wut zu erschöpfen. Sie sinkt auf ihren Schreibtischsessel, legt das Gesicht in die Hände und stöhnt auf. »Sie sind eine erfahrene Polizistin, Pamela. Sie wissen so gut wie ich, dass es hier um mehr geht als nur darum, eine Mörderin zu finden.«

Ach, wirklich? Für mich ist, einen Mörder oder eine Mörderin zu finden, das Einzige, was hier zählt.

»Inwiefern sollte es bei einer Mordermittlung um etwas anderes gehen?«

Sie starrt mich an, als könnte sie nicht fassen, wie jemand so begriffsstutzig sein könne.

»Wegen der Ausgangssperre«, sagt sie genervt.

»Was? Sie denken doch nicht im Ernst, dass es kein Mann gewesen sein kann, oder? Mal unter uns, Sue, es könnte sehr wohl sein, dass …«

»Schluss damit, ich will kein Wort mehr hören«, unterbricht sie mich und reibt sich den Nasenrücken. »Hören Sie auf, in die Richtung auch nur zu denken. Haben wir uns verstanden? Ich lasse das nicht zu. Ich habe Sie schon einmal gewarnt, Pamela.«

Da endlich fällt der Groschen bei mir. Sie wurde tatsächlich nicht hergeschickt, um den Fall ergebnisoffen zu lösen. Sie wurde hergeschickt, um ihn mit dem erwünschten Ergebnis zu lösen. Genauso ist es bei den anderen Fällen gelaufen, diesem Unfall mit Fahrerflucht und der Messerstecherei. Deshalb will keiner, der an einem der Fälle gearbeitet hat, mit mir reden. Die Leute wurden zum Schweigen gebracht.

»Die Ausgangssperre erfüllt ihren Zweck«, sagt sie. »Deshalb und nur deshalb können wir sie schon so lange aufrechterhalten. Wir wissen ja wohl beide, was wir ihr verdanken. Wie viele Frauen sie schon vor Gewalt bewahrt hat. Aber das System ist störanfällig. Wir könnten es verlieren, Pamela. Gesetze können aufgehoben werden.«

Und dazu gehört nicht mehr als die Verhaftung eines einzigen Mannes.

»Es gibt die Beweise, die wir benötigen«, sagt sie. »Und wir werden sie finden. Fakt ist, dass Sarah Wallace vermisst wird. Sie ist heute Morgen nicht zur Arbeit erschienen, die Mitbewohnerinnen im Frauenhaus wissen nicht, wo sie steckt, und sie geht nicht an ihr Slate. Rachel ist eben mit dem Namen einer anderen Verdächtigen zu mir gekommen. Scarlett Caldwell. Offenbar gibt es da eine Verbindung mit Sarah Wallace, und ihre Slate-Daten deuten darauf hin, dass sie letzte Nacht unterwegs war. Ich habe bereits Leute hingeschickt, die sie herbringen sollen. Wir werden sehen, ob sie ein Motiv gehabt haben könnte.«

»Und was ist mit der männlichen DNA an der Leiche?«

»Dafür gibt es jede Menge andere Erklärungen.«

»Als da wären?«

Sue überhört mich. »Wir müssen die Geschichte so erzählen, dass die Öffentlichkeit sie versteht, dass sie Sinn ergibt. Das hat oberste Priorität.«

Aber hier geht es nicht um eine Geschichte, denke ich im Stillen. *Es geht hier um eine Frau, die erschlagen und deren Leiche in einem Park entsorgt wurde. Jemand hat ihr wirk-*

lich und wahrhaftig das Leben genommen, und wir sind es
ihr schuldig herauszufinden, wer das war, selbst wenn dabei
ein paar Wahrheiten über die Ausgangssperre zutage treten
sollten, die wir nicht hören wollen.

»Haben wir uns verstanden, Pamela?«, sagt Sue wieder.

Ich streiche mir mit der Zunge über die Zähne. Ich habe
einen staubtrockenen Mund. Ich weiß nicht, wann ich das
letzte Mal etwas getrunken habe. Meine Nachtschicht ist
ohne eine Minute Schlaf nahtlos in eine Tagschicht über-
gegangen, und ich spüre es in jedem Knochen. Ich bin zu
müde für diese Spielchen.

»Nein, ich glaube nicht«, sage ich.

Mein Slate pingt und erspart mir Sue Fergusons Antwort. Ich hole es heraus und sehe nach. Die Mitteilung
kommt von Michelle.

»Der Zahnstatus liegt vor«, sage ich, als auch Sue Fergusons Slate pingt, vermutlich mit derselben Information.

»Mist«, murmelt Sue, während sie auf das Display starrt.

Es ist nicht Sarah Wallace.

Bevor irgendjemand von uns etwas sagen kann, stürmt
Rachel herein. Sie hat sich nicht die Mühe gemacht anzuklopfen.

»Wir haben etwas«, sagt sie mit hochrotem Kopf wie
nach einem Hundertmeterlauf. »Eine Frau wird vermisst.
Die Meldung ist eben reingekommen. Ich glaube …«

»Wer denn?«, sage ich zu Rachel. »Kannst du mir die
Info rüberschicken?«

Im nächsten Moment habe ich sie auf dem Slate. Ich
sehe mir den Namen an, dann das Foto, und in meinem

Kopf verschmilzt dieses Gesicht mit dem zertrümmerten im Park. Die Trauer zieht mir die Brust zusammen.

»Das ist sie«, sage ich. »Sie ist unser Opfer.«

Als ich aufblicke, sehe ich Sue Fergusons grimmigen Blick. Gerade eben hat sie mir ihre Bereitschaft erklärt, über das zu lügen, was passiert ist, falls die Wahrheit die Ausgangssperre untergräbt.

Ich bin gespannt, wie sie sich das hier zurechtbiegen will.

Kapitel 36

Cass

Am Montag stand Cass früh auf und verließ das Frauenhaus, als Sarah noch schlief. Sie hatte einiges vor. Sie wusste, dass es riskant war, noch einen weiteren Tag in der Schule zu fehlen, doch dafür hatte sie einen Plan. Sie würde einen Periodenfehltag nehmen.

Im Mittelpunkt ihres Vorhabens stand Bertie. Er hatte so überaus verständnisvoll reagiert, als sie ihn am Abend noch angeschrieben hatte. Ihr plötzliches Erscheinen an seinem Arbeitsplatz hatte er ihr verziehen. Weil er mit den Freundinnen seiner Freundin dieselben Probleme hatte, wusste er genau, was sie mit den Bewohnerinnen im Frauenhaus durchmachte.

Sie wollte sich mit ihm treffen. Er hatte erst gezögert, aber sie hatte ihren Willen schließlich durchgesetzt. Gleiche Uhrzeit, gleicher Ort. Auch diesmal verspätete er sich, doch als sie schon zweifelte, ob er sich noch blicken ließ, war er da.

Er wollte weder mit ihr einen Kaffee trinken noch am Kanal oder im Park spazieren gehen.

»Wo willst du dann hin?«, fragte sie. Sie konnte nicht glauben, dass er nur gekommen war, um gleich wieder zu gehen.

»Keine Ahnung«, sagte er düster. »Ich will einfach … Ich will nur nicht, dass uns irgendwer sieht. Sie hat eine Menge Freunde.«

Sie kam da nicht mit. Beim ersten Mal hatte ihm das nichts ausgemacht.

»Na ja, zu mir können wir jedenfalls nicht«, sagte sie. »Männerverbot und so. Wie wär's bei dir?«

»Das halte ich für keine gute Idee.«

»Ich muss unbedingt ein bisschen Zeit mit dir verbringen«, erklärte sie. »Ich dachte, du willst das auch mit mir.«

Er wandte den Blick ab.

»Bitte«, sagte sie.

Es war ihr entsetzlich peinlich, so zu betteln, aber ihr blieb wohl nichts anderes übrig.

Er seufzte. Dann nahm er ihre Hand und führte sie um die Ecke in eine schmale Gasse. Dort blieb er stehen.

»Ich weiß wirklich nicht, ob das so eine gute Idee ist.«

Sie merkte, wie ihr vor Enttäuschung die Tränen kamen. »Wieso nicht?«

»Das würdest du nicht verstehen.«

»Find's raus.«

Sie spielte mit dem Gedanken, ihn noch einmal zu küssen. Sie trat einen Schritt näher, dann noch einen, hob die Hand und legte sie ihm auf die Brust. Er hinderte sie nicht daran.

»Du kannst mir vertrauen«, sagte sie. »Schon vergessen?«

Er lächelte und schüttelte den Kopf leicht. »Du bist viel zu klug, dich mit einem kaputten Typen wie mir einzulassen.«

Noch nie hatte jemand sie so gebraucht wie er.

»Du bist kein kaputter Typ«, sagte sie. »Was willst du, Bertie? Raus damit. Ist schon in Ordnung. Vor mir brauchst du keine Angst zu haben.« Sie fühlte sich erwachsen und gefestigt. Es war ein berauschendes Gefühl, die Dinge in die Hand zu nehmen. »Ich möchte einfach nur mit dir allein sein.«

Sie verschränkte die Finger mit seinen und wünschte sich inständig, dass er einwilligte.

Die kurze Fahrt zu seiner Wohnung legten sie schweigend zurück. Eng aneinandergeschmiegt saßen sie da, und die Sorge, jemand könnte sie sehen, schien verflogen zu sein. Während er aufschloss, wartete sie vor der Tür, und Sekunden später stand sie in der Wohnung, in einer fremden Wohnung, die er immer noch mit seiner Ex-Freundin teilte, was sie nur allzu gern übersah. Sie hatte nur Augen für ihn. Ihr Herz hämmerte wie wild, und als er ihr schließlich die Arme um die Taille legte und sich vorbeugte und sie küsste, glaubte sie, vor Glück zu sterben.

Er führte sie rückwärts ins Schlafzimmer, und als er anfing, sie auszuziehen, ließ sie es geschehen. Sein Mund war überall. Sie gab sich ihm hin, so gut sie konnte, weil sie ihn nicht merken lassen wollte, wie unerfahren sie war. Und dann knöpfte er seine Jeans auf und war in ihr. Binnen Minuten war es vorbei. Er stöhnte, sein ganzer Körper versteifte sich, dann rollte er sich zu Seite und streckte sich auf dem Bett aus.

Sie strich ihm mit der Hand über die Brust. »Bist du okay?«

»Ja«, sagte er und gähnte.

»Hat es dir gefallen?«

»Was? Ach so, ja.«

Noch wie benommen und ohne recht zu verstehen, was gerade geschehen war, legte sie sich auf den Rücken. Sie wollte ihn danach fragen, überlegte es sich aber anders. Ein eisiges Gefühl des Unbehagens kroch in ihr hoch, und sie zog an der Decke, um darunter zu verschwinden, aber Bertie war zu schwer, und sie bekam nicht genug davon zu fassen, um sich zuzudecken. So lag sie einfach nur da, und ihr wurde kalt. Sie überlegte, ob sie sich wieder anziehen sollte, aber er sollte sie nicht für prüde halten, dabei spürte sie, wie ihr das klebrige Zeug zwischen den Beinen die Oberschenkel hinunterlief.

In diesem Moment hörte sie, wie die Haustür aufging und eine Frau rief: »Hallo? Jemand zu Hause?«

Sie saß senkrecht. War das seine Freundin?

»Scheiße«, sagte Bertie. »Was zum Teufel hat die hier zu suchen?«

Bevor einer von ihnen die Geistesgegenwart besaß aufzuspringen, stieß die Frau mit einer Einkaufstüte in der Hand die Tür zum Schlafzimmer auf. Sie trug große goldene Ohrringe zu einer Daunenjacke, eine Kombination, die sich Cass so tief ins Gedächtnis einbrannte, dass ihr der kalte Angstschweiß ausbrechen würde, sollte sie sie jemals wiedersehen.

»Cass?«, sagte die Frau. »Was machst du denn hier?«

Sie antwortete nicht. Es hatte ihr die Sprache verschlagen.

Mabels Blick wanderte zwischen Bertie und Cass hin und her.

»Du widerwärtige Null«, brachte sie zwischen den Zähnen heraus. »Endlich hab ich dich erwischt, Arschloch.«

Bertie tastete nach seiner Jeans. »Verlass sofort meine Wohnung, Mabel.«

»Deine Wohnung? Wohl kaum. Warte nur, bis Helen das erfährt. Dann fliegst du, noch bevor es Abend wird, hier hochkant raus und landest wieder in deiner Bruchbude, wo du hingehörst.«

»Halt dich von Helen fern, du Kampflesbe.«

»Wie hast du mich gerade genannt?«

Unterdessen rutschte Cass unauffällig zur Bettkante und hob mit zitternden Händen ihre Sachen auf. Sie schlüpfte in ihr T-Shirt, zog sich den Rock bis zur Taille hoch und schlich mit der Unterwäsche in der Hand zur Tür. Die beiden bemerkten sie gar nicht.

Im Flur ließ sie die Schuhe zu Boden fallen und schlüpfte hinein, auch wenn sie dermaßen zitterte, dass es ewig dauerte. Als sie so dastand, platzte die zweite Bombe. Direkt neben der Haustür hingen drei Fotos in schnörkeligen kleinen Rahmen an der Wand. Bertie und seine Freundin.

Seine Freundin.

Miss Taylor.

Sie ergriff die Flucht.

Kapitel 37

Helen

Als Helen am Dienstagmorgen zur Arbeit ging, fühlte sie sich so gut wie schon seit Tagen nicht mehr. Seit sie Tom versprochen hatte, nicht mehr mit Mabel zu reden, lief es zwischen ihnen deutlich besser. Vielleicht hatte er recht. Vielleicht war ihre Freundschaft mit ihr tatsächlich Teil des Problems. Mabel hatte am Montagabend ein paarmal versucht, sie anzurufen, bis Tom sich schließlich ihr Slate schnappte und die Nummer blockierte. Danach war er richtig nett zu ihr gewesen. Er hatte ihr endlich das lange versprochene Essen gekocht und danach ein Bad einge- lassen.

Sie zog ihre Kosmetiktasche heraus und schminkte sich vor dem Spiegel im Hausflur, wo das Licht am besten war. Das weiße Döschen mit der verbliebenen Abtreibungsta- blette hatte sie darin versteckt. Sie würde sie irgendwann wegschmeißen, doch fürs Erste erschien es nicht verkehrt, sich in Erinnerung zu rufen, was passiert war und was sie dabei durchgemacht hatte. Zur Warnung, denselben Fehler nicht noch einmal zu begehen.

Ihre erste Stunde lief so gut, dass sie sich nicht länger wie die schlimmste Lehrerin der Welt vorkam. Die anschließende Freistunde nutzte sie zur überfälligen Korrektur von Klassenarbeiten.

Sie hatte Pausenaufsicht, und so schnappte sie sich ihre Wasserflasche und blieb, während sie über das Gelände schlenderte, hier und da stehen, um zu sehen, ob alle da waren, wo sie hingehörten. Ein wolkenloser Himmel. Das Leben war wieder schön. Sie kam um eine Ecke. Sie und Tom würden es schon miteinander schaffen. Ja, er hatte Marotten und ärgerliche Angewohnheiten, aber die würde sie mit der Zeit schon tolerieren können, und in einem Jahr oder so konnte sie wieder schwanger werden, und diesmal würde es ein Mädchen. Das sagte ihr das Bauchgefühl.

Sie wollte kurz ins Hauptgebäude, um ihre Flasche aufzufüllen, kam aber nicht weit. Vor dem Eingang steckte eine Gruppe Mädchen aus der dreizehnten Klasse die Köpfe zusammen. Sie waren so in ein hektisches Gespräch vertieft, dass sie sie nicht bemerkten. Sie blieb in kurzer Entfernung stehen und hörte ihnen zu.

»Du lügst doch, wenn du den Mund aufmachst, Cass.«

»Tu ich nicht!«

»Unmöglich. Ich glaub dir kein Wort.«

»Glaub, was du willst. Ist mir doch egal.«

Leises Kichern ging durch die Gruppe. »Unmöglich.«

Auch Billy war dabei. Er stand etwas abseits, hatte seinen Rucksack über die Schulter gehängt und trug keine Jacke.

»Hört auf«, sagte er eindringlich, aber niemand beachtete ihn.

Helen trat heran und war nicht überrascht, mittendrin Cass mit vor der Brust verschränkten Armen anzutreffen. Als sie ihre Lehrerin bemerkte, wirbelte sie herum.

»Was geht hier vor?«, fragte sie.

Sie sprach ruhig, blickte von einer zur anderen und merkte sich, wer dabei war.

»Warum fragen Sie sie nicht selbst?«, sagte eines der anderen Mädchen und zeigte auf Cass.

»Ich frage euch«, sagte sie.

Es folgte nur noch mehr Kichern und Schubsen.

»Was stimmt mit euch nicht?«, fragte sie. »Ihr seid die Abschlussklasse.«

Schließlich ergriff Amy Hill das Wort. »Miss, Ihr Freund arbeitet in einem Coffeeshop in der Stadt, oder?«

»Das geht euch nichts an.«

»Wir wissen es jedenfalls, Miss. Kimberly Smith hat Sie letzte Woche mit ihm gesehen.«

»Ich wüsste trotzdem nicht, was euch das angehen sollte«, entgegnete sie.

Unversehens stand sie im Zentrum der Aufmerksamkeit. Cass war vergessen. Die Mädchen interessierten sich nur noch für sie. Und Tom.

Amy grinste. Sie erinnerte Helen an eine Schlange.

»Cass behauptet, sie hätte es mit ihm getrieben.«

339

Die Welt stand still. Mit einem Schlag herrschte vollkommene Stille. Selbst die Vögel hörten zu zwitschern auf. Sie hatte das Gefühl, als würde der Boden unter ihren Füßen schwanken.

»Verschwindet«, sagte sie. »Alle.«

Bevor Cass sich wegducken konnte, packte Helen sie am Arm. Billy hielt ein paar Meter entfernt immer noch die Stellung. Sie war zu wütend, als dass sie auch ihn aufgefordert hätte, sich zu verziehen.

»Hättest du die Güte, mich aufzuklären, was das eben sollte?«

»Ach, nichts, Miss«, sagte Cass trotzig. Sie hatte einen hochroten Kopf und die Arme um den Oberkörper geschlungen.

Sie war schon zu lange in dem Beruf, als dass sie nicht merken würde, wenn jemand sie belog, und Cass' schmales, blasses Gesicht, die störrische Schulterhaltung und der viel zu dick aufgetragene Eyeliner sprachen eine deutliche Sprache. Ein Kind, das sich als Erwachsene verkleidete.

Kein Mädchen, für das sich Tom interessieren würde.

Oder?

»Wie kommen die anderen darauf, dass du meinen Freund kennst?«

»Das geht Sie nichts an.«

»Da bin ich anderer Meinung.«

»Sie haben doch keine Ahnung, wie er sich fühlt. Sie kennen ihn nicht, jedenfalls nicht so wie ich.«

»Wie bitte?«

»Er hat es mir gesagt.« Cass war nicht mehr zu brem-
sen. »Geben Sie sich keine Mühe, Ihre Beziehung ist schon
ewig am Ende. Er wollte es Ihnen längst sagen, er wusste
nur nicht, wie Sie es aufnehmen würden. Sie haben ihn
komplett fertiggemacht. Bevor wir uns begegnet sind, war
er depressiv. Richtig depressiv.«

»Er ist nicht depressiv«, sagte sie.

Von dem, was Cass ihr da an den Kopf warf, war dies
das Einzige, was ihr Gehirn verarbeiten konnte.

»Sie halten sich ja für so schlau. Sie stellen sich vor
uns hin und schwingen große Reden über die Ausgangssperre und wie toll das alles ist, wie viel besser es uns
geht, seit Frauen die Männer herumschubsen und daran hindern können, ein normales Leben zu führen. Kein
Wunder, dass Sie auch zu Hause ein totales Miststück
sind.«

Sie schnappte nach Luft. »Das reicht!«, fauchte sie.

»Dass Sie ihn immer miesmachen, seine Ausgaben kontrollieren und er sich nie was kaufen kann. Er hat die ganze
Zeit alles darangesetzt, es Ihnen recht zu machen, und Sie
merken es nicht mal. Sie mäkeln nur an ihm rum.«

»Ich sagte, es reicht!«, schrie sie.

Erschrocken hielt sie sich den Handrücken an den
Mund. Sie hatte Schüler schon zuvor angeschrien, sich
dabei aber im Griff gehabt. Noch nie hatte sie richtig die
Beherrschung verloren. Nicht so wie jetzt. Sie ließ langsam den Arm sinken.

»Ich habe keine Ahnung, woher du das alles nimmst,
Cass, aber nichts davon ist wahr. Das solltest du wissen.«

Ihr kam ein Gedanke. »Wo hast du ihn kennengelernt? Im Coffee Stop?«

Cass zitterte die Unterlippe.

»Stimmt doch, oder? Wetten, er war nett zu dir.«

Das musste es sein. Viele junge Frauen gingen im Coffee Stop ein und aus. Es wäre nicht das erste Mal, dass eine mit ihm flirtete und in seine professionelle Freundlichkeit mehr hineininterpretierte.

»Cass, du solltest verstehen, dass er zu allen nett ist. Das hat nichts zu bedeuten.«

Und Cass, die arme, einsame Cass, deren Vater gerade erst aus dem Gefängnis entlassen worden war, hatte in ein paar freundlichen Worten von einem attraktiven Mann mehr gesehen, als dahintersteckte, und sich eine Beziehung mit ihm zusammenfantasiert.

Sie tat ihr leid.

»Er ist auf iDate!«, brüllte Cass sie an. »So habe ich ihn kennengelernt. Ich bin nicht nur irgend so ein Mädchen, mit dem er ein bisschen geflirtet hat, wir daten schon seit Wochen. Und wir hatten Sex in Ihrer Wohnung.«

Bevor Helen noch etwas sagen konnte, machte Cass kehrt und rannte ins Gebäude. Sie sah nur noch, wie die Schwingtür hinter ihr zufiel. Sie überlegte, ob sie ihr folgen sollte, entschied sich aber dagegen. Sie zitterte am ganzen Leib, spürte ihre Haut brennen und die Härchen, die ihr zu Berge standen, und hörte das leise Rascheln der Blätter im Wind.

Das konnte nicht wahr sein. Das würde Tom nie tun. Undenkbar. Diese Sorte Mann war er nicht. Doch als sie ihr Slate herausholte und sich bei iDate einloggte, musste sie sich eingestehen, dass sie im Grunde nicht wusste, was für eine Sorte Mann er war.

Und es war auch nicht so, als hätte niemand sie gewarnt.

Kapitel 38

Cass

Cass wusste selbst nicht genau, warum sie in der Schule von Bertie erzählt hatte. Vielleicht einfach nur, weil die anderen sie auf dem falschen Fuß erwischt hatten. Sie hatten etwas über ihren Dad gesagt und darüber, wie sie sich anzog, und sie dann gefragt, ob sie sich schon von Billy hätte entjungfern lassen. Da war sie ausgerastet. Sie hatte ihnen zeigen wollen, dass sie ihr nicht das Wasser reichen konnten, dass sie ihnen um eine wichtige Erfahrung voraus war.

Eigentlich hatte sie nichts von alledem zu Miss Taylor sagen wollen, doch als die dann plötzlich in ihrer schicken rosa Strickjacke und Seidenbluse vor ihr stand, hatte sie sie so gehasst, dass sie mit allem herausgeplatzt war. Und zu allem Überfluss hatte ihr Miss Taylor nicht geglaubt.

Bevor sie mit Bertie ins Bett gegangen war, hatte sie sich ausgemalt, wie er seiner Freundin endlich gestand, dass er mit ihr Schluss machen wollte. Sicher, früher oder später hätte sie sich ihr wohl stellen müssen, doch in ihrer Fantasie reagierte sie auf die Hysterie der anderen Frau cool und souverän, in dem Bewusstsein, dass zwischen ihr und Bertie etwas war, was er mit ihr niemals erfahren hatte. Es war ganz und gar anders gekommen.

Sie hatte Miss Taylor angeschrien. Bei dem Gedanken glühte ihr das Gesicht. Als sie durch den Flur und dann zum Kellerausgang hinunterrannte, wusste sie, dass sie diese Schule nie wieder betreten würde. Sie war hier fertig.

In diesem Moment wünschte sie sich nichts sehnlicher als ihre Mum. Noch nie im Leben hatte sie sich so allein, so verletzt und so beschämt gefühlt. Sie war seit fast einer halben Stunde unterwegs, als ihr bewusst wurde, dass sie ins Stadtzentrum gelaufen war. Nicht lange, und sie stand vor dem Coffee Stop. Sie ging nicht hinein. Sie blieb auf der anderen Straßenseite stehen und beobachtete, wie die Leute dort ein und aus gingen. Er war da drin. Sie spürte es. Sie brauchte ihn nicht zu sehen, um das zu wissen.

Sie verharrte unschlüssig, bis sie ihn um halb drei aus dem Laden kommen sah. Sie folgte ihm. Gerade dicht genug, dass sie ihn nicht aus den Augen verlor. Mit ganzer Kraft wünschte sie sich, dass er sich umdrehte und sie sah. Sie brannte vor unbändiger Sehnsucht nach ihm. Sie stellte sich vor, wie sich ihre Blicke trafen. Er würde stehen bleiben. Sie würde seine Überraschung sehen und im nächsten Moment seine Freude, wenn er merkte, dass sie es wirklich war. Vielleicht würde er ihr entgegenkommen, und es wäre ihm anzusehen, wie er sich beherrschen musste, damit er nicht losrannte, hin zu ihr. Er würde sie fest in die Arme schließen und ihr sagen, er habe sich unbedingt bei ihr melden wollen, es aber nicht gekonnt. Und dafür gäbe es einen triftigen Grund. Vielleicht hätte er sein Slate zerbrochen oder verloren. Er würde ihr alles erklären; Miss Taylor, sein Verhalten gestern, das, was er zu Mabel gesagt hatte, und sie würde sich nicht mehr so schmutzig und benutzt fühlen.

Genau in diesem Moment griff er sich in die Gesäßtasche, holte sein Slate heraus und neigte sich über das Display, was ihr unwillkürlich einen Kiekser entlockte. Sie folgte ihm noch eine Viertelstunde. Dabei wusste sie mit jedem Schritt, dass sie einen Fehler beging. Sie brachte es nur nicht über sich, stehen zu bleiben. Wie ein Magnet zog er sie an.

Er bog in seine Straße ein. Sie erkannte sie auf Anhieb wieder. Als er nun in die Tasche griff und nach seinen Schlüsseln kramte, während er mit gebeugtem Kopf weiterhin sein Slate fixierte, drosselte er das Tempo. Die Schlüssel klirrten in seiner Hand. Er fing an, eine fröhliche, unbeschwerte Melodie zu pfeifen. Nach einem todunglücklichen Menschen klang das nicht, eher nach einem arroganten, draufgängerischen Typen.

»Bertie!«, rief sie.

Sie wusste nicht, wieso gerade hier und gerade jetzt. Er verstummte, drehte sich um und sah sie.

»Was sucht du hier, verdammt?«

»Du hast auf meine Nachrichten nicht geantwortet. Ich hab mir Sorgen um dich gemacht.«

Das entsprach nicht ganz der Wahrheit, war aber nahe genug daran, dass sie es sich selbst einreden konnte.

»Geh nach Hause, Cass.«

Sie holte ihn ein.

»Nein«, sagte sie. »Erst wenn du mir gesagt hast, was los ist. Wieso hast du mich ignoriert? Wieso schreibst du mir nicht, nachdem wir …?«

Sie hörte einen Wagen kommen.

»Scheiße«, murmelte er.

Er packte sie am Arm, zog sie zur Tür, schloss in Windeseile auf und schob sie in den Flur. Dann schlug er die Tür hinter sich zu. Sie stand wie angewurzelt da. Sie hatte keine Ahnung, was sie machen sollte, und fuchtelte am Schulterriemen ihrer Tasche herum, während sie das Foto von Miss Taylor an der Wand gezielt übersah. Ihr Herz pochte unangenehm heftig.

»Bertie«, sagte sie wieder, aber er war offenbar nicht in der Stimmung, sie anzuhören.

»Was hast du dir nur dabei gedacht, hierherzukommen?«, fauchte er sie an. »Jemand könnte dich gesehen haben. Jetzt im Ernst – benutzt du überhaupt mal deinen Verstand, oder bist du so blöd?«

Das war keine Erklärung. Das half ihr nicht dabei, sich weniger schmutzig oder benutzt zu fühlen.

»Ist doch egal, ob mich jemand gesehen hat.«

»Was … Scheiße, das darf nicht wahr sein.«

Er fasste sich an die Nasenwurzel. Das eben noch so strahlend schöne Gesicht war plötzlich alles andere als das. Vor Wut entglitten ihm seine Züge.

»Soll vielleicht die ganze Straße von dir wissen?«

»Keine Ahnung«, sagte sie. Ihre Stimme war plötzlich heiser und schrill. »Wieso eigentlich nicht?«

Es zog ihr die Eingeweide zusammen. Ihr Magen war schwer wie Blei. Ihre Füße hafteten am Boden. Auch davor hatten alle ihre Zeitschriften gewarnt. Nur hätte sie nie geglaubt, dass so etwas ihr passieren könnte. Das hier passierte anderen Frauen, den langweiligen, die es nicht verstanden, das Interesse eines Mannes zu fesseln.

»Komm endlich runter«, sagte er. »Das zwischen uns war nichts Ernstes.«

»Aber du hast mir doch gesagt, wie unglücklich du mit ihr bist. Du hast gesagt, mit mir ist es anders, ich bin anders, und du glaubst, das zwischen uns kann was Ernstes werden, dass ich die Richtige bin.«

»Das war so dahingesagt. Man sagt viel in der Hitze des Augenblicks. Das hat nichts zu bedeuten.«

»Aber ich habe mit dir geschlafen!«

»Und?«

»Und hat es dir nicht gefallen?«

Vielleicht war es das. Vielleicht war das der Grund. Da ging mehr, das wusste sie. Wenn er ihr nur eine zweite Chance gäbe.

Er sah sie ungläubig an. »Wir haben nur gevögelt.«

Sie erstarrte. Der Verrat traf sie mit aller Wucht. Der Schock rieselte ihr eiskalt den Rücken hinunter wie ein Eimer kaltes Wasser, und im selben Moment wechselten ihre Gefühle. Sie wusste, was er getan hatte. Und, schlimmer noch, sie wusste genau, was sie war und was sie getan hatte.

»Du verlogenes Arschloch«, sagte sie ruhig, obwohl sie am Ende war. »Du bist nur ein armseliger, kleiner Lügner.«

»Und du nur eine dumme, kleine Schlampe. Hast du wirklich geglaubt, ich lasse meine Freundin sitzen und gebe das hier auf?« Er machte eine ausladende Handbewegung. »Für eine, die noch zur Schule geht?«

»Du hast gesagt, das ist deine Wohnung.«

»Natürlich ist es nicht meine Wohnung. Ich arbeite drei Tage die Woche in einem Coffeeshop. Glaubst du wirklich, von dem Verdienst da könnte ich mir so was hier leisten?«

»Keine Ahnung«, sagte sie ungerührt. »Ich weiß nicht, wie viel du verdienst.«

Sie wusste rein gar nichts über ihn, wurde ihr klar. Nicht richtig. Sie hatte sich alles nur eingebildet. Was er gesagt hatte, waren leere Worte gewesen. Er hatte sie mit Phrasen gefüttert, die sie begierig aufgesogen hatte, weil sie ihr das Gefühl gaben, etwas Besonderes zu sein, attraktiv und begehrenswert. Sie hatte sich den anderen Mädchen an der Schule überlegen gefühlt und sich daran geweidet, ihnen eine bedeutsame Erfahrung vorauszuhaben. Es hatte sie stundenlang in einen Rauschzustand versetzt.

Jetzt war der Rausch verflogen, und sie fühlte sich nur noch elend. Innerlich wund. Sie hätte sich am liebsten in eine Ecke verkrochen. *Er sollte sich doch in mich verlieben,* dachte sie verzweifelt. *Hat er aber nicht, und ich weiß einfach nicht, wieso.*

Sie klammerte sich an diesen Gedanken. Jetzt ging es nur noch um eines. Sie musste so lange dableiben, bis sie die Antwort herausfand. Es musste eine geben. Wenn sie dahinterkäme, würde er seine Meinung vielleicht noch ändern. Und all das, was er zu ihr gesagt hatte, würde doch noch wahr. Sie bezwang ihre Wut und Enttäuschung, die ihr immer noch zu viel Angst einjagten, und klammerte sich an den letzten Funken Hoffnung, das Blatt zu wenden.

Sie trat ein paar Schritte zurück, schöpfte wieder Mut, drehte sich um und machte ein paar Schritte durch den Flur in Richtung Wohnzimmer. Sie würden die Sache wie Erwachsene ausdiskutieren. Klar, sie hatten sich gerade schreckliche Dinge an den Kopf geworfen, aber so etwas passierte nun mal aus Leidenschaft. Letztlich bewies es, dass Gefühle im Spiel waren, tiefe Gefühle, denen sie sich nur nicht zu stellen wagten, weil sie beide schon zu viel durchgemacht hatten. Vielleicht schafften sie es ja gemeinsam. Sie war bisher noch nicht im Wohnzimmer gewesen. Es war ein aufgeräumter, heller Raum mit einer pastellfarbenen Couch. Sie hockte sich auf die Kante.

»Was zum Teufel soll das werden?«, brüllte er sie an.

»Wir setzen uns zusammen und reden in Ruhe darüber, statt uns anzuschreien.«

»Da gibt es nichts zu bereden!«

»Ich denke doch.«

»Und genau da liegst du gründlich daneben.«

Mit zitternder Hand klopfte sie auf den Platz neben sich. »Setz dich.«

Er füllte den Türrahmen mit seinen Schultern und seiner Wut aus. Er hatte ein hochrotes Gesicht, und an seinem Hals pochte eine Ader. Er rührte sich nicht, doch rings um ihn schien die Luft zu vibrieren.

Sie rutschte nervös hin und her.

»Hör auf, mich zu bevormunden«, sagte er.

»Das tu ich nicht. Aber ich finde wirklich, dass wir uns aussprechen sollten.«

»Und worüber?«

»Über uns beide!«

»Es gibt kein uns beide. Hat es nie gegeben.«

»Aber du hast doch gesagt ...«

Er unterbrach sie mit einer schneidenden Handbewegung. »Ja, bla, bla, bla. Und du warst dämlich genug, mir zu glauben.«

Sie sprang auf. »Ich dachte, du bist anders«, sagte sie, ohne zu wissen, anders als wer eigentlich. Sie sagte es nur, weil sie diese Worte so oder ähnlich schon in Büchern gelesen und in der alten Fernsehserie gehört hatte, die sie schaute, wenn ihre Mum nicht da war. »Ich dachte, ich bedeute dir etwas.«

Er legte den Kopf in den Nacken und starrte zur Decke. »Ich fass es einfach nicht«, murmelte er. »Dämliche Klette.«

»Nein, das ist nicht wahr.«

»Wach endlich auf, okay? Es tut mir leid, wenn du geglaubt hast, das mit uns wär irgendwas Ernstes, aber das ist es nie gewesen.«

»Du hast mich belogen. Du bist ein Lügner.« Sie hatte einen Kloß im Hals, und ihre Unterlippe wollte nicht aufhören zu zittern.

»Du hast mir auch nicht gesagt, dass du noch zur Schule gehst.«

»Und du hast mir verschwiegen, dass Miss Taylor deine Freundin ist«, konterte sie.

Er starrte sie an, als wäre sie etwas, was ihm an der Schuhsohle klebte, und sie ertappte sich bei der Frage, was sie je an ihm gefunden hatte. In diesem Augenblick jedenfalls besaß er nicht einen Funken Anziehungskraft. Von einer Sekunde auf die andere hatte er sich komplett verändert, so unumkehrbar, als wäre er eine Fantasiegestalt gewesen, die nie existiert hatte. Als ihr im selben Moment glasklar zu Bewusstsein kam, dass sie mit einem Fremden in der Wohnung einer anderen Frau eingeschlossen war, stellten sich ihr die Nackenhaare auf.

Die Tatsache, dass es sich dabei um Miss Taylors Wohnung handelte, machte alles nur noch schlimmer. Trotz alledem brachte sie es nicht über sich zu gehen, noch nicht, und falls er Anstalten machte, sie rauszuschmeißen, würde sie sich wehren. Zuerst wollte sie ihn da treffen, wo es wehtat, damit er am eigenen Leib spürte, was er ihr angetan hatte. Nur musste sie erst wieder Luft bekommen, damit sie weiterreden konnte.

»Ich verachte dich.«

Er zuckte nur die Achseln. »Wenn du meinst.«

Sie war ihm egal. Er sah ihre Qualen und zeigte kein Mitgefühl. Er machte sich nicht das Geringste aus ihr.

»Na gut«, sagte sie, auch wenn ihr hundeelend war.

Sie stürmte so hastig los, dass sie mit dem Schienbein gegen den Couchtisch knallte, was sie jedoch kaum spürte. Sie stieß ihn zu Seite – ein letzter heftiger Körperkontakt, den sie lange nicht vergessen würde.

Sie stapfte durch den kurzen Flur zur Tür und an dem Foto von Miss Taylor vorbei, auf dem sie so strahlte, als wäre sie die glücklichste Frau auf der Welt. Beim Anblick des Bildes blieb Cass noch einmal stehen. Einen Moment lang starrte sie es an, dann drehte sie sich um und durchbohrte ihn mit ihrem Blick.

»Liebst du sie?«, fragte sie ihn.

Er lachte. »Heilige Scheiße«, sagte er. »Ich glaub das alles nicht.«

»War doch nur eine einfache Frage. Ja oder nein. Nicht mal die kannst du beantworten? Und du findest *mich* erbärmlich?«

Wieder lachte er nur.

Sie riss das Foto von der Wand und schleuderte es ihm ins Gesicht. Er hob die Hände und schlug es weg. Es fiel auf den Boden, wo der Rahmen zerbrach.

»Verfluchtes Miststück!«, brüllte er sie an. »Hau ab! Hau bloß ab!«

»Keine Sorge, bin schon draußen«, fauchte sie.

Doch bevor sie die Tür aufmachte, holte sie sämtliche Mäntel und Jacken von den Garderobenhaken und schleuderte sie ihm entgegen. Dabei ging auch die kleine Vase auf der Flurkommode zu Boden, ebenso wie die Schale mit den Schlüsseln, dem Kleingeld und einem Kosmetiktäschchen. Es war nicht richtig zu und sprang auf, als es die Wand traf, sodass ihm Eyeliner, Mascara und andere Utensilien sowie ein weißes Pillendöschen entgegenflogen.

»Ich hasse dich«, sagte sie, griff nach der Klinke, riss die Tür auf und rannte hinaus.

Irgendwann fand sie sich unten am Kanal wieder und beschloss, den Fußweg nach Hause zu nehmen. Weit und breit war niemand zu sehen, sodass sie still vor sich hin heulen konnte. Ihr Leben war ein einziges Desaster. Alles ging schief. Sie hatte keine Freundinnen und jetzt auch keinen Freund mehr. Sie konnte nirgends hin außer zum Frauenhaus. Sie hatte nichts.

Sie zog ihr Slate heraus und schrieb Billy eine Nachricht. Wenigstens er war auf ihrer Seite gewesen.

Sie war ihm offenbar nicht mal eine Antwort wert.

Kapitel 39

Sarah

Sarah hatte alles in allem einen unerwartet erfreulichen Vormittag gehabt, als Mabel bei ihr anklopfte. Sie hatte den Frauen im Frauenhaus von dem Zettel an ihrem Wagen erzählt und ihre Vermutung geäußert, dass die Townsends ihr nachstellten. Alle hatten ihr geraten, zur Polizei zu gehen. Sarah hatte es versprochen, obwohl sie noch darüber nachdachte. Kate Townsend war in Trauer; ihre Urteilskraft war getrübt. Sarah wollte nicht alles nur noch schlimmer für sie machen. Schließlich konnte man der Tochter nicht die Schuld für die Vergehen ihres Vaters geben.

Mabel zog lautlos die Tür hinter sich zu, lehnte sich mit dem Rücken dagegen und sah sie mit einem Gesicht an, das Sarah nichts Gutes ahnen ließ. Verlegen ließ Mabel den Blick durchs Zimmer schweifen, anstatt ihr in die Augen zu sehen.

»Ich muss dir was sagen.«

»Nur zu«, sagte sie. Sie lehnte sich auf dem Schreibtischstuhl zurück und gab sich locker, während sie sich gegen schlechte Neuigkeiten wappnete.

»Es geht um Cass.«

»Was ist mit ihr?«, fragte sie. Ging es um den Stick? Hatte Mabel irgendwie Wind davon bekommen, dass Cass ihn gestohlen hatte? Hatte Cass das überhaupt getan?

Mabel wurde rot und blinzelte heftig. »Ich … ich habe sie an einem Ort erwischt, wo sie nichts zu suchen hatte.«

Also nicht der Stick. Sarah atmete auf.

»Geht es etwas genauer?«

»Ich weiß nicht, wie ich es dir sagen soll.«

»Spuck's einfach aus.«

Mabel strich sich übers Gesicht. »Ich habe sie mit Helens Freund im Bett erwischt.«

Diese Worte waren so komprimiert, dass sie sie nicht auf Anhieb entpacken konnte. Also fragte sie ratlos: »Was? Wann denn?«

»Gestern Morgen. Ich bin in der Pause nur mal kurz zu Helens Wohnung rüber, um ihr ein paar Sachen zu bringen, die sie bei mir hat liegen lassen, und hab die beiden dort überrascht.«

»Aber Cass war doch in der Schule.«

Sie hatte keinen Beweis dafür, dass Cass zur fraglichen Zeit in der Schule gewesen war. Und Cass hatte mehr als einmal gezeigt, dass sie bereit war zu schwänzen, wenn es ihr in den Kram passte. Alles in ihr sträubte sich gegen den Gedanken an Cass mit Tom Roberts im Bett. Sie zog ihre Tasche heran und holte ihr Slate heraus.

»Und du bist dir sicher, dass sie es war?«

Mabel nickte. »Tut mir so leid. Ich hätte es dir schon gestern sagen sollen, ich wusste nur nicht … Ich wusste einfach nicht, wie. Ich hab mir eingeredet, dass es mich nichts angeht, aber dann gedacht, wenn es meine Tochter wäre, würde ich es wissen wollen.«

»Wo kann sie ihn denn kennengelernt haben?«

»Sie ist ja gerade achtzehn geworden«, sagte Mabel. »Vielleicht ist sie jetzt auf iDate. So hat Helen ihn damals jedenfalls kennengelernt. Würde mich kein bisschen wundern, wenn er sich da immer noch rumtreibt. Außerdem arbeitet er im Coffee Stop in der Stadt. Hast du nicht mal erwähnt, dass Cass da gern hingeht?«

»Weiß Helen davon?«

»Das wage ich zu bezweifeln.«

»Willst du es ihr erzählen?«

»Ich habe gestern Abend versucht, sie anzurufen«, sagte Mabel. »Aber sie ist nicht rangegangen.«

»Geh zu ihr. Sie muss es erfahren.«

»Sie würde mir nicht glauben.«

»Mag sein«, sagte sie. »Aber er hat dir gerade seinen Arsch auf dem Silbertablett serviert. Nutz die Gelegenheit.«

Erst nachdem Mabel gegangen war und die Tür hinter sich geschlossen hatte, legte Sarah das Gesicht in die Hände und schrie innerlich auf. Sie hätte es kommen sehen müssen. Cass' zunehmendes Interesse am anderen Geschlecht im Lauf des letzten halben Jahres war ihr nicht verborgen geblieben. Aber sie hatte immer gedacht, ihre

Tochter hätte ein Auge auf Billy geworfen, und angenommen, nach einer aufregenden Romanze von vielleicht ein paar Wochen wäre das melodramatische, tränenreiche Ende da und in einem Jahr alles vergessen.

Ein erwachsener Mann in einer festen Beziehung war da etwas völlig anderes. Wie hatte sich Cass nur so leicht einwickeln lassen? *Sehr leicht,* dämmerte es ihr. Ein attraktiver Mann hatte ihr ein bisschen Aufmerksamkeit geschenkt, und sie war zu jung und zu naiv gewesen, ihn zu durchschauen. Sie rief umgehend bei der Schule an, die ihr Cass' Fehlen am Vortag bestätigte.

Sie überlegte, ob sie Hadiya bitten sollte, sie heute früher gehen zu lassen, ließ den Gedanken aber fallen. Stattdessen arbeitete sie konzentriert und zügig ihre Termine ab. Dabei achtete sie verstärkt darauf, dass alles korrekt ablief und seine Ordnung hatte. Doch am Feierabend war sie erschöpft, und auf dem Weg zum Wagen schwirrte ihr der Kopf, wenn sie daran dachte, was ihr in den nächsten Stunden bevorstand.

Das ungute Gefühl, das sie in den letzten Tagen jedes Mal beim Überqueren des Parkplatzes befallen hatte, schob sie angesichts der Probleme mit Cass diesmal beiseite.

Was sich als Fehler erwies.

Diesmal war es aber nicht Kate Townsend. Es war Greg, der neben ihrem Wagen stand.

Er trug hässliche Shorts zu schwarzen Sportschuhen und weißen Socken. Die Hände hatte er in den Taschen des Hoodies vergraben.

»Was willst du?« Sie war ein paar Schritte entfernt stehen geblieben. »Was hast du hier zu suchen?«

»Ich will bloß mit dir reden«, sagte er. »Ins Frauenhaus kann ich ja nicht. Und anrufen kann ich dich auch nicht. Was blieb mir also anderes übrig?«

»Du sollst mich in Ruhe lassen.«

»Das würde ich nur zu gerne, glaub mir. Nichts wäre mir lieber, als dich nie wiederzusehen, aber leider machst du mir das unmöglich. Wir müssen über die Scheidung reden. Genauer gesagt, über den Ehegattenunterhalt.«

Sie dachte sehnsüchtig an den Taser in ihrer Schreibtischschublade. Nichts schien ihr in diesem Moment verlockender, als ihm dabei zuzusehen, wie er zusammenbrach und sich in die Hose machte.

»Hau ab, bevor ich die Polizei rufe!«

»Tu dir keinen Zwang an«, sagte er. »Ich breche hier kein Gesetz. Es ist Tag, und das ist ein öffentlicher Ort.«

Trotzdem griff sie in ihre Tasche und holte ihr Slate heraus. Vielleicht würde er freiwillig gehen, wenn er sah, dass sie Ernst machte. Sie tippte auf ihrem Display.

»Bei der Gelegenheit sollte ich vielleicht zu Protokoll geben, dass du Cass tätlich angegriffen hast«, sagte er.

Sie erstarrte. Ihr wurde schlecht.

»Es überrascht dich wohl, dass ich davon weiß, was?«, fuhr er hämisch grinsend fort. »Vielleicht erzähle ich denen auch, dass du im Stadtzentrum auf mich losgegangen bist und mich angebrüllt hast. Das würde sie bestimmt auch interessieren. Ein paar Rechte haben Männer immerhin noch. Nicht viele, aber ein paar schon. Solange wir uns an die Ausgangssperre halten, können wir immer noch tun und lassen, was uns passt.«

»Verpiss dich, Greg.«

»Mir war schon immer klar, dass du ein Problem mit deinen Aggressionen hast«, sagte er. »Aber jetzt weiß ich auch, dass du nicht ganz richtig im Kopf bist. Ist doch so, oder? Wie konntest du nur unsere Tochter schlagen?«

»Das habe ich nicht.«

»Da habe ich anderes gehört.«

»Ich lehne es ab, diese Unterhaltung noch länger mit dir zu führen.«

»Sei lieber auf der Hut«, sagte er, als ihre Beine ihr endlich wieder gehorchten und sie an ihm vorbeirauschte. »*Mein* Leben hast du schon ruiniert. Ich werde nicht zulassen, dass du auch noch Cassies kaputt machst.«

Sie riss die Wagentür auf und nutzte sie als Schutzschild. »Soll ich das als Drohung verstehen?«

»Liegt ganz bei dir. Aber eins sag ich dir, Sarah. Wenn du meiner Tochter noch mal auch nur ein einziges Haar krümmst, mach ich dich fertig.«

Sie ließ sich auf den Sitz fallen, knallte die Tür zu und warf den Motor an. Sie schoss so schnell vom Parkplatz, dass sie beinahe mit dem entgegenkommenden Fahrzeug kollidierte, was sie aber mit einer Vollbremsung in letzter Sekunde verhindern konnte. Am Ende der Straße musste sie sich eingestehen, dass sie viel zu aufgewühlt war, als dass sie in diesem Zustand weiterfahren könnte. Sie bog in eine Nebenstraße ein und blieb dort gut zehn Minuten lang mit laufendem Motor stehen.

Sie wusste nicht, was sie machen sollte. So konnte es allerdings nicht weitergehen. Jedenfalls würde Greg keinen Penny von ihr sehen. Sie spielte mit dem Gedanken, nach Hause zu fahren, einen Koffer zu packen und einfach wegzugehen. Sollte Greg sich doch um Cass kümmern, wo er doch ach so besorgt um ihr Wohlergehen war. Sollte er sich doch um eine mögliche ungewollte Schwangerschaft oder eine Geschlechtskrankheit kümmern, die sie sich vielleicht eingefangen hatte. Sollte er doch den Ärger mit der Schule über sich ergehen lassen, wenn Cass mal wieder blaumachte. Vielleicht würde sich ihre Tochter ja Greg zuliebe zusammenreißen. Die beiden passten zueinander. Das war das Problem an der Mutterschaft: Den Mann, mit dem man das Baby hatte, wurde man letztlich nie wieder los. Er drängte sich einem immer wieder ins Leben, wie sehr man sich auch bemühte, ihn da rauszuhalten.

Aber so verlockend der Gedanke war, gelang es ihr nicht, sich etwas vorzumachen. Für sie war Cass immer noch das strahlende Kleinkind mit dem flaumigen Haar, die Fünfjährige, die Schokolinsen liebte, die Zehnjährige, die im Garten versuchte, ein Rad zu schlagen. Die Achtzehnjährige, die auf der ganzen Linie Mist gebaut hatte und ihre Mum brauchen würde, sobald ihr klar wurde, was für einen schrecklichen Fehler sie begangen hatte.

Das hinterhältige Kind, das jedes Mal, wenn sie etwas tat, was ihm gegen den Strich ging, zum Vater rannte.

Sie kehrte zum Frauenhaus zurück und wartete wütend darauf, dass Cass heimkam.

Kapitel 40

Helen

An diesem Nachmittag eilte Helen auf dem schnellsten Weg nach Hause. Die Aussprache, die anstand, sobald sie die Wohnungstür hinter sich schloss, war unvermeidlich. Als sie ans Ende ihrer Straße kam, wartete dort an der Ecke eine vertraute Gestalt. Es war Mabel. Helen hatte keine Lust, mit ihr zu reden, doch immerhin wäre es eine Schonfrist vor der Unterhaltung mit Tom. Also hielt sie und wartete, bis ihre Freundin herantrat. Sie ließ die Scheibe herunter, stieg aber nicht aus.

»Ich muss dir was sagen.« Mabel kam gleich zur Sache. Keine Nettigkeiten, kein Smalltalk. »Es geht um Tom.«

Sie stöhnte innerlich auf. Nicht schon wieder. »Was immer du zu sagen hast, ich will es nicht hören.«

»Musst du aber.« Mabel holte tief Luft. »Ich weiß nicht, wie ich es dir sagen soll, also sag ich's direkt, auch wenn ich weiß, dass du wütend werden wirst. Aber du solltest bedenken, dass ich mir so was niemals erfinden würde. Also, ich bin gestern zu deiner Wohnung rübergefahren, um dir deine Sachen zu bringen. Tom war da, und er war mit einem Mädchen im Bett. Ich wusste echt nicht, was ich machen soll. Ihre Mutter ist eine Kollegin von mir, Helen. Die Kleine ist gerade mal achtzehn. Sie geht noch zur Schule. Ich wollte es dir schon gestern am Telefon sagen, aber du bist nicht rangegangen.«

Jedes Wort war ein Schlag in den Magen. Helen war zu benommen, als dass sie etwas fühlte. Gestern. Das alles war also gestern passiert. Am Abend hatten sie zusammen gemütlich seinen Hackfleischauflauf gegessen und danach im selben Bett geschlafen, in ihrem Bett; die ganze Zeit hatte er dieses Geheimnis vor ihr gehütet, und während sie völlig ahnungslos war, hatten es in der Schule alle gewusst. Er hatte Mabels Anrufe bei ihr blockiert. Jetzt wusste sie, wieso.

»Ich muss dann mal«, sagte sie.

Sie legte den Gang ein und fuhr los. Im Rückspiegel sah sie, wie Mabel am Straßenrand stand und ihr hinterherblickte. Ihr wurde flau. Sie hatte Cass Johnson nicht glauben wollen. Sie hatte sich beinahe schon erfolgreich eingeredet, dass an der Sache nichts dran war.

Jetzt konnte sie sich nicht länger in die Tasche lügen. Sie parkte vor dem Haus, griff nach ihrer Tasche und ging zum Eingang. Sie wollte gerade den Schlüssel einstecken, als Tom die Tür aufriss.

Er stand da, sah sie an, und da war etwas Dunkles, Bedrohliches in seinen Augen, an seiner Körpergröße und seiner Schulterbreite. All das, was sie an ihm so attraktiv gefunden hatte, machte ihr jetzt Angst.

Sie spürte instinktiv, dass sie auf der Stelle kehrtmachen und wegrennen sollte, aber der Befehl kam nicht schnell genug bei ihren Beinen an. Tom packte sie an der Bluse und zog sie hinein. Er schubste sie vor sich her und trat mit einem lauten Knall die Tür hinter sich zu. Er packte fester zu, bis der Stoff in ihrem Rücken spannte.

»Du Miststück«, sagte er.

»Lass mich los!«

Sie langte nach seiner Hand und wollte die Finger aufbiegen, aber er war zu stark, und sie konnte nichts gegen ihn ausrichten. Er schüttelte sie so heftig, dass ihr Kopf vor- und zurückflog und ihr die Zähne aufeinanderschlugen. Wieso machte er das? Hatte er sie gerade mit Mabel beobachtet?

»Wann wolltest du es mir sagen?«, schrie er.

»Dir was sagen?«

»Komm mir nicht so, Helen. Du weißt genau, was ich meine.«

Er schubste sie vor sich her, hielt sie hoch, wenn sie stolperte, manövrierte sie durch die Tür ins Wohnzimmer und stieß sie auf die Couch. Sie lag da und rang nach Luft, während ihr Herz nur so raste.

»Das hier«, sagte er und zeigte mit zitternder Hand auf den Couchtisch.

Dort stand auf der sonst leeren Platte das Döschen mit der verbliebenen Abtreibungspille, die sie in ihrem Schminktäschchen versteckt hatte. Er musste in ihren Sachen gewühlt haben, ihren persönlichen Sachen. Sie folgte dem ersten Impuls, alles abzustreiten.

»Das gehört mir nicht«, sagte sie.

»Wem dann?«

»Mabel.«

»Mabel? Tut mir leid, Darling, aber lass dir was Besseres einfallen.«

Sie griff nach dem Döschen, aber nicht schnell genug. Er schnappte es sich und warf es ihr ins Gesicht.

»Abtreibungspillen, Helen? Wieso brauchst du Abtreibungspillen, hä?«

»Die sind alt. Von früher.«

»Auf dem Etikett steht, dass sie letzte Woche verschrieben wurden.«

So, wie er sich vor ihr aufbaute, fühlte sie sich in der Falle, unfähig, sich zu rühren.

»Wie konntest du schwanger werden? Ich dachte, du nimmst die Pille.«

»Ich …«

»War es von mir?«

»Ja, von wem denn sonst. Ich bin nicht diejenige, die mit anderen schläft.« Letzteres schien er nicht zu hören.

»Hast du mein Baby weggemacht, Helen?«, fragte er betont leise und bedrohlich.

Sie wollte lügen, hatte aber zu viel Angst, es damit nur noch schlimmer zu machen. Da sie die Wahrheit nicht über die Lippen brachte, blieb ihr nichts anderes übrig, als zu schweigen. Dabei pochte ihr das Blut in den Ohren. Sie hatte einen trockenen Mund. Ihr Blick geisterte zwischen der Dose auf dem Tisch und ihm hin und her, doch wenn sie ihn ansah, starrte sie nur auf das Logo an seinem Hemd. Sie konnte ihm nicht ins Gesicht sehen. Sie versuchte es, in der Hoffnung, darin das leiseste Anzeichen von Verständnis auszumachen, hatte aber zu große Angst, davon keine Spur zu entdecken.

»Antworte, verflucht noch mal!« Er brüllte so laut, dass der Schock ihr eine Reaktion entlockte.

»Ja«, flüsterte sie.

Kapitel 41

Cass

Cass hatte den größten Teil des Abends in ihrem eigenen Saft geschmort, in einer Mischung aus Wut und Grübelei, und sich vor ihrer Mutter in der Waschküche des Frauenhauses versteckt. Zwischen ihnen hatte es einen gewaltigen Krach gegeben. Sarah hatte von ihr und Bertie Wind bekommen. Mabel hatte gepetzt. Sie hatte das Gefühl, die ganze Welt habe sich gegen sie verschworen. Nicht nur ihre Mutter oder die anderen Bewohnerinnen im Frauenhaus, sondern einfach alle. Als kurz nach neun Mrs O'Brien mit einem Armvoll Bettlaken auftauchte, war sie zurück in die Wohnung geflohen und hatte sich in ihrem Zimmer eingeschlossen.

In einer Endlosschleife hatte sie alles unter die Lupe genommen, was zwischen ihr und Bertie beziehungsweise Tom Roberts, wie er offenbar in Wahrheit hieß, vorgefallen war. Sie rief sich jedes Wort von ihm ins Gedächtnis und auch, in welchem Ton er es gesagt hatte. Sie las ihren iDate-Chatverlauf so oft rauf und runter, bis sie glaubte, verrückt zu werden. Lag es an ihr? Hatte sie sich das alles nur eingebildet? War sein Benehmen normal? War sie am Ende schuld, weil sie zu viel hineingelesen hatte, weil sie sich mehr gewünscht hatte, als da gewesen war? War sie tatsächlich so naiv, wie Sarah behauptete? Schließlich hatte sie sich ausgeheult und war endlich in der Lage, sich die Frage zu beantworten.

Er hatte gelogen.

Und ja, es war naiv von ihr gewesen, ihm zu glauben. Na schön, das würde ihr kein zweites Mal passieren. Er hatte ihr die Augen geöffnet. Sie hatte schon Geschichten über Männer gehört, die sich so verhielten, sie aber nicht glauben wollen, weil sich bestimmt kein Mensch derart egoistisch und gemein verhalten würde und man schließlich immer beide Seiten hören musste, um sich ein Urteil bilden zu können. Was war mit den Frauen der Männer? Welche Rolle hatten sie dabei gespielt? Darüber sprach niemand.

Jetzt wusste sie, warum.

Männer waren ein Haufen Scheiße.

Sie waren genau das, was sie nicht für möglich gehalten hatte. Sie waren grausam und manipulativ, und was sie einem damit antaten, war ihnen egal; sie logen, sie sagten und taten Dinge, die sie nicht ernst meinten, nur, um einen rumzukriegen oder um sich Ärger vom Hals zu halten.

Sie wünschte sich sehnlichst, die letzten Wochen aus ihrem Leben streichen zu können. Aber das ging nun mal nicht. Sie fühlte sich wie nach einem kräftezehrenden Kampf. Physisch erschöpft, emotional am Boden. Alles tat ihr weh. Sie hatte sich zum Affen gemacht und wusste es. Sie konnte nur versuchen, einiges an Schaden wiedergutzumachen, und den Rest leugnen. Die Vorstellung, dass ihre Mutter ihren Sinneswandel mitbekäme, war ihr unerträglich.

Wenn sie nämlich einräumen müsste, dass die anderen im Frauenhaus mit ihrer Einschätzung richtiglagen, was Männer anging, dann hätten sie auch mit der Ausgangssperre recht, und sie hätte sich auf der ganzen Linie geirrt. Je länger sie um diese Fragen kreiste, desto energischer drängte sich ein Gedanke auf.

Sie musste Billy die Fußfessel wieder anlegen.

Sie stand auf, zog sich an und sah auf dem kleinen Wecker nach, wie spät es war. Zwei Uhr morgens. Sie holte den Fußfesselstick, steckte ihn in die Hosentasche, öffnete ihre Tür einen Spaltbreit und horchte. Alles still.

Sie ging lautlos die Treppe zum Flur hinunter, öffnete mit pochendem Herzen die Haustür und trat hinaus. Auf der Straße regte sich nichts außer einer Katze, die einen Bogen um sie machte. Auf ihrem Weg zu Billys Straße hielt niemand sie auf. Anstatt anzuklopfen, schlich sie um das Haus, in dem er wohnte.

»Billy!«, zischte sie unter seinem Fenster.

Was natürlich nichts brachte. Nie im Leben würde er sie hören. Sie sah sich um. Der Weg an der Rückseite des Hauses war bekiest. Sie hob ein paar Steinchen auf und wog sie in der Hand. Das erste flog nicht einmal über das Küchenfenster hinaus. Das zweite verpasste sein Ziel nur knapp. Sie suchte gerade noch ein paar zusammen, um einen erneuten Anlauf zu nehmen, als das Fenster aufging und Billy herauskletterte. Sie sah ihm dabei zu, wie er sich auf das Flachdach des Küchenvorsprungs herunterließ und von dort auf den Boden sprang. Bei ihrem Anblick blieb er wie ein Reh im Scheinwerferlicht ruckartig stehen.

»Cass? Was machst denn du hier?«

»Ich könnte dich dasselbe fragen! Was hast du hier draußen verloren?«

Billy sah zwischen dem Haus und ihr hin und her. Dann kam er angerannt und zog sie in einen schattigen Winkel des Gartens.

»Sie streiten sich schon wieder.«

»Und?«

»Du hast mir selbst geraten, mich aus dem Haus zu schleichen, um ein bisschen Ruhe zu haben.«

»Das war doch nicht ernst gemeint. Bist du verrückt geworden?«

Letzte Woche hatte er sie unablässig bekniet, ihm seine Fußfessel wieder anzulegen, und sie hatte sich geweigert, um sich noch ein bisschen länger in dem Gefühl ihrer Macht über ihn zu sonnen. Bei seinen flehentlichen Bitten wäre ihr nie in den Sinn gekommen, dass er tatsächlich die Ausgangssperre übertreten könnte. Als sie ihn jetzt im Dunkeln in seinem Garten stehen sah, wurde ihr flau im Magen.

»Wenn du das nicht wolltest, hättest du mir das Ding wieder anlegen sollen, als ich dich gebeten hab.«

»Wag ja nicht, es auf mich zu schieben.« Das hier musste Billy schon auf die eigene Kappe nehmen. »Jedenfalls bin ich rübergekommen, um dir die Fessel wieder anzuschließen.«

»Jetzt?«

»Ja, jetzt.«

»Aber ja wohl nicht hier draußen«, sagte er. »Wenn du es hier machst, erfährt die Polizei, dass ich das Haus verlassen habe. Du musst es morgen machen.«

Einen Tag zuvor hätte sie vielleicht zugestimmt. Jetzt nicht mehr.

»Das kann nicht warten«, erklärte sie. »Meine Mutter weiß, dass ich den Stick habe.«

Sie wusste nicht, ob das der Wahrheit entsprach, doch klar war, dass sie sie verdächtigte.

»Ich habe ihr gestanden, dass ich dir die Fessel abgenommen habe«, log sie. »Meine Mutter weiß, dass du ohne rumläufst, Billy. Sie hat mir eine Frist gesetzt. Wenn ich sie dir bis morgen nicht wieder angelegt habe, bestellt sie dich zu einer Überprüfung ins Center.«

Billy atmete schwer. »Wieso hast du das getan?«

»Mir ist nichts anderes übrig geblieben. Sonst hätte ich dich nie verraten.«

Sie saßen in einigem Abstand voneinander auf dem Rasen. Da sie sein Gesicht im Dunkeln nur undeutlich ausmachen konnte, wusste sie nicht, wie er ihre Worte aufnahm. Bis zu diesem Moment war Billy für sie immer zuverlässig und vorhersehbar gewesen. Jetzt traute sie ihm nicht mehr. Sie stand langsam auf.

Billy murmelte etwas, was sie nicht verstand, und erhob sich ebenfalls.

»Dann müssen wir reinklettern, du mit«, sagte er.

Sie sah sich den Erker mit dem Flachdach an. »Das schaff ich nicht.«

»Hast du einen besseren Vorschlag?«

»Du musst mich zur Haustür reinlassen.«

»Meine Eltern sind unten.«

»Nicht mein Problem.«

Sie schubste ihn, und er stolperte voran. Sie sah ihm dabei zu, wie er von einem alten Gartenstuhl auf den Fenstersims stieg, sich aufs Dach hochstemmte und in seinem Fenster verschwand. Obwohl Billy nicht sportlich war, schaffte er es mühelos ins Haus. Sie schlich sich zur Hintertür. Sie fühlte sich elend und wünschte, den Stick nie an sich genommen, geschweige denn benutzt zu haben. Ihre dämlichen Entscheidungen hingen ihr jetzt wie ein Mühlstein um den Hals.

Sie wartete eine Ewigkeit, bis sie hörte, wie aufgeschlossen wurde, und kurz darauf Billys Gesicht im Türspalt erschien.

»Du musst es hier machen«, flüsterte er.

»Es ist zu dunkel. Hier sehe ich nichts.«

Er fluchte und öffnete die Tür etwas weiter.

»Leise«, zischte er, als sie an ihm vorbei ins Haus drängte.

Aus dem Wohnzimmer war Gebrüll zu hören. Auf der Arbeitsfläche standen ein paar leere Weinflaschen herum. Billy nahm sie am Ärmel und zog sie zur Treppe. Sie folgte

ihm nach oben in sein Zimmer. Er zog die Tür hinter ihnen zu.

Mit einem Schlag war sie sich nur allzu bewusst, dass
sie mitten in der Nacht in seinem Zimmer eingeschlossen
war, dass niemand wusste, wo sie steckte, und dass er ohne
Fußfessel war. Sie fühlte sich ausgeliefert.

Er setzte sich aufs Bett und zog das Hosenbein hoch.

»Hast du das wirklich getan?«, fragte er.

»Habe ich was wirklich getan?«

»Hast du wirklich mit Miss Taylors Freund geschlafen?«

Er trug die Fessel, mit Klebeband zusammengehalten,
am Fußgelenk und nahm sie ab.

»Das geht dich nichts an.«

Sie machte sich daran, den Fußfesselstick zu aktivieren.
Nichts tat sich.

»Er funktioniert nicht«, sagte sie und bekam es mit der
Angst.

»Wie, er funktioniert nicht?«

»Der Stick funktioniert nicht. Er lässt sich nicht aktivieren.«

Er riss ihn ihr aus der Hand und versuchte es selbst.
Und dann rastete Billy, der dünne, picklige, harmlose Billy,
komplett aus.

Kapitel 42

Pamela

Gegenwart

15:20 Uhr

Er macht sofort auf. Sein Haar ist zerzaust, sein Gesicht so bleich, als wäre er die ganze Nacht auf gewesen. Seine Kleidung wirkt dagegen frisch. Sie hätte wetten können, dass er sich gerade erst umgezogen hat.

»Ja bitte?«, sagt er.

»Tom Roberts?«

»Ja.«

»Dürfen wir reinkommen?«

»Geht es um Helen?«, fragt er, und sein Gesicht wird noch bleicher. »Mein Gott, es ist doch nicht etwa …?«

»Ich denke, wir reden am besten drinnen«, sage ich freundlich.

Er tritt beiseite, um mich hereinzulassen.

Sue Ferguson war nicht gerade begeistert gewesen, als der Zahnstatus zurückkam und die Leiche eindeutig als eine gewisse Helen Taylor identifiziert hat, eine dreißigjährige Lehrerin. Nachdem die Fotos von ihrer Kleidung im Internet zirkuliert sind, hat der Freund sie als vermisst gemeldet. Sues Team versucht gerade, sie mit Kate Townsend oder Scarlett Caldwell oder einer der anderen Frauen in Verbindung zu bringen, die letzte Nacht draußen gewesen sind. Ich bezweifle, dass sie fündig werden.

Rachel hat angeboten, den Freund zu befragen. Sue Ferguson hat zugestimmt. Sie wird nicht glücklich sein, wenn sie herausfindet, dass ich mit von der Partie bin, aber was will sie schon groß dagegen machen.

Die Wohnung verfügt über einen kleinen, hellen Flur. Die Wände sind weiß, überall hängen gerahmte Fotos. Es gibt mir einen Stich, als ich auf einigen davon Helen Taylor wiedererkenne. Im Leben war sie offenbar von fröhlicher Wesensart, mit strahlenden Augen. Auf jedem Bild ist sie in Gesellschaft. Auch der Freund ist auf mehreren, alle neueren Datums, wenn ich das richtig sehe. Auf anderen posiert die Lehrerin mit ganzen Schulklassen, darunter schlaksige Teenager, die sie mit verlegenem Grinsen flankieren. Auf anderen ist sie mit einer großen, lockigen Frau abgebildet. Ich nehme mir vor, die Identität dieser Frau festzustellen und sie zu befragen.

Links befindet sich das Schlafzimmer, rechts die kleine Küche, geradeaus das Wohnzimmer, in das ich Tom nun folge. Rachel habe ich draußen gelassen und beauftragt, mit den Nachbarn zu sprechen, die garantiert von unserem Streifenwagen vor die Haustür angelockt würden. Sie wollte protestieren, das habe ich ihr angesehen, ihr aber keine Gelegenheit dazu gegeben.

Tom streicht sich mit der Hand durchs Haar. Es fällt ihm wieder in die Stirn. Mir stechen seine aufgeschürften Fingerknöchel ins Auge. Der Anblick ist mir vertraut.

»Sie setzen sich am besten«, sage ich und werfe einen unauffälligen Blick auf sein Bein.

Er trägt eine Jeans, die sich am Knöchel ausbeult. Nach meiner Unterhaltung mit der Leiterin des Frauenschutzamts sehe ich in der Fußfessel allerdings nicht mehr eine unüberwindliche Barriere, sondern lediglich eine Hürde, und Hürden kann man überwinden. Bleibt allerdings die Tatsache, dass zu einem Tötungsdelikt neben einem Motiv und der physischen Fähigkeit vor allem die Gelegenheit gehört. Der Zugang zum Opfer an einem Ort, wo es allein und ungeschützt ist.

Nirgends trifft das auf eine Frau in höherem Maße zu als bei sich zu Hause.

Er wirft einen Blick über die Schulter, als müsste er sich erst versichern, dass die Couch hinter ihm steht, und folgt dann meiner Aufforderung. Er greift zu einem Kissen und drückt es sich an den Bauch. Abgesehen von den aufgeschürften Fingerknöcheln, hat er noch einen Bluterguss am Handgelenk.

Er folgt meinem Blick und sagt: »Bin mit dem Fahrrad gestürzt.«

Ich ignoriere die Bemerkung. »Sie haben Helen als vermisst gemeldet?«

»Ja«, sagt er. »Ich mache mir ernsthaft Sorgen. Niemand scheint zu wissen, wo sie ist. Wir hatten eine kleine Auseinandersetzung, und sie hat danach bei einer Freundin übernachtet, und ich dachte, sie ist noch bei ihr, aber dann hab ich gesehen, dass sie ihr Slate hier in der Wohnung gelassen hat. Deswegen konnte ich sie nicht erreichen, und dann hab ich das in den Nachrichten gesehen und gedacht … na ja, dass …«

Ich falle ihm ins Wort. »Ich habe leider eine schlimme Nachricht für Sie. Wir haben heute Morgen Helens Leichnam gefunden.«

»Nein!«, sagt er. »O mein Gott!«

Er springt auf und fängt an, im Zimmer hin und her zu laufen und sich die Haare zu raufen.

»Was ist denn passiert?«

»Da sind wir uns noch nicht ganz sicher.«

»Aber dass sie es ist, steht fest?«

»Ja. Wir haben sie zweifelsfrei identifiziert. Es tut mir leid. Kann ich jemanden für Sie anrufen?«

»Das mach ich selbst«, sagt er und geht in die Küche.

Sekunden später höre ich ihn reden. Es ist ein wilder Wortschwall in schrillem Ton. Als ich einen Blick durch die Tür werfe, sehe ich ihn an seinem Slate. Ich beschließe, ihn weiterreden zu lassen und mit einem Ohr zuzuhören, während ich mich in Ruhe im Wohnzimmer umschaue. Es ist gepflegt und aufgeräumt, ein sehr femininer Raum, Wände und Mobiliar in Pastelltönen und überall Deko. Das

Einzige, was aus dem Rahmen fällt, ist der große Fernseher und die topmoderne Gaming-Ausrüstung, die darunter auf dem Boden verkabelt ist. Ihrer Lebensgemeinschaftsbewilligung nach leben sie noch nicht lange zusammen, und ich gehe stark davon aus, dass das hier Helens Wohnung ist und er mitsamt seinen Spielsachen bei ihr eingezogen ist. Ich stelle mir eine junge, alleinstehende Frau vor, die hier viele glückliche Stunden auf der Couch entspannt eines der Bücher aus dem Regal dort drüben liest und aus einem Henkelbecher Tee trinkt. Er kehrt zurück.

»Mein Freund kommt rüber«, sagt er und fährt sich unablässig durch die Mähne. »Ich weiß nicht, was ich machen soll. Was soll ich bloß machen? Ihre Eltern. Ich muss es ihren Eltern sagen.«

Wieder hämmert er auf sein Slate ein. Er hat mich noch nicht gefragt, ob er sie sehen kann, was ungewöhnlich ist, ebenso wie die Tatsache, dass er mir nicht gesagt hat, das könne alles nicht sein, wir müssten uns irren, es handle sich bestimmt um eine andere Frau. Ich habe schon die unterschiedlichsten Reaktionen auf eine solche Nachricht erlebt und gelernt, keine vorschnellen Urteile zu fällen, aber ich muss unwillkürlich an Helen allein im Leichenschauhaus denken.

»Darum kümmern wir uns«, sage ich. »Erzählen Sie mir von Helen. Wie lange waren Sie schon zusammen?«

»Wir haben erst vor ein paar Wochen unseren Lebensgemeinschaftsschein bekommen«, sagt er. »Es ist alles ganz schnell gegangen. Helen war meine große Liebe, wissen Sie.«

In diesem Moment bricht seine Selbstbeherrschung zusammen, und ich bin erleichtert, dass es an der Tür klopft. Als ich öffne, steht neben Rachel ein besorgt aussehender junger Mann. *Ein Kumpel,* formt Rachel mit den Lippen. Er hat Schlüssel in der Hand, als wäre er im Begriff gewesen aufzuschließen. Ich trete zur Seite, um ihn vorbeizulassen, und er legt sie vorsichtig in die Schale auf der Kommode. Sie hängen an einem Schlüsselring in der Form einer Sonnenblume. Über der Flurkommode entdecke ich ein paar unbenutzte Bilderhaken an der Wand. Ich frage mich, was mit den Bildern passiert ist, und trete hinaus.

»Was ist dein Eindruck?«, fragt mich Rachel.

»Helen Taylor war eine nette Frau«, sage ich.

»Umso schlimmer für den Freund.«

»Mhm«, murmle ich. »Sofern nicht er es gewesen ist.«

»Du bist echt besessen«, sagt Rachel. »Ist dir das eigentlich klar? Du bist völlig davon besessen, das hier einem Mann anzuhängen.«

»Und wenn ich recht habe?«, sage ich im Flüsterton. »Er stimmt von der Statur her jedenfalls mit dem Überwachungsmaterial überein und wäre mit Sicherheit kräftig genug, die Leiche zu tragen. Im Übrigen hat er Schürfwunden, Schnittverletzungen und Blutergüsse an der Hand, die zu den Verletzungen an Helens Gesicht und Körper passen.«

»Aber er hat seine Fußfessel an«, sagt Rachel ungehalten.

»Ja, in der Tat«, sage ich. »Wir sollten sie überprüfen lassen und sicherstellen, dass sie einwandfrei funktioniert.«

Ich beauftrage Rachel, Sue Ferguson anzurufen, dass sie uns ein paar Leute und jemanden vom psychologischen Dienst rüberschickt. Sobald die Kolleginnen eintreffen, kehren Rachel und ich zur Wache zurück.

Inzwischen hat Sues Team bereits die Freundin identifiziert, eine Frau namens Mabel Bright, und Leute zur Befragung hingeschickt. Kate Townsend und Scarlett Caldwell wurden als Tatverdächtige gestrichen. Ich kämpfe mit mir, ob ich darum bitten soll, Tom Roberts' Fußfessel überprüfen zu lassen, komme aber zu dem Schluss, dass das reine Zeitverschwendung wäre. Ich gehe in die Kantine hinunter. Das Essen schmeckt nach nichts. Ich trinke zwei doppelte Espresso, mit der einzigen Wirkung, dass ich sofort aufs Klo muss.

Mein Bauchgefühl sagt mir, dass wir die Lösung für das, was Helen Taylor zugestoßen ist, in jener Wohnung finden. Sie steckt in diesen fehlenden Bildern an der Wand und der teuren Spielkonsole. Möglicherweise ist der Freund unschuldig, vielleicht aber auch nicht. Vielleicht bin ich ja wirklich darauf versessen, den Mord einem Mann anzulasten, und Tom Roberts bietet sich zufällig an. Und selbst wenn er es war, ist es vielleicht besser für uns alle, wenn das nicht ans Licht kommt.

Stimmt das überhaupt? Darf man die Dinge so sehen?

In vier Wochen gehe ich in den Ruhestand. Was können sie mir schon anhaben? Meine berufliche Laufbahn kann ich mir nicht mehr ruinieren. Ich greife zu meinem Slate und rufe Hadiya im Frauenschutzamt an. Ich sage ihr, dass es sich bei der Leiche nicht um Sarah Wallace handelt. Sie bricht in Tränen aus. Als sie sich wieder gefangen hat, bitte ich sie, Tom Roberts' Überwachungsakte zu ziehen. Ja, er habe seine Fußfessel erst kürzlich überprüfen lassen. Sie sei defekt gewesen, und er sei vorbeigekommen, um sie austauschen zu lassen. Sarah Wallace habe das erledigt. Wie sich herausstellt, ist auch Mabel Bright Controllerin.

Wenn eine Controllerin einem Mann seine Fußfessel abnähme, könnte er die Ausgangssperre übertreten.

Ich danke Hadiya für ihre Mühe.

»Hoffentlich schnappen Sie die Person, die das getan hat«, sagt sie.

»Ja«, sage ich. »Das hoffe ich auch.«

Ich gehe nach draußen. Mithilfe meines Slates nehme ich Mabel Bright ein bisschen unter die Lupe. Ich habe eine junge, lebensfrohe Frau vor mir, die in den Social Media recht aktiv, gleichzeitig aber auch vorsichtig ist. Sie gibt nicht allzu viel von sich preis. Ich beschließe, Mabel fürs Erste Sue zu überlassen.

Stattdessen überprüfe ich Helen Taylors Präsenz im Internet. Es dauert nicht lange, und ich werde fündig. Ich entdecke etwas, was nicht von Helen selbst gepostet wurde, sondern von ihren Schülern an der Burnside, der Schule, wo sie gearbeitet hat, und es hat mit Cass Johnson zu tun.

Also der Tochter von Sarah Wallace. Wohin ich mich auch wende, früher oder später lande ich immer wieder bei Sarah Wallace.

Ich weite meine Nachforschungen auf Cass aus. Sie ist kürzlich achtzehn geworden und iDate beigetreten. Mein Beruf gewährt mir Zugang zu privaten Nachrichten und

Fotos, und ich schaue nach, mit wem sie alles in Kontakt stand. Als ich es sehe, läuft es mir eiskalt den Rücken hinunter. Auch ihr Slate ist auf der Liste mit denen, die nachts draußen waren.

Es wird Zeit für einen Besuch im Frauenhaus.

Kapitel 43

Sarah

Sarah hatte nicht gehört, wie Cass die Wohnung verlassen hatte. Sie saß mit einem Becher Tee in beiden Händen auf dem Wohnzimmersofa und schaute die Nachrichten. Bis sie den Schlüssel im Schloss der Wohnungstür hörte, hatte sie nur daran denken können, dass Cass' Bett leer war. Im Park hatten sie eine Frauenleiche gefunden. Einige entsetzliche Minuten lang hatte sie befürchtet, es könnte Cass sein. Die panische Angst hatte ihr die stillen Sekunden nach Cass' Geburt in Erinnerung gebracht, in denen sie auf ihren ersten Schrei gewartet hatte. Als sie jetzt hörte, wie die Tür aufging und Cass hereinkam, war sie so erleichtert wie damals bei ihrer ersten Lebensäußerung.

»Cass!«, rief sie. »Komm rein.«

Sie hörte die zögerlichen Schritte ihrer Tochter.

»Sofort!« Cass gehorchte.

»Wo bist du gewesen?«, fragte sie.

»Draußen.« Cass' Blick schoss zum Fernseher. »Das ist der Park«, sagte sie. »Man hat da eine Leiche gefunden?«

»Sieht so aus.«

»Wie unheimlich. Wer könnte das sein?«

»Das weiß man noch nicht«, sagte sie leise. »Ich hatte Angst, das wärst du.« Sie merkte, wie ihr die Tränen in den Augen brannten. »Ich kann dir gar nicht sagen, wie froh ich bin, dich zu sehen.«

Sie schlang Cass die Arme um die Taille und drückte sie aufs Sofa.

»Setz dich«, sagte sie und kniete sich vor sie hin.

Als sie ihr ins Gesicht blickte, das sie noch vor wenigen Tagen ungut an Greg erinnert hatte, sah sie jetzt nur noch die Tochter, die sie liebte. So aufgewühlt sie war, bemühte sie sich um einen ruhigen Ton. Sie legte Cass die Hände auf die Knie und hielt sie fest.

»Tu das nie wieder, Cass«, sagte sie. »Schleich dich nicht mitten in der Nacht raus, ohne mir Bescheid zu geben. Ich weiß, dass ich dich nicht mehr daran hindern kann, aber wir könnten ja so tun, als ob.«

Cass presste die Lippen zusammen und blinzelte heftig. »Mum«, sagte sie. »Ich muss dir was sagen.«

»Okay, ich höre.«

»Ich hab was wirklich Schlimmes getan.«

Da sie Sarah nicht in die Augen sehen konnte, starrte sie zu Boden.

Dann mal los, dachte sie. »Hat das irgendwas mit Tom Roberts zu tun?«

Ihr krampfte sich der Magen zusammen. Sie hatte den

Burschen noch lebhaft in Erinnerung. Der Charme, das Lächeln, die lässige Selbstgefälligkeit. Sie brauchte Cass nur anzusehen, um zu wissen, wie leicht jemand das Mädchen blenden könnte.

»Ihr habt ja wohl hoffentlich verhütet.«

»Mum!« Cass wurde puterrot. »Darum geht es nicht.«

Was konnte noch schlimmer sein? »Worum dann?«

Cass machte den Mund auf, brachte aber kein Wort heraus. Sie räusperte sich.

»Du wirst absolut ausflippen. Versprich mir, nicht auszuflippen.«

»Ich werde mir Mühe geben«, sagte sie.

Cass holte tief Luft und rückte mit einem Geständnis heraus, das Sarah noch nachträglich schlaflose Nächte bereiten würde.

»Es war gelogen, dass ich den Stick nicht geklaut habe. Ich habe ihn mitgehen lassen. Ich hab rausgefunden, wie er funktioniert, und damit Billy die Fußfessel abgenommen, und jetzt funktioniert der Stick nicht mehr, und ich kann sie ihm nicht wieder anlegen. Du musst uns helfen, Mum. Er läuft ohne Fußfessel rum, und es ist allein meine Schuld, und er ist auch nachts rausgegangen, ich hab ihn dabei erwischt, und …«

Cass ging die Luft aus. Dicke Tränen rollten ihr die Wangen hinunter und tropften vom Kinn.

An die ganz und gar unangemessene Beziehung ihrer Tochter zu Tom Roberts verschwendete Sarah jetzt keinen Gedanken mehr. Das war nichts im Vergleich zu dem, was Cass ihr gerade gestanden hatte.

»Hast du den Stick noch?«

»Ja«, sagte Cass. Sie kramte in ihrer Tasche und hielt ihn ihr hin.

Kaum hatte Sarah ihn in den Fingern, merkte sie, wie etwas Erstaunliches mit ihr vor sich ging. Die erste Reaktion war tiefe Erleichterung. Zugleich überkam sie eine erstaunliche Ruhe. Anfänglich war sie fest davon überzeugt gewesen, dass Cass den Stick geklaut haben musste. Als Cass jedoch beharrlich ihre Unschuld beteuerte und sie ihn bei der Durchsuchung ihres Zimmers nirgends finden konnte, war sie von ihrer Verdächtigung der eigenen Tochter angewidert gewesen. Das alles war jetzt Schnee von gestern. Sie tippte auf das Display, doch nichts rührte sich.

»Er wurde deaktiviert«, sagte sie. »Bei fehlenden Sticks ist das Routine.«

»Das wusste ich nicht«, sagte Cass kleinlaut.

Sie hatten keine Möglichkeit, ihn zu Hause aufzuladen, dazu fehlte der entsprechende Adapter.

»Dann muss ich ihm einen Termin im Center machen«, sagte sie und überlegte fieberhaft. »Wenn ich ihn übernehme, kann ich ihm seine Fessel wieder anlegen, ohne dass jemand etwas davon mitbekommt.«

»Geht es nicht noch heute?«, fragte Cass hoffnungsvoll.

»Nein«, sagte sie. »Aber morgen früh kann er als Erster kommen.«

Die ganze Zeit liefen die Nachrichten im Hintergrund. Sie griff nach der Fernbedienung und schaltete sie aus. Dann sprang sie auf und marschierte im Zimmer hin und her. Sie musste den Termin machen, ohne Verdacht zu erregen, und dafür sorgen, dass Billy ihr zugewiesen wurde. Das wäre nicht ganz leicht.

»So lange können wir nicht warten!«, sagte Cass. »Er hat die Sperre übertreten! Er darf nicht noch eine Nacht ohne Fessel rumlaufen. Was, wenn er das nun noch mal macht und sich erwischen lässt?«

In dem Fall würde es heikle Fragen geben, und Sarah zweifelte keinen Augenblick daran, dass Billys Antworten Cass in den Fokus rücken würden. Sie wagte nicht, sich auszumalen, in welche Schwierigkeiten ihre Tochter geriete, wenn die Sache herauskäme. Mehr als alles andere wollte sie Cass schützen. Sie musste das in Ordnung bringen, und zu ihrem großen Glück lag das in ihrer Macht.

»Ich muss zum Frauenschutzamt und mir einen anderen Stick besorgen«, sagte sie.

Sie eilte in ihr Zimmer und schlüpfte in ihre Arbeitskleidung. Als sie wieder herauskam, tippte Cass eifrig in ihr Slate.

»Was machst du da?«

»Ich schreibe Billy, was wir vorhaben.«

»Nein, lass das!«, sagte sie. »Schalt dein Slate am besten ganz aus.«

»Wieso?«

»Die lassen sich nachverfolgen. Und die können deine Nachrichten lesen. Das Risiko dürfen wir nicht eingehen.«

Cass gehorchte. Zusammen schlichen sie die Treppe hinunter, aus dem Haus und zum Wagen, wo Sarah feststellen musste, dass sie vorn zwei völlig platte Reifen hatte.

»Nein, nicht schon wieder!«, stöhnte sie und trat gegen einen. Sie sah die Schlitze.

»Versteh ich nicht«, sagte Cass. »Zwei Platten auf einmal?«

»Ich hatte schon ziemlichen Ärger mit der Familie von dem Mann, den ich getasert habe. Es hat schon andere Vorfälle gegeben.« Auch wenn sie nicht gedacht hätte, dass Kate Townsend so weit gehen würde.

»Aber du hast nie was gesagt! Und das hier ist ja wohl mehr als ein bisschen Ärger. Die haben deinen Wagen beschädigt. Damit musst du zur Polizei.«

»Ich glaube, das ist gerade nicht der beste Moment, sich an die Polizei zu wenden, oder?«

Cass wurde rot. »Stimmt.«

»Komm«, sagte sie. »Wir nehmen den Bus.«

Nachdem sie zwanzig Minuten lang vergeblich an der Haltestelle gestanden hatten, beschloss sie, dass sie lieber zu Fuß gehen sollten. Sie brauchten fast eine Stunde bis zum Frauenschutzamt. Unterwegs fuhren drei Streifenwagen an ihnen vorbei, und mit jedem wurde Sarah nervöser. Als sie zum Center kamen, waren sie trotzdem so früh dran, dass es noch geschlossen war. Sie warteten auf dem Parkplatz. Cass beklagte sich über den Uringestank und hielt sich die Nase zu. Je länger sie so ausharrten, desto mehr beschlichen Sarah Zweifel. Hadiya würde eine Erklärung dafür fordern, wieso sie keinen vollen Tag arbeiten wollte, und am wenigsten durfte sie sich dabei ertappen lassen, wie sie einen Stick aus dem Gebäude schmuggelte. Sie hatte keinen blassen Schimmer, wie Cass damit durchgekommen war.

»So funktioniert das nicht«, murmelte sie und zog Cass ins Gebüsch, als sie Hadiyas Wagen auf den Parkplatz einbiegen sah. »Wir müssen einen anderen Weg finden.«

Kapitel 44

Cass

Sarah hatte zum Frauenhaus zurückkehren wollen, sich aber von Cass überreden lassen, noch zu warten.

»Bitte, Mum«, sagte sie. »Wir müssen das heute erledigen. Immerhin hat er die Sperre übertreten.«

Sie hockten sich auf eine Bank gegenüber dem Frauenschutzamt und redeten miteinander. Ohne sich dabei ansehen zu müssen, fiel es ihnen leichter. Über eine Stunde verging. Zwei weitere Streifenwagen kamen vorbei, zudem ein Mannschaftswagen.

»Ob das mit der Leiche im Park zu tun hat?«, fragte sie.

»Keine Ahnung«, sagte Sarah. »Aber das gefällt mir nicht.« Sie nahm sie an der Hand. »Komm.«

»Wo willst du hin?«

»Zum Bahnhof.«

»Und was ist mit dem Fußfesselstick?«

»Ich weiß«, sagte Sarah. »Aber so klappt das nicht.«

Sie liefen an der Bushaltestelle vorbei weiter ins Zentrum, und sie musste wieder an die schreckliche Unterhaltung mit ihrem Vater denken, wo sie ihm die Sache mit dem Fußfesselstick gestanden und er die Beherrschung verloren hatte. Sie wünschte sich, mit Sarah darüber reden zu können, sie wollte ihr alles erzählen. Sie hatte das Gefühl zu platzen. Und sie hätte ihrer Mutter nie zugetraut, sich so bedenkenlos und entschlossen auf ihre Seite zu schlagen. Dabei hatte sie Sarah nur deshalb in die Sache mit Billy eingeweiht, weil sie nicht weitergewusst hatte.

Am Bahnhof besorgte Sarah mit Scheinen und Münzen, die sie aus der Tiefe ihrer Tasche kramte, Tickets. Sie nahmen den erstbesten Zug nach London.

»Ich will nur mit dir für ein paar Stunden irgendwohin, wo uns niemand Bekanntes über den Weg läuft«, erklärte Sarah.

Das leuchtete ihr ein. Auch sie verspürte wenig Lust, in der Stadt irgendwo auf Tom zu stoßen. Sie gingen ins Museum und aßen danach, obwohl es kalt war, Sandwiches in einem Park. Aber sie konnten nicht ewig wegbleiben, und als sie das Frauenhaus schließlich wieder betraten, warteten dort schlechte Neuigkeiten auf sie.

»Da ist eine Polizistin, die mit euch sprechen will«, sagte Mrs O'Brien.

»Irgendeine Ahnung, worum es geht?«, fragte Sarah.

Cass entging nicht, dass Mrs O'Brien ihrer Mutter im Vorbeigehen die Hand auf die Schulter legte. Als sie die freundliche Geste sah, wünschte sie sich für einen Moment dasselbe. Als genau das gleich darauf geschah, konnte sie es kaum glauben.

»Was es auch ist, das wird schon«, sagte Mrs O'Brien.

Die Polizistin wartete im Speisezimmer. Sie war allein. Jemand hatte ihr eine Tasse Tee und einen Teller Cookies hingestellt. Cass merkte, wie ihr die Hände zitterten. Sie war dankbar für die Ruhe, die ihre Mutter ausstrahlte.

»Hallo«, sagte die Polizistin und stand auf. »Sarah Wallace?«

»Ja«, antwortete Sarah.

»Und Sie müssen Cass sein.«

Die Frau lächelte, aber sie brachte es nicht über sich, den freundlichen Gruß zu erwidern.

»Worum geht's?«, fragte Sarah.

»Bitte setzen Sie sich. Ich heiße übrigens Pamela.«

Sarah zog einen Stuhl heran. Cass folgte ihrem Beispiel, und sie setzten sich nebeneinander. Unter dem Tisch tastete sie nach Sarahs Hand; als sie sie fand, drückte Sarah sie fest und ließ sie nicht los.

»Sie haben uns heute ganz schön auf Trab gehalten«, eröffnete Pamela das Gespräch. »Ich kann Ihnen gar nicht sagen, wie erleichtert ich bin, Sie beide vor mir zu sehen.«

Die Tür des Speisesaals stand offen, und sie sah Mrs O'Brien dahinter im Flur. Diesmal kam es ihr nicht neugierig vor, sondern fühlte sich gut an.

»Ich verstehe Sie nicht ganz«, sagte Sarah.

»Natürlich«, sagte Pamela. »Wie auch. Aber lassen wir das erst mal beiseite. Cass, können Sie mir bitte sagen, was Sie über einen Mann namens Tom Roberts wissen? Möglicherweise kennen Sie ihn auch nur unter dem Namen Bertie.«

Das hatte sie nicht kommen sehen.

»Hab ich was falsch gemacht?«, fragte sie.

»Soweit es mich betrifft, nicht«, sagte Pamela freundlich.

Cass schluckte. »Er arbeitet im Coffee Stop in der Stadt, und wenn ich vorbeigekommen bin, haben wir schon mal ein bisschen gequatscht. Irgendwann hab ich ihn dann auf iDate entdeckt. Wir haben angefangen, uns zu schreiben. Ich … Wir haben uns auch ein paarmal getroffen. Aber das war's. Ich date ihn nicht mehr. Ich hab rausgekriegt, dass er eine Freundin hat und mich angelogen hat.«

So. Es war raus, sie hatte die Wahrheit gesagt, zumindest so viel, wie sie bereit war mitzuteilen.

»Wie war er so?«, fragte Pamela.

»Anfangs nett«, sagte sie. »Er hat behauptet, dass er mich mag.« Sie wurde rot. »Aber das hat nicht gestimmt. Er hat nur so getan. Und dann wurde er richtig schlimm.«

»Inwiefern?«

»Die Sachen, die er zu mir gesagt hat. Er ist richtig gemein geworden.«

»Verstehe«, sagte Pamela. »Wurde er auch physisch aggressiv?«

Sie merkte, wie Sarah die Haltung wechselte.

»Nein, das nicht«, sagte sie.

»Worum geht es hier eigentlich?«, fragte Sarah dazwischen.

Die Polizistin musterte sie einen Moment, stand dann auf und schloss die Tür. Als sie sich wieder setzte, hatte sich ihr Verhalten schlagartig geändert.

»Sie haben sicher mitbekommen, dass heute Morgen im Park eine Leiche gefunden wurde.«

»Das haben wir in den Nachrichten gesehen, ja«, sagte Sarah. »Aber wir waren den ganzen Tag unterwegs und hatten beide unser Slate ausgeschaltet.«

»Bei der Leiche handelt es sich um Mr Roberts' Lebensgefährtin Helen Taylor«, sagte Pamela. »Nach meinen Informationen kennen Sie beide Helen.«

Mit diesen Worten war für Cass die Welt nicht mehr dieselbe und würde es nie wieder sein. So wie der Tod von Susan Lang für Helen Taylor ein entscheidender Einschnitt in ihrem Leben gewesen war, würde nach Helens Tod für Cass nichts mehr wie vorher sein.

Sie bebte am ganzen Körper. Sie wollte etwas sagen, brachte aber keinen Ton heraus. In einem stummen Hilferuf sah sie Sarah an und ließ sich von ihr in die Arme nehmen und halten.

»Helen Taylor ist eine von Cass' Lehrerinnen«, sagte Sarah. »Als Cass angefangen hat, sich mit Tom zu treffen, wusste sie noch nichts von der Beziehung, aber als das dann der Fall war, hat sie sofort Schluss gemacht.«

»Hat Miss Taylor von Ihrem Verhältnis erfahren, Cass?«

Sie konnte nur nicken. In diesem Moment wünschte sie sich nur, weit weg zu sein. Am liebsten hätte sie die Uhr zurückgedreht und alles, was sie getan hatte, ungeschehen gemacht. Sie wünschte sich, ihm nie begegnet zu sein. Sie wünschte sich, sie hätte Miss Taylor gesagt, wie schick sie ihre Schuhe finde. Sie wünschte sich, sie hätte auf ihre Mutter gehört.

Aber was geschehen war, ließ sich nicht rückgängig machen.

»Danke«, sagte Pamela und stand auf.

Sie war erstaunt, dass das Gespräch an diesem Punkt beendet war. Pamela schob ihr den Teller Cookies hin.

»Falls ich noch Fragen an Sie habe, melde ich mich«, sagte sie freundlich.

»Sie sollten vielleicht mit Mabel Bright reden«, sagte Sarah. »Sie ist meine Kollegin und Helens beste Freundin.«

»Werde ich«, sagte Pamela. An der Tür drehte sie sich noch einmal um. »Ach, Cass, ich wollte Sie noch was zu Ihrem Slate fragen.«

»Was denn?«, fragte Sarah.

»Wir haben alle Slates überprüft, die letzte Nacht draußen waren, darunter auch das von Cass.«

»Das kann nicht sein«, sagte Cass.

Sie hatte es in der Wohnung gelassen, als sie zu Billy rübergegangen war, da war sie sich sicher.

»Kann ich es mal sehen?«, fragte Pamela.

Sie holte es heraus und hielt es ihr hin. Pamela überprüfte unter den Einstellungen schnell die Standortdaten.

»Also, das bestätigt, was Sie sagen. Haben Sie vielleicht noch ein anderes? Das hier sieht ziemlich neu aus.«

»Sie hat ihr altes verloren«, sagte Sarah.

»Wann?«

»Vor einer Woche. Das hier hat sie als Ersatz bekommen. Die haben mir gesagt, das alte würde automatisch deaktiviert. Offenbar doch nicht.«

»Sieht ganz so aus«, bestätigte Pamela.

Sie bedankte sich bei ihnen beiden und ging. Sarah drehte sich zu Cass um.

»Also«, sagte sie. »Wo ist dein altes Slate?«

Kapitel 45

Pamela

Gegenwart

16:35 Uhr

Ich fahre zu Mabel Bright. Sie wohnt in einem gepflegten kleinen Reihenhaus in der Altstadt. Bevor ich reingehe, schicke ich Rachel eine Nachricht mit der Bitte um ein Update. Rachel meldet zurück, Mabel sei als Tatverdächtige ausgeschlossen. Letzte Nacht sei sie im Haus ihrer Eltern gewesen, die eine Überwachungskamera im Garten haben. Mabel sei hineingegangen und nicht vor sieben Uhr morgens wieder herausgekommen.

Ich klopfe, und als sie in der Tür erscheint, sehe ich ihr auf den ersten Blick an, dass sie am Boden zerstört ist. Sie ist groß, hat jedoch die Schultern eingezogen, und ihr Gesicht ist vom Weinen verquollen.

»Ich hab schon alles, was ich weiß, Ihren Kollegen erzählt«, kommt sie mir zuvor.

»Verstehe«, sage ich. »Und es tut mir leid, Sie nochmals behelligen zu müssen. Es gibt da nur noch ein paar Dinge, über die ich mit Ihnen sprechen müsste. Darf ich reinkommen?«

Sie lässt mich ins Haus. Sie wirkt völlig erschöpft und überlässt es sogar mir, die Haustür zu schließen. Wir gehen in ein behagliches Wohnzimmer. Auf dem Kaminsims steht ein Foto von Helen, und ich denke im Stillen, ja, die beiden waren wohl wirklich gut befreundet.

»Sie war gestern Nacht nicht hier«, sagt sie. »Ich weiß, dass Tom so was behauptet, aber es stimmt nicht. Ich war bei meinen Eltern. Ich hatte einen lausigen Tag gehabt und wollte nicht allein sein.«

»Wann haben Sie Helen das letzte Mal gesehen?«

»Gestern Nachmittag habe ich mit ihr gesprochen. Ich wollte ihr sagen, dass … dass ich Tom mit einer anderen im Bett erwischt habe.«

»Cass Johnson.«

Sie senkt den Blick. »Ja.«

»Ich habe mich schon mit Cass unterhalten«, sage ich. »Sie hat mir erzählt, was passiert ist. Ich weiß, dass sie auf iDate mit ihm in Kontakt gekommen ist.«

»Der Mistkerl hat nicht mal sein Profil gelöscht. Ist das zu fassen?«

Sie richtet sich kerzengerade auf, als hätte sie irgendwo eine Energiereserve gefunden. Ich kann nur vermuten, dass es ihr Hass auf Tom Roberts ist.

»Helen hat er vorgeschwärmt, wie sehr er sie liebt, dabei reißt er übers Internet Teenager auf.«

»Wie hat Helen reagiert?«, frage ich.

»Nicht so schlimm, wie ich erwartet hätte«, sagt Mabel. »Ehrlich gesagt, spricht ihre Reaktion dafür, dass sie es schon wusste, auch wenn ich mir nicht erklären kann, woher. Ich hab am Montag versucht, sie anzurufen, aber da ist sie nicht rangegangen. Zwischen uns hat es in letzter Zeit etwas geknirscht.«

»Würden Sie mir verraten, wieso? Ist etwas passiert?«

Sie reibt sich die Augen. »Kann man wohl sagen. Sie war schwanger, und als sie festgestellt hat, dass es ein Junge wird, hat sie abgetrieben. Tom hat sie nichts davon erzählt. Ich hab ihr gesagt, wenn sie so was geheim halten muss, spricht das nicht für eine gute Beziehung.«

Ich glaube, ich habe möglicherweise gerade ein Motiv gefunden. Männer haben schon für viel weniger getötet. Und Geheimnisse haben die Neigung, früher oder später ans Licht zu kommen.

»Sie hat gesagt, ich wäre doch nur eifersüchtig auf sie beide«, fährt Mabel fort. »Ich hab's darauf geschoben, dass sie ein bisschen neben der Spur ist, was ja auch verständlich war. Ich dachte, wenn ich ihr ein paar Tage Zeit lasse, sich zu beruhigen, klärt sich das alles schon irgendwie auf. Sie hat ein paar Sachen von sich bei mir gelassen, also hab ich sie am Montagmorgen rübergeschafft – ich hab einen Wohnungsschlüssel. Ich dachte auch, wir könnten uns aussprechen, hab stattdessen aber Tom mit Cass Johnson in flagranti ertappt.«

Langsam setzen sich die Puzzleteile zusammen.

»Woher wussten Sie, dass es Cass ist?«, frage ich.

»Ihre Mutter und ich sind Kolleginnen. Vor ein paar Wochen hat Sarah Cass zu einem Praktikumstag mit ins Frauenschutzamt gebracht. An dem Tag ging alles drunter und drüber. Ich hatte ein Problem mit einem der Männer, die ich abgefertigt habe. Sarah hat ihn getasert. Er ist an einem Herzinfarkt gestorben. Schreckliche Sache.«

Wodurch Sarah die Townsends am Hals hatte, die wir, wie ich seit heute Morgen weiß, von der Liste der Verdächtigen streichen können.

»Sarah hat Tom das letzte Mal die Fessel überprüft, nicht wahr?«

»Ja«, sagt Mabel. »Sie hat ihn außer der Reihe drangenommen, weil damit was nicht stimmte. Aber Sarah hat es in Ordnung gebracht.«

Genau darauf wollte ich hinaus. Ich bekomme eine Gänsehaut.

»Was stimmte denn nicht damit?«

»Keine Ahnung«, sagt Mabel.

Ich sehe, wie bei ihr der Groschen fällt.

»Sie glauben, dass er das war?«, fragt sie mich. »Er hätte sich irgendwie von der Fessel befreit und sie umgebracht?«

Ich blicke ihr ins verheulte Gesicht. »Ja.«

»Gut«, sagt sie. »Ich nämlich auch.«

Mein Bauchgefühl spricht eine deutliche Sprache. Aber das reicht nicht.

Wo mache ich weiter?

Als Nächstes fahre ich zur Beratungsstelle und spreche mit der Psychologin, die Helen und Tom ihre Lebensgemeinschaftsbewilligung bescheinigt hat. Sie beschreibt Helen als eine höfliche, gebildete, einsame Frau. Tom Roberts charakterisiert sie als einen eitlen, cleveren, faulen Opportunisten.

»In meinen Augen haben die beiden nicht zusammengepasst«, gesteht sie mir. »Aber Helen wollte nichts davon hören. Ich dachte, es wäre vielleicht das Beste, sie zusammenziehen zu lassen und Helen die Chance zu geben, es selbst herauszufinden. Meine Tür stand weiter für sie offen. Dass er gefährlich sein könnte, habe ich nicht in Betracht gezogen.« Sie nimmt ihre Brille ab und sieht mich an. »Habe ich einen Fehler gemacht?«

»Das ist die Frage. Schwer zu beantworten, nicht wahr?«

Auf dem Weg zur Tür klingelt mein Slate. Es ist Michelle, die Gerichtsmedizinerin.

»Die männliche DNA an der Leiche stammt vom Freund, also von Tom Roberts«, sagt Michelle.

Ich bedanke mich bei ihr und trenne die Verbindung. Das allein reicht noch nicht. Dass sie DNA von ihm an seiner Freundin findet, ist nicht ungewöhnlich. Wäre es allerdings die einzige, sähe die Sache schon anders aus.

Anschließend fahre ich zur Wache zurück. Beim Betreten des Gebäudes wappne ich mich. Ginge es nach mir, wäre ich zum Frauenschutzamt gefahren, um noch einmal mit Hadiya zu sprechen, aber ich muss wenigstens so tun, als gehörte ich noch zum Team.

»Wo haben Sie gesteckt?«, stellt mich Sue zur Rede, als ich meinen Schreibtisch erreiche.

»Ich habe Informationen eingeholt«, sage ich.

»Ohne mich um Erlaubnis zu fragen?«

»Ja.«

Ich versuche gar nicht erst, es abzustreiten oder mich dumm zu stellen. So wütend, wie sie ist, wäre ich am liebsten einen Schritt zurückgetreten, aber ich widerstehe der Versuchung. Rachel sitzt an ihrem Schreibtisch und beobachtet uns. Ich wüsste zu gern, was sie Sue über meine Abwesenheit erzählt hat.

»Ich weiß, dass Sie Mabel Bright nichts nachweisen konnten«, sage ich. »Genauso wenig haben Sie gegen Kate Townsend oder Scarlett Caldwell etwas in der Hand. Geben Sie es zu, Sue, Sie müssen Ihre Ermittlungen in eine andere Richtung lenken. Engstirnigkeit hilft uns hier nicht weiter.«

Sie dreht sich brüsk um und geht.

»Wir müssen uns unbedingt den Freund vornehmen«, rufe ich ihr hinterher. »Davor können Sie nicht die Augen verschließen.«

Sie bleibt stehen. In der Stille, die eintritt, könnte man eine Stecknadel fallen hören. Sie wirbelt herum.

»Wenn Sie so davon überzeugt sind, dass er es war, dann beweisen Sie es«, sagt sie.

Danach stürmt sie in ihr Büro und knallt die Tür hinter sich zu. Alle starren mich an und warten, wie ich reagiere. Ich beschließe, ihre letzte Bemerkung als Anweisung zu verstehen. Ich greife zu meinem Slate, versende eine Nachricht und wende mich dann an Rachel.

»Du kommst mit mir mit«, sage ich.

»Wo soll's hingehen?«, fragt sie.

»Wir holen Tom Roberts zu einer Befragung her.«

»Was? Nein!«

»Ich bin deine Vorgesetzte«, sage ich. Ich habe genug von ihrer Besserwisserei und ihrer Widerspenstigkeit. »Du tust, was ich dir sage, Rachel, ist das klar?«

Eine halbe Stunde später eskortieren wir Tom Roberts ins Gebäude. Sein Freund ist mitgekommen. Ich habe es ihm gestattet, lasse ihn aber am Empfang warten. Falls Tom jemanden zum Händchenhalten braucht, kann er nach einem Anwalt verlangen. Jetzt kommt es einzig und allein darauf an zu tun, was getan werden muss, und zwar ratzfatz. Ich nehme ihn in ein Vernehmungszimmer mit, in dem Hadiya bereits wartet. Sie hat ein schwarzes Etui dabei.

»Wir müssen Ihre Fußfessel überprüfen«, sage ich zu Tom Roberts.

»Wieso?«

»Reine Routinemaßnahme«, sage ich betont lässig.

An seinen Wangen bilden sich rote Flecken. Im Schneckentempo zieht er seine Jeans hoch und entblößt den schwarzen Reif um sein Fußgelenk. Ich schalte unterdessen mein Slate ein und starte die Aufnahme.

»Wie Sie sehen, ist sie in Ordnung«, sagt er.

»Nach meiner Information hatten Sie ein Problem mit der letzten.«

»Stimmt, aber ich bin ja zum Frauenschutzamt gegangen, um sie austauschen zu lassen. Die hier ist nagelneu. Bin ich in Schwierigkeiten? Brauche ich einen Anwalt?«

»Wenn Sie einen Anwalt wünschen, können wir Ihnen einen stellen.«

Er kneift die Augen zusammen. »Nein«, sagt er schließlich. »Nicht nötig.«

Hadiya nimmt ihm vorsichtig die Fußfessel ab. Sie bedankt sich bei Tom für seine Geduld, und ich gehe mit ihr nach nebenan.

»Könnte ein Weilchen dauern«, sagt sie.

»Kein Problem, wir haben Zeit.«

Ich sehe ihr dabei zu, wie sie den Reif und das Display überprüft. Nichts deutet auf eine Manipulation hin. Als Nächstes verbindet Hadiya die Fußfessel mit ihrem Slate und lädt die Daten herunter.

»Das ist seltsam«, sagt sie.

»Was denn?«

»Ab Mitternacht hat sie nicht mehr gesendet und erst ungefähr um vier Uhr morgens wieder angefangen.«

»Wie ist so was möglich?«

»Normalerweise wird die Übertragung unterbrochen, wenn die Fessel abgenommen wird, aber dazu ist ein Stick erforderlich. Woher sollte er einen haben?«

Sie fasst sich mit beiden Händen an den Kopf.

»Bei uns ist tatsächlich einer abhandengekommen«, sagt sie. »Aber der kann unmöglich gestern Nacht verwendet worden sein. Zum einen wäre die Batterie längst leer gewesen, und zum anderen habe ich ihn sofort deaktiviert, als ich erfahren habe, dass er fehlt.«

»Aber irgendwie hat er es doch geschafft, die Funkverbindung zu unterbrechen«, sage ich.

Ich gehe nach oben und berichte Sue von unserer Entdeckung. Sie sieht bleich aus und wirkt erschöpft. Ihre Frisur ist aus der Fasson. Von der selbstbewussten Kommandantin, die heute früh ins Revier schritt, ist nicht viel geblieben.

»Schicken Sie die Spurensicherung in seine Wohnung«, sagt sie.

Dort finden wir ein Werkzeugset, mit dem er sich die Fessel offenbar abgenommen hat. Es sieht neu aus, wahrscheinlich hat Helen es ihm gekauft.

Und wir finden Spuren von Helens Blut in der Küche.

Danach wird Tom Roberts des Mordes angeklagt, und Sue Ferguson ruft mich in ihr Büro.

»Sie haben es also geschafft«, sagt sie. »Sie haben das Ergebnis, das Sie wollten.«

»Ich habe das *richtige* Ergebnis«, sage ich.

»Meinen Sie?«, sagt sie. »Da wäre ich mir nicht so sicher. Es ging hier von Anfang an darum, Frauen zu beschützen, Pamela, und zu diesem Zweck müssen wir die Sperre verteidigen.«

»Sie meinen, wir hätten ihn davonkommen lassen sollen? Auf die Gefahr hin, dass er noch einmal töten würde, eine andere Frau?«

»Wir haben es hier doch nur mit einem einzelnen Mann zu tun«, sagt Sue. »Wie viel hätte der schon groß anrichten können?«

»Jede tote Frau ist eine zu viel. Jede zählt, Sue. Jede einzelne Frau. Und jede von ihnen verdient Gerechtigkeit.«

»Und was ist mit den Frauen, die es trifft, wenn die Ausgangssperre scheitert?«

Kapitel 46

Sarah

Nachdem die Polizistin gegangen war, blieb Sarah mit Cass allein im Speisesaal sitzen. Sie hätten in die Wohnung hochgehen sollen, aber es erschien ihnen zu weit und zu beschwerlich, und nachdem Cass endlich angefangen hatte, mit ihr zu reden, wollte sie die hoffnungsvolle Wende nicht gefährden.

Helen Taylor war tot. Bei dem Gedanken kam ihr die Galle hoch. Doch so tief der Schock bei ihr saß, wusste sie, dass es für Cass ungleich schlimmer war.

»Wie kann es sein, dass sie tot ist?«, sagte Cass immer wieder.

»Ich weiß es nicht, Schatz«, antwortete sie. Sie nahm ihre Tochter in die Arme und atmete den Duft ihrer Haare ein – nicht länger der Duft eines Babys, sondern der einer jungen Frau. Mrs O'Brien und ein paar andere Bewohnerinnen kamen herein.

»Was ist los?«, fragte Mrs O'Brien.

»Sie haben die Leiche im Park identifiziert. Es ist eine Frau namens Helen Taylor. Sie war Cass' Lehrerin.«

Cass zitterte. Mrs O'Brien zog ihre Fleecejacke aus und legte sie ihr über die Schultern. Sarah war ihr dankbar dafür. Die Freundlichkeit dieser Frauen würde sie so schnell nicht vergessen. Jemand schaltete den Fernseher ein. Sie setzten sich zusammen und sahen sich die Nachrichten über den Vorfall an, bis Punkt neunzehn Uhr eine Frau in strammer Uniform auf den Eingangsstufen der Polizeiwache erschien und der wartenden Menge verkündete, in Verbindung mit dem Mord an Helen sei ein Mann angeklagt worden. Es handle sich um Tom Roberts. Er habe einen Weg gefunden, seine Fußfessel zu entfernen.

An dieser Stelle schaltete Mrs O'Brien den Fernseher aus.

Ein paar Frauen kamen die Tränen. Andere verschwanden in ihre Wohnung, um Schock und Trauer im Stillen zu verarbeiten. Auch Sarah ging mit Cass nach oben.

»Ich fasse es nicht, dass er das war«, sagte Cass. »Aber es gibt keinen Zweifel, oder?«

»Wenn sie genug Beweise gegen ihn haben, um ihn vor Gericht zu stellen, sieht es ganz danach aus.«

»So kam er mir überhaupt nicht vor.«

»Man sieht es ihnen nie an«, sagte sie. Sie quälte sich mit der Vorstellung, in welche Gefahr sich Cass begeben hatte.

»Ich dachte immer, die Ausgangssperre bringt nichts, anscheinend ist sie aber doch richtig, oder? Ich fand Tom nett.«

Cass schwieg eine Weile.

»Nein«, sagte sie dann. »Das stimmt nicht ganz. Ich wollte glauben, dass er nett ist, und habe es mir immer noch eingeredet, als schon alles dagegengesprochen hat.«

»Dafür hat er gesorgt«, sagte Sarah.

»Aber du hast es gewusst«, sagte Cass. »Deshalb bist du Controllerin geworden, stimmt's? Weil du es gewusst hast. Wir können Männern nicht trauen. Sie sagen Dinge, ohne sie zu meinen, und sie kommen damit durch, weil wir sie hören wollen und weil wir uns einreden, dass sie uns nichts antun, aber nun hat er Miss Taylor auf dem Gewissen. Womit hat sie das verdient?«

Cass' Atem kam kurz und hastig, und Sarah ahnte, dass sie kurz vor einer Panikattacke war. Kein Wunder.

»Denk jetzt nicht mehr daran«, sagte sie.

»Ich kann nicht anders.«

»Du bist nicht die Erste, die diesen Fehler macht, Cass«, sagte sie. Sie bekam einen trockenen Mund. »Vielleicht wird es Zeit, dass ich dir von dem Tag erzähle, an dem dein Vater die Ausgangssperre übertreten hat.«

Sie spürte, wie Cass neben ihr sich aufrichtete.

»Was ist passiert?«

»Es tut mir leid«, sagte Sarah. Sie leckte sich die Lippen und suchte nach den richtigen Worten. »Ich wünschte, ich hätte dir längst alles gesagt, aber ich wollte nicht, dass du schlecht über ihn denkst. Egal was er getan hatte, er ist immer noch dein Vater.«

Sie holte tief Luft und versetzte sich an jenen letzten Tag mit ihm zurück. Es schien eine Ewigkeit her zu sein.

»Ich habe damals viel gearbeitet. Ich musste. Dein Vater und ich … als du klein warst, hatten wir beschlossen, dass einer von uns zu Hause bleibt und sich um dich kümmert, und als die Sperre kam, lag auf der Hand, dass er das war. Es war nur logisch. Also ist er zu Hause geblieben und hat für dich gesorgt, während ich das Geld verdient habe, was lange Zeit auch zu funktionieren schien. Ich habe uns für eine glückliche Familie gehalten.«

»Mum …«, warf Cass ein, aber Sarah hob die Hand.

»Ich bin noch nicht fertig«, sagte sie. »Es fing an, als du fünfzehn warst. Da habe ich zum ersten Mal die Veränderung bei ihm bemerkt. Aber als ich ihn zur Rede gestellt habe, hat er alles geleugnet und mich ziemlich dumm dastehen lassen.«

»Wie meinst du das?«

»Er hat mich betrogen«, sagte sie. »Ich habe es zum Beispiel in den Kontoauszügen gesehen. Restaurantbesuche. Klamotten aus Läden, in die ich nicht gehe. Mitgliedschaft in einem teuren Fitnessstudio. Er hat ein bisschen abgenommen, seine Frisur geändert.«

»Ich kann das alles nicht glauben«, sagte Cass leise.

»So ging es mir auch«, sagte Sarah. »Wahrscheinlich wollte ich es nicht wahrhaben. Und eines Tages habe ich ihn in flagranti ertappt. Er hat sich mit ihr per Videocall unterhalten. Er stand in meiner Küche, in dem Haus, das ich bezahlt habe, und hat seine Freundin gefragt, ob ihr die Schuhe gefallen, die er ihr mit meiner Kreditkarte gekauft hat.«

»Ich glaube, ich hab sie sogar mal zusammen gesehen«, sagte Cass. »In der Stadt. Er hat gesagt … sie geht ins selbe

Fitnessstudio wie er. Er hat mir ein bisschen Geld in die Hand gedrückt und gesagt, ich soll mir was Schönes kaufen. Ich war da auf ein bestimmtes Make-up aus, das war mir wichtiger als das mit der Frau. Ich hab mir keine großen Gedanken gemacht, Mum.«

»Wieso auch?«, sagte Sarah. Wenn nicht einmal sie selbst es gesehen hatte, wieso dann ihre jugendliche Tochter? Greg hatte sie beide an der Nase herumgeführt.

Cass drückte die gefalteten Hände mit den Knien zusammen. »Weil es so offensichtlich war«, sagte sie zerknirscht. »Lügen die alle? Sind die einfach so? Gibt es keine anständigen Männer?«

»Wenn ich das wüsste«, sagte sie. Alles, was an diesem Tag passiert war – Helen Taylors Ermordung, die Verhaftung von Tom Roberts, all das, was sie gerade von Cass erfahren hatte –, konnte nur ihre Überzeugung zementieren, dass mit Männern grundsätzlich etwas nicht stimmte. »Bis jetzt ist mir noch keiner untergekommen. Deshalb wollte ich ja im Frauenhaus wohnen.«

»Wie konnte ich nur so naiv sein?«, murmelte Cass. »Und es ist ja nicht nur Billys Fußfessel. Ich habe Dad mein altes Slate gegeben.«

Mit einem Schlag fügte sich für Sarah alles zu einem schlüssigen Bild zusammen.

»Du meinst das Slate, nach dem dich die Polizistin gefragt hat? Das Slate, das letzte Nacht draußen geortet wurde?«

»Ja. Er hat nämlich kein eigenes, weil er sich keins leisten kann, und ich hatte Angst, dass er im Notfall keine Hilfe rufen kann.«

»Aber …« Sie fühlte sich wie mit eiskaltem Wasser übergossen. »Was hast du noch getan, Cass?«

»Ich hab ihm seine Fessel nicht abgenommen«, brach es aus Cass heraus. »Ich schwör's, ich hab sie ihm nur ein bisschen gelockert.«

»Wie bitte?«

»Er hat sich darüber beklagt, dass sie zu eng sitzt und ihm die Haut aufschürft. Deshalb hab ich sie ihm gelockert. Und dann meinte er noch, er bräuchte eine antiseptische Creme für den Ausschlag, und er könnte sie sich nicht leisten, deshalb sind wir in die Drogerie und haben ihm gekauft, was er brauchte, eine Lotion und Öl. Ich weiß nicht, aber vielleicht hat er … vielleicht hat er das Öl dazu benutzt, die Fessel abzustreifen.«

Sarah stand auf, ging schweigend ins Bad, schloss die Tür hinter sich ab und stieß einen stummen Schrei aus. Sie hielt sich mit beiden Händen am Waschbecken fest und sah in den Spiegel. Sie brauchte einige endlos scheinende Minuten, bis sie ihre Gefühle unter Kontrolle hatte. Sie spritzte sich kaltes Wasser ins Gesicht. Greg. Ohne Fußfessel. Er konnte gehen, wohin er wollte und wann er wollte. Der Gedanke war unerträglich.

Sie schloss die Badtür auf und ging ins Wohnzimmer zurück. Cass saß immer noch auf dem Sofa.

»Erzähl mir alles«, sagte sie. »Lass nichts aus.«

Nachdem Cass fertig war, holten sie ihr neues Slate und gingen damit dem Bewegungsmuster auf dem alten nach. Was die Polizistin gesagt hatte, bestätigte sich: Er war in der Nacht draußen gewesen und hatte sich einmal zum

Frauenhaus und einmal zum Frauenschutzamt bewegt. Sarah fiel der Zettel an ihrem Wagen wieder ein, und dann waren da noch die aufgeschlitzten Reifen.

Sollte sie Cass von ihrem Verdacht erzählen? Lieber nicht. Es war zu schlimm. Wenn man etwas erst einmal wusste, wurde man es nicht mehr los, und sie wollte nicht, dass ihre Tochter auch noch diese Last mit sich herumschleppte. Was sie selbst nicht daran hinderte, weiter darüber nachzudenken.

Während Cass, von der Wucht der Ereignisse sichtlich erschöpft, schlafen ging, blieb sie auf. Sie sah sich Gregs Bewegungsprofil noch einmal genauer an. Eines musste man ihm lassen: Er war vorhersagbar.

Sie wusste, was zu tun war. Sie wusste nur noch nicht, wie.

Kapitel 47

Sarah

Als Sarah bei Liz O'Brien an die Wohnungstür klopfte und sie bat, sich ihren Wagen ausleihen zu dürfen, war sie sich immer noch nicht sicher. Sie parkte in der Nähe von Gregs Wohnblock in Riverside. Es war kurz vor Beginn der Ausgangssperre, und sie sah, wie mehrere Männer, alle mit Einkaufsbeuteln in der Hand, zum Gebäude eilten. Einer von ihnen machte ein finsteres Gesicht, als er sie sah. Furcht einflößend, wie er war, warf sie den Motor an und fuhr los. Wenig später kam sie jedoch zurück und parkte diesmal unter einem Baum auf der anderen Straßenseite.

Sie wartete.

Es wurde dunkel.

Sie wartete weiter.

Auf der Uhr am Armaturenbrett verstrichen die Minuten. Zwischendurch musste sie eingeschlafen sein, denn irgendwann war es zwei Uhr morgens und beim nächsten

Hinsehen halb sechs. Sie versuchte, im Sitzen die Glieder zu strecken, doch dafür war es zu eng. Sie hatte einen üblen Geschmack im Mund. Sie musste pinkeln. Sie sollte nach Hause fahren. Sie konnte aber nicht nach Hause, weil ihr geschiedener Ehemann da drüben in dem Gebäude war, mit einer locker sitzenden Fußfessel, die er sich möglicherweise abnehmen konnte. Wieso hatten sie ihn hierher entlassen? Wieso verrottete er nicht hinter Gittern? Wieso hatte man sie nicht einfach alle aus der Gesellschaft entfernt, anstatt sie mitten unter Frauen leben zu lassen, die sie einschüchtern, manipulieren und misshandeln könnten? Die Fußfesseln hatten das Problem nicht gelöst. Sie hatten Helen Taylor nicht vor dem Tod bewahrt. Cass hatte die elektronische Überwachung immer für zwecklos gehalten. Jetzt musste Sarah ihr recht geben. Nur nicht so, wie sie gedacht hatte.

Sarah massierte sich die Knie, bemüht, den Druck auf der Blase zu ignorieren. Aber sie hielt es nicht mehr aus. Sie öffnete die Wagentür nur einen Spalt. Niemand würde es merken, wenn sie sich kurz an den Rinnstein kauerte, nicht um halb sechs Uhr morgens an diesem Ende der Stadt. Als sie gerade aussteigen wollte, bewegte sich jedoch etwas auf der anderen Straßenseite. Sie machte sich auf ihrem Sitz klein und hielt mit Herzklopfen und hellwach den Atem an. Und sie sah, womit sie halb gerechnet und was sie hergeführt hatte.

Greg hatte schon immer die Gewohnheit gehabt, morgens um sieben, mit Ende der Ausgangssperre, zum Joggen rauszugehen. Er hätte damit warten können, bis Cass auf dem Schulweg war, aber nein. Sieben Uhr und keine Minute später. Oft hatte er geklagt, lieber würde er noch früher gehen, weil er dann länger laufen könnte. Im Nachhinein war ihr klar geworden, dass der Beginn seiner Joggingobsession etwa in die Zeit fiel, wo er diese Affäre angefangen hatte, beides hing demnach zusammen. Doch jetzt war es noch lange nicht sieben Uhr. Jetzt hatte sie ihn und würde ihn nicht mehr vom Haken lassen.

Er blickte nach beiden Seiten, rollte die Schultern, dehnte die Beinmuskeln und lief dann in gemächlichem Tempo los. Sie gab ihm einen kleinen Vorsprung, bevor sie den Motor anwarf.

Sie legte sich den Gurt an und fuhr los. Sie war neugierig, wohin er joggen würde. Er schlug im Schutz der Hecke, die die Straße säumte, die Richtung zum Stadtzentrum ein. Nach etwa einer Viertelstunde hielt ein entgegenkommender Wagen an. Greg lief hinüber, öffnete die Beifahrertür und stieg ein. Er umarmte die Frau hinter dem Lenkrad.

Sarah hielt an. Sie holte ihr Slate heraus und ortete damit das alte von Cass. Es nahm dieselbe Route wie in den anderen Nächten zu einer ruhigen Nebenstraße unweit einer Kirche und verharrte dort fünfundvierzig Minuten lang. Sie folgte ihnen nicht dorthin. So genau wollte sie es nicht wissen.

Ihr war nie in den Sinn gekommen, dass Greg seine Affäre mit Scarlett Caldwell wieder aufnehmen würde, wenn er aus dem Gefängnis raus war, doch so konnte man sich täuschen. Es war sicher nicht leicht für die beiden. Offensichtlich wollte er sich nicht mit ihr im Riverside Court treffen, und zu ihr konnten sie auch nicht, weil ihr Mann im Homeoffice arbeitete. Ihre Möglichkeiten waren also beschränkt. Aber auf dem Rücksitz eines Wagens? Bäh!

Genau nach Plan setzte sich das Slate wieder in Bewegung, und es dauerte nicht lange, bis Greg im leichten Laufschritt ein paar Hundert Meter vor ihr wieder die Straße überquerte. Sarah fuhr los. Bis zum Stadtzentrum war es nicht mehr weit. Sie blieb in sicherem Abstand. Er joggte geduckt an der Bushaltestelle vorbei und nahm eine Abkürzung über die Straße und über den Parkplatz des Frauenschutzamts.

Dort hielt er an Sarahs Parklücke an.

Seine Hände wanderten vorn zu seiner Shorts, und er schien daran herumzufummeln. Sie brauchte einen Moment, bis sie begriff, was er tat. Er pinkelte auf ihre Parklücke. Was für ein Widerling! Dann verließ er den Parkplatz und lief in etwas zügigerem Tempo weiter, als hätte er es jetzt eilig, nach Hause zu kommen.

Sie dachte nicht nach, sondern reagierte einfach nur. Mit voller Kraft trat sie aufs Gaspedal, packte das Lenkrad mit beiden Händen und fuhr auf ihn zu.

Er sah sie. Er schrie etwas und versuchte, ihr auszuweichen. Zu spät. Sie erfasste ihn gezielt am Bein. Er warf die Arme in die Luft, ohne irgendwo Halt zu finden, drehte sich um die eigene Achse und landete auf dem Asphalt, wo er sich an den rechten Knöchel griff. Er hatte etwas in der Hand gehalten. Es wurde in die Luft geschleudert und zerschellte am Boden. Es war Cass' Slate.

Sie hielt nicht an.

Seelenruhig drosselte sie das Tempo, schaltete ihr Slate ein und rief den Notdienst an. Der Frau, die sich meldete, erklärte sie, trotz Ausgangssperre auf der Dunham Road im Zentrum einen Mann gesehen zu haben. Dann legte sie auf und fuhr heim.

Eine halbe Stunde später bekam sie einen Anruf von der Polizei. Greg war verhaftet worden und auf dem Weg zurück ins Gefängnis.

Kapitel 48

Cass

Cass saß draußen vor dem Frauenschutzamt auf dem Mäuerchen. Sie hätte in der Schule sein müssen, aber Sarah hatte gemeint, es gehe in Ordnung, wenn sie sich ein paar Tage freinehme. Nach der Sache mit Miss Taylor und nun der mit ihrem Vater hatte sie erst einmal mit einigem fertigzuwerden. Es war einfach alles zu viel. Nachts quälten sie Albträume, aus denen sie schreiend erwachte, und sie brauchte dann immer eine Weile, bis sie begriff, dass Tom nicht in ihrem Schlafzimmer war. Zu allem Übel kamen ihr schreckliche Erinnerungsfetzen aus der Kindheit hoch. Die Mitbewohnerinnen im Frauenhaus waren alle wahnsinnig verständnisvoll. Jede Tür stand ihr offen. Sie fand immer ein offenes Ohr. Und wenn sie nachts zitternd aufwachte, wusste sie, dass sie in diesem Gebäude, zu dem Männer keinen Zutritt hatten und wo hinter der soliden Eingangstür eine Armee von Frauen wachte, sicher war.

Inzwischen war sie dankbar für die rosa Teppiche und die geräumige Badewanne und ihr Zimmer mit Blick zum Garten. Sie war dankbar für den Speisesaal und die gemeinsamen Mahlzeiten. Und vor allen Dingen war sie dankbar für ihre Mutter und dafür, wie schnell und entschlossen Sarah gehandelt hatte, um sie vor den Folgen ihrer Fehler zu bewahren.

Cass wusste, wie dumm sie sich verhalten hatte, welche Risiken sie eingegangen war, aber auch, dass sie das nie wieder tun würde. Am Abend hatte sie zusammen mit Mrs O'Brien ihre Zeitschriften in der Feuerschale im Garten verbrannt. Als der Funkenregen in die Luft stob, hatte sie an Miss Taylor gedacht.

Allzu oft durfte sie nicht an ihre tote Lehrerin denken. Es tat noch zu weh. Sie und Sarah hatten sich darauf geeinigt, dass sie am besten die Schule wechselte, irgendwohin, wo niemand ihre Geschichte kannte und wo sie neu durchstarten konnte.

Doch vorher stand noch etwas anderes an.

Die Tür des Frauenschutzamts ging auf, und sie sah Billy aus dem Gebäude kommen. Er war allein. Cass atmete erleichtert auf. Sie rutschte vom Mäuerchen und strich sich den Schmutz von der Jeans. Gedankenverloren kam er langsam die Stufen herunter. Sie ging zu ihm.

»Hallo, Billy«, sagte sie.

»Hallo, Cass.«

Ohne einander ins Gesicht zu sehen, standen sie da. Billy zupfte am Saum seiner Jacke.

»Lust auf einen Spaziergang?«, fragte sie ihn.

»Ich muss zur Schule.«

»Es dauert nicht lange«, sagte sie.

Er stimmte zu. An der Ecke war ein kleiner Blumen-stand. Sie blieb dort stehen und kaufte einen Strauß rosa Nelken. Danach überquerten sie die Straße in Richtung Park. Billy zockelte ein Stück hinter ihr her. Sie wartete auf ihn.

»Deine Mum hat meine Fessel in Ordnung gebracht«, sagte er, als er sie eingeholt hatte.

»Ja, ich weiß«, antwortete sie. »Und sie wird nieman-dem sagen, was damit war.«

»Ich weiß. Hat sie mir gesagt. Das mit deinem Dad tut mir leid.«

»Mir nicht«, sagte sie. »Er wusste genau, was passiert, wenn er die Sperre noch mal übertritt.«

Die Tatsache, dass Billy dasselbe getan hatte, ließ sie unerwähnt. Er war noch einmal davongekommen, aber sie hoffte, dass er klug genug war, es nie wieder zu ver-suchen.

Sie waren jetzt am See, blieben stehen und blickten über die reglose schmutzgraue Wasserfläche. Sie bekam einen Kloß im Hals und schluckte. Die Stelle am See, wo man Helen Taylor gefunden hatte, war von rosa und roten Blu-men bedeckt. Sie betrachtete ihren winzigen Strauß und fand ihn kümmerlich.

Als sie weiterging, brannten ihr Tränen in den Augen. Billy begleitete sie nicht. Jeder Schritt kostete sie Überwin-dung. Sie legte die Blumen ab und strich über die weichen Blütenblätter.

»Es tut mir leid, Miss Taylor«, flüsterte sie. »Alles.«

Sie wischte sich mit dem Handrücken übers Gesicht, machte kehrt und ging zu Billy zurück.

»Ich kann immer noch nicht glauben, dass sie tot ist«, sagte er. »Es fühlt sich komisch an in der Schule. Wir haben eine Ersatzlehrerin, und die sitzt einfach nur vorne am Pult und lässt uns mit unseren Slates spielen. Die hat null Interesse, uns irgendwas beizubringen.«

»Was soll sie euch denn beibringen?«, sagte sie leise.

»Was an der Ausgangssperre verstehst du denn nicht?«

»Keine Ahnung«, antwortete Billy. »Ich meine ja nur ... irgendwas muss sie uns doch beibringen, oder? Ist das nicht ihr Job?«

Sie verstand nicht, was sein Problem war. Die Sperrstunde war jedenfalls für sie das geringste. Ihr dämmerte, dass Helen Taylors Tod Billy nicht annähernd so betroffen gemacht hatte wie sie. Er blickte immer noch nicht über den eigenen Tellerrand hinaus.

»Meine Eltern lassen sich scheiden«, sagte er und steckte die Hände in die Hosentaschen. »Meine Mum ist gestern ausgezogen. Jetzt sind wir nur noch zu dritt, Sam, mein Dad und ich.«

»Echt?«, sagte sie. »Na ja, das hast du dir doch immer gewünscht.«

Verlegenes Schweigen trat ein.

»Also dann, man sieht sich«, sagte er und ging.

Sie sah ihm nicht hinterher. Sie ging zum Frauenschutzamt zurück und wartete, bis ihre Mutter zur Mittagspause herauskam.

»Das mit dem Stick hat sich übrigens erledigt«, sagte Sarah über einem Eisbecher. »Der ist mit den alten Fußfesseln im Schredder gelandet und wird jetzt irgendwo recycelt. Niemand wird je erfahren, dass du ihn an dich genommen hast.«

Cass stand auf und umarmte ihre Mutter. Sie ließ sie lange nicht los.

Kapitel 49

Cass

Seit der Ermordung von Helen Taylor durch den Mann, der sie angeblich liebte, war ein halbes Jahr vergangen. Für Cass fühlte es sich an, als wäre das alles erst gestern gewesen. Die Ereignisse jener traumatischen Tage waren ihr ins Gedächtnis eingebrannt. Immer noch stiegen die Erinnerungen mehrmals die Woche in ihr auf. Ständig grübelte sie und hinterfragte kritisch ihr Verhalten. Mit der Zeit wurde es jedoch seltener.

Ihr Vater war wieder im Gefängnis – eine zehnjährige Haftstrafe dafür, dass er zum zweiten Mal die Ausgangssperre übertreten und seine Fußfessel entfernt hatte. Zum Zeitpunkt seiner Entlassung wäre sie schon fast dreißig Jahre alt. Das schien ihr eine Ewigkeit weit weg zu sein. Helen Taylor war dreißig gewesen.

Und wer konnte schon wissen, wie die Welt in zehn Jahren aussehen würde? Jedenfalls anders als jetzt. Veränderungen lagen in der Luft, jeder spürte es. Die anderen im Frauenhaus redeten praktisch über nichts anderes mehr. Cass wusste inzwischen genug, dass sie deren Überlegungen ernst nahm.

Helen Taylors Ermordung war der Funke gewesen, der das Feuer weiblicher Wut neu entfacht hatte. Die Frauen wussten jetzt, dass sich Fußfesseln entfernen ließen, dass Männer, wenn sich die Gelegenheit ergab, immer wieder die Ausgangssperre übertreten würden. Die Paarberatung für den Lebensgemeinschaftsschein war damit überfordert, jeden gewaltbereiten Mann zu erkennen. Das wussten auch die Männer, und so waren in den Monaten seit Helens Tod weitere dreizehn Frauen von ihren Partnern getötet worden, mehr als in dem Jahrzehnt davor.

Pamela hatte gesagt, diese Männer hätten voneinander gelernt. Sie hätten die Nachrichten darüber verfolgt und in irgendeiner Windung ihres kranken Gehirns beschlossen, dass es die Sache wert sei. Die Haft schreckte sie nicht mehr ab. Einer von ihnen hatte sogar erklärt, es sei ein Akt des Widerstands gewesen. Er habe anderen Männern zeigen wollen, dass auch sie sich aus ihrem Joch befreien könnten. Das Problem war im Parlament diskutiert worden. Nach und nach setzte sich die Einsicht durch, dass die Ausgangssperre nichts brachte und etwas anderes hermusste.

»Bist du so weit?«, fragte Sarah.

Cass klopfte mit der Hand auf die Bank. »Ja«, sagte sie.

Der Boden unter ihren Füßen war gefroren. Sie war froh über ihren Mantel und den Schal. Sie hatte einen in leuchtendem Rosa gewählt, passend zu ihrer Mütze. Sie stand auf und nahm ihre Mutter an der Hand. Zusammen liefen sie den Hügel hinunter.

Unten wartete Mabel auf sie.

Die Bank an der Stelle war neu. Auf einer kleinen Plakette an der Lehne waren Helens Geburts- und Todestag eingraviert. Das war ihre Idee gewesen. Sie und die anderen Mädchen an ihrer neuen Schule hatten das Geld dafür gesammelt.

Das war das Mindeste, was sie tun konnte.

Zusammen liefen sie zum Bahnhof – unterwegs stießen immer mehr Frauen zu ihnen – und stiegen dort in den überfüllten Zug. Er brachte sie nach London. An der Station King's Cross wogte eine Menschenmenge. Ein Meer von Frauen ergoss sich durch die Straßen und füllte Busse und U-Bahn-Züge, bis sie einen riesigen Kreis um das Parlamentsgebäude bildeten. Es fühlte sich an, als hätte es jede einzelne Frau hergezogen. In einem fest geschlossenen Ring fassten sie sich an den Händen. Sie wollten nicht irgendetwas anderes. Sie wollten *mehr*.

Als Sarah ihre Hand fest drückte, sah sie ihre Mutter an und erwiderte den Druck.

Das tue ich für Sie, Miss.

Sie holte tief Luft. »Keine toten Frauen mehr!«, rief sie. »Sicherheit für Frauen!«

Eine nach der anderen stimmten die Frauen ein. Die Ausgangssperre hätte sie beschützen sollen und hatte versagt. Sie alle waren im selben Geist vereint: Mit Gesetzen gegen häusliche Gewalt, mit der Ausgangssperre, mit Fußfesseln hatte man versucht, Männer in die Schranken zu weisen, und diese Maßnahmen hatten nicht genügt.

Es wurde Zeit, etwas Wirksames zu finden. Männlicher Gewalt musste Einhalt geboten werden.

Koste es, was es wolle.

Anmerkung der Autorin

Einen Roman zu schreiben ist immer eine zwiespältige Sache. Das Leben teilt sich dann in zwei Welten, die reale und die imaginäre, und oft verbringt man weitaus mehr Zeit in dieser als in jener. Aber manchmal kollidieren die beiden Welten auch, und genau das ist mir bei diesem Buch passiert.

After Dark wurde 2019 geschrieben, also bevor »Corona« und »Selbstisolierung« und »Social Distancing« zu alltäglichen Begriffen wurden. Damals schien die Idee, große Teile der Bevölkerung vorsorglich wegzusperren, etwas zu sein, was nur in der Fiktion vorkommen konnte. Sonst wurde nur jemand weggesperrt, wenn er für eine ungesetzliche Tat ins Gefängnis kam. Der Rest von uns konnte beruhigt aufatmen, weil wir wussten, dass uns so etwas nie passieren würde.

Und dann geschah es doch.

Das Manuskript von *After Dark* habe ich drei Wochen nach dem ersten Lockdown in Großbritannien eingereicht, als das Land schnell lernte, wie leicht unsere Freiheiten beschnitten werden können und wie bereitwillig wir Einschränkungen hinnehmen, die zuvor undenkbar gewesen wären.

Der Unterschied ist natürlich, dass in *After Dark* nur Männer eingeschränkt werden und das Land nicht von einem Virus, sondern von einer Epidemie männlicher Gewalt geplagt wird. Hier im Vereinigten Königreich werden jede Woche zwei bis drei Frauen von Männern umgebracht, und diese Zahl ist seit Jahren konstant. Ich finde es interessant, dass wir solche Informationen auf diese Weise präsentieren. Wir sprechen darüber, wie viele Opfer es gibt, aber nie, wie viele Täter.

Im Jahr 2019 schätzte das Office for National Statistics, dass 1,6 Millionen Frauen von häuslicher Gewalt betroffen sind. Da das Statistikamt auch das Geschlecht der Täter erfasst, wissen wir, dass die Übergriffe hauptsächlich von Männern verübt wurden. Es wäre also nicht übertrieben zu sagen, dass im Jahr 2019 annähernd 1,6 Millionen Männer jene Frauen misshandelten, mit denen sie zusammenlebten. Wahrscheinlich sind Sie auf der Straße schon einmal an einem dieser Männer vorbeigegangen. Vielleicht haben Sie mit einem gearbeitet, sind mit einem ausgegangen, haben von einem Ihr Auto reparieren oder Ihre Zähne kontrollieren oder Ihre Kinder unterrichten lassen, ohne dass Sie etwas ahnten.

Häusliche Gewalt ist so etwas wie ein streng gehütetes Geheimnis, eine dunkle und schmutzige Sache, die nur anderen Frauen widerfährt, es sei denn, sie widerfährt einem selbst, so wie das bei mir der Fall war, denn ich bin die Tochter eines gewalttätigen Mannes. Mein Vater hat mir mehr über männliche Gewalt, Zwangskontrolle und die Spiele beigebracht, die Männer mit jenen Frauen spielen, die sie eigentlich lieben und um die sie sich kümmern sollten, als ich je erfahren wollte. Ich wusste immer, dass ich eines Tages über diese Dinge schreiben würde, aber es fühlte sich nie wie der richtige Zeitpunkt an, bis es eines Tages so weit war. Es begann mit #MeToo. Das hätte ein Moment der Veränderung sein sollen, aber die Reaktion darauf war ein anderer Hashtag, der scheinbar überall zu finden war: #NAMALT (Not All Men Are Like That, falls Sie das noch nicht wussten). Klar, einige hochrangige Männer haben ihren Job verloren, und das zu Recht, aber sonst gab es keine echte Veränderung. #NAMALT ist nichts als eine Ablenkung. Es sagt Frauen, dass sie nicht auf das Verhalten der Männer schauen sollen, sondern auf sich selbst. Es sagt uns, wir sollen #BeKind sein. Schließlich handelt es sich um schwerwiegende Anschuldigungen, die wir erheben. Wir wollen doch nicht das Leben eines Mannes ruinieren, oder? Sei still. Lass es ruhen. Red nicht darüber. Er hat es nicht so gemeint. Er hat nur gescherzt. Er ist nicht so. Du bist hormongesteuert. Paranoid. Hysterisch. Du warst betrunken. Du hast ihn verführt. Was hast du erwartet, als du das getragen hast? Jetzt siehst du, wozu du ihn gebracht hast!

Aber was wäre, wenn wir das öffentliche Gespräch ändern würden? Was wäre, wenn wir auf #NAMALT beispielsweise mit #EMALT (Enough Men Are Like That) antworten würden?

Das Buch geht von einer Frage aus, die ich mir oft gestellt habe: Was würden wir tun, wenn wir das Leben von Frauen wirklich wertschätzten. Wir haben in der Vergangenheit gesehen, dass man zuerst die Gesetze ändern muss, wenn man einen sozialen Wandel erreichen will, also habe ich dort angesetzt. Vielleicht erscheint manches davon unrealistisch, aber vielleicht auch nicht, wenn man bedenkt, dass es früher (zumindest hier im Vereinigten Königreich) legal war, Frauen das Erbe zu verweigern, eine Frau zu entlassen, wenn sie heiratete, Frauen das Wahlrecht zu verweigern, ihnen für die gleiche Arbeit weniger zu bezahlen als Männern, ihnen die Bereitstellung von Damentoiletten zu verweigern und einem Mann die Vergewaltigung seiner Frau zu erlauben. Ich habe eine Technologie beschrieben, die bereits verfügbar ist, damit die Welt im Roman vertraut und plausibel erscheint. Und dann habe ich eine Handvoll weiblicher Figuren eingeführt, die sich alle in unterschiedlichen Stadien ihres Frauseins befinden, und eine Schlüsselfrage gestellt:

Werden Männer immer eine Bedrohung sein?

Ich überlasse es Ihnen, das zu beurteilen.

Danksagung

Zuallererst möchte ich meiner Agentin Ella Diamond Kahn von DKW Literary für ihre Hilfe und Unterstützung danken, von der ersten Buchidee bis zur Veröffentlichung und darüber hinaus.

Des Weiteren gilt mein Dank:
- Allison Hellegers von Stimola Literary, die das Projekt nach Amerika gebracht hat
- Jennie Rothwell bei Cornerstone, die das Buch so sehr mochte, dass sie es für den britischen Buchmarkt ersteigerte, und Emily Griffin und Katie Loughnane, die den Roman durch die späteren Phasen der Bearbeitung und Veröffentlichung führten
- der Lektorin Jen Monroe bei Berkley für ihr klares Denken und ihre Geduld
- allen anderen, die an dem Buch mitgearbeitet haben: den Lektorinnen, Umschlagdesignerinnen, Korrekturleserinnen, Übersetzerinnen und Marketingleuten (und allen, die ich vergessen habe!).

– Und schlussendlich möchte ich meiner Familie danken, insbesondere meinem Mann und meinen Kindern, für ihre gute Unterstützung und ihre schlechten Witze.